国家社科基金
GUOJIA SHEKE JIJIN HOUQI ZIZHU XIANGMU
后期资助项目

亨利·雷马克与
比较文学关系研究

A Study on the Role of Henry H. H. Remak
in Comparative Literature

姚连兵 著

中华书局
ZHONGHUA BOOK COMPANY

图书在版编目（CIP）数据

亨利·雷马克与比较文学关系研究/姚连兵著. —北京：中华书局, 2018.11（2024.4重印）
（国家社科基金后期资助项目）
ISBN 978-7-101-13564-0

Ⅰ.亨…　Ⅱ.姚…　Ⅲ.雷马克（Remarque, E.M. 1898～1970）
-比较文学-文学研究　Ⅳ.I0-03

中国版本图书馆 CIP 数据核字（2018）第 257450 号

书　　名	亨利·雷马克与比较文学关系研究
著　　者	姚连兵
丛 书 名	国家社科基金后期资助项目
责任编辑	俞国林　周毅泽
责任印制	陈丽娜
出版发行	中华书局
	（北京市丰台区太平桥西里 38 号　100073）
	http://www.zhbc.com.cn
	E-mail：zhbc@zhbc.com.cn
印　　刷	三河市中晟雅豪印务有限公司
版　　次	2018 年 11 月第 1 版
	2024 年 4 月第 2 次印刷
规　　格	开本/710×1000 毫米　1/16
	印张 17　插页 2　字数 280 千字
国际书号	ISBN 978-7-101-13564-0
定　　价	68.00 元

国家社科基金后期资助项目出版说明

后期资助项目是国家社科基金设立的一类重要项目,旨在鼓励广大社科研究者潜心治学,支持基础研究多出优秀成果。它是经过严格评审,从接近完成的科研成果中遴选立项的。为扩大后期资助项目的影响,更好地推动学术发展,促进成果转化,全国哲学社会科学工作办公室按照"统一设计、统一标识、统一版式、形成系列"的总体要求,组织出版国家社科基金后期资助项目成果。

全国哲学社会科学工作办公室

序

冯文坤

《亨利·雷马克与比较文学关系研究》即将付梓。我与著者师从孙景尧先生于先后，同门受业，可谓学友连襟。孙师景尧先生已仙游，音容宛在。想当初，临身而受诲，常觉如其侧。容貌音声，依然若晨钟暮鼓。父兮生我，母兮鞠我，先生兮育我。而今弟子连兵成果新出，开枝散叶。借此机缘，我托情怀于"青鸟"，向吾师景尧先生表示深深的缅怀和"探看"。

言既此，初衷已明。这也许就是连兵向我索取"片字碎语"的原因。因为我对该著作的选题"亨利·雷马克与比较文学关系研究"，尤其是雷马克本人的研究，无甚作为，知之甚少，故难以用透视的眼光审视面前这部学术成果，更无暇将其与比较文学之整体语境和学科领域相联系来思考。略读其著，作者以雷马克和比较文学关系为研究内容，在我看来，尽管我的看法并非全面，至少有三层意思，也是该著作力求达成的目标：一是雷马克的学术活动与观念推动和发展了比较文学；二是雷马克对比较文学及比较文学学科之发展的贡献，既体现在他的学术实践上，也体现在他的学术信念和方法论上；三是雷马克对当今之比较文学依然具有十分重要的意义和价值，尤其是他的跨学科研究意识和实践，对而今的学科融合及比较文学研究向宽度和广度的延伸具有重要的借鉴价值。我认为，此三点与著者"导论"引出的写作脉络基本一致。结合这三点，我择要说一说我初读书稿后引发出的三点启示。

首先，话题是认识论和方法论的聚集。讨论或学术活动，围绕话题而聚集，意义围绕话题而生发。话题是什么，这个问题涉及研究对象的描述或研究对象的知识建构。在我看来，学者耕耘其中的学科或领域，既可指构成学科之田野界域，也可指由话语建构或画地为牢且取得共识之文本。用哲学术语讲，则是指对象结构性的本体性存在，这也就是我们所谓的认识来源。而方法论或具体到学科方法论，其实早就在学科对象那里被决定了，此所谓存在决定意识。这就是说，基于文本展开的思考，其基本的源发认识策略已经在文本中得到了大致的规定和预设制约。文本是观念之载体,更是原著者精神的历史化、时间化和符号化。历史中的文本是原著者精神的物质生成,而研究之再研究或批判之再批判则是原原者从物质符号向当下价值关怀的生成。

因此,本人认为,文本自身决定了阅读文本的基本认知策略。这种基本的认知策略就是:或从对象之整体中看和凸显局部,或从局部和凸显中看整体。但无论如何,话题者需要将自己研究对象转变为话题,并进而把话题主题化。主题化形成之时,对话就此开始。而主题化之形成需要服从若干个参考实体,这些参照实体以不同的方式出现在个人的认识中。埃德加·莫兰说得好:"我的精神通过我的文化去认识,我的文化也通过我的精神去认识。因此,生产的那些机构既相互生产,又共同生产。认识的生产和认识的产物之间也有某一种复杂的循环统一性,同时,每一个生产机构和被生产机构之间也有着全息摄影的关系,每个机构都包含着其他机构,并且在这个意义上,每个机构都包含着作为整体的全部。"①莫兰的话同样适合用来帮助我们认识一切文学文化现象或整体之人文现象,雷马克自不在其外。同样,"平行研究"或"跨学科研究"之于比较文学,尽管受到"文学"这个类的界域限制或受到该界域已有话语的制约,但只要它属于人的类活动范围,它与人的其他精神生产就是互动联袂的,而认识它们就只有方法论之差异。

其次,意义在对话中产生,并在对话中持续涌现。我基本认同,人文学者与社会科学学者之间有一个区别:前者需首先说服自己,方能说服社会;后者则需首先说服社会。而这个区别又内含了一个基本的共同点,即社会科学学者需首先具有人文初心,这是谁也无法否定的事实。个中道理不需在此赘言。雷马克是"比较文学美国学派的重要代表",又是比较文学重要的"推动者"。这些称呼意味着他在世界比较文学发展史上具有重要的事件性,或谓之他是一个该领域的事件性人物。这也决定了本项成果的本体性研究价值。而围绕"这个事件性"开展比较文学的研究,则决定了本项成果的"事件性依据"。唯有事件性可通过人的阐释或再阐释而绽放出异彩,并凸显学科发展历程中的辉煌和学科存在的部分依据。

---

① 〔法〕埃德加·莫兰:《方法:思想观念》,秦海鹰译,北京:北京大学出版社,2002年,第10页。

更重要的是,事件性可以演变成话题,围绕话题聚集学者以激扬其情思和思辨,从而使意义由中心蔓延至边缘又由边缘进入中心。伽达默尔在《真理与方法》中提出文本将作为"理解"的事件临近言说:"谁进行理解,谁就进入了一个事件,意义通过事件实现自我主张。"①达默尔还写道:"充分理解只有在涵摄客体与主体之整体中实现。"依循他的这种理论,原作者与理解者是一种"结构性"的关系,而文本事件则是"居间点"或"中介",理解就是"居间点"的聚集。伽达默尔主张理解既是历史的又是当下的,既是历史的又是世界的。他明确指出,凡是涉及文本的理解一定会转入诠释领域。他以翻译为例:"在对某一文本进行翻译的时候,不管译者如何进入原作者的思想或是设身处地把自己想象为原作者,他都不可能纯粹地重新唤醒作者大脑中的原始心理过程,而是对文本的再创造,而这种再创造乃受到译者理解文本内容的方式所指导。"②

最后,我们注定思考,但我们也注定伴随"谁"而思。走向他者是人类活动的类的规定性,也可以称之为人的基本属性,是人的自我的异化,也是人的自我的肯定,这被称之为否定之否定或否定后的肯定。以此可见,语言言说的振荡发生在它的形式结构中,发生在问与答的逻辑中。他者在对话的场域之中既同一于自我又同一于他者,因为对话的事件性存在是以它的非同一性自我呈现出来的。认清这个道理,我们就可以理解雷马克在《比较文学的定义和功能》中给出的比较文学经典定义:"比较文学是超出一国范围之外的文学研究,并且研究文学与其他知识和信仰领域之间的关系,包括艺术(如绘画、雕刻、建筑、音乐)、哲学、历史、社会科学(如政治、经济、社会学)、自然科学、宗教等。简言之,比较文学是一国文学与另一国或多国文学的比较,是文学与人类其他表现领域的比较。"③在我看来,该定义之所以经典,就在于雷马克站在文学的中心走向了产生文学的结构性关系,而我在此需要补充的是(除了上引莫兰的人类精神的共存互动观外),基于人类活动的精神现象是可以互通互照的。雷氏把文学以外的领

---

① Hans—Georg Gadamer. ,*Truth and Method* , Trans. by Joel Weinsheimer and Donald G. Marshall,New York:Crossroad Publishing, 1989,p. 484.

② Hans—Georg Gadamer. ,*Truth and Method* , Trans. by Joel Weinsheimer and Donald G. Marshall,New York:Crossroad Publishing, 1989,p. 487.

③〔美〕亨利·雷马克:《比较文学的定义和功用》,张隆溪译,载张隆溪选编《比较文学译文集》,北京:北京大学出版社,1982年,第1页。

域作为"比较文学"的研究内容,站在他的时代,体现了他的一种恢宏的学术视野和眼光,对今天高唱学科间融合的呼声与实践而言,则是一种推波助澜的积极策励。总之,伴随雷马克而来的思维与学术活动,对目前比较文学学科建设和发展将产生新的话语聚集,也将因这本专著的出版而引发"我们共同生存"的这个世界共同体中"他者面目"的存在论关怀和关注。

2018 年 8 月 20 日
于电子科技大学清水河校区

目　录

导　论

　　在论及国内比较文学界对国外学界的了解情况时,我国比较文学大师季羡林先生曾这样写道:"在了解外国研究情况方面,我们还有不少空白点。一不够普遍,二不够深入,有待于我们进一步努力。"①中国比较文学学会首任会长杨周翰教授也曾认为:"我们今天对比较文学的认识,一方面不普及,另一方面也不深入,对国外情况了解不多。"②尽管这些判断大概于 30 年前做出,可结合相关研究现状,我们发现它们在今天还有一定的指导意义。直到最近几年,王元化先生在上海接待法国哲学家雅各·德里达时,还对在场人员说,目前中国学界很有必要对国外哲学家、比较文学家进行系统梳理,对他们一个一个地进行研究。③ 上述几位国内比较文学先行者都是站在中外比较文学相互借鉴的视角,强调比较文学研究中"知己知彼"的重要性。

　　美国比较文学家勃洛克则从学科发展的角度认为学界应该对"法国学派"的先驱们进行关注,他认为:"没有巴登斯贝格、梵·第根、哈扎与伽列诸人的努力,可能今天就不会有叫作'比较文学'的一门学科,忘掉他们是不公正的。"④雷马克曾经这样写道:"历史滋养了人类知识唯一的根基。正如你要穿越茂密森林,攀越小丘高山,假如你从不驻足回眸,你绝不会知道你身处何处,亦不能再回到原点。总之,历史是不能遗忘的。"⑤这告诉我们,不管进行什么实践,从事何种研究,我们都应该注重对象的历史。目前,国内比较文学界普遍认为比较文学的"第三阶段"已经到来,研究中心

---

① 〔法〕布吕奈尔、比叔瓦、卢梭:《什么是比较文学?》,葛雷、张连奎译,北京:北京大学出版社,1989年,第 1 页。

② 〔美〕亨利·雷马克:《比较文学在大学里的处境》,杨周翰译,载《中国比较文学》1988 年第 2 期,第 86 页。

③ 此为当时陪同王元化先生参加接待活动的上海师范大学孙景尧教授转述的观点。

④ 〔美〕勃洛克:《比较文学的新动向》,载干永昌等编《比较文学研究译文集》,上海:上海译文出版社,1985 年,第 191 页。

⑤ Henry H. H. Remak, Literary History and Comparative Literary History, *Neohelicon*, Vol. XX, No. 2, 1993, p. 95.

已经转移到中国,若是这样,是否有必要回头了解比较文学在"第二阶段"值得借鉴的经验呢?我们认为,只有对学科历史有清晰的认识才能更好地指导我们的实践,而历史又是由人创造的,所以,通过研究比较文学发展过程中重要比较文学家与比较文学的关系,无疑是了解学科历史的最佳渠道。

比较文学在经历一系列的萌芽、成为显学、"危机"、"死亡"、复兴、繁荣、再次危机之后已经走过了两百年左右的历史。其间出现了各种思潮、不同流派、多个中心,时至今日,在新世纪的起点上,在后欧洲中心主义时代,研究者们面临着如何协调既保持比较文学的"文学性",又"扩大比较文学的边界"(此为 2010 年在韩国大邱大学召开的国际比较文学学会第 19届大会的主题)之间的矛盾;如何协调研究者们在实践中的开放性、多元性与理论上的相对保守、单一之间的矛盾等。欲解决这些矛盾,我们一方面要面对现实,具体问题具体分析,另一方面也要像上文雷马克所言,不时地反观历史,从学科发展的历史长河中去找寻解决问题的答案。为解决比较文学学科目前的相关问题,我们有必要重读经典著作,研究重要的比较文学家,切脉其重要思想,了解其基本主张,窥探其为比较文学发展所做出的贡献,做到论从史出,只有这样,我们才可能像牛顿所说的那样:站在巨人的肩上,看得更远。

一、研究缘起

到目前为止,国内学界已经对雷纳·韦勒克、乌尔利希·韦斯坦因、苏珊·巴斯奈特等经典比较文学家进行了相关研究,这一方面可以对比较文学学科的发展做出梳理,另一方面也可以为我国比较文学的发展提供借鉴。然而,尽管我国比较文学在了解国外比较文学家方面已经取得了一定成就,但由于起步较迟,目前还有很多重要学者需要我们进行系统研究,其中对"美国学派"的领军人物之一——亨利·雷马克研究的相对缺乏就是一例。我们希望在现有研究的基础上,对亨利·雷马克与比较文学关系进行一次系统梳理,探讨其与比较文学之间的种种内在关联,为国内比较文学界做一些基础性的工作。

（一）研究价值①

亨利·雷马克（Henry H. H. Remak）（1916 年 7 月 27 日～2009 年 2 月 12 日）是美籍德裔著名比较文学家、文艺理论家。他 1916 年出生于德国柏林，1936 年 9 月，为避免遭到德国法西斯主义对犹太人的迫害②，在国际学联的帮助下来到美国印第安纳大学学习，并于 1937 年取得该校硕士学位，1947 年获得芝加哥大学博士学位，之后一直在印第安纳大学任德语与比较文学教授，直到 88 岁因病退休。

图 1　印第安纳大学比较文学项目早期创始人

（后排从左到右：Norman T. Pratt，Edward D. Seeber and Henry H. H. Remak；前排从左到右：Agapito Rey，J. T. Shaw，Mary Garither，Horst Frenz and Newton P. Stalknecht）③

1949 年印第安纳大学设立比较文学项目（Comparative Literature Program），雷马克是创始人之一。其后，他发表了两篇纲领性文章，即《十字路口的比较文学：诊断、治疗和预后》（1960 年）和《比较文学的定义与功能》（1961 年），奠定了比较文学平行研究和跨学科研究的基础，后文被广泛引用并被译成多国文字。他参加了自 1958 年至其退休期间国际比较文

---

① 本节部分内容曾发表于《宁夏大学学报》（人文社会科学版）2011 年第 5 期，题为《国内亨利·雷马克研究 30 年述评》，第 145～151 页。

② 他家人于 1936 年迅速逃离德国。不幸的是，他的姑姑、姑父和两位表亲在此次大屠杀中罹难。From Clause Clüver，Henry H. H. Remak, the Peripatetic Comparatist，*Comparative Critical Studies*，7.2—3（2010），Note 5，p. 238.

③ 图片来源：Clause Cluver, In Memoriam Henry H. H. Remak，*Encompass*，Vol. 19，Spring 2009，p. 1。

学学会举行的所有年会,并三次当选国际比较文学学会理事会成员、提名委员会主席;1967 年进入协调委员会,后相继担任"欧洲语言文学比较史委员会"副主席、主席;他是美国德语教师协会主席,《德国季刊》副主编,美国教授协会印第安纳大学校区主席,美国现代语言协会法德文学关系分会主席,美国比较文学学会副主席。

　　他一生奔忙于世界各地,为比较文学的发展做出了自己的贡献。除了在印第安纳大学任教外,他还到国内纽约大学、华盛顿大学(西雅图分校)、宾夕法尼亚大学、亚利桑那大学等近 30 所大学讲学。此外,他还远赴法国、德国、英国、匈牙利、丹麦、印度、中国等 10 多个国家的近 50 所大学作学术报告。对此,人们这样评价道:"他以儒雅、睿智、极富启发性的演讲者形象出现在国际比较文学界,他的足迹遍布全世界。"①在舌耕的同时,他还笔耕不辍,从笔者目前搜集到的资料来看,他先后发表专著或合著 7 部,在论文集及他人专著中撰写 30 余章节,公开发表论文 80 余篇,书评 50 余篇。② 鉴于他的卓越贡献,美国比较文学学会于 2003 年授予雷马克"终身成就奖",这是美国比较文学学会截至 2009 年所颁出的第一个也是唯一一个此类奖项,他在美国比较文学界的地位,由此可窥豹一斑。

　　在对他进行"盖棺定论"的讣告中,宾夕法尼亚大学弗兰克·楚穆勒(Frank Trommler)曾这样评价道:"我们在他的讣告里首先提及他对比较文学学科的贡献,这是不会令人感到惊讶的。他的确是这门学科的推动者和引领者,……(他)通过比较文学方法论的反思和研究范式的阐释为本学科提供了坚实的基础。"③作为"比较文学美国学派的重要代表",雷马克的确是本学科重要的"推动者",因为他睿智地从法国学派表面的繁荣中看到了他们的局限,也就是比较文学研究不是法国学派所认为的只是一个简单的加法问题,它同时也是减法,甚至是乘法和除法,这种思想具体表现在:法国学派简单地找寻影响、轨迹、来源等,可是对下列的问题却没有进行深入的思考:在进行一国文学与另一国文学的影响研究中,到底保存下来了

①Frank Trommler,In Memoriam:Henry H. H. Remak(1916—2009),*The German Quarterly*,83.2,Spring 2010,p. 149.

②参见本书附录:亨利·雷马克著作表。

③Frank Trommler,In Memoriam:Henry H. H. Remak(1916—2009),*The German Quarterly*,83.2,Spring 2010,p. 149.

什么？去掉的又是什么？原始材料为什么和怎样被吸收和同化？结果又如何？这些涉及艺术理解和评价方面更为根本的层面却被法国学者忽视了。正是从这些方面，雷氏对学科进行了客观、及时的诊断，将学科推上了一条更为广阔的发展道路；同时，作为本学科的"引领者"，他对本学科的研究方法进行了深刻的反思，认识到受进化论与实证主义影响下的比较文学科学主义式研究，即法国学派的研究，有其自身的局限，因为文学的发展和各国文学的交流是不能用冷冰冰的科学方法进行简单归纳的。同时，这样的研究仅仅注意到了文学关系的历时维度，忽略了共时维度，尤其是忽略了对当代文学与其他学科乃至社会现实的关怀。通过对法国学派的再思考，雷马克将比较文学引入到了一个新的领域和维度。这种观念的转变折射出结构主义创始人索绪尔所强调的历时语言学和共时语言学的思想，正如雷氏自己所承认的："马克思主义与结构主义已经被证实是来自社会科学方面的对文学研究起促进作用的两个主要因素。其中一个更具有社会性，而另一个则更具科学性。因此，比较文学倘若要保持它在知识发展中的中心地位的话，他就得吸收马克思主义和结构主义。"①这种将不同学科领域的知识"拿来"为比较文学服务的观点丰富了比较文学研究内涵，也催生了比较文学跨学科研究，这无疑是雷马克对比较文学学科理论建设所做出的最大贡献。

　　1961年，他在《比较文学的定义和功能》中给出了比较文学"美国学派"经典定义，即"比较文学是超出一国范围之外的文学研究，并且研究文学与其他知识和信仰领域之间的关系，包括艺术（如绘画、雕刻、建筑、音乐）、哲学、历史、社会科学（如政治、经济、社会学）、自然科学、宗教等。简言之，比较文学是一国文学与另一国或多国文学的比较，是文学与人类其他表现领域的比较。"②该定义后来得到了学界普遍认可，并成为日后判定各类研究是否属于比较文学研究的一个重要标准。从他自己的总结中也可以看出他本人对这一定义的珍视，"（因为）我一生所撰写的比较文学作品加起来，恐怕也不及我在该书（即 *Comparative Literature：Method and*

---

① 〔美〕亨利·雷马克：《比较文学的前景》，张宁、谢建珍译，载孙景尧选编《新概念　新方法　新探索——当代西方比较文学论著选》，桂林：漓江出版社，1987年，第106页。

② 〔美〕亨利·雷马克：《比较文学的定义和功用》，张隆溪译，载张隆溪选编《比较文学译文集》，北京：北京大学出版社，1982年，第1页。

Perspective——笔者注)第一章开篇所写的那两句话(即上文比较文学经典定义——笔者注)的影响。"[1]同时,在该文中,雷马克明确提出了"平行研究"和"跨学科研究"——美国学派区别于法国学派最显著的特色,因为对"平行研究"而言,作者曾明确指出:"影响研究如果主要限于找出和证明某种影响的存在,却忽略更重要的艺术理解和评价的问题,那么对于阐明文学作品的实质所做的贡献,就可能不及比较互相没有影响或重点不在于指出这种影响的各种对作家、作品、文体、倾向性、文学传统等的研究。"[2]而"跨学科研究"则是美国学派和法国学派的根本区别。由此可以看出,以雷马克为代表的美国学派是从法国学派驻足的地方前行,把法国学派从比较文学研究中剔除的部分又重新找了回来,从而把比较文学从"危机"中拯救出来。

本研究虽然只是对亨利·雷马克与比较文学间的关系研究,可是,如果将其置于北美洲与欧洲文学文化沟通与交流的大背景之中,却可以将其视为一个比较文学成功实践的个案,具有方法论上的借鉴意义。结合美国自身实际,通过向德国与欧洲比较文学的优良传统吸收营养,并在充分尊重比较文学不同发展阶段特点的基础上,雷马克通过自己的研究,不断为学科发展吸收新的养分,并不断为学科纠偏。在成就自己丰硕比较文学研究成果,巩固自己在比较文学界学术地位的同时,也通过对比较文学研究范式的变革助力美国文学和文化融入全球文学和文化版图的这一事业,并取得合法地位,赢得话语权。这一过程无疑可以为"中国文化走出去"伟大事业提供有益的启发。中共中央办公厅、国务院办公厅在《关于实施中华优秀传统文化传承发展工程的意见》中指出:文化是民族的血脉,是人民的精神家园。中华优秀传统文化积淀着中华民族最深沉的精神追求,代表着中华民族独特的精神标识,是中华民族生生不息、发展壮大的丰厚滋养,是中国特色社会主义植根的文化沃土,是当代中国发展的突出优势,对延续和发展中华文明、促进人类文明进步,发挥着重要作用。[3] 这里强调了中

---

① Henry H. H. Remak, Once again: Comparative Literature at the Crossroad, *Neohelicon*, Vol. XXVI, No. 2, 1997, p. 100.

② 〔美〕亨利·雷马克:《比较文学的定义和功用》,张隆溪译,载张隆溪选编《比较文学译文集》,北京:北京大学出版社,1982年,第2页。

③ 新华社:《关于实施中华优秀传统文化传承发展工程的意见》,载《人民日报》2017年2月6日。

华民族优秀文化之于中国社会的重要意义,与此同时,我们也需要看到,当今全球一体化已呈现出势不可挡的局面,随着中国一跃成为全球第二大经济体,必然要求从文化的角度协助政治、经济、军事等方面的交流。我们认为,目前一方面需要加强对中国文化内涵的重构,另一方面也需要加强对"走出去"实施者的全力培养。在构建多元载体或者媒介以助力"中国文化走出去"的时候,比较文学无疑也可以成为一个重要的平台。雷马克在美国二战后国力迅速提高的背景下,通过对比较文学既有过时与落后研究方法的批判,挖掘其他来自社会科学、文学理论、文化研究等领域的优秀成果,对比较文学研究范式进行革命性的变革,从而为比较文学实践、文化交流提供动力与理论支撑。在此启发之下,我们愿与其他国内外同行一道,不断从中国传统文化深厚的"道"中,从西方比较文学实践者的"术"里,找寻破解"中国文化走出去"这一重大课题的方法,这,也是本研究最重要的现实意义。

(二)研究现状

学界对比较文学在中国的"复兴"时间有不同见解,如果以 1978 年作为比较文学在中国"复兴"起始之年[①],自比较文学在中国"复兴"以来,雷马克就一直得到中国学界的关注。对这门产自欧洲的"学院派精英学科"(钱锺书语),我国不是"自古有之",所以需要借鉴国外的相关理论著述。可是,早期比较文学引路人王国维、鲁迅、许地山、陈寅恪等开启的创造性工作被迫中断,其原因是为了与苏联保持一致:自二十世纪三十年代,比较文学"从遭到冷遇、批判而成为禁区,在一段时期成为'资产阶级反动的文艺学'"[②],这种状态一直持续到二十世纪六七十年代,在苏联相继召开"民族文学的相互联系与相互影响"和"斯拉夫文学比较研究学术会议"之后才有所改观。国内比较文学的"复兴"则是我国实行"改革开放"政策的产物。这样,在重启与西方学术对话大门之后,学界普遍感到与时代脱节,于是如饥似渴地吸纳国外学术资源,重兴"拿来主义",雷马克研究就是在这种背景下产生的。综合各方资料,我们发现我国学界一直关注对雷马克比较文学重要著述的译介,在 30 年间翻译了他 10 篇文章和一份比较文学参考书

①孙景尧:《比较文学在当代中国的复兴与发展(1978—2008)——在中国比较文学学会第九届年会暨国际学术研讨会上的学术总结报告》,载《中国比较文学》2009 年第 1 期。
②刘献彪:《比较文学自学手册》,长沙:湖南文艺出版社,1986 年,第 131 页。

目。同时,各种比较文学著述中对雷马克进行积极与热情的介绍:有两封与国内学者的通信被发表出来,有笔者本人发表的六篇与雷马克相关的论文,以及国内学者对雷马克比较文学思想的反思等。总的来说,与国内学者对其他西方经典比较文学家的研究相比,雷马克的相关研究才刚刚起步,这与其比较文学"良心"的地位是极不相称的。

此外,由于国内学界对亨利·雷马克的关注始于二十世纪七十年代,那时我国比较文学研究刚刚复兴,因资料不足,信息不对等等原因,还出现了一些误传。在此进行回顾,既不是对前辈学者的责难,也不是否定他们的功绩,而是为了避免以讹传讹,还原一个真实的雷马克。

首先,我们得为亨利·雷马克"正名"。雷马克本名是"Henry Heymann Herman Remak",可不管是在大陆,还是在台湾的比较文学界,很多学者都把他的姓错写成"Lemak"或"Remark"。研究发现,这种错误首先是由台湾学者开始的:袁鹤翔教授 1975 年发表在《中外文学》上的《中西比较文学定义的探讨》中就有这样的话:"这种说法与李马克(Lemak)对比较文学所下的定义(后谈)非常接近。"①1979 年由台湾成文出版社出版的《比较文学理论集》封面作者名被写为"Henry H. H. Remark"。直到 1997 年,古添洪发表在四川大学出版社出版的《中外文化与文论》上的《中国学派与台湾比较文学界的当前走向》中仍有这样的表述:"……而任麦(Henry Remark)稍后同时写就互为补充的两篇文章,《比较文学在十字路口:诊断、治疗与预后》及《比较文学:其定义与功能》,有很公允的评论与建议。"②受此影响,国内也有学者犯了类似的错误:1985 年在《广东民族学院学报》(第 1、2 期合刊)上刊登的《关于比较文学理论问题的通信》(第 61 页)、1987 年由四川人民出版社出版的《中西比较文学手册》(第 37 页)、2006 年由浙江大学出版社出版的《中外比较文学名著导读》(第 340 页)。这种对雷氏称呼上的错讹和不一致严重影响了国内学界对雷马克的接受与研究。当然,由于他是德裔,名字不太"美国化",就连雷马克生前同事都会把他的名字拼写错,例如,在 2009 年美国比较文学年会公告中,他的中

---

①黄维樑、曹顺庆编:《中国比较文学学科理论的垦拓——台湾学者论文》,北京:北京大学出版社,1998 年,第 59 页。然而,在文后的相关论述中,又将雷氏的姓名拼写正确,见该书第 62 页。
②黄维樑、曹顺庆编:《中国比较文学学科理论的垦拓——台湾学者论文》,北京:北京大学出版社,1998 年,第 165 页。

名"Heymann Herman"就被写成"Heyman Hermann"①,而另一位同事则把他的中名拼写为"Heymann Hermann"②,诸如此类来自本土的错误也给国内学者造成了很大的障碍。同时,国内学界对其名的汉译也不大一致,大致有这几种译名:李麦(王润华)、李马克/雷麦克(袁鹤翔)、任麦(古添洪)以及雷迈克(金国嘉),当然,绝大多数学者还是习惯于将其翻译成雷马克。

其次,我们再为雷马克"正身"以及重新厘定关键时间节点。雷马克本出生于1916年7月27日,可国内的诸多资料却说他"1916年7月23日出生在德国柏林的一个机械师家庭"③。在另一处,雷马克被介绍为,"雷马克(H. H. Remak),男,1930年生……"④与上文的姓名被美国比较文学同行错拼一样,他的出生年份也在最近关于他盖棺定论性的文章中被说成是1917年。⑤ 此外,关于雷马克到美国的时间,多部教材或参考书在介绍雷马克的经历时认为雷氏"1940年因希特勒'排犹'而到美国定居"⑥,而事实是雷马克1936年获得Sigman Alpha Mu奖学金就到了美国,并于次年在印第安纳大学获得硕士学位。此外,雷马克比较文学经典定义发表于1961年,而有论者却注明为1962年⑦。

再次,我们需要重新认定比较文学界"墙理论"的归属问题。在谈论民族文学、比较文学以及总体文学的关系时,有一个著名的"墙理论"。至于是谁首先提出这个理论,我们发现大致有两种观点。第一种观点认为"墙理论"是由法国学者德利耶尔首先提出。在我国第一本比较文学理论专著中这样写道:"关于民族文学、比较文学、总体文学三者的层次和关系,法国学者德利耶尔教授曾打了个形象的比喻:民族文学在一国的围墙之内研究文学,比较文学跨过围墙去,而总体文学则高于墙之上。"⑧第二种观点认

---

①See：ACLA BULLETIN, p. xiii.

②Clause Clüver, Henry H. H. Remak, the Peripatetic Comparatist, *Comparative Critical Studies*, 7. 2—3(2010), p. 230.

③刘献彪:《比较文学自学手册》,长沙:湖南文艺出版社,1986年,第389页。

④〔美〕亨利·雷马克:《比较文学在大学里的处境》,杨周翰译,载《中国比较文学》1988年第2期,第90页。

⑤Clause Clüver, Henry H. H. Remak, the Peripatetic Comparatist, *Comparative Critical Studies*, 7. 2—3(2010), p. 230.

⑥廖鸿钧:《中西比较文学手册》,成都:四川人民出版社,1987年,第37页。

⑦刘献彪:《比较文学自学手册》,长沙:湖南文艺出版社,1986年,第390页。

⑧卢康华、孙景尧:《比较文学导论》,哈尔滨:黑龙江人民出版社,1984年,第99页。

为"墙理论"是由雷马克首先提出:"美国著名比较文学学者雷马克曾对比较文学有一个十分形象的比喻:'国别文学是墙内文学的研究,比较文学越过了围墙,而总体文学则居于墙之上。'"①在这里就存在一个矛盾,即此理论到底是由雷马克还是德利耶尔首先提出? 查阅相关资料,雷马克在论及"墙理论"时有一个注释:"此定义由德利耶尔(Craig La Driére)教授在1950 年 12 月于纽约举行的美国现代语言学会比较文学分会上的致辞中提出,后经完善,在第二届国际比较文学学会大会论文集中发表,参见第一卷,第 160—175 页。"②从中可以发现,"墙理论"不是由雷马克首先提出。这也得到了日本学者大冢幸男的印证:"打个比方,民族文学是壁垒之内的(within walls)文学研究,比较文学是超越壁垒的(across walls)文学研究,而一般文学则是驾于壁垒之上的(above walls)文学研究(德利耶尔教授语)。"③综上所述,国内对雷马克的研究还存在一些信息错误,这其中很多是因为早期资料不足,以及在转译过程中造成的。不过,这也从一个侧面反映出目前学界对雷马克的关注还不够,研究也还有待深入。④

在另一方面,作为比较文学美国早期的一员悍将,雷马克在美国和西方的影响相当深远。生活在韦勒克同一时代,与其相比,各自的研究兴趣和方向有所不同,但在那时,他们就像天空的两颗星星,彼此互为参照、交相辉映。雷马克早期提出美国学派比较文学经典定义的时候,并未得到美国学界的广泛接受。在 1970 年发表的文章《比较文学的名称与性质》中,韦勒克对雷马克的定义进行了猛烈地批判,他说:"对比之下,亨利·雷马克最近企图放宽比较文学定义的尝试便不是那样武断,而是显得更加雄心勃勃。他把它称之为'超出一国国度限制的文学研究,以及研究文学与其他知识和信仰领域之间的关系,如艺术、哲学、历史、社会科学、自然科学、宗教等的科学'。但雷马克先生不得不做出一些人为的和站不住脚的区别:研究霍桑与卡尔文主义之间的关系被叫作'比较'文学,而研究他的原

①黄维樑、曹顺庆编:《中国比较文学学科理论的垦拓——台湾学者论文》,北京:北京大学出版社,1998 年,第 10 页。
②Newton P. Stallknecht and Horst Frenz (ed.), *Comparative Literature：Method and Perspective*, Carbondale：Southern Illinois University Press, 1961, pp. 332～333.
③〔日〕大冢幸男:《比较文学原理》,陈秋峰、杨国华译,西安:陕西人民出版社,1985 年,第 50 页。
④关于亨利·雷马克与中国比较比较文学关系后有专章论述,此处不赘述。

罪、罪恶以及赎罪观念却仍然算是'美国'文学……因此，作为一个定义，他是经不起推敲的。"①这样的评价具有相当的摧毁性，可是细看雷马克的原文，我们也会发现其实雷氏在后文中对自己的概念进行着限定。例如，他论说道："讨论金钱在巴尔扎克的《高老头》中的作用，只有当它主要（而非偶尔）探讨一种明确的金融体系或思维意识如何渗进文学作品中时，才具有比较性。探讨霍桑或麦尔维尔的伦理或宗教观念，只有涉及某种有组织的宗教运动（如伽尔文教派）或一套信仰时，才可以算是比较性的。"②由此可以看出，雷氏意义上的跨学科研究是有条件的，那就是："文学和文学以外的一个领域的比较，只有是系统性的时候，只有在把文学以外的领域作为确实独立连贯的学科来加以研究的时候，才能算是'比较文学'。"③韦勒克对雷马克的指责其实是不公平的，因为他忽略了雷马克所言的系统性，而只是注意到了几个孤立的概念，而且这也和美国学派后来轰轰烈烈的跨学科研究实践是不相符合的。不过，在韦勒克所认定的文学研究的三个主要方面（文学史、文学理论和文学批评）中的文学史方面，韦勒克高度赞同雷马克在1964年弗里堡会议发言中的观点："没有任何任务比撰写和出版一部关于我们这门学科的通史更为紧迫的了。"④因为韦氏认为只要我们关注比较文学研究的历史而不去计较名称和定义的话，这些含有众多分歧和争论点的含义和起源，就会变得更为清楚。不过，雷马克与韦勒克的区别就是他通过反思法国学派比较文学的理论与实践，提出与之不同的研究范式，为学科变革提供新的动力。但他也不完全否定法国学派比较文学实践，这也是雷马克继承法国学派注重历时研究的重要原因。总之，在雷马克看来，我们不能完全把美国学派和法国学派作截然的区分，因为法国学派里的研究者里有美国学派的方法，美国学派里也有研究者采取法国学派的作风。这点雷氏在《比较文学的定义和功能》中就曾有明确的说明："美

①〔美〕韦勒克：《比较文学的名称和性质》，韩冀宁译，载孙景尧选编《新概念 新方法 新探索——当代西方比较文学论著选》，桂林：漓江出版社，1987年，第79页。
②〔美〕亨利·雷马克：《比较文学的定义和功用》，张隆溪译，载张隆溪选编《比较文学译文集》，北京：北京大学出版社，1982年，第6页。
③〔美〕亨利·雷马克：《比较文学的定义和功用》，张隆溪译，载张隆溪选编《比较文学译文集》，北京：北京大学出版社，1982年，第6页。
④〔美〕韦勒克：《比较文学的名称和性质》，韩冀宁译，载孙景尧选编《新概念 新方法 新探索——当代西方比较文学论著选》，桂林：漓江出版社，1987年，第81页。

国学者们必须要注意，不要仅仅因为法国人似乎特别注重某些比较研究的项目……而排斥或忽略别的项目，就随便地放弃法国人喜欢研究的那些问题。"①这种在批判法国学派时不把洗澡水和孩子一起倒掉的做法是客观和冷静的，也正是在这种理念的指导下，比较文学不像其他人文学科采取完全推翻以前理论大厦，然后再进行重构的方法，而是在继承基础上以变革的方式推进学科发展。

　　在谈论比较文学内核的第二个圆环，即文学与科学之间的跨学科研究的时候，韦斯坦因首先肯定了雷马克的功绩："正如亨利·H·雷马克在其著名的文章（即《比较文学的定义和功能》——笔者注）中为其所命名的那样，雷马克是唯一的在试图为其下定义时严肃提出该问题（即跨学科研究——笔者注）的学者。"②正如韦斯坦因所言，虽然韦勒克对这个定义表示反对，但韦氏认为这个误解的根子，它所引起的逻辑上的错误既多又深："就是说，各种现象必须真正地对等才具可比性，例如文学不可与科学比，只有文艺学和科学才能相比。"③韦氏在这里强调对等性，担心的是扩大比较文学研究的圈子，因为他在另外一处说："我以为把研究领域扩展到那么大的程度，无异于耗散掉需要巩固现有领域的力量。因为作为比较学者，我们现有的领域不是不够，而是太大了。我们现在所患的是精神上的恐泛症。"④其实，对坚持采取居于美国学派和法国学派之间的"中道"观的韦斯坦因来说，他在当时还是认为比较文学应该限定在源于"两希"文明的欧洲文学之间，对跨文化的比较文学研究持否定态度。（虽然他后来在《我们从何来，是什么，去何方——比较文学的永久危机》中更改了自己的主张）究其原因，还是因为他认为西方文化和东方文化不对等——西方文学优于东方文学，这样就不可以进行"不对等"的比较文学研究，这在本质上是"欧洲中心主义"思想的表现。比较文学在雷马克看来是一个辅助学科，是"连贯各片较小的地区性文学的环节，（比较文学）是把人类创造活动本质上有关

①〔美〕亨利·雷马克：《比较文学的定义和功用》，张隆溪译，载张隆溪选编《比较文学译文集》，北京：北京大学出版社，1982 年，第 4 页。

②〔美〕韦斯坦因：《我们从何来，是什么，去何方——比较文学的永久危机》，韩冀宁译，载孙景尧选编《新概念 新方法 新探索——当代西方比较文学论著选》，桂林：漓江出版社，1987 年，第 34 页。

③〔美〕韦斯坦因：《我们从何来，是什么，去何方——比较文学的永久危机》，韩冀宁译，载孙景尧选编《新概念 新方法 新探索——当代西方比较文学论著选》，桂林：漓江出版社，1987 年，第 34 页。

④〔美〕韦斯坦因：《比较文学与文学理论》，刘象愚译，沈阳：辽宁人民出版社，1987 年，第 25 页。

而表面上分开的各个领域联结起来的桥梁"①。所以,这个怀揣着美好愿望的"桥梁"就这样在欧洲中心主义的思维里被扭曲了。后来在论述"各种艺术的相互阐发"时,韦斯坦因再次提到了雷马克的定义,这次他所理解的雷氏的观点是:"只要文学被作为研究的出发点或者焦点,各种艺术之间关系的比较研究就理所当然地是比较文学的一个分支。"②这本是雷马克的初衷,在实践中也是这样进行的。在霍斯特·弗兰茨和韦斯坦因的文章《教授比较艺术:一个挑战》中就提及了在雷马克所执教的印第安纳大学,自1952年以来,文学、艺术和音乐之间的关系就一直是比较文学中的一门课程。学生以历史与批评的眼光学习这一课程,这一事实本身支持了雷马克的这一定义。但是韦斯坦因先是做了激烈的批评,认为:"在比较文学的历史上,无论是法国学派还是美国学派,他们的代表人物中都没有一个是赞成这一观点的。"③然后稍微变得温和了些,因为在该书的后面韦氏这样写道:"按照雷马克对比较文学作的定义(对这一定义我是在有一定保留的程度是接受的),巴尔登斯伯格和弗里德里希合编的书目是相当'进步的',因为他不仅有'文学和政治的关系'这样的章节,而且还有文学和'艺术和科学'之间关系的章节(I,3)。"④可以看出韦斯坦因基本同意雷马克的观点,而前面对雷氏全盘否定的观点也通过下面的事实被韦斯坦因自己给否定掉了:"当他在1961年提出这一意见时,只有少数美国学者表示赞同。也许最坚定不移地采用'比较艺术'的方法进行研究的学者是卡尔文·布朗。"⑤同时,他自己也与其殊途同归,"从长远来看,提倡历史/语言研究的安全性,和雷马克提倡的'发挥更多的想象力'并不矛盾,反倒可以协调一致"⑥。因此可以从这里看出,对于雷马克的经典定义,在起初阶段,以韦勒克和韦斯坦因为代表的理论界对其进行了严厉的批判。

　　与此同时,雷马克在《十字路口上的比较文学:诊断、治疗和预后》中提出的各国学者协同努力进行比较文学研究的观点得到了时任美国比较文

① 〔美〕亨利·雷马克:《比较文学的定义和功用》,张隆溪译,载张隆溪选编《比较文学译文集》,北京:北京大学出版社,1982年,第7页。
② 〔美〕韦斯坦因:《比较文学与文学理论》,刘象愚译,沈阳:辽宁人民出版社,1987年,第148页。
③ 〔美〕韦斯坦因:《比较文学与文学理论》,刘象愚译,沈阳:辽宁人民出版社,1987年,第25页。
④ 〔美〕韦斯坦因:《比较文学与文学理论》,刘象愚译,沈阳:辽宁人民出版社,1987年,第250页。
⑤ 〔美〕韦斯坦因:《比较文学与文学理论》,刘象愚译,沈阳:辽宁人民出版社,1987年,第148页。
⑥ 〔美〕韦斯坦因:《比较文学与文学理论》,刘象愚译,沈阳:辽宁人民出版社,1987年,第25页。

学学会主席、哥伦比亚大学的大卫·达姆罗什的支持,他以奥尔巴赫(Auerbach)尚缺乏足够的知识装备为例,建议学者间进行合作,这样就既可以协调玩票主义和过分专业之间的矛盾,又可以缓解心怀民族主义的专家与自大自傲的世界主义者之间的紧张。[①] 也有学者认为雷马克是传统研究方法的卫道士,主张保守研究方法。[②] 直到近期,还有学者在谈论跨学科研究的困境时仍然将罪魁祸首归结为雷马克,因为即便雷马克于1985年在《比较文学在大学里的处境》中就已经注意到那些所谓的"文学"学者们的跨学科抱负在急剧膨胀,然而,他们的文学意识、外语能力以及对外国文化的感悟能力却在逐渐下降。可究其原因,开启"潘多拉魔盒"的正是雷马克写于1961年的《比较文学的定义和功用》。[③] 为什么会有如此评价,到底孰是孰非,需要学界进行认真的梳理与反思。目前,美国学界尚缺乏系统研究雷马克比较文学思想的文章与专著,笔者只搜集到两篇与雷马克直接相关的文章,其中一篇是其生前同事,在印第安纳大学从事跨学科研究的美籍德裔学者克罗斯·克鲁夫(Clause Clüver)于2010年所作,可以算是对雷马克进行的一个盖棺定论式的评价,文章简要回顾了雷马克的学术经历以及对美国比较文学界的贡献,并将其视为美国比较文学的"良心"[④]。另外还有一篇自传性的文章,雷马克在其中讲述了他成为一名比较学者的内外因素,简要概述了其学术思想要点,并重点分析了其主张的比较文学的主要任务。[⑤]

纵观国内外研究现状,我们发现,中国比较文学界在"复兴"前后将雷马克引入中国学界,并一直将其视为美国学派的重要代表。他的比较文学观也曾一度就是中国比较文学界的主流学科性质观,而且他的经典定义也

①David Damrosch, World Literature, National Context, *Modern Phiology* (*Toward World Literature: A Special Centennial Issue*), May 2003, p. 516.

②James M. McGlathery, Book Review on Structural Elements of the German Novella from Goethe to Thomas Mann, *The Journal of English and Germanic Philology*, Vol. 97, No. 4, Oct. 1998, p. 603.

③Marián Gálik, Concepts of World Literature, Comparative Literature, and a Proposal, *CLC Web: Comparative Literature and Culture*, 2.4(2000) : <http://dx.doi.org/10.7771/1481—4374.1091> p. 5.

④Clause Clüver, Henry H. H. Remak, the Peripatetic Comparatist, *Comparative Critical Studies*, 7.2—3(2010), Note 5, p. 230.

⑤Henry H. H. Remak, How I Became a Comparatist, *Arcadia*, Sonderheft, 1983.

经常被当作评判研究是否属于比较文学的标准,只是在近些年才有学者因比较文学学科泛化而对他开始有批评的声音。与之相反,美国学界则在刚开始的时候对雷马克的比较文学观进行了强烈的批评,但最后却得出了一致的好评,我们感兴趣的是,是什么原因使国内外比较文学界会对雷马克得出不一致的评价呢? 美国学者马克·本德尔曾指出,美国比较文学研究队伍没有中国庞大,所以他们对本国学者的研究不及中国深入与系统[①],本德尔希望通过我们的努力能掀起雷马克研究的热潮,并希望能够出现雷马克生在德国、学术成就在美国而雷马克研究在中国的可喜局面。

二、研究思路[②]

结合国内外研究现状,本研究拟遵循以下的研究思路。第一,要探寻雷马克与比较文学的关系,就有必要了解其比较文学观。反观二十世纪四五十年代时的社会思潮与文学理论发展,科学主义与人文主义是两大潮流,哲学领域与文学理论界都做出过弥合二者间鸿沟的未能成功的努力,雷马克在此宏大背景中会持何种观点? 以此为出发点,雷马克的比较文学思想中有德国比较文学传统的深远背景、也离不开与同时代学者就比较文学展开论争,在此过程中,雷马克就比较文学的学科性质提出了怎样的学科定位,提出了怎样的实现途径,并赋予了比较文学什么样的学科使命? 这些问题都需要我们仔细梳理。第二,在此基础上,我们将雷马克与比较文学的关系置于其与法国学派、美国学派以及中国学派关系的宏大背景,还原一个动态与多元的雷马克,力避将其"标签化"、"程式化"。尤其在其与中国比较文学关系上,我们以时间为序,从早期、近期和当代中国比较文学发展的三个阶段入手,论证雷马克分别充当的中国比较文学发展的"窗口"、"拐杖"与"靶子"的不同角色。第三是针对雷马克提出的、引起学界"哥白尼革命"式的、对比较文学发展最大贡献的"跨学科研究"进行系统研究,总结学科发展历史,深化研究道路。第四是对作为美国学派代名词的"平行研究"进行梳理,探寻雷马克为其建立所做出的贡献以及雷马克平行

---

① Mark Bender 系俄亥俄州立大学副教授,他于 2011 年 10 月来华参加学术会议,其间在笔者陪同他采访作家、曲艺家吴宗锡先生及上海师范大学孙景尧教授时提出上述观点。

② 本节部分内容曾发表于《宁夏大学学报》(人文社会科学版)2011 年第 5 期,题为《国内亨利·雷马克研究 30 年述评》,第 145～151 页。

研究的维度及其意义。第五是就雷马克其他相关领域，即文学理论、文化研究以及价值判断等进行探讨，避免"盲人摸象"式的研究，以此深入、系统地探讨雷马克以及雷马克与比较文学之间的互动关系，以下我们择其要点简述：

1. 辅助学科——雷马克对比较文学的定位。比较文学学科定位一直是学界争论的一个焦点。为抵御克罗齐企图把比较文学打得"片甲不留"的强大攻势，早期"法国学派"认为比较文学是"文学史的一个分支"。由于克罗齐早年从事比较文学研究，所以他对比较文学的攻击很能切中要害。他认为在思考什么是比较文学这个问题的时候，"我们应该立即排除最容易进入头脑的第一个定义：比较文学是采用了比较方法的那种文学。准确地说，因为比较方法不过是一种研究的方法，无助于划定一种研究领域的界限"①。既然"比较"难以让一门学科成立，法国学者们因而处心积虑地避开"比较"，正如艾田伯所论说，"比较不是理由"，而是探寻"关系史"，甚至认为"比较文学是一门取错名字的学科"，"比较摆脱了全部美学意义"，使得比较文学成为文学史的侍女，沦为实证研究的牺牲品，束缚了自身的发展。而美国学派则通过强调"文学性"，通过强调没有"关系"文学作品之间的"平行研究"，召回"美学性"和"比较"，并认为"若无比较，比较文学又将何为？"从法国学派驻足的地方前行。法国学派注重的事实联系，实质是强调文学的纵向联系，而美国学派认为我们的研究同时还要注重横向方面的文学关系，亦即没有影响的文学之间的关系，以及文学与其他表现领域的关联性。唯有如此才可以将文学置身于整体性的世界之中。正是考虑到这是一个庞大的、艰巨的系统工程，雷马克才认为比较文学"还不是一个必须不顾一切地建立自己一套严格规则的独立学科，而是一个非常必要的辅助学科，是连贯各片较小的地区性文学的环节，是把人类创造活动本质上有关而表面上分开的各个领域联结起来的桥梁"②。在发表此论之前几年，结合自己在文学文化交流过程中的诸多实践，雷氏评价道："美国比其他任何国家更迫切需要……为目前专业文学研究与广大知识阶层之间存在的可怕的鸿沟架设沟通之桥……人人都想建墙筑壁，却无人欲在墙上加

①〔意〕本尼第托·克罗齐：《比较文学》，王锦园译，载《中国比较文学》1988年第2期，第92页。
②〔美〕亨利·雷马克：《比较文学的定义和功用》，张隆溪译，载张隆溪选编《比较文学译文集》，北京：北京大学出版社，1982年，第7页。

盖屋顶。"①这样的"墙壁"是到处存在的：文学之间、学科之间、民族之间及国家之间等。各学科的从业者都在自己的专业领域里"闭门造车"，却没有人，没有学科对他们已取得的成果进行"综合"，比较文学在新时期力图承担这个使命。那么比较文学能够承担此任吗？高尔基曾说过，"文学就是人学"；马克思也认为"人是一切社会关系的总和"，这样就可以推导出：人所从事的一切活动都可以在文学中得到反映。从这个意义上讲，文学，以及建立在此基础之上的比较文学也就具备了联通各"墙壁"之间的"屋顶"和"桥梁"的条件。我国学者李赋宁认为："'比较文学'是从国别文学和世界文学通向总体文学的桥梁。"②在这一点上，美国比较文学家哈利·列文也认为："比较文学到不久前为止，一直是一门边缘学科，它将继续安于这种地位呢，还是如我们中有些人在鼓励下希望的那样，将变成一门中心学科，这取决于他有没有能力处理如斯达尔夫人那样气象恢宏的艺术家。"③文学成为整体，也就意味着其反映的世界，以及其中的各门学科也就通过文学成了一个整体。可见，弄清自身的定位是一个迫切需要解决的问题，而反思雷马克的"辅助学科"说具有一定的启发作用。

2. "美国学派的重要代表?"——力避雷马克研究"标签化"。国内诸多介绍雷马克的文章都把他定位为"比较文学美国学派的重要代表"，纵观雷氏在"美国学派"形成过程中的作用和影响，这也是对他的一个公允评价，可如果将其平面化、简单化则无法很好地认识他的比较文学理论和实践。其实，这样的"学派"划分在早期就遭到了学界的诟病，例如在"法国学派"基亚所著《比较文学》的前言中，就这样评价道："值得庆幸的是，人们对比较文学的这种看法不是一份护照，从这个观点来看，许多美国人是'法国化'的，许多法国人也是'美国化'的。"④后来的佛克马、奥尔德里奇、张汉良等学者都对这种"学派"之分进行了批判，这对我们是一个很好的提示，它提醒我们在对待雷马克时也应该采取辩证客观的态度。就雷马克的观

①〔美〕亨利·雷马克：《比较文学：再次处于十字路口》，姜源译，载《中国比较文学》2000年第1期，第18页。

②李赋宁：《比较文学原理新编·序》，乐黛云、陈跃红等《比较文学原理新编》，北京：北京大学出版社，1998年，第10页。

③〔美〕勃洛克：《比较文学的新动向》，施康强译，载干永昌等编《比较文学译文集》，上海：上海译文出版社，1985年，第197页。

④〔法〕马里奥斯·法朗索·基亚：《比较文学》，颜保译，北京：北京大学出版社，1983年，第2页。

点来看,我们也可以发现他虽然对法国学派持批评态度,但也不是全盘否定。"美国学者们必须注意,不要仅仅因为法国人似乎特别注重比较研究的项目(如研究接受、各国文学互相之间所持的态度、媒介、旅行、作者阅读外国文学作品的情况等)而排斥或忽略别的项目,就随便地放弃法国人喜欢研究的那些问题。"①在此,雷马克明确地告诫美国学者在对法国学派进行批判时不要把孩子与洗澡水一同倒掉,不要"随便放弃"比较文学研究的传统方向。况且这两派学者的研究也不是那么的泾渭分明,在另一处,雷马克评述道:"在美国发表的比较文学研究著作中有许多实际上是符合法国派的观念的。然而,即使那些背离了法国模式的研究著作在美国可能还是少数,但这个少数却是颇有影响的。"②这里道出了一个事实,那就是"美国学派"并不是那样的团结一致,他们之间也存在分歧,只是这种"少数"学者所持的分歧未能引起足够的重视,所以,只能说美国学派和法国学派的比较文学研究貌似采取了截然不同的方法。从雷氏本人的比较文学实践来看,他的部分研究也是按法国模式进行的,如他自己的博士论文《司汤达在德国的百年批评史(1817—1918)》,以及其他文章,如《法德十八世纪文学关系》《歌德对司汤达的影响》等。鉴于此,罗马尼亚科学院院士、比较文学家亚历山大·迪马这样评价道:"在美国也不乏传统性质的比较文学研究著作,亨利·雷马克对司汤达批判精神的研究即是一例(1947)。"③因此,若能对雷马克与比较文学不同发展阶段的关系进行深入探究,将会对他与学科发展史有更加全面和深入的认识,还原二者间真实与立体的关系,也会对法、美两派的争端做出更加客观的评价。

　　3. 跨学科研究——雷马克对比较文学发展"哥白尼革命"式的贡献。跨学科研究在比较文学历史上不是一个新课题。首先据韦勒克考证:"在早期英语中,'文学'一词的意思却是'学识'和'文学修养',特别是指关于拉丁文的知识。"④所以,"Comparative Literature"自然也就包含人类各种

---

① 〔美〕亨利·雷马克:《比较文学的定义和功用》,张隆溪译,载张隆溪选编《比较文学译文集》,北京:北京大学出版社,1982年,第4页。
② 〔美〕亨利·雷马克:《比较文学的法国学派和美国学派》,郭建译,载北京师范大学中文系比较文学研究组《比较文学研究资料》,北京:北京师范大学出版社,1986年,第70页。
③ 〔罗马尼亚〕亚·迪马:《比较文学引论》,谢天振译,上海:上海译文出版社,1991年,第43页。
④ 〔美〕韦勒克:《比较文学的名称与性质》,韩冀宁译,载孙景尧选编《新概念 新方法 新探索——当代西方比较文学论著选》,桂林:漓江出版社,1987年,第69页。

知识之间的比较研究。如果说韦勒克的研究告诉我们比较文学的本体就包含跨学科研究的话，勃洛克则告诉我们，比较文学在方法论上都是借鉴其他学科而来的，他总结道："十九世纪，几乎所有为比较文学下的定义都建立在文学研究与自然科学的类比之上。"①就像美国批评家佩恩所称："从进化角度研究文学，愈益趋向于成为一种比较研究，如同在某处被打乱了或者突然中断的地质岩系，能在别处被发现他在继续延伸那样，文学体裁中的某些发展线索在某一民族的产品中业已在某种程度上清理就绪之后，我们若把研究努力转到别的区域，便能从这一点出发，更好地勾勒这些发展线索的脉络。"②虽然在比较文学理论和实践中一直存在跨学科研究，可将其引入比较文学定义的还是雷马克，韦斯坦因首先肯定了雷马克的功绩："正如亨利·H·雷马克在其著名的文章中为其所命名的那样，雷马克是唯一的在试图为其下定义时严肃提出该问题的学者。"③不过，此概念刚提出不久就遭到了韦勒克的批评，他认为："雷马克先生不得不做出一些人为的和站不住脚的区别：研究霍桑与卡尔文主义之间的关系被叫作'比较'文学，而研究他的原罪、罪恶以及赎罪观念却仍然算是'美国'文学。"④而反观雷氏的论说："讨论金钱在巴尔扎克的《高老头》中的作用，只有当它主要（而非偶尔）探讨一种明确的金融体系或思维意识如何渗进文学作品中时，才具有比较性。探讨霍桑或麦尔维尔的伦理或宗教观念，只有涉及某种有组织的宗教运动（如伽尔文教派）或一套信仰时，才可以算是比较性的。"⑤我们可以看到，雷氏的跨学科研究是有条件的，那就是：文学和文学以外的一个领域作为确实独立连贯的学科来加以研究的时候，才能算是比较文学。韦勒克对雷马克的指责其实是不公平的，因为他忽略了雷马克所

---

① 〔美〕勃洛克：《比较文学的新动向》，施康强译，载干永昌等编《比较文学译文集》，上海：上海译文出版社，1985年，第195页。

② 〔美〕勃洛克：《比较文学的新动向》，施康强译，载干永昌等编《比较文学译文集》，上海：上海译文出版社，1985年，第195页。

③ 〔美〕韦斯坦因：《我们从何来，是什么，去何方——比较文学的永久危机》，韩冀宁译，载孙景尧选编《新概念 新办法 新探索——当代西方比较文学论著选》，桂林：漓江出版社，1987年，第34页。

④ 〔美〕韦勒克：《比较文学的名称与性质》，韩冀宁译，载孙景尧选编《新概念 新方法 新探索——当代西方比较文学论著选》，桂林：漓江出版社，1987年，第79页。

⑤ 〔美〕亨利·雷马克：《比较文学的定义和功用》，张隆溪译，载张隆溪选编《比较文学译文集》，北京：北京大学出版社，1982年，第6页。

言的系统性，只是注意到了孤立的概念，而且这也和美国学派以及整个比较文学界轰轰烈烈的跨学科研究实践是不相符合的。只是在实践中，正如雷马克自己所总结的那样："而另一个同样重要的目标，即彰显并重新定义学科间的差异，却被文学理论和批评的浪潮淹没了。"①因此，重新思考学科分类史，对比较文学界广泛存在的，可是在方法上又需要逐渐完善的跨学科研究，学界还需要进行反思，重读经典无疑是重要渠道之一。

三、研究目标

我们认为，雷马克本人就是比较文学发展和研究的活化石，具有很强的典型性，值得学界进行深入细致的研究。为此，我们将雷马克置于与比较文学关系的宏大视野之中进行考察，希望可以采取更为多元的视角并得出相对公允的结论，本研究有如下目标。

首先，由于国内目前还没有对雷马克进行系统研究的专文和著作（除本人的几篇文章和两部专著之外），更无雷马克与比较文学关系研究方面的著述，笔者试图从事一些基础性的工作。另加上国内目前对雷马克的研究仅仅停留在他的经典定义关照下的学科理论建设，且存在以讹传讹的现象，本著作企图进行一定的纠偏，并努力厘清雷马克与比较文学学科之间的多元关系。

其次，国内对雷马克的研究呈现出以点代面、以偏概全的现状，而且还出现对其过程研究与结果相去甚远的判断；同时对雷氏所从事的跨学科研究、平行研究、文学理论与比较文学的关系研究、比较文学与文化研究的关系研究，以及其与法国学派、美国学派、中国学派之间的关系研究等还需进一步挖掘，国内学界对这位经典比较文学家和文艺理论家的认识也还远远不够。所以，我们希望通过对这位极具代表性的比较文学家与比较文学关系的研究，可以窥见西方比较文学家的研究范式，从而达到知己知彼的目的，并能通过"他山之石"来指导我国的比较文学学科建设和指引我国的比较文学研究实践。

再次，鉴于雷马克自身学科理论也处于动态和变化之中，是在与法国

---

① Henry H. H. Remak, Origins and Evolution of Comparative Literature and Its Interdisciplinary Studies, *Neohelicon*, Vol. XXIX, No. 1, 2002, p. 250.

学派、美国学派,甚至是中国学派学者间的论辩中发展而来,这就更需要我们进行深入的阐发和梳理。尤为重要的是,作为一个在传统比较文学背景中成长起来的比较文学家,雷马克和法国学派也不是断然决裂,这可以从他的诸多论文,甚至是他的博士论文中看出来。同时,传统中的"美国学派"也不是铁板一块,在一定程度上,雷马克与其他美国比较文学界同仁之间也存在着较大分歧,有时甚至是激烈的冲突,这些都需要仔细分辨。此外,学界一般认为中国比较文学,甚至是东方比较文学是在吸收美国学派相应学科理论中建立起来,我们需要明白,雷马克与以中国学者为代表的东方比较文学界进行了怎样的互动,东方比较文学界吸收了以雷马克为代表的西方比较文学界哪些理论滋养,反过来又是否对西方比较文学界有反哺和超越? 希望本研究的结果能彰显比较文学学科的国际性与开放性,并为"中国文化走出去"伟大事业提供借鉴。

四、研究方法

首先,宏观与微观相结合的方法。任何人在历史发展的长河中都是渺小的,康德也认为历史的传承往往不是通过个体,而是通过种族来进行的。雷氏认可这样的观点,并引用瑞士思想家阿密尔的话"个人消亡而团体长存"相互印证①。所以,在进行雷马克与比较文学关系的研究过程中,笔者拟采用宏观与微观相结合的方法,一方面厘清雷马克比较文学思想的核心,另一方面也探寻雷马克在凝练自己比较文学思想过程中对整个学科的发展有怎样的贡献,以及比较文学学科对雷马克的比较文学思想有何种扬弃,以图既见树木,也见森林。

其次,历时与共时相结合的方法。在结构主义者看来,人们对语言的研究经由了从历时向共时的转变。历时研究重在考察语言和知识的传承,由于一味地注重继承性,便很容易走入达尔文进化论的俗套,而现代科学研究成果告诉我们进化论只是物种演化的一种模式。马克思也早就论述了人类精神生产和物质生产的不同步性,如果我们不引入新的视角和方法,无疑会将研究工作导向历史主义。所以在本研究中,笔者试图从历时

---

① 〔美〕亨利·雷马克:《比较文学在大学里的处境》,杨周翰译,载《中国比较文学》1988 年第 2 期,第 86 页。

和共时的维度,既探寻其哲学根基、历史脉络,又考察其当下意义,更关注其动态演变过程,希望重构立体与丰满的雷马克与比较文学关系。

再次,"文本细读"的方法。这里的"文本细读"与"新批评"的文本细读有根本区别,在此,我们主要是从雷马克相关著述的解读中探寻其与比较文学的关系。国内虽然有了雷马克部分著述的翻译,可是其绝大多数都未被引入国内学界,所以,本研究企图紧扣文本,力避"人我相混,物我不清",在解读雷马克比较文学思想的过程中还原其与比较文学学科之间的关系。其实,这样的研究方法学界早已有了定论:"研究前人思想时,一切皆以此人著作为根据,不以其与事理或有不符,加以曲解(不混淆逻辑与历史为一谈)。研究问题时,皆以事物的实况为准,不顾及任何被认为圣经贤训。总之,人我不混,物我分清。一切皆取决于研究的对象,不自作聪明,随意论断。"①

此外,"点、线、面"相结合的方法。本研究选取亨利·雷马克这个比较文学发展过程中的"点",通过将其比较文学思想的演变串联成"线",再将其与当时比较文学家以及其思想的交锋织入平行研究、跨学科研究、文学理论、文化研究及价值判断等的宏大背景,形成"面",以"点、线、面"相结合的方法全面认识雷马克与比较文学之间的关系。

---

① 陈康:《陈康哲学论文集·作者自序》,台北:联经出版事业公司,1985年,第3页。

第一章　亨利·雷马克的比较文学观[①]

要论述雷马克与比较文学的关系,我们认为第一步是要弄清楚其对比较文学所持的基本态度,也就是他的比较文学思想是什么。而任何思想都是在历史发展的长河中形成,因此,对其研究就应该从历史发展的流变中做出动态的考察,即对其既作历时性的,又作共时性的研究,唯如此,才能既顾及整体,全面考察,纵横比较,又上下贯通,透过现象,洞悉本质。

雷马克和弗兰茨一道于 1949 年在印第安纳大学创立了比较文学项目,并一直在该校从事比较文学教学、管理和研究工作。他在国际比较文学舞台的首次登台是 1958 年举行的第二届国际比较文学学会大会,并在会上作了关于比较文学研究生课程的报告[②],之后,他参加了所有此类大会,直到他因病于 2005 年退休。

陈寅恪先生有言,"一时代之学术,必有其新材料与新问题"[③],究其原因,那是因为一个时代总有一个时代的主题,任何人都生活在一定的时代中,解决时代所提出的问题,雷马克也不

图 2　Henry H. H. Remak
in his IAS office, 1992

例外。我们将雷马克与比较文学关系放回到二十世纪四十年代到二十一世纪初,目的就是考察有哪些因素促成了它们之间互动关系的形成。罗伯特·克莱门茨在《作为学科的比较文学》中认为,直到第二次世界大战之

---

① 本章部分内容曾发表于《当代文坛》2013 年第 5 期,题为《试论亨利·雷马克的比较文学学科性质观》,第 35～37 页。

② Henry H. H. Remak, The Organization of an Introductory Survey, *Comparative Literature*: *Proceedings of the Second Congress of the International Comparative Literature Association*, I , ed. by Werner P. Friench, Chapel Hill, University of North Carolina Press, 1959, pp. 222～223.

③ 陈寅恪:《金明馆丛稿二编》,北京:三联书店,2001 年,第 226 页。

后,比较文学在大学教学大纲的永久性地位才得以确立①。所以,选取这个截面也与雷马克在比较文学领域的活动时间大体一致。二十世纪三十年代,当他还是印第安纳大学一名硕士研究生时发表了第一篇论文②,而且他的比较文学思想也在二战后逐渐得以确立。在他1997年所写的简历中,还专门罗列了一本待出版的《比较文学之维:1945年以来这门非常规学科的恒与变》(*Dimensions of Comparative Literature:Continuinty and Change of an Undisciplined Discipline Since* 1945)③,这表明他也在反思比较文学学科半个世纪以来的变迁。雷马克生活在比较文学发展由第一阶段向第二阶段过渡的时期,和其他美国比较文学家一道,他催生了这个过渡时期的到来。在此过程中,通过和法国学派,甚至是美国学派成员学术思想进行针锋相对的"斗争",他逐步确立其地位;在美国学派发展过程中,面对理论大潮对比较文学的冲击,作为一位目光敏锐而又"保守"的学者,他也明确地提出了比较文学处在"十字路口"的论断。在比较文学在美国走向比较文化研究的时候,雷马克也在进行着反思,为学科健康发展摇旗呐喊。当然,要探寻雷马克的比较文学思想,就离不开对他所处时代的考察。

一、二十世纪的两种主义之争与亨利·雷马克的视角

比较文学在二十世纪四五十年代迎来了学科发展的又一个高潮,这和当时的时代背景有着深远联系。我们可以发现,影响人类社会的所有重大发现、发明和革命性科学发展都是在近一个世纪内相继出现的,如达尔文的进化论、马克思主义、爱因斯坦的相对论、现代医学、无线电、空气动力学等,这其中最为突出的就是科学技术的突飞猛进,它在带给人们便捷生活的同时,也在潜移默化地改变着人们对科学的认识和态度,以致当时有不

---

① Robert J. Clements, *Comparatvie Literatrue as Academic Discipline:A Statement of Principles*,*Praxis*,*Standards*,New York:The Modern Language Association of America,1978,pp. 16～18.

② 从雷马克1997年的简历中可以看出,该篇文章为:University Life in Europe,*The Folio*,No. 2 (Christmas Issue),1936,pp. 13～14、53～54.

③ 在撰写博士学位论文期间,笔者曾电话向雷马克遗孀求证,得到答复是"因种种原因,此书一直未能出版",同时参见:Clause Clüver,Henry H. H. Remak,the Peripatetic Comparatist,*Comparative Critical Studies*,7.2—3(2010),Note 5,p. 235。

少思想家提出用科学强有力的思维方式来检验人类各项事业的口号①。尤其是第二次世界大战临近尾声时美国在日本广岛和长崎上空投放的两枚原子弹的爆炸,在帮助同盟国取得胜利的同时,也让人们对科学技术的强大力量充满了足够的信心,仿佛它能帮助人们实现一切梦想,人们也可以凭借科学去解释一切现象,解决一切问题,这种观念在比较文学中的体现就是学科研究中的科学主义倾向,具体而言,它体现在法国学派注重事实联系的影响研究,并由此带来学科发展的第一个黄金时期。不过,后来韦勒克在批判法国同行时就认为他们将陈旧与过时的研究方法引入比较文学研究,并拿十九世纪盛行的事实主义、唯科学主义以及历史相对主义等研究方法来指导本学科②。其具体体现就是以巴登斯贝格、梵·第根、伽列与基亚为代表,重视文学作品之间事实联系,即两国文学之间"贸易交往"的渊源、影响研究。这里的科学主义又有两个维度,其一是受达尔文进化论的影响,以布吕纳介(Brunetiere)为代表的进化主义派,他们希望找到文学作品在相互影响中的源头或"基因";其二是比较文学研究的政治化,以基亚为代表的沙文主义,其原因是他们认为比较学者很难摆脱那种近200年来一直都在纠缠着学者们的,把政治和文化相互联系起来的梦想③,于是乎,比较文学研究中的"有债原则"盛行于二十世纪初的学科发展第一阶段。

然而,作为研究文学现象的一种视角或方法,与比较文学关系最为直接的还是文学理论,亨利·雷马克曾在强调比较文学的主要任务时称:"比较文学必须成为任何一种文学理论的主要实验室。"④那么,回顾二十世纪文学理论领域的总体走向无疑对理解雷马克比较文学思想具有重大意义。

二十世纪西方文学理论有其独立发展的一面,不过它也和当时的哲学

---

① 〔美〕雷蒙德·保罗·库佐尔特、艾迪斯·W·金:《二十世纪社会思潮》,张向东等译,北京:中国人民大学出版社,1991 年,第 9 页。
② 〔美〕韦勒克:《比较文学的危机》,黄源深译,载干永昌等选编《比较文学研究译文集》,上海:上海译文出版社,1985 年,第 122、123 页。
③ 〔法〕布吕奈尔、比叔瓦、卢梭:《什么是比较文学?》,葛雷、张连奎译,北京:北京大学出版社,1989 年,第 231 页。
④ 〔美〕亨利·雷马克:《比较文学的前景》,张宁、谢建珍译,载孙景尧选编《新概念 新方法 新探索——当代西方比较文学论著选》,桂林:漓江出版社,1987 年,第 109 页。

思潮在思想基础、逻辑起点以及研究方法上具有高度一致性。朱立元先生认为当代(这里指二十世纪)西方哲学可以分为人本主义和科学主义①两大思潮,并认为二者之间的对立、冲突、共处、交错及吸收所形成的变奏在二十世纪哲学发展中占主导地位。据此,他把西方文论分成人本主义与科学主义两大主潮。前者以重视人的个性、个体的瓦莱里、庞德、克罗齐、弗洛伊德等人,以及现象学、存在主义、二十世纪西方马克思主义、解释学和接受主义等流派为代表;后者则以俄国形式主义、英美新批评及结构主义等为主体。不过,西方马克思主义及女权主义批评等也曾努力把二者综合于一体,其实,这种企图协调与综合主客二分思想的努力在西方一直存在。侯外庐先生就曾有评价:"把自然现象和社会现象硬拉在一起而企图从中发现所谓'数'的共同规律,是从古代到中世纪的自然科学家大都难于摆脱的思想途径,其中尽管有着自然科学思维的洞察,但其最后完成的理论体系仍不能不陷于唯心主义的泥沼。"②可见,企图以自然科学中的"数"来统一二者是不成功的。这种"硬拉"的方式无疑是自然科学对社会科学强力支配的结果,如何弥合二者之间存在的鸿沟一直是学界的难点。

二十世纪后半期是一个文学理论盛行的时代,在文学理论界也曾有过意在协调二者之间裂痕的两种努力。其一是文学理论界不顾具体情况而竭力去探寻"硬科学"长久以来一直公认却并非没有遭到质疑的那种普遍有效性,也就是说,文学领域主动以自然科学的客观标准来要求自己,这样,理论就貌似在"客观而不受具体情景制约的思想真空里漂浮"③,它好像与批评家的经历和内在结构无关,与他生存的历史文化环境无关。与前者将人文主义科学化不同,第二种努力注重将自然科学人文化,也就是说,它将绝对客观的观点相对化。不管多么含蓄,这种解构主义的策略亦追求

①所谓"人本主义",就是以人为本的哲学理论,其根本特点就是把人当作哲学研究的核心、出发点和归宿,通过对人的研究来达到对世界本质和其他哲学问题的探寻。所谓"科学主义",是以自然科学的眼光、原则和方法来研究世界的哲学理论,它把一切人类精神文化现象的认识论根源都归结为数理科学,强调研究的客观性、精确性和科学性。参见朱立元:《当代西方文艺理论》,上海:华东师范大学出版社,1997年,第2页。

②侯外庐:《中国思想史纲》,上海:上海书店出版社,2008年,第141页。

③Henry H. H. Remak, Comparative Criticism: Cultural and Historical Roots in the Theoretical Forest, *Neohelicon*, Vol. 17, No. 1, 1990, p. 161.

普遍适用性，即，一种范式被另一种范式所取代。或者，换种说法，如果将解构主义的方法运用于解构主义理论自身，我们不会获得任何的可靠性，我们仍在原点。所以，在此情况下，理论无处不在，而具体的文化与环境则至多成了理论的奴婢。

面对这两种趋势，雷马克提出了尖锐的批评，他首先发问，究竟是谁赋予了批评家以超然的豁免权？人们对作家的相关信息有诸多的了解和掌握，然而对批评家却知之甚少。难道他们就是天外来客？之所以如此是因为学界存在一种期待，那就是批评家们在进行评价时有超越环境的客观性，批评家在作者面前具有自我透明性。然而，雷氏认为："要求批评家在进行评价时有着一张婴儿空白心灵般的白板以及他的批评处在真空中的观点都是毫不现实的。"[①]学者们在做评价时，无疑会受到来自地域、种族、宗教、政治、社会、教育和哲学等方面的影响，因而，追求科学主义的客观是不现实的。其次，在如何对来自不同文化作品进行批评的时候，他提出了自己的独到见解，那就是"比较批评"。他心中的"比较批评"是"文学作品研究方法的比较和相互关系研究，人们用这种研究方法来分析、阐释和评价源自不同文化的文学作品。"[②]他在这里强调用多元的视野来研究文学，同时，要达此目的，必须对人们的研究方法进行批判性研究。雷氏认为即便是在专业期刊中，人们对比较批评也较少涉足，即使有，学者们也仅仅将其视为批评类型的代名词。对于比较批评，约瑟夫·斯特卡(Joseph Strelka)认为它是"比较方法、比较观念和批评中形成的思想的广阔试验场，它批判性地比较在一国内和国际上演进中形成的诸多方法"[③]，这里虽然强调了研究方法的多元性，可遗憾的是，雷马克认为斯特卡本人却未能在实践中贯彻这样的思想。尤为困难的是，面对源自不同文化背景中的文学理论，人们能否以客观的态度去对待便成为问题的关键。在西方批评史上，据韦勒克考证，在十八世纪后期，全球各个民族批评传统都明显与它们所在国的政治体制及历史传统息息相关，而不是所谓的客观公正对待。例

①Henry H. H. Remak, Comparative Criticism: Cultural and Historical Roots in the Theoretical Forest, *Neohelicon*, Vol. 17, No. 1, 1990, p. 169.

②Henry H. H. Remak, Comparative Criticism: Cultural and Historical Roots in the Theoretical Forest, *Neohelicon*, Vol. 17, No. 1, 1990, p. 163.

③Joseph Strelka, *Vergleichende Literaturkritik Berne and Munich*, Francke, 1970, p. 86.

如,德国之所以反对法国新古典主义,就是出于爱国主义,同时,对那些在文学和文化上的亲法人士,德国也深恶痛绝①。到了十九世纪中期,韦勒克甚至认为民族主义、历史主义和科学主义是影响文学批评的重要外在因素。文学批评领域成为各国之间相互讥讽和讪笑的场所。英国散文家锡德尼·史密斯于1820年充满嘲讽地问道:"环球四方,何人去读一本美国书?"②这样的情绪很有典型性,使得当时美国批评界处于一种矛盾的境地。一方面,他们和英国操着同样的语言,有着割舍不断的情缘,同时,政治上的独立和宗教上的分歧使得他们不得不和过去道别。另一方面,就欧洲大陆泛滥的民族主义所依凭的源头而言,美国都不具备。正如霍桑所坦承的,美国是"一个没有阴影,没有古风,没有奥秘,没有刻画生动而又令人沮丧的不义之都,只有光天化日之下,触目可见的一片繁荣气象"③。其间那种对历史的复杂情节溢于言表,也为日后美国学术界出现雷马克所批判的"只注重今天和明天,不重视昨天"的心态埋下了伏笔。面对诸如史密斯等人的非难,正如上文霍桑言论中所透露的,美国也出现了乐观主义情结,批评家们寄希望于未来,希望在新大陆随着自由、民主与和平等思想的传播,能够在文学上出现与欧洲抗衡的"繁荣气象"和鼎盛时代。为促使这一天的早日到来,美国人开始将目光转向欧洲大陆,尤其自一八一五年之后,焦点对准德国,这无疑是对他们起初一心倚傍英国的反拨④。此后,德国浪漫主义、德国历史学派,以及穿上德国外衣和法国外衣的英国思想都一并进入美国。这使得主观上企图摆脱英国影响的美国不但成为各民族聚居的"大熔炉",也成为各派思想交汇的重镇。于此,朗费罗于一八四九年预言道:"正如各个民族的血液和我们本身的渐渐交融一样,他们的思想感情,最终也将融入我们的文学。我们将吸收德国人的温柔、西班牙人的激情、法国人的活泼,使之逐步和我们英国式的稳健头脑融合起来。如此一

①Henry H. H. Remak, Comparative Criticism: Cultural and Historical Roots in the Theoretical Forest, *Neohelicon*, Vol. 17, No. 1,1990, p. 163.

②〔美〕韦勒克:《近代文学批评史》第三卷(中文修订版),杨自伍译,上海:上海译文出版社,2009年,第202页。

③〔美〕韦勒克:《近代文学批评史》第三卷(中文修订版),杨自伍译,上海:上海译文出版社,2009年,第202页。

④〔美〕韦勒克:《近代文学批评史》第三卷(中文修订版),杨自伍译,上海:上海译文出版社,2009年,第202页。

来,我们的文学便将具有普遍意义,而这正是我们所孳孳以求的。"①当日的美国为抵制对英国的依赖而将目光向外转,来自德国、法国等欧洲国家的文艺思想使得美国文学具有一定的广度和"普遍意义",企图通过追求"普遍意义"的方式来寻求科学性。但是,这种将目光局限于欧洲的做法也使得其自身成为比较批评发展史上的一个过渡阶段,它将注定是衔接欧洲各国的一个小"熔炉"。他们对东方文学思想的漠视态度注定使其成为安息—萨珊—阿拉伯—土库曼名言的一个注脚:"除了以他们的两眼观察一切的中国人和仅以一只眼睛观察的希腊人之外,其他的所有民族都是瞎子。"②这种思维和行动上的局限直到二十世纪末才有所改观。

　　1989 年,雷马克应邀到印度进行了为期六个星期的教学和讲学工作。之后,在为钱德拉·默罕(Chandra Mohan)主编的《当前比较文学方法面面观》(*Aspects of Comparative Literature Current Approaches*)所作的序中,雷马克这样说道:"在我从芝加哥大学以论文《司汤达在德国的百年批评史(1817—1918)》获得博士学位四十年后,我才首次踏上亚洲大陆。这种滞后反映出西方经典比较文学家中普遍存在的对非西方的艰难而缓慢的认可,这并不是建立在缺乏善意的基础之上,所以,这也是情有可原的。"③其道出了西方主流比较文学家沿袭下来对欧洲以外语言、文学与思想的态度。现实的距离、文化的距离和心理的距离让那些资深西方比较文学家从头开始去掌握一门亚洲或非洲语言是不大现实的。这点艾田伯早就有所认识,在他看来,由于这些英国人和法国人所使用的语言在之前的历史上几乎已经是世界性的语言,所以,与中欧和斯拉夫地区的同行不同,他们根本不会有那么强烈的动机去学习外语④。他们在语言方面的先天优越感成为其进行不同民族文学比较研究的一大障碍。面对这样无奈的现实,雷马克只希望他们可以对新的文化和比较方法持开放的态度。尤其

---

① 〔美〕韦勒克:《近代文学批评史》第三卷(中文修订版),杨自伍译,上海:上海译文出版社,2009年,第 202 页。

② 〔法〕阿里·玛扎海里:《丝绸之路·中国—波斯文化交流史》,耿昇译,北京:中华书局,1993 年,第 329 页。

③ Henry H. H. Remak, Foreword, *Aspects of Comparative Literature Current Approaches*, edited by Ghandra Mohan, New Delhi: Reliance Publishing House, 1989, p. vii.

④ 〔法〕艾田伯:《比较不是理由:比较文学的危机》,罗芃译,载艾田伯《比较文学之道:艾田伯文论选集》,胡玉龙译,北京:三联书店,2006 年,第 12 页。

在对待东方文学时，假如有法国学者要进行欧洲发现日本对启蒙时期自由思想形成所起作用这样的研究，可他们对汉语和日语都一窍不通的这一事实使其成为一种妄想，艾田伯便认为这不应该成为常态，也不应该再继续下去了。面对此种问题，他的策略是："凡是为了获得国家博士学位而愿意同我一起工作的学生，我要求……几个学生学习汉语，几个学习日语，几个学习土耳其语，还有几个学习斯拉夫语，我还想让几个学生学习芬兰—乌戈尔语。这样就可以准备一支比较学者的队伍，过十至十五年，他们就可以组成与我设想的比较文学的未来相称的学院。"①这对那些具有语言优越感的研究者来说是一种远景和愿景，也不失为比较文学的一种教学模式。

在对东方语言文学关注的这一点上，艾田伯和雷马克是一致的，可对于后者而言，他不仅在理论上对东方进行观照，同时也在实践中认识东方，和东方进行对话。这样的实践带给他也是观念的更新。前者在进行理论反思："如果没有读过'Hizakurige'——即便是英译本，或者《西游记》——即便是法译本，或者托尔斯泰和陀思妥耶夫斯基的作品——即便是德译本，哪一个欧洲人敢于对整个小说发表意见？"②这无疑是对比较文学界中盛行的"欧洲中心主义"的无情鞭挞。而后者则通过自己的亲身实践，总结出他在印度教学和讲学工作"代表了我所体验到的异域文化中最戏剧性和最丰富的一面。它同时也让我相信，目前全世界的比较文学发展演进没有比印度（和中国）更充满活力与建设性的地方了"③。如果说艾田伯明确地反对"欧洲中心主义"，雷马克则通过自己"踏上亚洲大陆"的行动，打破了欧美对东方的忽略和向壁虚构，并对以中国和印度为代表的亚洲比较文学发展做出了积极的评价，所以，在这个意义上，雷马克是最早发现和承认亚洲比较文学的西方比较文学家之一。尤为重要的是，在发现亚洲比较文学的过程中，雷马克和韦勒克、艾田伯等一道，对文学批评和比较文学走向科学主义的趋势提出了质疑和否定。雷氏的结论是："经过客观的分析，任何

---

①〔法〕艾田伯：《比较不是理由：比较文学的危机》，罗芃译，载艾田伯《比较文学之道：艾田伯文论选集》，胡玉龙译，北京：三联书店，2006年，第14页。

②〔法〕艾田伯：《比较不是理由：比较文学的危机》，罗芃译，载艾田伯《比较文学之道：艾田伯文论选集》，胡玉龙译，北京：三联书店，2006年，第15～16页。

③Henry H. H. Remak, *Foreword*, *Aspects of Comparative Literature Current Approaches*, ed. by Ghandra Mohan, New Delhi：Reliance Publishing House, 1989, p. vii.

批评都要历经文化的塑造,即便不是由其决定的话,……我们永远都无法成为一门科学,也不想成为一门科学。"①从而为这场比较文学中持久的关于科学主义的论争画上了一个阶段性的句号。

二、德国的比较文学传统与亨利·雷马克的比较文学观

在论述批评家的思想形成过程中的文化成因时,雷马克曾有这样的观点:"与作家和其他任何人一样,批评家都得对他所处的文化做出反映,不管这个文化是他祖国的还是移入国的文化。"②对文化做出"反映",无疑就表明批评家的批评不是在真空中做出,必然会带上身处地文化的印迹。批评家如此,比较文学家亦然。雷马克于二战前因为躲避纳粹对犹太人的迫害而前往美国,他身上自然带有"祖国的文化"的影子,此处就是比较文学德国传统的影子,我们完全可以借鉴雷马克此处的观点,对他的比较文学思想进行溯源式的考证,即从考察德国比较文学传统入手,找寻其根源。

(一)德国比较文学的发展之路

学界向来对比较文学的"法国学派"和"美国学派"倾注了太多的关注,而对德国的比较文学研究却缺乏足够的关切。下列人物和事件将告诉我们,德国学者们在比较文学的发展过程中发挥了巨大的作用,也成为雷马克比较文学思想的深远背景。

早期德国文学实践和文学批评信奉的是"三一律",是赫尔德(J. G. Herder),这位十八世纪伟大思想家和作家率先打破这种僵局。他坚持认为,一切文学作品皆是历史的产物,所以对它的研究也必须从具体的历史语境出发,彻底抛弃现有金科玉律。换句话说,只有对产生这部作品的语言、民族、国家、历史以及精神世界有足够的了解,才能对该作品有深入的认识。他的名言是"人们只能通过生出果子的树木才能认识果子"。此中所蕴含的整体主义思想,不仅对打破德国当时文学研究的束缚有积极作用,也对日后跨民族影响研究有指导意义。在其自身实践中,1778 年,他出版了《民歌》,并在 30 年后再版时将其更名为《诗歌中各族人民的声音》,

---

① Henry H. H. Remak, Comparative Criticism: Cultural and Historical Roots in the Theoretical Forest, *Neohelicon*, Vol. 17, No. 1, 1990, p. 168.

② Henry H. H. Remak, Comparative Criticism: Cultural and Historical Roots in the Theoretical Forest, *Neohelicon*, Vol. 17, No. 1, 1990, p. 198.

将源自德国、法国、英国、希腊、西班牙、丹麦等国的民歌收录其中,形成当时少有的"世界文学"选集。虽然不具备现代意义上的比较文学形式,可在相对隔绝的"蒸汽机时代"以前,这无疑已经具有极强的前瞻性。对此,韦勒克认为,从某种意义上来看,在对世界文学史理想的理解和这种文学史的描绘方法论建构及发展蓝图的展望方面,他当之无愧是第一个现代文学史家[①]。赫尔德在其中体现出来的文学思想与后来法国学派所推崇的"比较文学是文学史的分支"观点之间有高度暗合。

浪漫主义运动之后,施莱格尔兄弟传承了赫尔德的文学思想并发扬光大。1797 年,弗·施莱格尔在《关于希腊诗歌研究》中认为,假如我们将现代诗歌中的民族部分从其整体中剥离开来,视为单独存在的整体,那么,它们就难以解释。从这种整体主义中,我们可以读出影响研究、渊源研究等早期比较文学研究的影子。更具历史意义的是歌德于 1827 年 1 月 31 日在与爱克曼的谈话中首次提出"世界文学"的概念,并指出:"我愈来愈相信,诗是人类的共同财产。……民族文学在现代算不了很大一回事,世界文学的时代已快来临了。现在每个人都应该出力使它早日来临。"[②]歌德老人站在历史发展的高度,认为各民族文学已经相互融合,以至于一种天下大同式的"世界文学"就快出现。虽然学界目前对"世界文学"还有诸多不同观点,可是歌德热情讴歌各民族文学共性,强调彼此互通的思想却是超越民族主义和各种"中心主义"的重要渠道,这种文学整体观即便是在今日也还具有积极意义。其后的文学史家继续沿着赫尔德文学与文学语境的整体性和歌德文学整体性的思路进行研究。在赫特纳(H. Hettner)看来,文学与时代、社会等是一个有机体中的不同组成部分,并承认德国文学的产生和发展与其他国家的文学之间存在着互动关系。在《十八世纪文学史》(1855 年)中,他将德国文学置于与英国、法国文学的相互关系中进行探讨,已经为后来的比较文学研究指明了方向,雷马克后来从事的法德文学关系就是这种研究思路的体现。

由赫尔德、歌德等人播下的比较文学的种子终于在十九世纪末、二十世纪初生根发芽了。1887 年,德国日耳曼学家和文学史家科赫(Marx

---

①卫茂平:《德国比较文学的历史和现状》,载北京大学比较文学研究所、《中国比较文学年鉴》编委会编《中国比较文学年鉴:1986》,北京:北京大学出版社,1987 年,第 501 页。

②〔德〕爱克曼辑录:《歌德谈话录》,朱光潜译,北京:人民文学出版社,1978 年,第 113 页。

Koch)创办了该国第一本比较文学杂志《比较文学杂志》,1901 年又创办了《比较文学史研究》,并对《比较文学杂志》确定了如下研究板块:第一,翻译的艺术;第二,文学形式和文学主体研究,以及跨越民族界限的文学研究;第三,思想史研究;第四,政治史与文学史之间的关系研究,文学与雕塑艺术、哲学发展与文学发展之间的联系;第五,民俗学研究。[①] 可见,其研究内容不但囊括了影响研究、平行研究,而且还出现了跨学科研究,这些内容和六十年后雷马克为变革法国学派研究范式而提出的经典定义已经非常接近。

当然,德国早期比较文学的发展也不是一帆风顺的,其间还是有各种不同的反对声音。1900 年,贝茨(L. P. Betz)发表了题为《世界文学——歌德和理查德·M·迈耶尔》的文章,建议大幅提升比较文学课程在德国大学中的比例,以达到增强各族人民的相互了解和增进人民友谊的目的,然而,哥廷根大学的日耳曼学家达菲斯(H. Daffis)则认为这样的想法是荒谬的。他反对比较文学的原因是,凡是正确理解并明白自己任务的文学史家根据"相互阐明"的原则进行的工作就是比较文学的工作,因而,比较文学的课程就显得多此一举,相反,"国家……应在为德国文学史家建立更多的教职中看到一种国家的光荣义务"[②]。显然,在反对比较文学方面,达菲斯绝不是孤单的。另一位日耳曼学家艾尔斯特(E. Elster)于 1901 年撰文《世界文学与比较文学》,认为比较文学只是一种文学研究的方法,它既属于民族文学,也属于世界文学,并进一步认为贝茨等人借比较文学史之名而提倡的比较文学未能向学界展示新研究方法,只是意味着我们研究领域又多了一个分支,以及我们研究领域在一定程度上的扩大[③]。他在此无疑就否定了比较文学和民族文学之间的差异,因此也否定了比较文学的合法性。他在该文中甚至认为随着世界文学的到来,德国人必定会失去更多,人们必须要考虑下自己的这个警告。他"乐观"的一面是认为世界文学已经到来,可是至于如何到来却似乎只是寄希望于民族文学史家,但以狭

①曹顺庆:《比较文学教程》,北京:高等教育出版社,2006 年,第 8 页。

②卫茂平:《德国比较文学的历史和现状》,载北京大学比较文学研究所、《中国比较文学年鉴》编委会编《中国比较文学年鉴:1986》,北京:北京大学出版社,1987 年,第 503 页。

③卫茂平:《德国比较文学的历史和现状》,载北京大学比较文学研究所、《中国比较文学年鉴》编委会编《中国比较文学年鉴:1986》,北京:北京大学出版社,1987 年,第 504 页。

隘民族主义为指引的民族文学研究却与崇尚开放与平等的比较文学研究南辕北辙；而其"悲观"的一面是担心德国文学在此过程中会受到威胁，究其原因，无非就是担心当时被誉为"国家科学"的日耳曼学地位难保，担心在世界真正融合时德国丧失日后"轴心"中的领导地位。这种学科本位主义和狭隘的民族主义在希特勒法西斯主义时代发挥到了极致，然而，其给世界带来的伤痛也是不言自明的。虽然此后的德国比较文学在费得尔恩（K. Federn）、雅恩（E. Jan）、彼得森（J. Petersen）等人努力下也曾有发展，可是随着科赫主办的《比较文学杂志》和《比较文学史研究》分别于1909年和1910年停刊，这项研究终未能保持赫尔德、施莱格尔、歌德等前辈开创的良好势头。

（二）亨利·雷马克对德国比较文学传统的继承与批判

虽然隔着时空的距离，我们仍然可以发现雷马克的文化基因中继承了赫尔德、施莱格尔、歌德及科赫等人文学研究中的整体思想与跨学科思想；同时，雷马克也在美国大熔炉的环境中继续思考着前人的问题，企图给出符合时代要求的答案。

持达菲斯观点的学者在近一个世纪后的美国依然存在，尤其从大学里比较文学的处境中可以体现出来。1985年，雷马克在《瑞士论坛》上发表文章《比较文学在大学里的处境》，文中反映出当时比较文学界反对者的观点和达菲斯如出一辙。尽管有了百余年的历史，可对比较文学非难、攻击与讥讽的人还是坚持认为比较文学没有存在的必要，雷马克将他们的反对意见总结成：比较文学完全没有存在的必要，因为他们所从事的教学实践活动本身就是比较的，"我们都是比较学者"，不但从教学实践上对比较文学进行攻击，而且还从比较文学的方法论方面进行否定，认为"你们没有你们自己独一无二的方法论，你们没有归属"①。这和艾尔斯特等人的观点有着惊人的相似，面对这些"历史遗留问题"，雷马克从以下几个方面进行了一一驳斥，维护比较文学的学科地位。第一，对"比较"的比重和态度不同。传统民族文学研究虽也有"比较"的存在，可是它只是增加异乡口味的"小点心"或者是"附带的例证"，所占的比重是微乎其微，就算在研究文学

①〔美〕亨利·雷马克：《比较文学在大学里的处境》，杨周翰译，载《中国比较文学》1988年第2期，第86～87页。

史时会在面对材料时通过"比较"发现异国情调,可是却不会深入思考造成这种新异的原因,总之,"这种时候偶然想起要比较一下的做法,对世界文学所做的偶然让步,永远也不会发展成什么体系或研究领域"。而在比较文学中,"比较""在最浅近的层次上指的是两种或两种以上用不同语言写的文学之间的关系"①,其实,正如早期法国学派学者所言,它是"取错名字的一门学科",就英语中"comparative"中的前缀"com—"来说,它"表示'与','合','共','全':combine, company, common[L<cum with]",从其拉丁语的词源来看,它表示"'with'之意,也就是合并、共同、全部的意思";它的词根"par"则表示"1.同等,相同水平;2.平均量,常态,一般水平(标准);等"②意思。将二者结合起来则表示将具有同等地位的事物放在一起,以发现他们的共同性质。所以,比较文学中"比较"的前提是将比较双方的地位视为平等,比较是其核心,而不是民族文学中的"小点心",并且通过对不同文学中类似现象的比较,深入到最内在的本质中,去探寻造成这种类似的成因。第二,对方法论的再认识。众所周知,方法论在此是指关于文学研究方法的理论,从一定角度看,民族文学研究和比较文学研究有着共同的研究对象,即文学现象,这就意味着在一定程度上,人们研究文学的传统方法同样可以应用到在比较文学研究中。可他们之间的差异也是明显的,那就是文学的内涵和外延及其侧重点不同:一方面,民族文学研究的对象是民族文学,而比较文学的研究对象则是跨越民族界限及语言界限的文学;另一方面,除进行文学研究,比较文学还要进行文学和人类"其他表现领域"之间的跨学科研究。研究范围的扩大决定了比较文学研究中的方法更具有开创性与创新性。当然,同为文学研究,二者所采用的共同方法论也成为民族文学研究者对比较文学研究发难的一个原因,对此,雷马克也反击道:"从来没有哪个严肃的比较学者说过我们分析文学的方法基本上不同于研究中国、日本、法国、德国或俄国文学的学者——话又说回来,这些国家文学也谈不上有自己的什么特殊的方法论,但是在多数大学里,这些国别文学却都是独立自主的系科,他们是应该得到承认的,因为他们搞的是相当不同的历史发展(包括语言和文化发展)(译者注:指不同的

---

① 〔美〕亨利·雷马克:《比较文学在大学里的处境》,杨周翰译,载《中国比较文学》1988 年第 2 期,第 87 页。
② 陆谷孙:《英汉大词典》,上海:上海译文出版社,2007 年,第 365、1415 页。

国别文学）。但是还必须要比较文学来把这些发展过程,同时用历时纵向和共时横向的比较来加以协调,对比其差异。"①这里指出了二者方法论上的重要差异,民族文学研究是在进化论思想指导下的注重历时性的文学研究,而比较文学则是在索绪尔语言观指导下强调共时,同时兼顾历时性的文学研究。第三,二者体现了不同的视域。民族文学研究在历时性研究指引下,研究视域逐渐向内转,导致"在国别文学的研究范围内,一百年来,专业知识的范围也一直在缩小"。而比较文学则"旨在把文学向国际方向开放,每个称职的比较学者背包里都应有个面向世界的机件"。比较文学视域的扩大无疑体现了世界发展的基本趋势,即随着全球化的到来,任何一个主体都无法做到真正的置身事外,他们都是世界的有机组成部分,所以他才认为:"要想从一国的文学和文化的发展史中得出什么结论,必须要参照更大范围的文化单元给予一国文化的冲击,参照相关的文化实体间的相互冲击(所谓相关的 Coherent,不等于自给自足的)。"②这同时也体现了人们本体论认识上的深入。在西方,本体论原意是指关于世界的本体或本原之意,它由早期朴素的"元素说"发展到近现代"先验本体论"、"基本的本体论"、"主体间性",其发展轨迹表明人们逐渐认识到世界的本原存在于彼此多元共生的关系中,而克服诸多"中心主义"及力主"跨语言"、"跨民族"、"跨学科"、"跨文明"研究的比较文学则无疑体现了这样的思想。可见,雷马克的比较文学思想是在对德国传统比较文学的继承和批判中逐渐形成的。

三、亨利·雷马克时代的比较文学学科性质观

关于比较文学学科性质,学界曾有过诸多不同的观点,也形成了不同的学派。法国学派在比较文学发展的初期竭力主张它是"文学史的分支",因而崇尚历史学科重考证的实证主义研究方法;后来一批美国学者认为法国学派从事的研究"不能研究一件作品",从而吸收"新批评"的研究方法,找回"比较"和"文学性",强调"文本细读"。到底孰是孰非,学界莫衷一是,众说纷纭。本节拟对雷马克时代学界对比较文学的学科性质观进行大致

---

① 〔美〕亨利·雷马克:《比较文学在大学里的处境》,杨周翰译,载《中国比较文学》1988 年第 2 期,第 87 页。

② 〔美〕亨利·雷马克:《比较文学在大学里的处境》,杨周翰译,载《中国比较文学》1988 年第 2 期,第 87 页。

勾勒,以便更好地理解雷马克的比较文学观。

在早期,受实证主义影响,加上克罗齐等针对"比较"的非议,法国学派认为比较文学是"文学史"的分支,强调作品之间和作家之间的实际"联系",主张进行严格的影响研究。其时的基亚曾总结道:"我的老师伽雷(Carre)继P·阿扎尔(P. Hazzard)和巴尔登斯柏耶(F. Baldensperger)之后,认为什么地方的'联系'消失了——某人与某篇文章,某部作品与某个环境,某个国家与某个旅游者等,那么那里的比较工作也就不存在了……"[1]受此种风气的影响,比较文学沦为国别文学的附庸,成为文学史的婢女,且被判为历史学科,使得比较文学研究陷入了沉闷的考证中,严重地限制了研究视野。这种定位使得"因果"关系,即影响和交流等成为研究的重点,而对作品本身缺乏关注。韦勒克曾将其讥讽为"记文化账"式的研究。之所以出现这样的局面,雷马克将其归结为法国比较文学界将自己研究的逻辑起点定为笛卡尔的理性主义:"《比较文学杂志》以笛卡尔的这句话作为它的座右铭正好证明了法国学者的这种兴趣:'仅仅观察既成事实的事物不如观察期逐渐诞生的过程更能理解其实质。'"[2]这种考察来源、途径以及影响等的"外贸"式的研究被美国学界批评为探讨的都是边缘问题,其研究不是越来越向文学艺术品靠拢,而是离它越来越远[3]。至此,比较文学被法国学派引向了表面繁荣,却潜藏危机的一个历史阶段。究其原因,这和他们视比较文学为文学史分支的学科定位并采取历史主义般的精确企图是分不开的。

从法国学派驻足的地方,美国学派找到了自己前进的起点。在向法国学派宣战的檄文——《比较文学的危机》中,韦勒克首先猛烈地抨击了法国学派所采用的陈腐研究方法,即十九世纪唯科学主义、唯事实主义和历史相对论等,认为在这种方法的指引下的比较文学"只能研究来源和影响、原因和结果,他甚至不可能完整地研究一部艺术品,因为没有一部作品可以完全归结为外国影响,或视为只对外国产生影响的一个辐射中心"[4]。接

---

①〔法〕马里奥斯·法朗索瓦·基亚:《比较文学》,颜保译,北京:北京大学出版社,1983年,第2页。

②〔美〕亨利·雷马克:《比较文学的法国学派和美国学派》,郭建译,载北京师范大学中文系比较文学研究组选编《比较文学研究资料》,北京:北京师范大学出版社,1986年,第67页。

③〔美〕亨利·雷马克:《比较文学的法国学派和美国学派》,郭建译,载北京师范大学中文系比较文学研究组选编《比较文学研究资料》,北京:北京师范大学出版社,1986年,第70页。

④〔美〕韦勒克:《比较文学的危机》,沈丁译,载北京师范大学中文系比较文学研究组选编《比较文学研究资料》,北京:北京师范大学出版社,1986年,第52页。

着,他对法国学派企图将民族幻象纳入比较文学研究的做法也进行了否定,认为这属于民族心理学和社会学研究的范围,属于题材史领域,也属于韦勒克划定的文学的"外部研究"。然而这种研究因为狂热民族主义的缘故而遭到歪曲。这样,为拯救比较文学于危机之中,以韦勒克为代表的美国学派提出了反历史主义的研究范式,亦即重点去研究那些没有影响关系的文学作品间存在的美学关系。之所以采取这样的模式,原因如下。其一,这是由研究主体的特征决定的。在美国,二战结束后,很多在部队服役的人员回到大学等科研机构,他们的知识结构决定他们不擅长从事法国学派那种考古式的考证。同时,随着战争的胜利,他们也企图在文学研究领域分得一杯羹,自然而然,文学领域中存在的利益也就需要"再分配",而按照法国传统"记文化账"式的研究,美国作为一个从英国殖民地独立出来的新兴国家,"可供吹嘘的东西本来就不多"①,始终处于宗主国的"被影响"和"欠债者"一端,无疑处于被动地位。这种文化创伤使得他们企图切断历史,以胜利者的姿态参与到世界比较文学的对话,参与到文学研究中来。其二,当时盛行的"新批评"正好填补了法国学派研究的不足。由于法国学派过多地注重采用历史主义的精确方法研究文学关系,虽然突破了民族文学、民族文学史研究的孤立状态,却把文学排除在了文学研究之外。正如韦勒克所言,"它就不会允许研讨某一部作品",以他为首的英美"新批评"派则强调对文学的内在构成以及多重因素进入深入研究。他们主要的思想便是"细读",即是"对作品进行仔细的阅读和评论,评论者在作品的结构、反讽、比喻、张力等方面中显示文本的语义"②。也就是主张反复、仔细地阅读文本,从文本自身去把握和解释原文及其意义,反对从先验的意识或者理论出发解读作品,去遮蔽作品自身的文学性。这种"原子主义"似的文学研究思想是对注重"外贸关系"的研究思路的一种反拨,在一定程度上有其合理性。然而,任何一种心智的产物都很难是孤立产生,它总是在与他者的关系中彰显自身,并加入到凸显真理的对话中去的。法国学派创始人之一的梵·第根就认为,不论作者有意无意,像一幅画,一座雕像,一首奏鸣曲一样,一部书也是归于一个系列之中的。它有着前驱者,它也会有

---

① 〔美〕韦勒克:《比较文学的危机》,沈于译,载北京师范大学中文系比较文学研究组选编《比较文学研究资料》,北京:北京师范大学出版社,1986 年,第 57 页。
② 张首映:《西方二十世纪文论史》,北京:北京大学出版社,1999 年,第 150 页。

后继者。文学作品总是在这样的相互关联中延续着文学之为文学的连续性和生命力①。因而,研究文学,研究文学关系就不得不把它放回到产生它的语境中。而这里的语境虽然不具有确切含义,可是如果借用高尔基的观点,即"文学即人学",我们就能更好地认识文学。

　　1928 年,高尔基在苏联地方志学中央局庆祝会上致辞,大意是其从事的主要工作不是地方志学,而是人学。高尔基这里所说的"主要工作"即文学工作,这是高尔基第一次明白无误地把文学称为"人学"。在此后的《论文学》《谈手艺》以及相关文章中,高尔基也或隐或显地表述了文学即是"人学"的思想。高尔基当初提出这个理论命题时并没有明确厘定它的内涵,只是随着文学创作实践的发展,人们才不断赋予该命题以新的含义。在此,我们可以这样推论:第一,文学描写和表现的中心无疑是人。人既是一切社会实践的主体,也是文学认识和反映的中心,虽然文学的描写对象不仅仅是人,也包括物;不仅仅是社会现象,也包括自然景观。然而,文学中的物和自然界都是人化了的物和自然界,它们无不彰显作者对其生存环境的态度,本身就带有人类思想感情的温度。第二,人既是文学的描写对象,又是文学的服务对象。作家创作文学作品的目的和意义就是去教育人和影响人,进而鼓舞和引导大家提高自己,认识生活,改造现实,使人们生活得更美好。再次,既然文学以人为描写对象,也以教育人和影响人为最终目的,那么,在文学研究中就应该体现人道主义,也应该肯定人的本质力量。因而,人的向度也为文学研究指明了明确方向。

　　马克思在回答何为人的时候认为人是一切社会关系的总和。从中我们可以看出马克思也把人置于他所生存的环境,在与他者的"关系"中得以确认自身。如果一味地从自身角度去进行考察,就会陷入苏轼在《题西林壁》中向后人展示的矛盾"不识庐山真面目,只缘身在此山中",导致的结果也就必然是只见树木不见森林。可见,韦勒克强调的"单子主义"研究范式也是有其局限性的。于此,有学者批评道:"韦勒克的康德主义自治美学隐蔽着一个危险,即逐渐丧失了他所攻击的法国比较文学家探索的文学作品的社会和话语环境……然而,韦勒克也犯了一个方法论错误,因为他从康

————————

① 〔法〕梵·第根:《比较文学论》,戴望舒译,载干永昌等编《比较文学研究译文集》,上海:上海译文出版社,1985 年,第 50 页。

德主义艺术概念出发,不由分说地将文艺学和社会学简单脱钩。就这点而言,凯泽尔对于韦勒克运用了一个'非历史的'(而且人们能够补充:反社会学的)文学概念的指责是完全正确的。"①由此可见,企图割断历史,在比较文学研究中采取"单子主义"的研究思路也是行不通的,它必然会导致文学研究走向孤立的文本研究,这无疑是与比较文学的初衷相违背的:它不但不能将人类文学与其他知识综合起来,反而会加剧学科之间分崩离析局面的出现。

四、亨利·雷马克对比较文学学科性质观的批判

雷马克是在对以韦勒克为代表的"新批评"派研究模式的批判过程中确立自己比较文学"辅助学科观"的。在"新批评"派看来,"文学研究的合情合理的出发点是解释和分析作品本身"②。无疑,重视作品自身的研究是有可取之处的,可"新批评"割裂了文本之间的联系,脱离其产生的背景,这种思路和比较文学的开放性精神是背道而驰的。韦勒克和沃伦的《文学理论》的第三部分是专论文学的外部研究,其旨如果不是反对,至少也是认为不应该花大力气从事外部研究。他们认为:"虽然'外在的'研究可以根据产生文学作品的社会背景和它的前身去解释文学,可是在大多数的情况下,这样的研究就成了'因果式的'研究,只是从作品产生的原因去评价和诠释作品,终至于把它完全归结于它的起因(此即'起因谬说')……但是,研究起因显然绝不可能解决对文学艺术作品这一对象的描述、分析和评价等问题。"③通过进一步提出"意图谬见"④和"感受谬见"⑤,"新批评"派学者等企图通过将文学作品和其作者、读者,以及产生环境隔离开来,研究的重心局限于文本研究,也就是他们主张的内部研究,好像唯有这样才可以凸显作品的世界。与"新批评"同时代的卢卡奇(George Lukacus)强烈反对这种将文学与社会隔离、纯粹关注文学自身的批评方法,坚持认为评价一

---

① 〔奥地利〕彼得·V·齐马:《比较文学导论》,范劲、高晓倩译,合肥:安徽教育出版社,2009年,第29页。
② 〔美〕韦勒克、沃伦:《文学理论》,刘象愚、邢培明等译,北京:三联书店,1984年,第145页。
③ 〔美〕韦勒克、沃伦:《文学理论》,刘象愚、邢培明等译,北京:三联书店,1984年,第65～66页。
④ "新批评"的另外两员主将,即维姆萨特和比尔兹在他们合写的文章《意图谬见》(1946年)中认为,作品的意义与作者的意图是两码事,作品不等于作者,因此,不能妄图通过作品去探寻作者的初衷,也没有必要去进行这方面的研究。
⑤ 维姆萨特和比尔兹在《感受谬见》(1948年)一文中称,读者阅读作品时可能会错误的分析和理解作品,故而,研究读者的接受也是徒劳的。

位作家作品时,必须要坚持民主与现实主义的原则。在利用马克思主义探讨艺术创造规律方面,卢卡奇显然不是孤单的,本雅明认为必须将马克思的经济学原理融入到艺术中去。他认为,在物质生产中,人们讲究生产方式,讲究生产和消费,探讨生产关系;在艺术生产领域,作为社会生产的方式之一,它也完全适用于这样的规律。这无疑是强调艺术研究中的整体性,他强调读者只有进入到作品产生的具体历史语境中才可以真正体会到该作品的价值和意义。此外,加拿大的弗莱(Northrop Frye)更是在对新批评主义进行驳斥的过程中确立自己的文艺批评思想,并在此过程中提出了"向后站"的批评方法。他以欣赏画作为例,说明人们只有离开画作一定距离才可以更完整地了解整个画作的结构和布局。通过这个例子,弗莱告诉批评家们在进行文学批评时,不能够仅仅将注意力聚焦在作品,还需要适当远离作品,让其他相关因素都进入我们的视野才可以更好地认识作品。法国学派过分注重文学的外部研究,"不能研究一部作品",对此强烈不满而出现了新批评式的研究方法。于此,雷马克也表达了强烈的担心,因为他感到这样的后果必然是,人文学科研究者们,尤其是中青年人深切地感受到美国学界一个特别窘迫的现象是学者们、老师们以文学教授文学①。从一定意义上说,如果研究者们仅仅停留在文学作品本身的研究上,仅仅强调对文学手段②的关注,这是对文学作品整体性的无情亵渎。此情此景让雷马克对自身经历的"过去的美好时光"有了无尽的怀念:"20世纪30—40年代中期(雷马克于1936年到达美国印第安纳大学——笔者注),我在美国教文学的老师虽然也才华横溢,博览群书,但从他们身上看不到行业专家的影子,倒是有某种世俗传教士的味道。虽然当时也分析和赏析作品,但作家作品和文本的整体性受到尊重,不论采用哪种视角探讨作品,这一点被牢记在心。"③由此可知,从当时美国教师的角度来看,他们拥有很宽的知识面,不是"以文学教文学",同时,他们也注重文学对读者的影响和教化功能,强调读者接受,并在分析作品时注重作者。这也是雷马

①〔美〕亨利·雷马克:《比较文学:再次处于十字路口》,姜源译,载《中国比较文学》2000年第1期,第21页。

②"文学手段(寓言、象征、隐喻)是40年代到60年代早期'新批评'关注的核心。"见〔美〕亨利·雷马克:《比较文学的起源、演化及跨学科研究》,耿强译,载《中国比较文学》2009年第3期,第14页。

③〔美〕亨利·雷马克:《比较文学的起源、演化及跨学科研究》,耿强译,载《中国比较文学》2009年第3期,第14页。

克所强调的文学研究应该注重的整体性,亦即,我们应该尊重作者的格式塔(Gestalt),将其创作该作品的全部工作和作品本身视为一个有机整体。在这种思想的指导下,"在我们评价作为文学作品发表的任何一部作品的美学效果时,作者的创作目的应被视为一个重要因素,当然,并非起决定性的因素"①。他认为比较文学是文学研究中通向这个整体性的桥梁,是一门不折不扣的辅助学科。

五、"辅助学科"的实现途径

至于如何才可以实现比较文学"辅助学科"的性质,雷马克提出了以下中肯的、具有很强操作性的建议。

首先,比较文学研究者之间展开密切合作。利用担任国际比较文学学会协调委员会主席的机会,雷马克组织编写了"欧洲语言文学比较史"系列丛书。其编写方法不是将文学史书写限定在特定民族和语言范围之内,而是从全球的视角将那些可资比较的文学现象都纳入其内。要完成这个使命,靠学者的一己之力很难实现,雷马克提出通过有机的团队合作来进行这种综合性的工作。为达此目的,他认为必须从实践和观念层面解决问题。例如,协调委员会由十六名来自不同国家和地区的专家学者组成,他们经过研讨,指定某个特定研究领域的主任牵头,并通过为其制定纲领和行动准则,组织编写了一系列关于浪漫主义、象征主义等专辑②。当然,由于一些具体原因,这样的研究也只是限于欧洲范围之内,雷马克本人也注意到"我们非常清楚欧洲之外诸文学的内在价值,所以尤为欢迎国际比较文学学会新成立的研究和出版委员会(Research and Publication Committees),这个新的委员会将制定一些新项目,以囊括非洲、亚洲以及那些用非欧洲语言书写的文学。"③无论如何,这是实现文学研究整体化进程的一

①〔美〕亨利·雷马克:《比较文学:再次处于十字路口》,姜源译,载《中国比较文学》2000年第1期,第20页。

②雷马克身前看到的最后一卷(总第21卷)于2007年出版,该卷题为《现代主义》。参见:Clause Clüver,Henry H. H. Remak, the Peripatetic Comparatist, *Comparative Critical Studies*,7. 2—3(2010), p. 235.

③Henry H. H. Remak, General Preface to All Volumes Published as Part of the "Comparative History of Literatures", *The Symbolist Movement in the Literature of European Languages*, ed. by Anna Balakian,Budapest:Akademiai kiado,1982, p. 6.

个重要步骤。雷马克的这种研究思路也是借鉴其他学科的研究模式。他强调:"大学,特别是美国的大学,应学会如何共享人才和生源,避免相互之间日益恶化的激烈竞争。特别是人文学科,如果继续坚持其'学者人人为己',而不像自然科学和社会科学部分是通过研究人员之间合作的传统在社会上取得成就的话,那便是在挖掘自身的坟墓。"①当然,这样的合作也不是一蹴而就的。它需要一个长期的过程,我们不能对比较文学有过高的要求,而应该对其持包容的心态,在发展中不断地完善这门学科。于是,他认为:"……比较文学还不是一个必须不顾一切地建立起自己一套严格规则的独立学科,而是一个非常必要的辅助学科,是连贯各片较小的地区性文学的环节,是把人类创造活动本质上有关而表面上分开的各个领域联接起来的桥梁。"②这是雷马克反复强调的一个观点,即通过比较文学学者的努力,也就是彼此的协作以及跟其他学者的合作,去重新连接那些"本质上"相关而在现实中支离破碎的研究领域。

其次,在观念上力避"原子主义"倾向,坚持比较文学研究的开放性精神,向其他学科吸收有价值的研究方法和思想。"新批评"强调"文学性"是对的,雷马克担心的是过分的"向内转"而使得文学研究走向自我封闭。他在此处否认比较文学是一门"独立学科",其目的就是担心学者们过分强调学科自身的独立性,排斥其他研究方法,拒绝吸收其他学科以及其他理论对比较文学的有益启发。从打通各学科关系的层面来看,比较文学处于知识的间性地带。它有可能面临来自科学界和社会科学界的双重夹击。前者往往批评比较文学"不科学"、"太幼稚",而后者则批评其"没人情味"、"太形式主义"。为避免这样的非难,雷马克提出吸收马克思主义与结构主义的研究精髓,因为,其中一个更具社会性,而另一个则更具科学性。比较文学研究作为一门辅助学科,无疑需要具备各门知识的特征,吸收各门学科研究中的合理因素,唯有如此才既能增强本学科的活力,又能将各门学科连接在一起。总之,只有在与他者相互参照过程中才能确立自身。例如,就鲁宾逊而言,由于身处孤岛,周围没有人跟其发生关系,所以他的身

---

① 〔美〕亨利·雷马克:《比较文学:再次处于十字路口》,姜源译,载《中国比较文学》2000年第1期,第24页。
② 〔美〕亨利·雷马克:《比较文学的定义和功用》,张隆溪译,载张隆溪选编《比较文学译文集》,北京:北京大学出版社,1982年,第7页。

份就无法得以确立。与之类似,比较文学研究的目的也是要还原文学研究的整体性,这种研究旨在将民族文学研究置于与其他民族文学研究的关系之中,置于与其他学科的关系之中。以上文的鲁宾逊为例,我们要认识他,就要将他放还到与周围其他人之中,以及与"星期五",那条狗"泰恩",以及那只名为"波加"的猫之中。这种辅助性就是要打破人们崇尚分析型研究而不重综合型研究的弊病。韦勒克为首的"新批评"从事的就类似于对鲁宾逊所进行的独立研究,因而被认为"缺乏系统性、理论性和科学性,……内在的纯文学性的研究,是倒退的浪漫主义的遗风,它应当被视为复杂的交际理论体系中一个不可缺少的附属部分"①。这里的"交际理论"为将比较文学研究置入与学科间的关系提供了理论基础,同时这里所言的"附属部分"也给比较文学进行了客观的定位。

再次,比较文学作为辅助学科的集中体现就是它的"屋顶"性。为了弥合学科分裂以及学者各自为战而导致的种种后果,雷马克认为比较文学完全可以发挥"屋顶"的作用,将彼此独立的学科连接起来,从而重构完整的人类知识图景。勃洛克也认为如果仅将此学科限定在一种文学研究体系里是一种得不偿失的做法②。他甚至认为任何企图给比较文学下定义的做法都是不值得称赞的,正是基于此,勃洛克才明确说道:"除了展示一个广阔的前景的必要性,我以为任何给比较文学下精确、细致的定义,把它上升为一种准科学体系或者把比较文学家同其他学者分开的企图,都是不妥当的。"③他还以韦斯坦因为例,认为他的《比较文学入门》正是因为企图把一个体系强加给一门不受束缚的学科,该书的价值就大打折扣了。因而得出结论:"比较文学主要是一种前景,一种观点,一种坚定的从国际角度从事文学研究的设想。"④勃洛克在此强调比较文学学科的开放性视野,国际性视角是学科认识上的重大进步。他认为当时学界的"视界始终不够开

①〔美〕亨利・雷马克:《比较文学的前景》,张宁、谢建珍译,载孙景尧选编《新概念 新方法 新探索——当代西方比较文学论文选》,桂林:漓江出版社,1987 年,第 101 页。

②〔美〕勃洛克:《比较文学的新动向》,施康强译,载干永昌等编《比较文学研究译文集》,上海:上海译文出版社,1985 年,第 197 页。

③〔美〕勃洛克:《比较文学的新动向》,施康强译,载干永昌等编《比较文学研究译文集》,上海:上海译文出版社,1985 年,第 195 页。

④〔美〕勃洛克:《比较文学的新动向》,施康强译,载干永昌等编《比较文学研究译文集》,上海:上海译文出版社,1985 年,第 196 页。

阔",并赞同艾田伯的观点,即欧洲的学者们需要努力学习欧洲以外的语言,对斯拉夫文学、闪族文学等以及汉语和日语都应该有所掌握和涉足。尤其是他认为比较文学是一门"不受束缚的学科"的观点是尤为重要的,这无疑给从事比较文学研究的学者松开了套在他们头上关于学科身份问题的"紧箍咒"。勃洛克和艾田伯等人也的确为将比较文学研究限于欧洲的现状进行了松绑,这种整体性的研究思路具有积极意义。但是,在雷马克看来,如果坚持"那种过于松弛的标准,那么文学研究与批评当中的几乎任何东西只要稍加一点说明,都可以够格成为'比较文学'。比较文学要是成为一个几乎可以包罗万象的术语,也就等于毫无意义了"①。所以,有必要对学科进行必要的限定。同时,在扩大研究范围的问题上,雷马克一方面认为我们"不能过于注重比较文学理论上的统一",另一方面也认为,"对于比较文学的理论方面不管有多少分歧,关于它的任务却总是意见一致的:使学者、教师、学生以及广大读者能更好、更全面地把文学作为一个整体来理解,而不是看成某部分或彼此孤立的几部分文学。要做到这一点的最好办法,就是不仅把几种文学互相联系起来,而且把文学与人类知识与活动的其他领域联系起来,特别是艺术和思想领域;也就是说,不仅从地理的方面而且从不同领域的方面扩大文学研究的范围"②。如果说法国学派早期影响研究注重事实联系,是从历时纵向维度研究文学的话,美国的平行研究则从共时横向维度研究文学,具体而言,雷马克更多关注文学与"其他表现领域"的关联性,认为唯有如此才可以将比较文学研究置于整体性的客观世界之中。因而,总的来说,对他而言比较文学是一门"辅助学科"。与他几乎同一时期,于1965年发表美国比较文学学会第一份报告的列文也认为:"比较文学到不久前为止,一直是一门边缘学科,它将继续安于这种地位呢,还是如我们中某些人在鼓励下希望的那样,将变成一门中心学科,这取决于它有没有能力处理如斯达尔夫人那样气象恢宏的艺术家。"③从这里可以看出,雷马克对比较文学学科的定位和当时美国主流观点是一致

①〔美〕亨利·雷马克:《比较文学的定义和功用》,张隆溪译,载张隆溪选编《比较文学译文集》,北京:北京大学出版社,1982年,第2页。

②〔美〕亨利·雷马克:《比较文学的定义和功用》,张隆溪译,载张隆溪选编《比较文学译文集》,北京:北京大学出版社,1982年,第7页。

③〔美〕勃洛克:《比较文学的新动向》,施康强译,载干永昌等编《比较文学研究译文集》,上海:上海译文出版社,1985年,第197页。

的。这种"边缘学科"的性质是由它的研究对象和其研究方法决定的。就研究对象而言,既要求研究者对民族文学有所认识,同时也要对其他民族文学有所了解,并进而对各学科间的关系也需要有相应的深刻理解以加深对文学作品的认识。研究对象的特征决定了研究方法是跨越性的,如要成为研究的"中心",则很可能面临本学科泛化到丧失自身特征的威胁。对于这样的"辅助"性,雷马克到了二十世纪八十年代还依然坚信不疑:"没有比较文学,国别文学就象许多柱子,互不相关,没有一座屋顶。"[①]

面对这种"柱子"林立、彼此孤立的局面,雷马克也表达了一些悲观观点,并重申了比较文学作为一门学科所能承担的有限责任。他认为目前人文学科的问题不是源于人们通常认为的观念、技术、职业以及物质方面的优先发展和对我们时代的焦虑,相反,却是源于我们自身的"原子化"倾向,以及我们不愿意去达成和做出一些综合性的结论。即便这些结论还不够系统与深思熟虑,可至少能让社会让人们知道我们所做的一切或许真能改变些什么。这样一步步地,我们或许就可以走向彼此的融合和理解,"最致命的误解是认为我们能够开出治愈目前伤痕累累的社会肌体的'良方'"[②]。这无疑是对比较文学学科过高的要求。我们能做的就是通过将有形的和无形的、世俗的和神圣的等都囊括在充满魅力的和幻想的语言之中,通过以语言为媒介的比较文学学科的辅助作用、黏合剂的作用,从而让人类重回"巴别塔"之前彼此相通的理想境界。

六、整体性的回归:比较文学的终极诉求

雷马克强调比较文学学科的辅助性特征就是为了重新弥合各专门学科之间的裂痕。比较文学强调跨界性,也就是跨民族,跨语言,跨学科,跨文明,这种特质决定了它就像黏合剂,会随着跟不同对象结合而表现出不同的特征。所以,强调跨界与沟通功能的这门学科的身份就难以界定,正因如此,才有学者认为:"比较文学和翻译研究都不应该看作是学科,他们都是研究文学的方法,是相互受益的阅读文学的方法。"[③]这种不明确规定

---

① 〔美〕亨利·雷马克:《比较文学在大学里的处境》,杨周翰译,载《中国比较文学》1988 年第 2 期,第 87 页。

② Henry H. H. Remak, How I Became a Comparatist, *Arcadia*, Sonderheft, 1983, p. 89.

③ 〔美〕张英进:《比较文学是一个跨学科的学科》,载《中国比较文学》2009 年第 1 期,第 27 页。

比较文学学科性质的思路其实是给了比较文学更大的发展空间，令其在学科日益专业化的当下有更大的作为，这在中外都曾引起学者们的思考。

清华大学1926级毕业生在赠给母校的匾上刻上了"人文日新"的词句勉励后学。其中"人文"最恰切的理解应与《周易》中的"人文"一致："文明以止，人文也……观乎人文以化成天下。"这也意味着，人文就是文明的结晶，它涵盖人类的一切文化创造。清华大学当时是一所以理工科为主的学校，校友将这样的匾额送给母校，在那个特定的年代，在受西学影响严重的时代里，尤其具有特别的意义。众所周知，国内的专业分科是沿袭了一千多年的科举考试，其考试内容的经史子集无疑涵盖了西学中的文史哲，直到清朝光绪帝时期的1905年才被废除。毋庸置疑，这种考试制度在传承儒家文化，甚至是中华文化方面起到了积极的作用，当然，它的弊端也是明显的，那就是它主要限于儒家经书，限于人文社科领域，缺乏自然科技等内容。而在新文化运动中所倡导的声势浩大的"民主"和"科学"的呼声中，传统人文学科的关注被边缘化。在这一点上，早在1948年，意识到过度专业化对个人发展的不利，著名建筑大师梁思成教授就曾做过一个"半个人的时代"的讲演，提醒人们力避过度专业化所导致的人的片面发展。这无疑是对过分强调"科学"的教育现状的一种纠偏。幸运的是，到二十一世纪初的2011年，清华大学校长顾秉林教授仍然在思考这个话题。他认为："推动时代变革、建设和谐社会，需要我们坚持以人为本、注重人文关怀。"同时呼吁："……希望理工科学生加强人文与社会知识的学习，文科学生也要对自然科学和工程知识有一定的了解，大学都要注重自己全面素质的提高。"[①]对于理工科学生，顾校长认为大家应该像国学大师钱穆先生所要求的那样，"要对本民族历史和文化保持一种'温情与敬意'，从民族历史的进步中获得教益，从民族文化的发展中吸取营养。"[②]

无独有偶，在梁思成先生演讲后的十多年，西方也有一位哲学家曾发出了这样的感叹，并提出了"单向度的人"这样一个概念，他就是马尔库塞。在《单向度的人》这部著作里，作者不仅指出了产生这种现象的原因，即先进工业社会的技术带来物质的极大丰富，使得"打字员打扮得和他的雇主

---

① 顾秉林：《别让专业学习淹没了"人文日新"》，载《文汇报》2011年9月8日，《文汇教育》（校园版）。
② 顾秉林：《别让专业学习淹没了"人文日新"》，载《文汇报》2011年9月8日，《文汇教育》（校园版）。

的女儿一样漂亮迷人，……黑人拥有一辆卡迪拉克牌汽车……他们都阅读同样的报纸……"[1]而且忧心忡忡地指出这可能导致的后果是这样的生活现状、这样阶级区别的表面消除会阻止人们拥有一切反思的和批判现实的思想。虽然马尔库塞是从批判资本主义社会的视角出发，担心人们会逐渐丧失对社会的批判能力，可是他更担心这种文化的平庸化将会使得双向度的人变为单向度的人，人们最终成为这台复制艺术品的文化机器上的诸多齿轮[2]，从而丧失创造力，由此，社会也不可避免地陷于停顿。

如果说技术的发展导致社会财富的增加使得居于其中的西方人缺乏认识社会，缺乏对社会进行批判的人文情怀，那么从内在的角度来看他们也有与整体剥离的危险。对此，雅斯贝斯忧心忡忡地评价道："在现存的混乱中，人们到处都能显示专门知识，但这种专门知识分支众多。每个个人仅仅在一种事情上是专家，他的才能范围通常极为狭窄，并不表现他的真实存在，也未将他带入与那个超越一切的整体关联中去，而后者乃是一种经过修养的意识之统一体。"[3]世界被人为割裂，同时随着时代的发展，又被分为不同的学科门类。这样本来合而为一的一个个事物逐渐被人们分裂为支离破碎的各个片段，使得人们认识不到事物的本质。罗素曾经举了一个关于"光"的例子。在这个例子中，他强调了两点：第一，一个盲人永远不可能了解何为光，我们也不可能把光描绘给他。第二，光是我们不能从外部世界中找到的，因为其本质是由一定的波动作用在看见光的人的眼睛里、视神经里，然后进入大脑后所形成的东西。[4] 在此，罗素无疑是告诉我们，我们曾经视为客观的事物也是针对人而存在的，客体本来就是一个主体化了的对象，它没有自明性。

罗贯中在《三国演义》的开篇就这样说道："天下大势，分久必合，合久必分。"虽然作者在此言说的是政治领域的情形，换到人类的认识领域也依然有现实意义的。浪漫主义就是为了弥合这种分裂的一种努力。雷马克曾经这样评价道："浪漫主义是企图医治宇宙世界的伤痕的尝试，它痛苦地意识到了二元论这个问题，并急不可待地希望用有机的一元论来解决这个

①〔美〕阿拉斯代尔·麦金太尔：《马尔库塞》，邵一诞译，北京：中国社会科学出版社，1989年，第83页。
②〔美〕阿拉斯代尔·麦金太尔：《马尔库塞》，邵一诞译，北京：中国社会科学出版社，1989年，第83页。
③〔德〕卡尔·雅斯贝斯：《时代的精神状况》，王德峰译，上海：上海译文出版社，2003年，第139页。
④〔英〕罗素：《哲学问题》，何兆武译，北京：商务印书馆，2011年，第20页。

问题;它与混乱对峙,然后产生决心重新恢复宇宙秩序的愿望;它是力图调和矛盾,并以'综合'取代'分裂'的一种愿望。"[①]在浪漫主义这里,人们的初衷就是对过分强调客体、客观世界而使人成为物的奴隶,以及过分强调主体,强调理性而导致人与自然界的矛盾与对立这两个层面的一种反拨。在选择弥合途径方面,浪漫主义者们选择了神话和象征的方式将可知的与不可知的、主观与客观的、具象与抽象联接起来。究其原因,是因为自然是生命之源,那里毫无例外就是连接主观与客观、抽象与具体的最佳场所。从源头来看,神话和象征都与自然相关,是人类原初的认知模式,通过对他们进行研究,人们可以追溯生命早期的一些思维特征,由此来达到回归自然,与自然共舞的理想状态。之所以能够办到,在雷马克看来,是"因为那时候我们更接近大自然,靠近神明;或者在时间、空间和社会阶层(是俗人)方面,通过我们所说的'原始主义',指望它能将我们带向同一个方向,或者置身于理性和潜意识之中,这会从内心上将我们带回同一个方向"[②]。在这里,浪漫主义选择了"向后转"的途径,从人类认识发展的历史来看,从人和自然关系的角度来看,是具有积极意义的一面;不过,人类终归是向前发展,这样的"倒行逆施"很难具有强大的生命力。

　　面对浪漫主义的局限,面对这种人类世界中存在的分崩离析,人们在十九世纪选择了科学精神进行治疗,企图通过技术科学将人类统一起来。随着十九世纪在科学界出现的"三大发现",人们意识到人类可以通过自己的理性去认识客观世界,去改造客观世界。于是,他们"顺应"了时代的潮流,也就自然而然地有权利给浪漫主义书写"墓志铭":"它企图用诗歌,如华兹华斯所说的'最早的也是最终的知识的诗歌',将主观和客观、人与自然、意识和非意识调和为一体,这显然注定要失败,并会为我们的时代所抛弃。"[③]就这样,人类追求"综合"的愿景又被科技这把利器扼杀,人又孤独地游走在科技理性之中,和客观、自然以及非意识渐行渐远。

　　纵观中西学界,人们一直以来都在探寻人的整体性,不管是中国古代

①〔美〕亨利·雷马克:《对欧洲浪漫主义的界定》,张虹译,载孙景尧选编《新概念 新方法 新探索——当代西方比较文学论文选》,桂林:漓江出版社,1987年,第247～248页。

②〔美〕亨利·雷马克:《对欧洲浪漫主义的界定》,张虹译,载孙景尧选编《新概念 新方法 新探索——当代西方比较文学论文选》,桂林:漓江出版社,1987年,第249页。

③〔美〕亨利·雷马克:《对欧洲浪漫主义的界定》,张虹译,载孙景尧选编《新概念 新方法 新探索——当代西方比较文学论文选》,桂林:漓江出版社,1987年,第248页。

的天人合一、与物为春,还是西方的人与上帝的同一、人与社会关系的同一,还是在学科之间的同一,都是实现整体性的努力。而在高尔基、雷马克等人看来,文学也是实现人类整体性的一条必要渠道。雷马克的整体观是如何实现的呢?那就是通过弥合各学科间的裂痕来达成人类知识的整体性以及人的整体性。

如果说传统法国学派追求的是线式研究,以新批评为代表的美国学派强调文本细读是点式研究,那么强调跨民族、跨学科文学研究、追求人类知识整体性的雷马克比较文学思想则属于面式研究。而这种整体观的确立也不是空穴来风,它是雷马克在长期和法国学派、美国学派比较文学家学者们进行针锋相对的斗争中形成的。

比较文学是追求新异与强调综合研究的浪漫主义催生的一门辅助学科。这点从浪漫主义的反叛性中可以找到二者的契合点——和主观主义一样,浪漫主义从本质上来看是对各种禁锢的对抗,其中包括人类自身的禁锢①。这种反禁锢的精神运用到文学研究便是对新异文学元素的向往和对传统束缚的反抗。大冢幸男也曾这样肯定浪漫主义与比较文学的关系:"十八世纪至十九世纪初期掀起的浪漫主义潮流,因其国际性特征的缘由,形成了即便是在研究一国文学之际,也不能无视它同外国文学关系的风气。这样,便催发了比较文学这门新兴学科的萌生。"②从浪漫主义那里接过接力棒的比较文学所要对抗的则是语言的禁锢、学科的禁锢、民族之间的禁锢,乃至不同文化之间的禁锢而追求文学研究的整体性。在雷马克看来,比较文学研究的宗旨就是为了实现"对文学的整体性和不可分性的认识逐渐变成常识"③,如果这一天到来了,比较文学的学科使命也就完成了。

①〔美〕亨利·雷马克:《近年来西欧浪漫主义研究的趋势》,张虹译,载孙景尧选编《新概念 新方法 新探索——当代西方比较文学论文选》,桂林:漓江出版社,1987年,第216页。
②〔日〕大冢幸男:《比较文学原理》,陈秋峰、杨国华译,西安:陕西人民出版社,1985年,第12～13页。
③〔美〕亨利·雷马克:《比较文学的法国学派和美国学派》,郭建译,载北京师范大学中文系比较文学研究组选编《比较文学研究资料》,北京:北京师范大学出版社,1986年,第65页。

第二章　亨利·雷马克与法国学派

亨利·雷马克与比较文学的关系首先通过与法国学派交锋的方式体现出来,反过来,通过这样的交锋也促进了比较文学在研究内涵方面的发展。在此过程中,我们有必要梳理雷马克对法国学派的复杂情感:一方面,他深刻地指出了法国学派所存在的问题;另一方面,他也客观地承认了法国学派的合理性;此外,他还负责任地指明了比较文学的发展走向。以下,我们就从这几个方面做一梳理。

一、亨利·雷马克与法国学派就整体性的论战:结构主义的视角

法国学派注重文学作品之间的关系,具体而言,就是关注不同民族文学的作品在历时层面所存在着的因果关系,究其原因,是因为在学界看来,"比较文学大量采纳了历史学的成果和实证主义的严格方法"①。这种强调精确性的历史主义式的研究是为了追求科学性。不过,在实际研究过程中,由于民族主义思想的影响,研究者们往往更多的注重本民族文学以"输送者"的姿态对其他民族文学的影响研究。这里便存在一个悖论,那就是比较文学研究追求文学的国际主义,应该抛开民族主义的影响,去挖掘文学之间存在的事实上的联系,求得研究的科学性与客观性,以及探寻文学的共性,沟通各民族文学。可是从事文学研究的主体毕竟不是世界公民,他们总有一定的身份,总是站在某个民族的边沿,其身后总是有一个国家或者民族。所以,这种双重性导致的必然结果就是一方面人们希望"文学和文化常常被假定为与政治甚至于历史没有任何牵连",但另一方面,在从事东方研究的萨义德看来:"(但)对找来说常常并非如此,我对东方学的研究使我确信(而且我希望也能使我的同行们确信):社会和文化只能放在一起来研究。"②这样就间接证实了在文学研究中进行综合研究和跨学科

---

① 见《外国百科全书论比较文学》,载北京师范大学中文系比较文学研究组选编《比较文学研究资料》,北京:北京师范大学出版社,1986年,第76页。

② 〔美〕爱德华·W·萨义德:《东方学》,王宇根译,北京:三联书店,2007年,第36页。

研究的重要性,否则就很难发现隐藏在文学研究之后的民族主义,很难"去蔽"。在这一点上,我们从洛里哀在他的著作《比较文学史》对各国的概括中也可以发现韦勒克的总结是如何的中肯。在肯定了意大利在诗和艺术天才方面的伟大成就、英国在常识和实用主义的擅长、德国的学术精博、荷兰作为哲学家的园地、美国作家和政治家认为他们已经达到了最高的文化水平之后,"最后,论到现代的法国,则因劲敌崛起,致各方面都显得薄弱委顿,但因它的文学、艺术及其世界范围的影响,所以仍保持最前列的地位"。尽管洛里哀客观地肯定了其他民族的优势,却都是将他们作为铺垫,以此证明"法国的名声在于创造了许多伟大的学说并以有极精湛的赏识力为各国之冠"①。这样的优越感足以成为早期的法国比较文学研究者从事"影响研究"的理由,因为他们完全可以找到足够的自信心和民族自豪感。此外,这种研究导致的更为直接的后果是,法国学者们骨子里存在的,与比较文学开放性、国际性相悖的地方主义倾向,令法国比较文学家艾田伯都觉得汗颜,他自己在这一点上也自觉加入美国学者的行列,一起呼吁关注东方文学。②

　　由此可见,按照这种研究范式,法国学派所采取的"影响研究"无法充分体现文学研究的中立性与整体性,需要引入新的维度。具体而言,在雷马克等人看来,法国表面繁荣的比较文学研究中存在着危机,已经"走进了死胡同,如果它不想像一个辉煌的过去所遗留下来的废物那样被淘汰,它就必须跟上当前的潮流"③。而这里的"潮流"、能够拯救当时比较文学研究的"救世主"是什么呢?雷马克认为就是来自其他学科的理论。他在《比较文学的前景》中曾经明确地指明了对比较文学研究有举足轻重作用的两个理论,即马克思主义和结构主义,认为前者具有社会性,后者就有科学性。并对两者做了精当的评述:"马克思主义与结构主义已经被证实是来自于社会科学方面的对文学研究起促进作用的两个主要因素。其中一个更具社会性,而另一个则更具科学性。因此,比较文学倘若要保持它在知

---

① 卢惟庸:《西方比较文学研究的现状》,载《国外社会科学》1982年第1期,第35页。
② 〔美〕亨利·雷马克:《比较文学的法国学派和美国学派》,郭建译,载北京师范大学中文系比较文学研究组选编《比较文学研究资料》,北京:北京师范大学出版社,1986年,第63页。
③ 〔美〕亨利·雷马克:《比较文学的法国学派和美国学派》,郭建译,载北京师范大学中文系比较文学研究组选编《比较文学研究资料》,北京:北京师范大学出版社,1986年,第63页。

识发展中的中心地位的话,它就得吸收马克思主义和结构主义。这两者的介入,对于将来比较文学内学科的交叉研究,是具有决定性重要意义的。"①由于学界对马克思主义已经有相当的了解,这里,我们以结构主义与比较文学的关系为例,深入探讨雷马克为与法国学派进行抗争所开出的药方是如何重构文学研究的整体性,也借此审视文学理论对于比较文学的积极意义。

结构主义的鼻祖索绪尔是在研究语言和言语关系过程中确立二元论思想的,他认为在研究语言时,对说话者来说语言在时间上的连续性并不存在,他们所面对的就是语言的一种当下状态。所以,语言学家要了解这种共时状态,就必须要把产生它的一切置之度外,忘却它的历时层面。②这当然是索绪尔对传统语言学家对语言的历时性情有独钟的矫枉过正。如果说十七世纪以前的科学家主要是为了探寻"世界的本质是什么"的话,以认识主体为中心的认识论哲学则关注"我们如何知道世界的本质",认为要认识世界的本质,就必须先弄清认识本身是否可靠,何以可能;而发生语言学转向的哲学则更多的思考"我们如何表述我们所知晓的世界的本质"。在这里,人们并没有简单否定前面两个问题,而是强调要先在语言层面上校验命题的真伪。至此,"语言本体论"就在三个层面得以体现,那就是"语言是世界的本体""语言是人的本体"以及"语言是文学的本体"。从这里的第三个层面来看,语言的特质也就是文学的特质,同理,语言学的研究方向也就规定了文学的研究方向。因此,以索绪尔和列维-斯特劳斯为代表创立起来的现代语言学和结构主义的研究结论也同样适用于文学研究。台湾学者周英雄认为现代语言学对文学研究有两点启示:"一、文学作品自有其独立性,文学研究应着力于文学作品的内在系统,而不应孜孜不倦,探寻作品的外缘因果关系,如传记研究及历史演变等。……二、语言学与文学的对象都是语言,语言学本身的若干概念因此可适用于文学批评且建立一独立完整之系统。"③此中的第二点则为语言学和文学研究的共通性给出了理论依据。第一点则否定了法国学派崇尚历史考据式的影响研究,无疑

---

①〔美〕亨利·雷马克:《比较文学的前景》,张宁、谢建珍译,载孙景尧选编《新概念　新方法　新探索——当代西方比较文学论著选》,桂林:漓江出版社,1987年,第106页。
②胡明扬:《西方语言学名著选读》(第二版),北京:中国人民大学出版社,1999年,第57页。
③周英雄:《结构主义与中国文学》,台北:东大图书公司,1983年,第50页。

与美国的新批评是不谋而合的,区别只是新批评在实践中将作品视为完美的整体,将作品的外部研究视为"草芥",这点是结构主义所没有的,同时更为重要的一点是结构主义虽然切断了语言的历史纵向维度,却是在共时的层面与其他语言的相互关联中确认自身的含义,而不是从其自身去寻找其内在本质。新批评力主的"文本细读"则是割裂与其他文本的关联,从文本自身找寻"文学性"。在某种意义上,这样的研究方法也是和索绪尔的研究思路是有出入的,事实上,索绪尔为共时语言学正名,主观上也没有轻视历时语言学的企图。语言学研究不能不从共时角度进行,但完全进行历时性的研究也是不完善的。人们往往采用非此即彼的方式对待二者,而在索绪尔的经典之作《普通语言学教程》中,仍然有近三分之一的篇幅是历时语言学的内容[①]。新批评这种画地为牢的研究方式被雷马克描述为:"我们的信誉,以及在学术界的存在本身依赖于文本或历史的验证与阐释之间,科学和素质判断之间复杂而又可信的结合。既然缺少或淡化了这些紧密结合部的检验标准,我们比较文学界存在的理由在美国受到质询,并处于令人震惊的地步,也就不足为怪了。……这种中心的削弱,对应而且培育了目前的'小型化'(downsizing)综合症,这种综合症反过来又促成了中心的削弱。"[②]从中可以看出,雷氏企图将文学研究重新放回到文本之间的"验证"与"阐释"之中,重新召回被其他美国学派成员以及结构主义否定掉的历史大文本之中,以求在对文本进行研究的同时引入多重维度,反对将文学研究视为以文本为中心的"小型化"研究模式,而结构主义最深恶痛绝的就是经验主义,因为它往往就事论事,毫无变通可言,根本无视事物间的内在关联[③]。在列维-斯特劳斯看来,我们不应将文学作品视为独立自洽的整体,而应根据文学作品之间的相互关联,建立起一个完备的体系。虽然他未能尽言此体系该如何构建,可是却为文学研究指明了一条有别于新批评的整体研究思路。

那么,结构主义有哪些重要观点或思想可以为比较文学所借鉴或吸收呢?

①胡明扬:《西方语言学名著选读》(第二版),北京:中国人民大学出版社,1999年,第71页。
②〔美〕亨利·雷马克:《比较文学:再次处于十字路口》,姜源译,载《中国比较文学》2000年第1期,第20~21页。
③周英雄:《结构主义与中国文学》,台北:东大图书公司,1983年,第37页。

首先,它确立了历时和共时的双向维度。工业革命后,大量的农村人口涌入城市,成为"齿轮上"的一员,但同时也引发了一系列的社会问题,社会科学由此应运而生,力图探寻灵活的策略以应对新问题。这门新学科在欧洲开启了一个新时代,在孔德看来,是它将欧洲从神学和玄学中解放出来,进入到实证研究的新纪元。但它所导致的问题也是明显的:欧洲思想原本有其整体性,按照海德格尔的说法便是天、地、神、人四方游戏原本各有其位,唇齿相依,而社会科学兴起后,原有的整体性被打破,因为他们研究的对象是人,所以就对其"前世今生"进行纵向的系统研究,而与其他几个方面几乎没有相通之处,由此导致学科的日趋专业化并割裂了专业之间的相通性,人也成了冷冰冰的个体。此种研究的典型代表就是法国的存在主义,认为人的存在既是孤独的,也是荒谬的。这种过度强调以人为中心的研究导致人与神关系的紧张(尼采主张"上帝死了")、人与自然关系的紧张(过分强调人的能动性,对自然过度开发,使得自然生态破坏)、人与人关系的紧张(萨特主张"他人即地狱",强调人与人之间无法理解和沟通,更无法对他人进行帮助,在文学上的反映就是"作者之死")、人与自身关系的紧张(人就是"自我"和"本我"之间不断冲突的产物,"人之死")。面对因研究方法所致的分崩离析的社会现象,结构主义在试图进行弥合,它选择的是时间维度。"十九世纪以前的社会科学,泰半专注于现象之历史研究。……人类生物学研究社会现象,往往也从进化论(evolution),或传播(diffusion)着眼。结构主义之先驱瑟许(现通译为索绪尔——笔者注)……指出,语言比较或进化之探讨,终将徒劳无功。他主张把语言视为一独立的系统,不再依附于历史、地理、经济或其他非语言的因素之下;语言本身自有其体系,语言学的要务便须以科学的方法加以整理分析。"[①]在这一意义上,法国学派以"影响研究"为己任,注重历史,将比较文学视为文学史分支的方法无疑与结构主义相违背,因为他们所使用的方法正是后者所力图超越的"进化论"式的研究方法,从而为将比较文学从注重历时影响研究过渡到强调共时的平行研究提供了理论基础,也为在没有影响关系存在的文学之间从事比较文学研究的合理性提供了理论依据,由此,也向比较文学研究的整体性迈进了一步。

---

① 周英雄:《结构主义与中国文学》,台北:东大图书公司,1983年,第36页。

　　其次,结构主义强调的系统性和整体观与比较文学的开放性与整体性不谋而合,并成为比较文学自我超越的理论源泉。在结构主义者看来,结构指的是潜藏在事物内部及之间的复杂关联性,它隐而不显,无法直观发现,只能凭借人们的思维模式去构建。在瑞士心理学家让·皮亚杰看来,"结构"的三个基本特征分别是整体性、转换功能和自我调节功能。具体而言,"整体性是指结构整体中的各元素之间存在着有机联系;各元素在整体中的性质,不同于它在单独时或在其他结构内时的性质。转换功能是指结构内部存在着具有构成作用的规律、法则等。……自我调节功能是指,在结构执行转换程序时,它有自身的调节机制而无须求助于结构之外的某物,亦即结构相对地封闭和独立"①。此处的整体可以有不同层次的理解,英美"新批评"认为文本就是一个整体,因而强调对文本内的结构进行"细读"、对单独某个句子或者单部作品进行分析;受结构主义指引的结构主义文论则认为文学是一个整体,强调文学系统和其之外的文化系统对于作品的理解具有重要作用。面对系统,作为小系统的个体的作用是相对有限的。雷马克在多处强调了这个观点,例如,他曾说道:"让·莫内这位'外向的'欧洲共同体的创建者所成就的业绩,是靠'内向的'瑞士思想家阿密尔的一个想法取得的,那就是:个体消亡而团体长存。"②另一处,在强调比较文学的连贯性和多样性关系的时候,他也认为:"几乎靠单枪匹马为欧洲共同体做出过实际努力的先知让·莫内(Jean Monet)最喜欢的指导原则是亨利·弗里德里克·阿米尔(Henri Frederic Amiel)在其《日记》中的一句话:'个人都死了,结构仍坚持着。'"③在这里,结构主义的整体观对比较文学有着重要意义,是一个重要的飞跃,因为法国学派往往是找出文学之间存在的事实关系,从某种意义上而言是一个文学体系的两部作品或者两个作家之间的关系,而且严格来说,这样的关系只是一种"是什么"的关系,而未回答"为什么"和"怎么样"的问题。至关重要的是,结构主义文论认为文学系统之外的文化系统对作品的理解具有重要作用,这就将文学研究置于

①朱立元:《当代西方文艺理论》,上海:华东师范大学出版社,1997年,第231页。
②〔美〕亨利·雷马克:《比较文学在大学里的处境》,杨周翰译,载《中国比较文学》1988年第2期,第86页。
③〔美〕亨利·雷马克:《比较文学:再次处于十字路口》,姜源译,载《中国比较文学》2000年第1期,第29页。

与其他学科之间的关系之中,为比较文学的跨学科研究铺平了道路。以莎士比亚的《哈姆雷特》为例,在该剧的第五幕中,有哈姆雷特与雷欧提斯争相跳入墓穴的情节,两人为此发生争执并引发悲剧。如果单独从作品的角度来看似乎没有特别的意义,读者甚至会不明就里,弄不清为何会有如此难以理解的结局。而如果将作品放回到特定的文化背景,则会发现这是原始殉葬文化的遗风,即在死者下葬的时候,往往是由其生前最亲近的人去殉葬;后来这一传统逐渐被取消,但是变成象征性地由死者亲人在下葬前跳到墓穴去站立一下的仪式①。所以,在这里,哈姆雷特与雷欧提斯的争执焦点就变成了对哈姆雷特的身份认同问题。后者认为前者杀死了死者的父亲,没有资格下墓穴;而前者则认为作为死者的恋人,自己最有资格为其殉葬,可见,唯有将文学与文化系统联系起来,或者将文学置于文化系统之中,才能合理理解这一剧情。这也提醒我们在理解文本时需要跳出文本,否则就会出现"见木不见林",或者"不识庐山真面目,只缘身在此山中"的无奈状况。

再次,结构主义对"深层模式"的探讨有利于增强文学研究的客观性。在西方思想界,一直存在着现象和本质的二元对立,认为事物最终由其本质决定。所以自柏拉图提出"理念"或"理式"说以来,人们都在找寻事物的规定性或本质。然而,康德以降,"物自体不可知"的观念普遍流行,加之二十世纪"语言学转向"后,"深层模式"的构建遭到了极大的冷落。这种无根状态的长期存在使人们陷入困顿,于是,"人们渴望寻找到一个自中世纪,尤其是浪漫主义运动以来,逐渐失去的放之四海而皆准的价值体系"②。这种"价值体系"在雷马克看来就是其所强调的结构主义所具有的、对比较文学研究尤为重要的"科学性",它使得文学研究更具"客观性"。因此,结构主义的兴起又燃起了人们对文学"深层结构"的兴趣。与其他学派或思想家从事物自身去找寻的方法不同,"结构主义是在事物个别因素的考察中,努力构建出统合个别因素的整体的质,再由它来考察、说明个别因素的特征"③。通过这种在更高层面上的"阐释学循环",就会得到具有更大合

---

①朱立元:《当代西方文艺理论》,上海:华东师范大学出版社,1997年,第233页。

②〔美〕亨利·雷马克:《比较文学的前景》,张宁、谢建珍译,载孙景尧选编《新概念 新方法 新探索——当代西方比较文学论著选》,桂林:漓江出版社,1987年,第102页。

③朱立元:《当代西方文艺理论》,上海:华东师范大学出版社,1997年,第230页。

理性的"质",它为文学研究建立在跨界性基础之上追求整体性的研究思路提供了有力的理论支撑。意大利学者维柯也在为找寻这种深层结构而努力,在《新科学》中,他试图找出人文现象中潜藏的普遍公式,探寻其中"人的物理学"。在研究了中国的龙图腾与象形文字后,他发现早期人类对世界的感知并不是现代人想象般无知和原始,而是极富"诗意",在与希腊古文明进行参照后惊叹道:"这一点值得惊讶,中国和雅典这两个民族相隔那么久又那么远,竟用同样的诗性方式去思考和表达自己"①。究其原因,维柯提出"真实/事实"这一二元对立原则,认为人所表达的世界也就是他所理解的世界,事实状况是由他大脑中的真实的信念决定的。从这里就可以发现,维柯其实也就是在为早期人类思维和表达找寻"结构"。建立在此基础上的文学研究便具有极大的普适性,同时也能超越地域和学科间的不平等。

简言之,结构主义及在其指导下出现的结构主义文论为文学研究中的比较文学研究提供了积极的理论资源,它超越了法国学派影响研究中所体现出来的民族主义窠臼,使其视野转向共时的研究范式,也为美国平行研究顺利登上比较文学研究的舞台提供了宝贵的思想武器;它所主张的文学系统之外的其他系统也对文学理解有重要影响的观点为比较文学的跨学科研究铺平了道路,从而令美国学派实现了比较文学的自我超越,成为比较文学发展的重要理论源泉。

二、亨利·雷马克对法国学派的修正

法国学派曾为比较文学的发展做出过巨大贡献,广受美国学派诟病的实证主义也曾起过积极作用。众所周知,实证主义产生于十九世纪早期,其代表人物为孔德、斯宾塞等人,其基本主张是反对从笛卡尔到黑格尔所主张的作为世界观意义上的形而上学,他们因而摈弃高谈阔论,主张获取知识;拒绝沉思意义,力求灵活的行动;抛弃感情,追随客观性;反对研究神秘的作用力,探寻确定的事实②。他们反对把不相关的材料聚集在一起,就算他们十分可靠也认为是毫无价值。强调"自然科学为基础和典范,追

---

① 〔意〕维柯:《新科学》上册,朱光潜译,北京:商务印书馆,1989年,第209页。
② 〔德〕卡尔·雅斯贝斯:《时代的精神状况》,王德峰译,上海:上海译文出版社,2003年,第50页。

求知识的可靠性和确定性"①。的思想直接导致了科学主义思潮的诞生。"当初西方的实证主义也曾经是进步的,他们反对宗教信仰,反对臆断和空想,主张凭人们的感觉,想使人们的认识更客观、更科学一些,就象中国老话所说:'耳听为虚,眼见为实'。"②同时,由于十九世纪科学的大发展,又反过来巩固了实证主义的地位。

正是出于对科学实证的青睐,梵·第根才会认为,"真正的'比较文学'的特质,正如一切历史学科的特质一样,是把尽可能多的来源不同的事实采纳在一起,……'比较'这两个字应该摆脱全部美学的涵义,而取得一个科学的涵义"③。在此,他不但指明了"科学"性对文学研究的重要性,也指出了达到这种研究的途径,那就是像历史学科一样的注重证据,注重事实联系,力避"美学"分析。这种思想的心理依据是:"(有)一种倾向坚持认为由于这门学科(即比较文学——笔者注)实质上是与历史研究同时产生的(甚至到了这样一种程度:似乎孟德斯鸠和伏尔泰因为对历史发生兴趣,同时也就规定了比较文学的有些原则),它一定是,而且也只能是文学史的分支。"④这从比较文学曾经拟用的代名词中可以看出这种趋势:"文学的比较的历史""各国文学比较的历史""比较的文学的历史"等,其中的中心词都是"历史"。这和十九世纪浪漫主义对历史的热情是分不开的,在这种观念指引下,人们对原始主义甚为推崇,认为只要找到事物的源头就可以明白它的本质。因而,在学界,人们热衷于用历史的权威来肯定现在,曾与比较文学同期产生的比较解剖学就致力于探寻生物起源与演进,比较语言学则努力重构印欧原型及探寻各语言之间关系。在比较文学界,直到后来的基亚还坚持认为"比较文学就是国际文学的关系史",并沿袭其老师的观点,"什么地方的'联系'消失了——某人与某篇文章,某部作品与某个环境,某个国家与某个旅游者等,那么那里的比较工作也就不存在了,取而代之的如果不是修辞学,那就是批评领域的开始"⑤。从中可见,对法国学派

---

① 韩秋红、王艳华、庞立生编著:《现代西方哲学概论·序》,北京:北京大学出版社,2010 年,第 3 页。
② 裴辉:《现代社会科学的发展及其与自然科学的结合》,载《国外社会科学》1982 年第 1 期,第 12 页。
③ 〔法〕保罗·梵·第根:《比较文学论》,戴望舒译,载于永昌等编《比较文学研究译文集》,上海:上海译文出版社,1985 年,第 57 页。
④ 〔法〕艾金伯勒:《比较文学的目的,方法,规划》,戴耘译,载于永昌等编《比较文学研究译文集》,上海:上海译文出版社,1985 年,第 95 页。
⑤ 〔法〕马·法·基亚:《比较文学》,颜保译,北京:北京大学出版社,1983 年,第 2 页。

而言,他们认为比较文学的诞生就是因为比较和历史方法的运用与浪漫派的世界主义相结合的产物。不过,法国学派学者们似乎混淆了历史学科和比较文学学科的界限,文学追寻的是美,不是真,"比较文学"中的"比较"只能是(同另一种民族文学)比较的(民族)文学,同其本身之外之物的比较必然通往美学。可是法国学派"比较文学"里的"比较"则是"摆脱了全部的美学意义",从根本上来说也是一种注重事实,排除了价值判断的历史主义的研究方法,"按照传统的解释,比较文学的'比较'是指对不同民族的作家之间的因果关系的考察"①。面对那些客观科学,冷冰冰的事实,学者们的使命也不过是简单地进行罗列。于此,雷马克曾经总结道:"他们的基本设想是:比较文学是一门历史学科,而不是美学学科,与它发生关系是,也应该是'具体的现实',是不同民族的作家、作品、读者和评论家之间真实的、有意识的和可见的联系(梵·第根,伽列,基亚,曼蒂阿诺1953和1957,瓦西纳)。"②而二者的区别也是显而易见的——当普遍观点为个别意见取代,当客观事实通过想象言说而发生变化、走样的时候,比较文学学者就接替了历史学家,在他们停步之处找寻自己存在的使命。当然,将比较文学研究等同于历史研究的方法在法国学派内部也不是得到普遍认可的。有学者就认为学界对朗松的历史方法存在误解,因为朗松也认为历史的、确凿的研究是文学研究的前奏。在其《法国文学史》的序言中,朗松曾这样补充道:"决不能忽视这两点:其一,如果他不能首先努力去培养学生对文学的鉴赏力的话,他就是个蹩脚的文学教师……其二,如果在成为学者前,他本身并不是个'业余爱好者',那么,对于如何使他的教学富有这方面的成效,他就会不得要领。"③所以,艾田伯认为朗松其实也不认为历史的方法可以直接运用到比较文学研究,因为"历史方法远不能构成文学教学的本质特征,而只能够、事实上只应当构成探讨文学的一种方法"④。在对历史方法

---

① 〔美〕亨利·雷马克:《比较文学的法国学派和美国学派》,郭建译,载北京师范大学中文系比较文学研究组编《比较文学研究资料》,北京:北京师范大学出版社,1986年,第62页。
② 〔美〕亨利·雷马克:《比较文学的法国学派和美国学派》,郭建译,载北京师范大学中文系比较文学研究组编《比较文学研究资料》,北京:北京师范大学出版社,1986年,第66页。
③ 〔法〕艾金伯勒:《比较文学的目的,方法,规划》,戴耘译,载干永昌等编《比较文学研究译文集》,上海:上海译文出版社,1985年,第96页。
④ 〔法〕艾金伯勒:《比较文学的目的,方法,规划》,戴耘译,载干永昌等编《比较文学研究译文集》,上海:上海译文出版社,1985年,第96页。

与比较文学研究的关系上,同样的立场让韦勒克与艾田伯走到了一起,"除非历史研究(法国和苏联学者们有理由重视它)的根本目的是使我们最终能来谈论文学,甚至总体文学、美学、修辞学,否则,比较文学注定会长期完成不了自己的使命"①。所以,在对法国学派研究方法进行肯定的同时,雷马克等人通过努力也使人们逐渐认识到了其存在的不尽合理之处。

第一,历史考证的影响研究方法只是文学研究的第一步,学者们不应该就此止步。影响既然已经找出来,人们就进一步探寻更为重要的艺术理解和评价问题,具体而言,就是要追问:"保持下来的是些什么? 去掉的又是些什么? 原始材料为什么和怎样被吸收和同化? 结果又如何?"②只有进行这样的美学研究,才能既知其然,又知其所以然;也才能既对文学史加深认识,又对文学作品的鉴赏提高修养。正如有论者所言:"人们给教授发工资就是为了让他们给那些貌似没有意义的现象赋予意义……一些事件发生了,他们未经精心安排,可是事后人们总能发现一些蛛丝马迹的联系。"③雷马克等人的研究就是为了将法国学派比较文学研究推向纵深,从他们停止的地方接过接力棒继续前行。他并不是反对强调事实的影响研究,这应该是比较文学研究的一个恒常因素,是进行进一步研究的起点。

第二,应该将"比较"重新召回比较文学研究。法国学派看来,比较就是找寻事实联系,为文学现象找到一种因果关联的来源。这种注重文学外围边缘性研究的做法遭到了韦勒克的强烈批评,说他们"甚至不能完整地研究一部作品",雷马克进而明确地说:"他们似乎忘记了我们这门学科的名字叫'比较文学',不是'影响文学'。"④法国学派比较文学研究的一个重要目的是维持其在国际文学领域的重要地位,尤其强调其作为文学、文化输出国的身份。可是这样的观点是如何得来的呢? 如果没有比较他们又是怎样知道的呢? 雷马克在另一处说:"我确信,如果不和其他文化进行比较,要确认一种文化的优越性是不可能的。在任何领域的判断都是建立在

①〔法〕艾金伯勒:《比较文学的目的,方法,规划》,戴耘译,载干永昌等编《比较文学研究译文集》,上海:上海译文出版社,1985年,第99页。
②〔美〕亨利·雷马克:《比较文学的定义和功用》,张隆溪译,载张隆溪选编《比较文学译文集》,北京:北京大学出版社,1982年,第2页。
③Henry H. H. Remak, How I Became a Comparatist, *Arcadia*, Sonderheft, 1983, p.81.
④〔美〕亨利·雷马克:《比较文学的定义和功用》,张隆溪译,载张隆溪选编《比较文学译文集》,北京:北京大学出版社,1982年,第2页。

比较基础之上的。"①作为文化载体的文学,如果要从事超越民族文学研究,就必须建立在比较的基础之上,这样,雷马克将被法国学派排除在外的"比较"又重新召回了比较文学研究。而作为一种研究方法,A·M·卢梭则认为:"比较的观点已缓慢地,但稳步地渗入语言学、历史学家、哲学家们的看法中了,以至一些杂志和新建的学会都全部地接受了它,不再接受单纯的民族研究工作了。"②虽然卢梭此处谈论的是比较之于民族研究的意义,可作为跨民族文学研究的比较文学,"比较"也是题中应有之义。

三、亨利·雷马克对法国学派的超越

面对克罗齐等人对比较文学的发难,也就是"比较"并不是比较文学所特有的研究范式,法国学派明确地提出"比较文学不是文学比较"。由上文可知,雷马克等人将比较文学视为文学关系史的研究范式进行了批判,将"比较"重新纳入比较文学的研究范畴,奠定了比较文学平行研究的基础,可对于"比较"该如何进行,雷马克认为应该从三方面着手。

首先,从文学作品的维度对不同民族文学进行"比较"研究。这种研究就是如法国学派般地进行事实根据的考察,研究影响、接受、媒介、国外旅行及异国形象等,此即传统的"影响研究"。不过,雷马克也对法国意义上的"影响研究"进行了一系列批判才将其纳入自己体系的。他反对的就是法国学派严重束缚本门学科研究而将其限定在以法国为中心的少数西欧国家之间,忘了"文学的历史上没有一个民族的文学对相当数量的其他民族的文学不产生影响的"③这一事实。究其形成原因,是"他们(即伽列和基亚——笔者注)对欧洲文学大范围的综合研究也表示怀疑,认为那容易导致肤浅,导致不可靠的简单化和站不住脚的玄想"④。这样,在地方主义的驱使下,法国学派的研究者们就将研究局限在西欧范围之内,是历史研究领域早期存在的"西欧中心主义"的表现。其现实因素则是因为在历史上,查理曼大帝、罗马帝国、路易十四、拿破仑及未曾实现夙愿的希特勒都

①Henry H. H. Remak, How I Became a Comparatist, *Arcadia*, Sonderheft, 1983, p. 91.
②〔法〕马·法·基亚:《比较文学》,颜保译,北京:北京大学出版社,1983年,第116页。
③〔法〕艾田伯:《比较不是理由:比较文学的危机》,罗芃译,载艾田伯《比较文学之道:艾田伯文论选集》,胡玉龙译,北京:三联书店,2006年,第8页。
④〔美〕亨利·雷马克:《比较文学的定义和功用》,张隆溪译,载张隆溪选编《比较文学译文集》,北京:北京大学出版社,1982年,第1~2页。

曾追求过西欧主导下的欧洲政治上的统一。直到近期,这种建立统一欧洲的思想还在以不同形式表现出来,如原子能经营集团、欧洲宇航局以及法国总理让·莫内倡导下的欧洲共同体等,"于是乎比较文学也打算任意地重新建立一个危险的世界中心"①。这种企图的表现形式就是"所有的书目都局限于印欧语系的几大语种,这在今天已经落后了四分之一个世纪,而且缺少地球上四分之三的地区"②。雷马克等人对法国学派的攻击也是源于其"胆小和严守教条",违背了比较文学研究的开放性,所以,雷马克大声疾呼:"我们必须综合,除非我们宁愿让文学研究永远破碎。"③这种从观念上的升华,也就是打破突出"优秀"民族文学对"落后"民族文学"影响"的观念,以及雷马克日后通过实践对"优秀"及"落后"文学的颠覆无疑为比较文学研究走出西欧,实现真正意义上的开放性创造了条件。

其次,从空间的维度进行不同民族文学间的"比较"研究,其目的是研究被法国学派影响研究排除在外、没有事实与历史联系的文学之间的关系,此即是扩大了的,对法国学派进行补充的"平行研究"。"平行研究"一名的由来和哈佛大学比较文学系教授海托尔(James Hightower)有关,因为他曾说:"'即使不去考虑直接影响的可行性'文学的比较也不但是可行的,而且是平行的。"④如果说法国学派提出影响研究是民族主义作祟结果的话,美国学派所提出的平行研究则在很大程度上仍是出于本国自身的具体历史语境。众所周知,法国是一个历史文化悠久的国度,由于其长期以来对人文学科的关注,产生了诸如巴尔扎克、伏尔泰、雨果、仲马父子、狄德罗等著名作家,他们为世界文坛贡献了不少经典作品。所以,如果从注重事实联系的影响研究角度看的话,他们无疑处于输出影响一方,因此,从这样视角来看,韦勒克所言的"记文化账"就成了一种必然。若按照这种思路,美国则只能被动地站在接受影响的一方,因为作为一个从英国殖民统

①〔法〕艾田伯:《比较不是理由:比较文学的危机》,罗芃译,载艾田伯《比较文学之道:艾田伯文论选集》,胡玉龙译,北京:三联书店,2006年。

②〔法〕马·法·基亚:《比较文学》,王坚良译,载干永昌等编《比较文学研究译文集》,上海:上海译文出版社,1985年,第77页。

③〔法〕艾田伯:《比较不是理由:比较文学的危机》,罗芃译,载艾田伯《比较文学之道:艾田伯文论选集》,胡玉龙译,北京:三联书店,2006年,第3页。

④〔法〕艾田伯:《比较不是理由:比较文学的危机》,罗芃译,载艾田伯《比较文学之道:艾田伯文论选集》,胡玉龙译,北京:三联书店,2006年,第6页。

治下独立出来的国家,在事实上它很难割舍与宗主国之间存在的附属关系;而作为一个独立的实体,它又需要彰显自己的存在,需要发出自己的声音。因而,以美国为代表的、从宗主国独立出来的国家,从民族心理上有企图切断与历史联系、忘掉过去那段屈辱史的反历史主义倾向。不过,在探讨法国学派与美国学派之间就比较文学学科的纷争的时候,学界似乎忽略了一个重要的层面,那就是"美国学派"研究主体的身份特征。众所周知,美国是典型的移民国家,而发生在二十世纪中期的二战,以及稍前些时候希特勒的"排犹"活动加剧了这种流动性。在比较文学界也是如此,我们发现活跃在那期间的诸多学者都是从欧洲移民过去的,例如美国学派当时的主将,如韦勒克、弗兰茨、雷马克、韦斯坦因等都有类似的遭遇或经历。他们对欧陆思想有一种矛盾的情结。"即便那些对旧有文化持反对意见的移民,不管他们当初移民的目的为何,都不能在他们踏上美国之时立刻与原有文化划清界限。在你完成蜕变之前你还得维持现状。"①正是这种既想要与传统决裂,又需要保持原有身份特征的移民情结使得他们一方面要对法国学派进行批判,另一方面又需要继承的矛盾。他们的"知识装备"决定了他们在文学研究中的表现就是将那些没有事实联系的文学纳入比较文学研究范畴,对传统研究中存在的主从关系进行颠倒重置,这无疑也是"平行研究"得以产生的现实基础。

最后,从学科的维度将文学置于人类知识的整体之中进行多维立体式的"比较"研究。文学活动是人类所从事的众多活动中的一种,从活动主体来看,这些所有活动最终都指向"人",只是因人们在从事这些活动的过程中依据所使用的不同媒介而有了琴棋书画音等不同的表现形式,而这些形式最终又通过不同的感觉器官汇聚到大脑。在这个过程中就自然会由于大脑的综合处理而有共通之处。在西方艺术史上,贺拉斯所言的"诗如画"长期以来被视为文艺理论的至理。虽然后来莱辛从时空两方面探讨了二者的区别,认为诗更善于表达那些"持续于时间的动作",画更长于描绘"并列于空间的物体";赫尔德从接受者欣赏过程的差异来区分"诗"与"画"。而在 700 年前的中国,苏轼曾这样评价王维的诗和画:"味摩诘之诗,诗中

---

① Henry H. H. Remak, European Romanticism and Contemporary American Counterculture, *Romanticism and Culture*, ed. by H. W. Mataclene, Columbia: Ramden House, 1984, p. 77.

有画,观摩诘之画,画中有诗。"意即王维的诗从听觉引向视觉,他的画则从视觉走向听觉,二者体现了两种感觉之间的互通。同时,从比较文学的起源来看,它是在比较语言学及比较解剖学等学科的启发之下而形成的,雷马克认为:"只要我们有雄心加入人类的精神生活和情感生活,我们就必须随时把文学研究中得出的见解和成果集中起来,把有意义的结论贡献给别的学科,贡献给全民族和全世界。"①只有通过这种综合研究才能达到对文学更好的认识,也才能实现对其他学科和全人类的"贡献"。这种对比较文学研究的认识构成了美国学派和法国学派的"根本分歧",因为在基亚和梵·第根所作的两部法国学派的经典著作中完全没有论及这方面的关系,在巴尔登斯柏耶与阿扎尔主编的《比较文学评论》中也找不到相应的文章。虽然在实践中人们也会论及跨学科的研究,可是他们却将其归入"总体文学"。

由此可见,雷马克意义上的"比较"与法国学派相比较而言有着本质上的区别,正是在这种区别的基础上,雷马克才在 1961 年给出了在比较文学发展史最为经典的定义之一:

> 比较文学是超出一国范围之外的文学研究,并且研究文学与其他知识和信仰之间的关系,包括艺术(如绘画、雕刻、建筑、音乐)、哲学、历史、社会科学(如政治、经济、社会学)、自然科学、宗教等等。简言之,比较文学是一国文学与另一国或多国文学的比较,是文学与人类其他表现领域的比较。②

在该定义中,我们可以发现其核心是"比较",其提出无疑是与法国学派就比较文学研究模式进行针锋相对斗争的结果,更是上文提到的三种与法国学派的"比较"迥然不同的"比较"观的集中表现。通过对"比较"赋予新的涵义,雷马克等人扭转了如按照法国学派"影响研究"范式,美国将始终处于接受者一方的被动局面,而以"无债"的平等身份加入到比较文学研究中,也扩大了比较文学研究的范围,将比较文学引向发展壮大的新道路。

----

① 〔美〕亨利·雷马克:《比较文学的定义和功用》,张隆溪译,载张隆溪选编《比较文学译文集》,北京:北京大学出版社,1982 年,第 3 页。

② 〔美〕亨利·雷马克:《比较文学的定义和功用》,张隆溪译,载张隆溪选编《比较文学译文集》,北京:北京大学出版社,1982 年,第 1 页。另注:此定义曾屡次被翻译成德文、中文、日文并于二十世纪 90 年代作为历史文献被翻译成葡萄牙文、意大利文和西班牙文等。See: Clause Clüver, Henry H. H. Remak, the Peripatetic Comparatist, *Comparative Critical Studies*, 7. 2—3 (2010), Note 10, p. 239.

第三章　亨利·雷马克与美国学派

雷马克比较文学经典定义的提出未能弥合法国学派和美国学派之间的分歧，也未能得到美国学派的整体认可，他起初遭到了韦勒克和韦斯坦因等人的强烈批评。对此，他早期的一个观点似乎预示了这一切也是他意料之中的，"没有任何一个学科象比较文学那样有一个从未间断的传统，即专家们对自己的领域存在的合理性不断地提出怀疑"①。专家们质疑"自己的领域"往往包括几个不同的层面：首先是对别国学者、学派观点的质疑；其次是对本国学者观点的质疑；再次是对自己思想观念的自我反思。雷马克与比较文学的关系在初期主要体现在和法国学派的争鸣、反思与超越之中。与此同时，这种关系后来也体现在与国内学者在观念上的冲撞。在这个过程中并没有学派之分，"十分幸运的是，人们对于比较文学研究的看法还不是一个护照的问题。因此从这点来看，许多美国人是'法国派'，而一些法国人则是'美国派'"②。所以，如果我们跳出狭隘的学派之争，则可以从更广阔的视域中看待雷马克比较文学思想的局限性和进步性，也可以从他与美国学派比较文学同辈们的论争中窥见他为确保比较文学的良性发展所做出的种种努力。

一、二战后美国比较文学兴盛的历史原因

除了美国比较文学界与法国比较文学界展开论战，在学术上占据上风之外，比较文学研究的中心从法国转移到美国还有一系列的历史原因。从客观上讲，美国的密执安大学、哥伦比亚大学、哈佛大学及北卡罗来纳大学等在早在二战前就有了比较文学系；1903 年，美国便有了第一本专刊《比较文学杂志》，哈佛大学比较文学系系主任萧菲尔（Schofield）于 1910 年创

---

① 〔美〕亨利·雷马克：《比较文学的法国学派和美国学派》，郭建译，载北京师范大学中文系比较文学研究组编《比较文学研究资料》，北京：北京师范大学出版社，1986 年，第 64 页。
② 〔法〕马·法·基亚：《比较文学》，王坚良译，载干永昌等编《比较文学研究译文集》，上海：上海译文出版社，1985 年，第 76 页。

办了《哈佛比较文学研究》杂志；有一大批经典比较文学家从各国加盟美国比较文学界，如巴登斯贝格、克罗齐、弗兰茨、韦勒克、雷马克、韦斯坦因等。虽然学科建制的基本条件都已经具备，然而，正如韦斯坦因对二十世纪初期美国比较文学的诊断——"在理论上尚未得到发展，而且，这方面的实践还存在着很大的局限性"——一样，半个世纪后，"事实上，比较文学作为一门重要的学科在当时的美国学术界和教育界并没有得到应有的地位"①。这其中的原因除了当时美国比较文学界对比较文学的认识不够统一，没有一个总体一致的定义外，还有一个重要的原因就是缺乏外在环境。

　　不过，转机在第二次世界大战之后出现了，比较文学在这时找到了展现自己的舞台。众所周知，二战是左派联合右派以及中间力量抗击极右翼法西斯主义的战争。战后，取得胜利的双方分别以东欧和西欧为中心瓜分胜利果实。而西欧因为曾是二战主战场，备受战争重创而民生凋敝，为了避免西欧"赤化"的出现，美国政府一则通过驻军的方式，二则及时出台了"马歇尔计划"，通过大量的经济援助帮助自己的盟友渡过难关，三则通过1948年北大西洋公约组织加强与西欧的联合。然而，内在的精神危机依然存在，如何解决呢？美国政府也注意到，仅有经济和军事上的结盟还是不够的，仍需要意识形态方面的努力以让同盟内的各方忘却之前的诸多摩擦，重新整合，找寻欧洲与美国共同的西方遗产，在此基础上，共创西方共同的未来，以此增强西方共同的文化。在这一历史时刻，找寻跨民族、跨语言精神纽带的需要同比较文学产生了共鸣，因为比较文学就是建立在不同的语言、文化背景、不同民族基础上，其自然就得到了教育决策者的资金与政策支持。

　　虽然学术中立在西方有着优良的历史传统，可是在特定的时刻学术也会沦为为政治服务的工具。正如在一战后法国比较文学曾经扮演过的增强法国民族自豪感的意识形态功能一样，美国比较文学在二战后也曾扮演过类似的功能，只是这次的范围更大，程度更高。在冷战笼罩下的1949年创刊的《比较文学》季刊的发刊词中，有这样的表述：该刊创立于"迫切需要加强良好国际关系的时刻"。这里的"国际"很明显是指美国与西欧国家，

---

① 杨绮、印敏丽：《比较文学和美国学派》，载北京大学比较文学研究所、《中国比较文学年鉴》编委会编《中国比较文学年鉴：1986》，北京：北京大学出版社，1987年，第485页。

因为如果是客观意义上的国际化视野的话,那么则应该包括东欧和其他东方国家。如果说在《比较文学》发刊词中还是隐晦地在比较文学研究中表达了冷战思维的话,那么美国比较文学的奠基人弗里德里希 1955 年在《比较文学与一般文学年鉴》中的论文《我们的共同目的》则明确地表达了比较文学研究的文学是"北大西洋公约组织文学",他曾说道:"我们这个时代承载着过去的悲剧与战后重建的新希望,急需不断努力去确保西方世界的政治与文化团结。我们今天已不能再满足于主观美学,年轻一代所需要的是认清西方文明的一致性及其主要文化之间持续有成的交流……我们之中有许多人背离国别文学的研究,投入比较文学,不单是因为我们觉得文化及专业分工的狭隘令人沮丧,更因为我们拥护一个政治理想,而且在我们的本行专业中,我们希望尽一己之力,促成西方团结这一伟大目标。"[1]作为美国比较文学的掌门人,弗里德里希再清楚不过地向自己的同仁表明了本学科所面临的严峻形势:西欧的百废待兴,容易滋生共产主义;苏联的强大,新中国的建立,亚非拉民族独立运动的此起彼伏。因此,比较文学必须注重思想上的统一,挖掘美国与西欧在文化上的共同性,维护北大西洋公约组织的统一性,所以,比较文学在意识形态方面发挥作用的功能就被再次提出。这一点在后来美国学者中都有很好的传承——韦斯坦因在二十世纪六十年代末仍然认为:"因为在我看来,只有在一个单一的文明范围内,才能在思想、情感、想象力中发现有意识或无意识地维系传统的共同因素。……而企图在西方和中东或远东的诗歌之间发现相似的模式则较难言之成理。"[2]虽然其后来也对此表示"后悔",可在当时却是相当具有代表性,其时美国进行比较文学研究的学者并非仅仅立志于文学交流,学者们往往主动向意识形态靠拢,并以此为荣:"我们很高兴也很骄傲,因为我们所做的可以说是马歇尔(援欧)计划的一部分,我们的努力不但超越学术领域,更可以相互帮助,互相了解,携手拯救我们共有的西方世界伟大文化遗产。"[3]字里行间无不透露出"西方中心主义",所以,从某种意义上讲,比较

---

① William J. Desua, *The Challenge of Comparative Literature and Other Addresses by Werner P. Friederich*, Chapel Hill: University of North Carolina Press, 1970, p. 8.

②〔美〕韦斯坦因:《比较文学与文学理论》,刘象愚译,沈阳:辽宁人民出版社,1987 年,第 5~6 页。

③ William J. Desua, *The Challenge of Comparative Literature and Other Addresses by Werner P. Friederich*, Chapel Hill: University of North Carolina Press, 1970, p. 10.

文学的"美国学派"并不是对"法国学派"的根本否定,强调对没有事实影响的文学进行研究主要是出于对战后经济困难、出版业陷入困顿、人力物力财力都不济的欧洲的一种声援。

主观出发点有了,那么客观上美国当时是否具备取代法国而成为比较文学中心的条件呢? 答案是肯定的。第一,美国自身是一个文化大熔炉,其间各种文学现象相互并存,本来就是一个文学文化交融的"活化石"。从传统来看具备比较文学滋生的土壤。第二,在二战前和二战期间,有一大批来自欧洲的比较文学学者出于各种原因来到美国,他们都是掌握多种语言的比较学者,带来本国的比较传统,因而从研究主体来看,美国也拥有得天独厚的条件。第三,美国受二战负面影响较小,反倒借着二战走出了经济大萧条的危机,在政治、经济、军事上处于领先地位,为从事比较文学研究提供了坚实的后盾。例如,1958 年的第二届国际比较文学大会就是由福特基金会出资,联合北卡罗来纳大学一起举办,并提供各国学者旅游美国的机会,这样也巩固了美国比较文学在国际上的地位。第四,美国的地理位置及国际局势的发展也有助于美国成为新的中心。弗里德里希曾指出,战前西班牙是欧洲文化输出的"中介国",可随着弗朗哥执政后,这条文化路线受阻,只能由美国间接传递;同时,战后日本由美国接管,也使其成为通往亚洲的"中介国"。随着纳赛尔掌管埃及,英国通往各殖民地的苏伊士运河也被阻断,绕道好望角又被南非所碍,所以只有通过美国迂回才可以到达印度与新加坡等国[1]。于是,随着美国在国际事务中地位的提高,比较文学中甚为重要的"中介国"也毫无疑问地转移到了美国。

与之相对,在冷战另一方的苏联,比较文学的地位则发生了"西边日头东边雨"的戏剧性变化。美国政府大力支持比较文学的发展,苏联学者看到了他们的本质和真实目的却采取了压制态度。苏联比较文学的历史可以追溯到 1870 年[2]。当时以 A·H·维谢洛夫斯基等人开创的历史比较学派在借鉴西欧比较文学研究理论和实践之后成为具有俄国特色的比较文艺学研究。十月革命胜利后,日尔蒙斯基、布斯拉耶夫等人开创了比较

---

[1] William J. Desua, *The Challenge of Comparative Literature and Other Addresses by Werner P. Friederich*, Chapel Hill: University of North Carolina Press, 1970, pp. 47~48.

[2] 谢天振:《苏联比较文学:历史、现状和特点》,载北京大学比较文学研究所、《中国比较文学年鉴》编委会编《中国比较文学年鉴:1986》,北京:北京大学出版社,1987 年,第 492 页。

文学研究的新局面。然而,在二十世纪四十年代,苏联采取了极左的文艺政策,导致了比较文学在苏联的严冬。苏共中央于1946年做出决定,大力铲除文艺学中的资产阶级意识,彻底肃清资产阶级文艺学的影响。在此风气影响下,比较文学成为重点被批斗的学科,因而遭到了全面否定。在1953年的《苏联大百科全书》中,曾经风靡一时的比较文学被解释为:"是十九世纪后半叶出现的资产阶级文艺学的反动流派","比较主义者把文学解释为与外界隔绝的、脱离生活的现象","同世界主义的反动思想体系有着密切的联系"。[①]自此,苏联早期取得的比较文学研究成果遭到了全面否定,身为"比较文学之父"的维谢洛夫斯基虽然已经去世,他的遗产也被视为资产阶级的反动的文艺学。这样,比较文学研究陷于停滞状态,虽偶有论著出现,却无法改变整体遭禁的命运。如此而来,在"北约"和"华约"不同命运的比较文学也走上了不同的发展道路,前者成为"一枝独秀",后者则举步维艰,直到二十世纪七十年代才有所改观。与此同时,中国的比较文学也走上了与苏联类似的发展道路,直到改革开放之后才在大陆"复兴"。这样的不同际遇也让比较文学在美国找到了发展的"春天"。

二、亨利·雷马克与美国学者就整体性的交锋

在美国,一方面,比较文学成为向政治献媚的工具;另一方面,一部分有良知的学者也在坚守着自己"学术中立"的底线,与美国学派同行的"北约"式研究进行着艰苦卓绝的斗争,雷马克就是其中之一。这种斗争的结晶就是雷马克比较文学研究整体观的确立。

首先,他明确反对割裂作者和作品的做法。1968年,为庆祝韦勒克65岁生日,耶鲁大学出版了由26位学者撰写的系列文章。雷马克受命为这些著作写一篇评论文章。在对新批评的重要代表温姆赛特的文章《创世记:一个谬误的再思考》进行评价时,雷氏对作者的"意图谬误"进行了犀利的批评。温姆赛特在文中认为自己的观点"逻辑清楚,论证严密,切实可行"。可是雷马克所要质疑的却是温姆赛特所树立的从作品到作者的"单行道"标签,即诗文可以为自传赋予意义,反之却不可以。"为何作者在作

[①] 刘献彪:《比较文学自学手册》,长沙:湖南文艺出版社,1986年,第126～127页。

品完成后所写的意图或阐释（意图也即是一种阐释）不能作为理解该作品的一个有力证据呢？……有何证据可能证明温姆赛特先生的信条：作者的初衷或意图既不存在，也不能作为一个理想的标尺以衡量作品的意义或价值。"①难道作者或艺术家隐蔽的或者次要的意图就与文学批评问题无关吗？如果这样的话作品岂不是受神意安排而空降出来的？更为严重的是，通过剥夺原作者对文本意义的阐释权利，新批评学派攫取了对作品意义阐释的垄断地位，这种只注重现在和未来的行为无疑是反历史主义的、也使得文学研究重新走入孤立的状态。正是预见到了这样的后果，雷马克才认为我们需要尊重作者的"格式塔（Gestalt）"，强调将他们创作作品的全部工作看成是作品的一个有机组成部分。"在我们评价文学作品的美学效果，以及在最终进行全面评估时，作者的创作目的应被视为一个重要因素，当然，并非起决定性的因素。"②"新批评家们倾向于孤立地看待文学作品，他们所否定的正式比较文学的方法，因为比较学者认为，如果不把一位作家或一部作品与其他作家或作品及其外在的（有关作者生平的、政治的、宗教的、艺术的，等待）发展联系在一起或加以对照，是不能理解其全部意义的。"③在这里，雷马克所反对的就是原子主义的研究方法，以及将文学研究局限在"我们的城镇"的研究方法，相反，他认为文学研究应该达到无影灯效应，也就是从不同角度，将美学、教育学、社会学，以及历史和批评的方法汇集于一体才可以更好地认识文学作品，并让其融入到人类知识的大背景中。

其次，在比较文学实践中，雷马克强调学者之间进行合作的方式进行文学研究以到达整体性的目的。人文学者从事研究的一个典型特征就是他们往往以自身的研究兴趣和研究领域进行独立研究，这在彰显他们个性方面具有积极作用，可是比较文学工作者如果企图达到整体性的目的就必须实行"集体配合"。这点在与自然科学学者进行比较时显得尤为迫切，"特别是人文学科，如果继续坚持其'学者人人为己'，而不像自然科学和社

---

① Henry H. H. Remak, The Disciplines of Criticism：Essays in Literary Theory, Interpretation and History, *Comparative Literature*, Vol. 25, No. 1, Winter 1973, pp. 68～73.

② Henry H. H. Remak, Once again：Comparative Literature at the Crossroad, *Neohelicon*, Vol. XXVI, No. 2, 1997, p. 101.

③〔美〕亨利·雷马克：《比较文学的法国学派和美国学派》，郭建译，载北京师范大学中文系比较文学研究组编《比较文学研究资料》，北京：北京师范大学出版社，1986：70.

会科学部分是通过研究人员之间合作的传统在社会上取得成就的话,那便是在挖掘自身的坟墓"①。由于个人的精力和兴趣总是有限,在进行综合性的文学研究,乃至跨学科研究时就尤为需要学者之间的"综合研究"。不过,也不是所有学者都支持这样的想法,尽管"共同努力是需要的也是行之有效的。琼斯(Jones)在其非正统的研究中也支持了大家合作的想法,而韦勒克对此却轻率地否认了"②。虽然如此,雷马克还是坚持着自己的信念,因为他曾品尝过这种成功合作的喜悦,那就是在 1961 年,牛顿·P·提托克内希和霍斯特·弗兰茨组织了十一名来自印第安纳大学不同学科和研究领域的学者出版了美国第一本比较文学论文集——《比较文学:方法与展望》,该书在学界引起了"不同凡响",并在其后的 30 年里"经久不衰"。对于由这种合作精神带来的成功,雷氏甚至有这样的评价:"或许,这正是我们当时得以兴旺,而如今却深陷危机的原因所在?"③同时,他的设想也得到了国际比较文学学会的支持。1967 年,该协会通过了隶属协调委员会的欧洲语言文学比较史项目,其原因之一就是"单个学者凭一己之力难以书写这样的综合文学史,而必须靠来自不同国家合作者的分工协作的团队精神(才可以实现)"④。这项工作的确是文学史上的一大创举,因为以前学者们写的综合性的文学著作,如勃兰兑斯(George Brandes)的《十九世纪文学主流》等都是作者一个人完成,作者视域的局限难免会产生一定的偏见。在雷马克看来,首先通过部分的综合,随着研究的推进,真正意义上的国际性的综合就会得以形成。因为雷氏也意识到了当初将研究范围限定在欧洲范围之内的局限,他也清醒地意识到非欧洲语言文学作品的价值,因而,"非常支持新成立的国际比较文学学会旗下的研究和出版委员会,该会将致力于制定新的任务以将非洲,亚洲以及美洲用非欧洲语言写

①Henry H. H. Remak, Once again:Comparative Literature at the Crossroad, *Neohelicon*, Vol. XXVI,No. 2, 1997, p. 104.

②〔美〕亨利·雷马克:《近年来西欧浪漫主义研究的趋势》,张虹译,载孙景尧选编《新概念 新方法 新探索——当代西方比较文学论文选》,桂林:漓江出版社,1987 年,第 221 页。

③Henry H. H. Remak, Once again:Comparative Literature at the Crossroad, *Neohelicon*, Vol. XXVI,No. 2, 1997, p. 100.

④Henry H. H. Remak, General Preface to All Volumes Published as Part of the Comparative History of Literatures, *The Symbolist Movement in the Literature of European Languages*, ed. by Anna Balakian,Budapest:Akademiai Kiado, 1982, p. 5.

成的作品纳入研究范围"①。可见,雷马克是一个坚持采用综合性研究方法以求得人类知识整体性的比较文学研究者,也正是因为这样的坚持,才使得比较文学成为将各民族文学连成整体的"屋顶"。

三、亨利·雷马克对跨学科研究的批判与修正

为促成比较文学研究的整体性,以雷马克为代表的学者们提出了跨学科研究,这也是美国学派为比较文学学科所做出的重要贡献,可是在实践中却充满了诸多波折。作为第一个将跨学科研究纳入比较文学定义的人,雷马克在不断进行自我反思的同时也捍卫着跨学科研究思想,与美国学派学者们展开了系列斗争。

从经典定义中,我们可以发现雷马克意义上的跨学科研究是以文学为中心、为恒定不变的一极,在此基础上与"其他知识和信仰领域"之间进行的系统研究。可是,在实践中学者们却往往只注意到了比较的另一极,忽略其中的文学一极,使得跨学科研究脱离了比较文学发展的轨道,也就脱离了文学性。在此过程中,文学倒成了他们研究的附庸或者载体,这些现象在二十世纪六七十年代雷马克提出跨学科研究时就已经以下列形式出现:语境理论、时间编码理论、女权主义、宗教主义、视国家为想象社区的民族观、后现代主义、种族论以及后殖民主义与新殖民主义等。它们更具体地体现在后来美国比较文学学会年会的一些议题中:流放与他者性;数码媒体、文化生产与投机资本主义;东欧、巴尔干与欧亚大陆——文化接触与冲突;礼物抑或毒品——跨大西洋语境中的爱情死亡与创造性;想象的帝国——结构错位与异域空间的生产,等等,从这些议题中我们发现"文学"不见了,这样的局面是雷马克未曾料到的,以至于他后来总结道:"尤其是在过去二十年里,我曾多次深感窘迫,这不是因为这一定义的初衷,而是因为它导致的一系列结果。"②这直接导致格林报告中对跨学科研究的压缩以及"精英性"与"文学性"的重提;同时,这样的"结果"也引起了国际比较

① Henry H. H. Remak, General Preface to All Volumes Published as Part of the "Comparative History of Literatures, *The Symbolist Movement in the Literature of European Languages*, ed. by Anna Balakian, Budapest: Akademiai Kiado, 1982, p. 6.

② Henry H. H. Remak, Once again, Comparative Literature at the Crossroad, *Neohelicon*, Vol. XXVI, No. 2, 1997, p. 100.

文学学会的关注,1979 年在奥地利因斯布鲁克举行的第九届代表大会上,学者们专门花了四分之一的时间就第三议题展开讨论,即文学与视觉艺术、文学与音乐、文学与电影以及方法论的理论,其宗旨在学界看来"……似在收缩有些学者漫无边际的跨学科研究,把这种研究拉回到艺术、美学的领域中来……"①。从中可以看出,在维护比较文学跨学科研究中的文学性方面,雷马克与美国比较文学学会以及国际比较文学学会的初衷是一致的。

由于文学被排除在了跨学科研究之外,导致比较文学在学术界得以立足的根基遭到了动摇,而这个根基就在于文本与阐释之间、价值判断与科学之间的复杂结合,由于其中一极的淡化或消失,使得比较文学在学术界的地位岌岌可危,甚至"已经酿成了解除比较文学的后果,使其隶属于只使用单一语言而且越来越非文学性的英文系或信息交流系"②。就算还没有达到取消比较文学这种程度,可是随着各种追求民主正义、追求政治平等而转向艺术平等的理论和思潮借着跨学科之名大肆入侵比较文学,使得文学性诉求被边缘化局面的出现,学界也在怀疑,"会不会产生怎样把不同的方法论结合起来这类严重的问题呢?"③所有这些使得雷马克不得不重新对跨学科研究思想进行审视。也正是在与各种偏离比较文学研究宗旨的跨学科研究实践相斗争及其自身的跨学科研究实践过程中,雷马克对跨学科研究的认识在不断地深入并得以系统化。

自二十世纪五十年代以来,学术界发生的最值得关注的变化就是朝着跨学科和多学科方向发展。比较文学由于其鲜明的"比较性"、跨界性,尤其是其跨学科的特质使得它处在这种趋势的前沿。二十世纪六十年代,"比较性"被理解为"跨民族"和"跨学科"在比较文学界尚存在争议,不过后来,尤其在美国学术界已经成为一个大家都接受了的事实。当然,与其他大多数研究范式转换一样,这样的跨界性在给研究者带来新视域的同时,也带来了诸多挑战。雷马克在倡导跨学科研究的同时并没有回避跨学科中存在的问题。在跨学科研究中学界都承认文学与其他艺术之间具有优

---

①廖鸿钧:《中西比较文学手册》,成都:四川人民出版社,1987 年,第 264 页。
②〔美〕亨利·雷马克:《比较文学:再次处于十字路口》,姜源译,载《中国比较文学》2000 年第 1 期,第 20～21 页。
③〔美〕亨利·雷马克:《比较文学在大学里的处境》,杨周翰译,载《中国比较文学》1988 年第 2 期,第 88 页。

先性,不过也有许多问题需要学界努力探讨。例如,就文学与电影的关系来看,虽然它在美国是最受欢迎的跨学科研究,可"充满短暂性与易逝性的电影画面与印刷出来的文本之间如何比较,重构不停变换的视听场景与阅读文本时的心理图景之间的困难如何克服,电影观众的思维模式与文本读者的思维模式之间的巨大差异如何逾越等等"①。同时,学界也往往不满足于单纯的跨学科研究,诸如勃洛克等乐观主义者认为比较文学研究只受研究者个人知识结构的限制,而不受其他理论框架的限制;解构主义者德里达否定传统学科界限,消解经典与非经典之间的界限,否定传统文学观,将比较文学变为社会万象的棱镜,从中去映射女性、同性恋、殖民及后殖民等,将众多学科都汇集到文学研究中进行多学科研究;或者如斯皮瓦克等人所主张的,建立没有权利、霸权关系的"星球化"研究模式,并从事与区域研究相结合的发展道路。② 众所周知,在多学科研究中学者们无法要求采用统一的研究策略,而只能采用多元的研究策略。可是从长远来看,这种研究是难以取得学者想要的结果的。多学科研究走的是逐步累积而不是综合的路线,可在科学界,再放大到学术界,学者们要求的却是后者。在这种多学科研究中,区域研究无疑可以是一个极佳的例子。以斯皮瓦克为代表的一批学者倡导的研究方法源自冷战时代,而这并不适合比较文学研究。以德国研究为例,传统的教材以及相关论文集往往会囊括自然地理、地质、气候、经济、政治、教育、观念史、宗教等,虽然被冠以综合研究之名,可事实上组成的却是德语区的混杂体。这种研究方法类似于赫尔德早年将各国文学作品汇集在一起,它们之间并不要求方法论的综合与一致,用雷马克的话来说:"所有的要素都包括在里面了,可是彼此之间却缺乏相互联系。"③当然,并不能说比较文学跨学科研究就已经很好地做到了这种综合性,前景美妙的文学跨学科研究以及比较艺术的研究都还受到极大的抑

①Henry H. H. Remak, Interdisciplinary Dimensions of Comparative Literature, *Dialog der Kunste*(*Festschrift for Erwin Koppen*), ed. by Maria Moog-Grunewald and Christoph Rodiek, Frankfurt am Main: Peter Lang, 1989, p. 292.

②Gayatri C. Spivak, *Death of a Discipline*, New York: Columbia University Press, 2003, pp. 1~23.

③Henry H. H. Remak, Interdisciplinary Dimensions of Comparative Literature,*Dialog der Kunste*(*Festschrift for Erwin Koppen*), ed. by Maria Moog-Grunewald and Christoph Rodiek, Frankfurt am Main: Peter Lang, 1989, p. 292.

制,研究者们大都害怕下结论而显得过分的小心翼翼,不敢大胆推测和综合。可见,雷马克在反对多学科研究的思路进入比较文学跨学科研究的同时,也对传统跨学科研究模式进行着反思,对文学与其他艺术之间的研究也指出了一些学界需要注意的问题,尤其是对新的研究模式的批判彰显了一位经典比较文学家的使命、担当以及学术灵敏度。

除了对传统文学与其他艺术之间的跨学科研究进行反思外,雷马克在1989年发表的《比较文学的跨学科之维》一文中也论及文学与非艺术学科之间的跨学科研究,并首次坦承了其中存在的困难。比较文学跨学科研究进一步拓展到诸如哲学、观念史、教育、社会、政治与科学等非艺术学科,这既为文学研究带来了机遇,同时也带来了困难和风险。

一方面,在比较文学的名义下,文学研究不但实现了跨文学,也实现了跨学科的研究。现代学界通过提出比较文学的这一重大发展,文学被重新置于曾被视为社会认知源头的古老地位,文学被当作社会忠实而又全面的阐释者与见证者。从文学发展史看,"文学既是艺术,又超越了艺术,因为尽管是文学,它却超越学科界限,表现了人类经验的诸多方面,这让人不得不相信那些目光短浅的、严格的学科分类从长远来看只能将文学研究带入一个难以达到预期、寸步难行的孤立境地。处于人类知识之轮中心的文学为人类知识的综合提供了清晰的逻辑轨迹"[1]。正是由于文学在人类发展过程中所起的知识聚宝盆的作用,展开文学与其他学科,尤其是非艺术学科之间的系统研究可以以文学为中心对各种知识进行整合,从而实现人类知识的系统化与综合化,这便是文学与非艺术学科进行跨学科研究带给比较文学界的机遇。

另一方面,跨学科研究中的"跨文化"取代"跨民族"与"跨文学"对比较文学产生了深远影响。从空间的视角看,比较文学早期主要是从事跨越两国之间政治界限的文学接触关系;从学科视域来看,它起初是研究文学与其他学科,在这里主要是非文学学科与自然现象之间的关系,而在这个层面,与文学相关的另一极往往是由艺术领域、人文领域、科学领域以及社会

---

[1] Jean-Pierre Barricelli and Joseph Gibaldi, *Interrelations of Literature*, New York: The Modern Language Association of America, 1982, p. iv.

科学领域研究者进行的①。从比较文学研究来看,在强调"跨民族"时似乎很多学者认为"国家是想象的社区",因而民族也是变动不居的,忘记了文学的民族性仍然是一个重要因素。在第三世界,民族意识正风起云涌,即便是今日的西方,民族情结的时而高涨时而低落都还是一个不得不考虑的因素。不过,民族的界限又不是语言和文化界限的代名词。语言可以划分不同民族(如西班牙、葡萄牙、英国、法国、德国等),同时也可以在民族内部进行再划分(如加拿大、比利时、中国、印度甚至是美国),与这些语言紧密相连的文化也是如此。以印度为例,它有十五种官方语言,以及成百上千的方言。这些语言无疑把印度再细分为多个不同的地区,从而也就形成不同的文化区域。这样,比较文学就由民族文学之间的研究转向了同一民族内不同文化之间的比较研究。

在比较文学转向民族内文化研究的同时,另一个转向是由学科间的二元跨学科研究转向文本,并进而转向文本某个方面的研究,如语言学、人类学、心理学、政治学、社会经济学、艺术等文化的诸多有机组成部分,事实上,这类研究尤为复杂,很难对它们进行界定。跨学科研究的前提是企图将因为现代性和专业化进程而变得支离破碎的文化重新综合在一起,可是在东方的印度、中国或日本,这样的前提根本就不存在,因为文化本来就一个有机整体——艺术、文学文本以及哲学本来就是他们宗教及日常行为的有机组成部分。在西方,这个问题却因为人们对高雅文化界限的刻意违背而变得尤为复杂,因为人们倾向于把社会中的一切生活方式都打上"文化"的印记。在这里,这种变化便是从一种同质文化的假设,也就是基于民族与民族起源、民族语言、民族宗教以及其他占统治地位范式的共同性,过渡到更大文化的异质文化的假设,而这种更大文化又从高雅文学与文化通过非正统文学与非主流文化过渡到次文学与次文化,再到那些少数文化、性别文化以及种族文化,从"我们"到"他者"②。毫无疑问,这些几乎同时发

---

①据二十世纪八十年代末期的研究,北美绝大多数比较文学研究生仍从事跨民族文学关系研究,也有越来越多的研究生从事跨学科研究。See: Clayton Koelb and Susan Noakes, *The Comparative Perspective on Literature: Approaches to Theory and Practice*, New York: Cornell University Press, 1988, p.13.

②Henry H. H. Remak, Interdisciplinary Dimensions of Comparative Literature, *Dialog der Kunste* (*Festschrift for Erwin Koppen*), ed. by Maria Moog-Grunewald and Christoph Rodiek, Frankfurt am Main: Peter Lang, 1989, p.294.

生、彼此相互矛盾和互补的研究范式的扩大与详尽的分类使得任何企图进行规范的努力,不但操作起来有困难,而且就是在初衷方面都显得矛盾重重。这必然会使我们综合研究的努力遭到无情的消耗,这种因此而变得合理化的"我们无能为力"的倾向已经成为作为明确学术研究领域的比较文学重整雄风的一个实实在在的威胁,而且这种倾向又因西方普遍存在的这样一种思想而不断强化,那就是综合与规范都是对体制与智识的抑制。这样而来,以综合研究为目的的跨学科研究,甚至比较文学研究就陷入了一场严峻的危机之中。在雷马克看来:"我们不要忘了,学术地位是学术研究安身立命的关键。"①在美国的比较文学教学过程中就曾出现过一个极为矛盾的现象,那就是在学士学位与硕士学位课程中,各种语言和文学中的文化课程增长最快,且最受欢迎;各种学术会议与期刊也频频以文化为其中心议题。然而在博士阶段与文化相关的研究却仍然不受欢迎,因为文化的概念太宽泛也太不具有确定性,而且在博士阶段从事文化研究的毕业生也很难找到工作。这也从侧面提醒学术界,比较文学研究,甚至是学术研究应该与现实保持一定的距离,学术研究应该保持一定的独立性,同时,应该与社会生活相关。这也是比较文学跨学科研究工作者需要仔细思考和把握的。从事艺术之间以及学科之间研究如果缺乏社会基础是很难取得重大成就的。不过,从某种意义来看,教育的使命也是"反文化"的,也就是刻意与当代人们热衷的对象反其道而行之;教育可以为那些社会所期待的、短期的、心理上的、物质等方面的利益提供一种补偿。将我们的精力花在逆流而动上也是一种社会行为,其目的在于改进我们的社会以及提高市民的认识水平。在这一点上,雷马克给我们的教导是:"从事跨学科研究的比较学者必须要关注其他的维度,不仅包括他们研究的文学及其他学科之维,而且还包括他们所生活的社会之维。"②作为学者,我们必须要明白各种社会潮流的来龙去脉,必须要选择我们是顺势而为还是逆流而上。

　　面对这样的转向,雷马克也保持着清醒的认识,辩证地认为一方面学

①Henry H. H. Remak, Interdisciplinary Dimensions of Comparative Literature, *Dialog der Kunste* (*Festschrift for Erwin Koppen*), ed. by Maria Moog-Grunewald and Christoph Rodiek, Frankfurt am Main: Peter Lang, 1989, p. 292.

②Henry H. H. Remak, Interdisciplinary Dimensions of Comparative Literature, *Dialog der Kunste* (*Festschrift for Erwin Koppen*), ed. by Maria Moog-Grunewald and Christoph Rodiek, Frankfurt am Main: Peter Lang, 1989, p. 302.

界有必要扩大研究范围,让研究走向深入,因为如能坚持正确的原则以从事"真正的"跨学科研究,将比较文学的触角拓展到哲学、历史学、人类学以及自然科学与技术等领域,这能够"挑战、分化并丰富比较文学的学术研究,带来客观的成果"。另一方面,他也清醒地认识到,这门学科的"改革家"们所主张的"文学中的人文主义需要借助语言参与社会行动"的"图一时之快"式的研究方式,加上"玩票主义"的影响,其结果是"跨学科势头把以跨民族、跨语言为核心的比较文学拉向了倒退"[1],导致了在跨学科研究中文学一极的消失,其最明显的标志就是比较文学传统要求的研究者至少掌握一门以上非母语的基本标准,在近年来的北美学术界已经变成在单一语言内进行,完全背离了比较文学的初衷,这也是雷马克看到自己所提倡的跨学科研究被学术界误解,导致"文学性"的丧失而对此一直"耿耿于怀"的原因。

纵观雷马克后期的比较文学研究,一个重要维度就是捍卫比较文学跨学科研究中的文学性。早在二十世纪七十年代中期,他在谈到文学作品的接受时就曾提出:"我们会发现美学的、心理学的、教育学的和社会学的因素,历史和批评汇集一体,共同促进文学研究的发展,使之更富生命力,并有助于它与其他文化因素结合以促进一种文明的形成。"[2]在这里,为了促进文学研究,雷氏主张只有对其进行多视角研究才能还原其本相,借鉴其他学科的研究思路与方法以加深对文学的理解,可见,文学是其跨学科研究的中心。在八十年代初,由于理论浪潮的来袭,比较文学研究中文学的地位受到波及,雷马克曾警告学界:"探讨新的研究方法与领域是必要的,包括……符号学、接受和交流理论、文学(包括通俗文学)的社会学、语言学、文学的修辞和跨学科研究……但同时心里要清楚,运用这些理论方法的目的是为了更明白、更有意义、更确切地理解文学现象。"[3]可是,由于理论浪潮一波接着一波地涌来,大有吞噬文学文本的势头,尽管韦勒克、韦斯坦因等学者在 1985 年召升的第十一届国际比较文学学会上对"理论派"进

---

① Henry H. H. Remak, Origins and Evolution of Comparative Literature and Its Interdisciplinary Studies, *Neohelicon*, Vol. XXIX, No. 1, 2002, p. 249.

②〔美〕亨利·雷马克:《比较文学的前景》,张宁、谢建珍译,载孙景尧选编《新概念 新方法 新探索——当代西方比较文学论著选》,桂林:漓江出版社,1987 年,第 108 页。

③ Henry H. II. Remak, Comparative History of Literature in European Languages: The Bellagio Report, *Neohelicon*, No. 8, 1981, p. 221.

行了强烈的批评,认为这些学者不研究作品好坏,将它们瓦解成一堆符号。可正如有学者指出,落花有意,流水无情,随着佛克马在此次大会上击败韦斯坦因当选会长,加上韦勒克与佛莱克的去世、雷马克以及韦斯坦因的退休,标志着一代比较文学结束了①。

　　那么,新一代比较文学又有何特征呢? 在静观理论热潮发展十五年,认识到大多数理论都无法经受作品的检验之后,他再次对受其冲击的跨学科研究进行把脉,敏锐地发现以跨学科之名如雨后春笋冒出来的"文学"研究者所从事的只是语言学、思想史、结构主义、哲学、政治学、经济学、信息交流理论和符号学等单极性的研究。正是由于他们对文学的忽略,才导致"他们的文学感受力,他们的外语和文化知识却下降了",这种本末倒置的研究方法使得比较文学不再是文学理论的实验室,只降格为各种理论一个不值得理睬的注脚:"比较文学在此境地中没有得到切实的善待,而成了附庸。"②面对文学在跨学科研究中地位的失落,雷马克也深感困惑,在世纪之交的 1997 年,他还在大声疾呼:"只要比较释义主要的两极之一仍是文学,是具有文学性的文学,我就会促使扩大比较文学研究跨学科研究的范围。"③这里可以看出,和其他经典比较文学家一样,雷马克坚持文学必须是跨学科研究的一极,是以其为中心展开与其他学科的跨学科研究,文学是比较文学跨学科研究的出发点和归宿点,文学必须是研究的基础。对于研究范围的扩大,哲学、心理学、社会学等相继成为研究的中心,韦勒克就曾撰文《美国的文学研究》、《对于文学的非难与其他论文》等提醒学界警惕跨学科研究可能会无限膨胀与导致文学地位的弱化。虽然在六七十年代,韦勒克与雷马克这两位比较文学的元老都曾因出发点的不同而对彼此相互的学术观点互有微词,但就文学性在比较文学研究中的地位这一点上,他们是有高度共同性的。

　　与此同时,雷马克还就跨学科研究中的第二点,也是就系统性问题在世纪之交进行了再次思考。在 1961 年的经典定义中,他将跨学科分为两

①孙景尧:《简明比较文学》,北京:中国青年出版社,2003 年,第 77~78 页。

②Henry H. H. Remak,The Situation of Comparative Literature in the Universities, *Colloquium Helveticum*,No. 1,1985,p. 10.

③Henry H. H. Remak,Once again: Comparative Literature at the Crossroad, *Neohelicon*,Vol. XXVI,No. 2,1997,p. 106.

个层次,即文学与其他艺术之间与文学与非艺术学科之间。尽管韦斯坦因在跨学科研究实践中只认可前一类型的跨学科研究,对后一类型的跨学科研究进行了猛烈的抨击,这并未影响雷马克对这一研究领域的信心和执着,经过三十多年的思考与实践,他在 1997 年的文章《比较文学:再次处于十字路口》中又对系统性进行了细化,认为跨学科的顺序应该按照如下的层次进行:第一层次是文学和各种与文学现象最基本、最密切关联的其他艺术之间的系统研究,例如绘画、音乐、雕塑、电影等艺术形式;第二层次是文学与其他人文学科之间的系统研究,例如历史学、历史编纂学、哲学、心理学、宗教与神学;第三层次是文学和社会与社会科学之间的系统研究;第四层次是文学与自然与自然科学之间的系统研究。[①] 通过这些层次的系统研究,学界应该在这个相互砥砺的过程中更加清楚地认识文学现象,而不是使其模糊甚至消失在研究的视域之中。可问题是,由于这是一片广阔的研究领域,很难制定统一划一的标准,加上雷马克本人未能为文学与某门具体学科之间设立研究范式、原则与目的,为比较文学界设立榜样,在日后的发展中,逐渐偏离了既定的方向,至于其中的原因,雷马克在其生前最后一篇公开发表的文章中曾这样不无自责地总结道:"40—50 年前,美国学界设想跨学科学术研究有两个主要目标(我承认自己犯了推波助澜的错误),其中之一的以追求契合——互动为旨归的比较文学跨学科研究,被证明简直是太成功了;而另一个同样重要的目标,即彰显并重新定义学科间的差异,却被淹没在文化理论和批评的浪潮里了。"[②] 因为解构主义的影响,学科的界定工作没有得到澄清而使得跨学科研究走向了学科泛化的大潮,从而偏离了文学性。

综上所述,雷马克在比较文学跨学科研究中不仅为其制定了基本原则,而且一直敏锐地关注着发展过程中存在的种种隐患,及时地对跨学科研究进行把脉、纠偏,并在此过程中不断地完善自己的理论;面对自己当初没有预料到的发展态势也勇敢地承认了自己的过失,表达了自己的歉意。虽然当今的跨学科发展没有完全按照雷马克的既定目标向前发展,可正是

[①] Henry H. H. Remak, Once again: Comparative Literature at the Crossroad, *Neohelicon*, Vol. XXVI, No. 2, 1997, p. 106.

[②] Henry H. H. Remak, Origins and Evolution of Comparative Literature and Its Interdisciplinary Studies, *Neohelicon*, Vol. XXIX, No. 1, 2002, p. 250.

他对跨学科发展一直保持着的持续关注与警惕,使得比较文学没有完全迷失自己的学科身份,相反却能够从自身的历史发展进程中不断地吐故纳新,进行自我完善,为走出困顿的研究现状找寻出路。雷马克在跨学科研究中所扮演的角色再次印证了他是本学科的"推动者"、"引领者"和"良心"。

第四章　亨利·雷马克与中国学派

　　比较文学,这门产生于欧洲的"学院派精英学科"(钱锺书语),我国不是"自古有之",所以需要借鉴国外的相关理论著述。这点,我国比较文学学会首任名誉会长季羡林先生在总结"中国学派"的特点时就认为只要对我们有用,我们就拿来,否则就扬弃①。与此同时,到底"拿来"的情况如何,吸收了多少,则需要学界思考,因为在比较文学复兴不久学界就有这样的担忧:"我们今天对比较文学的认识,一方面不普及,另一方面也不深入,对国外情况了解不多。"②那么,三十多年过去了,那现在是否有变化呢?我们以被称为比较文学"美国学派三杰"③的亨利·雷马克为例,探寻西方经典比较文学家的思想在中国比较文学界的影响和接受。

　　我国比较文学学会首任会长杨周翰教授曾对雷马克这样介绍道:"美国著名比较文学家和文学理论家,他的论文有不少中译本,受到中国比较文学界的重视。"④如果说当年的"重视"还是一种期待的话,那么在三十多年的国内比较文学界又以何种方式来体现这样的"重视"呢?是不是就已经对亨利·雷马克有了足够的了解,对其与中国比较文学间的关系就有了充分的认识了呢?直到近期,我们发现现有雷马克研究还是不容乐观,因为就在他去世的 2009 年,《中国比较文学》的卷首语里还有这样的呼吁:"亨利·雷马克教授是国际比较文学界的耆宿,……跨学科研究,可比性、比较文学与世界文学的关系等问题,也是我国比较文学学者比较关心的问题。……欢迎比较文学界同仁结合我国比较文学的发展实际,就相关问题,继续发表自己的意见。"⑤这表明对雷马克与中国学派之间关系的研究

---

①季羡林:《前言》,载杨周翰、乐黛云主编《中国比较文学年鉴》,北京:北京大学出版社,1987 年,第 5 页。

②杨周翰:《比较文学在大学里的处境》(译者按),载《中国比较文学》1988 年第 2 期,第 86 页。

③刘象愚:《韦勒克的比较文学观及其当代意义》,载刘象愚《从比较文学到比较文化》,上海:复旦大学出版社,2011 年,第 164 页。

④杨周翰:《比较文学在大学里的处境》,载《中国比较文学》1988 年第 2 期,第 90 页。

⑤见"编者按",《中国比较文学》2009 年第 3 期,第 1 页。

还不够充分。综合各方资料,我们从中国第一篇介绍雷马克比较文学思想文章(袁鹤翔《中西比较文学定义的探讨》,见下文)出现的 1975 年开始,大致以十年为界,将雷马克与中国学派的关系大致分为如下三个阶段。

一、亦步亦趋:亨利·雷马克与早期中国比较文学[①]

有一段时间,中国大陆比较文学界与西方比较文学界之间几乎处于隔绝的状态。在这个"西边日头东边雨"的阶段,纵观从 1975 年到 1990 年(期间,中国比较文学学会于 1985 在深圳大学成立——笔者注)的十五年,中国比较文学界仍保持着对雷马克的研究,从某种意义上说,雷马克在这一时期是我们了解西方比较文学动态的一个窗口,这一阶段的研究主要体现在以下四个方面。

第一,中国比较文学界主动了解雷马克的比较文学思想,具体体现就是学界翻译了雷马克的大量著述。王润华结合自己讲授《比较文学概论》的经验率先翻译了雷马克的《比较文学的定义及其功能》,并于 1979 年在台湾出版。在不到两年后的 1981 年,大陆学者张隆溪也对该文进行了译介,并以《比较文学的定义和功用》之名发表在《国外文学》(1981 年第 4 期),后收在北京大学出版社 1982 年出版的《比较文学译文集》。在编者前言中,有这样的话:"自那时(指 1930 年傅东华翻译罗力耶的《比较文学史》与 1937 年戴望舒翻译梵·第根的《比较文学论》——笔者注)以来,就再没有出现完整、系统介绍国外比较文学研究状况和学术成果的新译著。"[②]这既是学界当日的真实写照,也是译者编译这部论文集的动力。很快,此文又有了第三个译本,金国嘉将其译成《比较文学的定义和功能》,并收录在干永昌、廖鸿钧、倪蕊琴选编,1985 年上海译文出版社出版的《比较文学研究译文集》。北京师范大学中文系比较文学研究组选编于 1986 年出版的《比较文学研究资料》中,再次收录了张隆溪翻译的《比较文学的定义和功用》,同时收录的还有郭建节译自雷马克写于 1960 年的论文《十字路口上的比较文学:诊断、治疗和预后》,并冠以《比较文学的法国学派和美国学派》之名。国内集中翻译雷马克著述是孙景尧在 1987 年选编的《新概念　新

---

①本节部分内容曾发表于《宁夏大学学报》(人文社会科学版)2011 年第 5 期,题为《国内亨利·雷马克研究 30 年述评》,第 145～151 页。

②张隆溪选编:《比较文学译文集·序》,北京:北京大学出版社,1982 年,第 1 页。

方法　新探索——当代西方比较文学论著选》中,孙的选本中收录了雷氏的《比较文学的前景》、《评介〈比较文学〉》、《近年来西欧浪漫主义研究的趋势》、《浪漫主义中的异国情趣》、《对欧洲浪漫主义的界定》等五篇文章,以及雷马克编的《比较文学参考书目选注》。在该书目前言中,雷氏这样说道:"列入条目的每一篇论著我们不仅都读过,而且还仔细地分析研究了他们对本文讨论的中心问题所能给予的新贡献。"[①]无疑,这份参考书目是美国比较文学界当时的一个研究总结,也是我国了解美国、西方比较文学研究现状的一个窗口,也正如编者所言:"雷马克发表在法国有声望的《比较文学评论》杂志上的评介文章,对法国比较文学研究的新发展作了简要的总结,有助于我们了解这一学派理论的全过程。"[②]我们不但可以从美国学者眼中去了解法国学派的流变,而且也可以了解美国学派在比较文学研究的传统专题(如浪漫主义等方面)的研究范式。近年来,我国学界又翻译了雷马克一些近作。杨周翰翻译了雷马克1985年所写的《比较文学在大学里的处境》(载《中国比较文学》1988年第2期)。我国比较文学界在15年间翻译了他8篇文章和一份比较文学参考书目,其中一篇在短短6年间有3个译本并多次刊于不同的期刊和论文集,这在我国比较文学发展史上并不多见。

　　第二,除了直接翻译雷马克论及比较文学的重要著作,国内学者还对他进行了热情的介绍,并就比较文学的热点问题与其进行沟通和探讨。在1986年出版的《比较文学自学手册》中,作者选取了6位国外比较文学工作者进行介绍,其中第一位就是亨利·雷马克,并就他的经历、学术活动、研究领域、重要学术著作等方面向国内学界进行了引荐。在该书第五辑的"名词解释"中,对"文化相对论"这样解释道:"一种比较文学的研究方法,由雷马克提出。"[③]1987年出版的《中西比较文学手册》也对雷马克进行了充分的肯定,认为"他是比较文学美国学派的代表人物,在1976年第八届国际比较文学大会上所作的题为《比较文学的前景》的报告中比较系统地阐明了平行研究的理论与主张,为确立比较义学中的平行研究做山了重要

---

① 〔美〕亨利·雷马克:《比较文学参考书目选注》,王左吾、孙景尧译,载孙景尧选编《新概念 新方法 新探索——当代西方比较文学论著选》,桂林:漓江出版社,1987年,第271页。

② 孙景尧,《编者前言》,载孙景尧选编《新概念 新方法 新探索——当代西方比较文学论著选》,桂林:漓江出版社,1987年,第2页。

③ 刘献彪:《比较文学自学手册》,长沙:湖南文艺出版社,1986年,第235页。

贡献。"①应该说,这样的评价一方面肯定了雷马克对比较文学的重大贡献,另一方面也提升了雷氏在中国学界的影响。

　　第三,国内比较文学界以临摹雷马克比较文学思想的方式构建"中国学派"。学者王润华在谈及翻译的目的时说道:"中文系的学生,除了极少数例外,一般人对西洋文学或其他学科的知识如政治、心理、宗教知道得不多。"②从中可以看出,除了中国大陆之外,东南亚及台湾学生当时对西方也是缺乏了解的。这里之所以提到其他学科的知识,是因为雷马克在著作中引入了比较文学"跨学科研究"思想,译者在接受之后认识到:"我们要真正了解文学作品或一种文学运动,凡是有相关的哲学思想、宗教、历史、政治都有了解的必要。"③可见,在台湾学界,雷马克的比较文学思想是指导其比较文学实践的一个重要理论工具。如果说雷马克经典定义成了东南亚及台湾地区比较文学研究的"试金石",它在中国比较文学界关于比较文学的定义这个最核心的层面都给国内比较文学界烙上了深深的印记。香港中文大学李达三(John J. Deeney)给比较文学下的定义是:"'比较文学'是研究两国或两国以上的文学,以及文学与其他知识领域的研究。所谓其他知识,乃广指艺术(绘画、雕塑、建筑、音乐)、哲学、历史、社会科学(如政治学、经济学及社会学等)、自然科学、宗教等。简言之,它是一国文学与他国文学的比较以及文学与其他文化活动的比较。"④稍加辨析,我们便清楚看出上述论述几乎都是雷马克定义的翻版。除此之外,袁鹤翔1975年发表在《中外文学》上的《中西比较文学定义的探讨》中就有这样的话:"这种说法与李马克(Lemak)(原文如此——笔者注)对比较文学所下的定义(后谈)非常接近。"⑤季羡林先生在回答"什么是比较文学?"时,曾有这样的描述:"顾名思义,比较文学就是把不同国家的文学拿来比较。这可以说是狭义的比较文学。广义的比较文学是把文学同其他学科来比较,包括人文科学和社会科学,甚至是自然科学在内。"⑥比对这个定义和雷马克的定义,

---

①廖鸿钧:《中西比较文学手册》,成都:四川人民出版社,1987年,第37页。

②〔美〕亨利·雷马克等:《比较文学理论集·译者序》,王润华译,台北:成文出版社,1979年,第4页。

③〔美〕亨利·雷马克等:《比较文学理论集·译者序》,王润华译,台北:成文出版社,1979年,第3页。

④〔美〕李达三:《比较文学研究之新方向》,台北:联经出版公司,1978年,第201页。

⑤黄维樑、曹顺庆编:《中国比较文学学科理论的垦拓——台湾学者论文》,北京:北京大学出版社,1998年,第59页。然而,在文后的相关论述中,却将雷氏的姓名拼写正确,见该书第62页。

⑥季羡林:《我和比较文学》,载《人民日报》1982年6月15日,第8版。

除了前者更加简练，我们可以发现它们几乎如出一辙。我国比较文学第一本理论专著的著者认为雷马克的定义是"典型的美国学派的观点。它富于时代气息，……可以帮助人们从各种角度来认识文学，而且使文学研究不再是片段和孤立的学问"①。此中的定义就是张隆溪的译文，这个译文也是国内在给比较文学下定义时参考频率最高的一个，经典比较文学教科书中几乎都可以看到这条定义，它对中国比较文学发展的影响也无疑是众多西方比较文学家中最为深远的一个。

第四，雷马克向国内比较文学界推荐研究信息和资料。除了以上三个单向维度的沟通以外，雷马克还和中国比较文学界进行了深入细致的沟通和交流，在这一阶段，主要是以书信的方式进行。而这些交流，主要有两个目的：其一是为中国比较文学界提供新的信息和研究资料；其二是为困顿中的中国比较文学提供理论支撑。1983 年 5 月 23 日，他在写给孙景尧的第一封信中写道："著述我们学科的历史是摆在我们面前的最紧迫的任务之一"，并向我国学界积极推荐"恰如我们这门学科的一座金矿的论文，即再版的韦勒克的《比较文学的概念与观念》"②，展现了一个比较文学家的开阔胸襟和高瞻远瞩，无愧于比较文学的"良心"这个称谓。要知道，韦勒克在其提出比较文学经典定义不久，曾公然严厉地批评道："对比之下，亨利·雷马克最近企图放宽比较文学定义的尝试便不是那样武断，而是显得更加雄心勃勃……因此，作为一个定义，他是经不起推敲的。"③在该信中，我们也可以发现，雷马克毫无保留地向孙景尧先生和中国比较文学界热情地介绍美国比较文学界的研究历史和现状，与此同时，他也无私地将诸多书籍和文章推荐到国内，并就国内比较文学界应该搜集何种资料并对搜集的方式都有明确交代。第二封信中，雷马克承认自己发表于 1961 年的《比较文学的定义和功能》"有许多模糊之处"，并认为"在印度国内，正在进行不同文学的文化比较，而且国内文学的比较研究比国际间的比较研究要多得多，它也是合情合理的"，从而肯定了"在一国之内的文学比较研究也属

---

①卢康华、孙景尧：《比较文学导论》，哈尔滨：黑龙江人民出版社，1984 年，第 49～50 页。

②〔美〕亨利·雷马克、孙景尧：《关于比较文学历史问题的通信》，载《中国比较文学》1984 年第 1 期，第 314 页。

③〔美〕韦勒克：《比较文学的名称与性质》，韩冀宁译，载孙景尧选编《新概念 新方法 新探索——当代西方比较文学论著选》，桂林：漓江出版社，1987 年，第 79 页。

于比较文学范畴"①的观点。此信的缘由是1985年,中国学者曾致信雷马克,向他提出"为什么在一国之内的文学比较不算比较文学?"②这个在比较文学界很少被正面探讨的问题。于此,雷马克明确表述道:"我的回答是肯定的——假如在同一民族或国家内,从政治上而不是从文化上来说,有几种文学(两种或两种以上)。"③此外,在雷马克的定义中,他的一部分表述是"Comparative Literature is the study of literature beyond the confines of one particular country…",此处的"country"在词典中的基本意义首先是"(有某种特点或与某人有关的)地区,区域",第二个义项才是"国,国家;国土,领土;祖国;故乡"④等。可见,它首先是指某个地区,区分的标准是"有某种特点或与人有关的",这种特点就文学来说可以是产生具有民族或地方特色文学的地区,而"与人有关"则可以理解为与研究者所在的具有自己民族特色的地区有关。可见,同一国家或地区内部不同民族文学之间的比较研究原本就是比较文学的题中应有之义。

综上所述,在第一阶段,国内比较文学界要么以直接的方式,要么以间接的方式对雷马克比较文学思想进行着"拿来主义"式的接受。

二、若即若离:亨利·雷马克与近期中国比较文学

经过第一阶段的积累,国内比较文学界通过以雷马克为代表的欧美学者提供的直接或间接资料,对西方比较文学的发展有了基本的了解。在此基础上的1990年到2000年期间,尤其是自1985年中国比较文学学会的成立以来,中国比较文学界也逐渐走上了相对独立的发展道路,并取得了迅猛的发展。从1991年在东京召开的世界比较文学学会提交的论文数量来看,中国比较文学学者提交的论文达到105篇,在数量上仅次于美国。不过,尽管当时的会员人数众多,声势也较大,以季羡林先生为代表的学者们还是从中看到了问题,警示大家不要把比较文学看得太容易,以为只要

---

① 〔美〕亨利·雷马克、李锡光:《关于比较文学理论问题的通信》,载《广东民族学院学报》(哲学社会科学版)1985年第1、2期合刊,第58～59页。

② 〔美〕亨利·雷马克、李锡光:《关于比较文学理论问题的通信》,载《广东民族学院学报》(哲学社会科学版)1985年1、2期合刊,第58页。

③ 〔美〕亨利·雷马克、李锡光:《关于比较文学理论问题的通信》,载《广东民族学院学报》(哲学社会科学版)1985年1、2期合刊,第58页。

④ 陆谷孙:《英汉大词典》,上海:上海译文出版社,2007年,第421页。

将一个作家与另一个作家进行比较，将一部作品与另一部作品进行比较，这就是比较文学。进而建议学界要提高研究水平，仔细琢磨"中国学派"的内涵，多出诸如韦勒克似的大师，也多出像勃兰兑斯《十九世纪文学主潮》般的研究成果。[①] 如果说这是从外部比较的视野来审视中国比较文学的发展现状的话，另一部分学者则从中国比较文学的内部来反思其发展，其标志是时任中国比较文学学会副会长兼学术委员会主任孙景尧的如下观点："一方面，要多研究问题、多解决问题，另一方面又要更新我们已接受的'舶来'观念，走自己的中国特色的路，这是既有矛盾又须克服的一个'结'。为此，我们在着力于具体的中外比较文学研究的同时，也还应注意对中国比较文学的本体作有深度有创新的哲学思考，……我想，'多行道'总比'单行道'会更利于我们去建立中国特色的比较文学理论与方法。"[②] 在此处，中国特色比较文学的建立被明确地提出来，同时也号召大家"更新""舶来"的比较文学观念，正式开启了"中国学派"的构建之路。

在这一阶段，中国比较文学界的一项重要研究成果就是逐渐确立起了以"四跨"为特征的比较文学学科性质观[③]，这无疑是在与以雷马克为代表的美国学派的对话、批判，以及结合中国比较文学实践的基础上形成的。那么，在此过程中，中国比较文学界又是如何"更新"那些"舶来"的比较文学思想？具体而言，"中国学派"的"四跨"又是如何对作为比较文学引路人的雷马克比较文学思想进行吸收和改造的呢？

让我们再次回顾雷马克的比较文学经典定义："比较文学是超出一国范围之外的文学研究，并且研究文学与其他知识和信仰之间的关系，包括艺术（如绘画、雕刻、建筑、音乐）、哲学、历史、社会科学（如政治、经济、社会学）、自然科学、宗教等等。简言之，比较文学是一国文学与另一国或多国文学的比较，是文学与人类其他表现领域的比较。"[④] 应该说，该定义是在

[①] 原刊编者按：《季羡林先生对开好中国比较文学学会第三届年会的两点意见》，载《中国比较文学通讯》1990 年第 3、4 期，第 3 页。

[②] 孙景尧：《学术委员会工作报告》，载《中国比较文学通讯》1990 年第 3、4 期，第 9 页。

[③] 陈惇、孙景尧、谢天振主编：《比较文学》，北京：高等教育出版社，1997 年，第 9 页。

[④] 〔美〕亨利·雷马克：《比较文学的定义和功用》，张隆溪译，载张隆溪选编《比较文学译文集》，北京：北京大学出版社，1982 年，第 1 页。另，此定义曾屡次被翻译成德文、中文、日文并于二十世纪九十年代作为历史文献被翻译成葡萄牙文、意大利文及西班牙文等。See: Clause Clüver, Henry H. H. Remak, the Peripatetic Comparatist, *Comparative Critical Studies*, 7.2—3(2010), Note 10, p. 239.

与法国学派进行针锋相对的斗争中形成的,在打破以实证主义和民族主义为典型特征的比较文学第一阶段研究传统过程中得以确立,在当时是具有进步意义的,也是最能代表美国学派的一个定义,从中,我们可以明确地看出,雷马克提出了比较文学所具有的"跨国家"和"跨学科"两个特质。而国内比较文学界经过多年的发展和建设,对比较文学的认识也逐渐达成共识,陈惇与孙景尧等学者认为:"把比较文学看作跨民族、跨语言、跨文化、跨学科的文学研究,更符合比较文学的实质,更能反映现阶段人们对于比较文学的认识。"①可以发现,"美国学派"和"中国学派"在这里的共同点是跨界性,然而,他们之间的内涵和外延却有着极大的不同。

首先,国内学界对雷马克提出的比较文学"跨国家"的这一特质提出了质疑,并对其进行了修正。就美国学派而言,韦勒克、雷马克等人在与法国学派的论战中以"跨国家"、"跨学科"的比较文学代替以"记文化账"为代表的文学关系史,无疑具有积极作用。可是随着比较文学的发展,尤其是其研究范围的扩大,原有的理论已经无法指导现有的研究。因而,中国学者就认为,"雷马克的定义中关于跨国界的提法,并不是很准确的,随着比较文学的发展,这种提法的局限性更为明显,有必要加以修正"②。其原因是"国家"是政治概念,而"国别文学"更多是一个地理上的标识,是变动不居的。它既是历史的,也是地理上的存在,它与文学之间不存在非常紧密的内在关联性。另一方面,文学具有民族性,一个民族往往具有一个民族的文学,他们之间的结合,即"民族文学"则是一个具有鲜明特征的文学现象,而比较文学却是研究跨越不同民族和学科的文学现象,这才是比较文学"跨界"性得以确立的基础。同时,一个民族有一个民族的语言,而文学又是语言的艺术,语言也是文学的第一要素,所以,陈惇等学者认为,对比较文学而言,"跨民族、跨语言的提法,比跨国界的提法更为准确"③。这无疑是对雷马克比较文学"跨国家"特质的纠偏和升华。

其次,跨文化被中国学者作为比较文学的一个特质被明确提出来。随着东方元素逐渐参加到国际比较文学的大潮,此时的跨民族无疑是在更大的跨文化的背景中展开,因为产生自同一文化圈中的比较文学研究

---

①陈惇、孙景尧、谢天振主编:《比较文学》,北京:高等教育出版社,1997年,第9页。
②陈惇、孙景尧、谢天振主编:《比较文学》,北京:高等教育出版社,1997年,第7页。
③陈惇、孙景尧、谢天振主编:《比较文学》,北京:高等教育出版社,1997年,第7页。

成果，不一定适用于另一个文化圈，所以，中国学者们需要提出新的理论。

比较文学源于"两希文明"，学者们尚未跳出"欧洲中心主义"或者"西方中心主义"的窠臼，将比较文学限于单一文化之内在欧洲有着深厚传统。雷马克一直以来都力避使得比较文学研究陷于"支离破碎"和"孤立"，强调比较文学研究的开放性和国际性，以他为代言人的美国学派所提出"相互并没有影响或重点不在于指出这种影响"的"平行研究"，就是对法国学派将研究视域限于"西欧"的反拨，其目的是要集中文学研究中所得出的见解和成果，再将有意义的结论贡献给其他学科，贡献给其他民族和全世界①。此外，面对中国学者李锡光就源自同一民族，但产生于不同文化背景的文学研究是否属于比较文学的疑问，雷马克的回答是肯定的。他认为只要它们的文化背景不同，"比较文学"完全可以在同一语言或文化中进行。在此处，雷马克明确将文学与文化并置并对二者的关系进行了梳理。同时，他也进行了深刻的反思："1961年（那年他发表了《比较文学的定义和功用》——笔者注），我未能预见到：许多国家内已朝着文化多元化迅速发展，……我甚至大胆地认为：比较文学在语言之间存在的理由，将要被比较文学在文化之间存在的理由所代替，'语言'和'文化'这样的术语应用到学科上，而不是应用于文学之间。"②在跨语言和跨文化之间，雷马克认为后者更能彰显比较文学的特性，为比较文学反"欧洲中心主义"奠定了坚实的理论基础，从而也为比较文学走向第三阶段，也就是国内学者所倡导的"跨文化"与"跨文明"研究铺平了道路。在人文学科领域，理论和实践之间存在着不一致的情况，"任何一门学科的发展都不可能是先有定义再发展，而是学科的发展在不断的调整中完善着自身的性质，逐渐地给出一个科学的自洽定义。"③虽然这里谈的是学科定义与学科实践之间的关系，它一样可以用来描绘比较文学研究的理论与实践的关系。在雷马克看来，随着比较文学实践扩展到了不同的领域，假如与之相应的比较文学理论仍墨守成

① 〔美〕亨利·雷马克：《比较文学的定义和功用》，张隆溪译，载张隆溪选编《比较文学译文集》，北京：北京大学出版社，1982年，第3页。
② 〔美〕亨利·雷马克、李锡光：《关于比较文学理论问题的通信》，载《广东民族学院学报》（哲学社会科学版）1985年1、2期合刊，第58页。
③ 杨乃乔：《比较视域与比较文学本体论的承诺》，载杨乃乔、伍晓明主编《比较文学与世界文学——乐黛云教授七十五华诞特辑》，北京：北京大学出版社，2005年，第82页。

规,这必将阻碍学科发展①。难能可贵的是,作为美国学派的代表,比较文学学科的"推动者",雷马克能够进行自我反思与扬弃,为学科的健康发展扫清障碍,这一点是难能可贵的,也是再怎么强调也不过分的。

所以,在这一阶段,中国学者结合本国实践,对以雷马克为代表的美国学派的"跨国家"这一观念进行了超越,将其细化为"跨民族"、"跨语言"以及"跨文化"三个维度,使其更能体现比较文学的发展现状,同时,对"跨学科"也进行了吸收。可见,中国比较文学界与亨利·雷马克在第二阶段保持着若即若离的关系,即,既有共同点,同时又有中国学派自身的特色。

三、鸣镝弑父:亨利·雷马克与当代中国比较文学

进入二十一世纪以来,中国比较文学界的学者们在对法国学派的影响研究以及美国学派平行研究进行批判性继承的基础上,推动比较文学进入到以"跨文明研究"为特征的第三阶段②。这是因为中国学者们发现影响研究和平行研究都是与法国和美国的具体国情相结合,它们不一定适宜于中国比较文学,尤其是在比较文学研究进入到中西文明对话的新阶段,原有的比较文学理论已经难以涵盖东方比较文学,尤其是难以适应中国民族文学的实际以及中国文化软实力的构建。所以,唯有开展跨文明研究"才可以真正打破法国学派和美国学派的西方中心主义,以一种世界性的眼光关注世界各大文明:中华文明、印度文明、希腊文明、阿拉伯文明等,⋯⋯让非欧洲文明也能发出自己的声音、展示自己的形象、提升自己的文化软实力"③。当然,这一阶段的到来并不是一帆风顺的,也是建立在对以雷马克为代表的美国学派进行全面批判的基础上形成的。

首先,由于美国学派在构建自身学科体系过程中缺乏必要的规约,使得比较文学在一段时期内出现了学科泛化的迹象,在此过程中,雷马克负有不可推卸的责任。在被王福和称为"精读"的《中外比较文学名著导读》中,雷马克被介绍为:"1961 年,他在著名的《比较文学的定义和功用》一文

---

①〔美〕亨利·雷马克、李锡光:《关于比较文学理论问题的通信》,载《广东民族学院学报》(哲学社会科学版)1985 年 1、2 期合刊,第 59 页。

②曹顺庆:《从比较文学学科发展史看文化软实力》,载曹顺庆《迈向比较文学第三阶段》,上海:复旦大学出版社,2011 年,第 30 页。

③曹顺庆:《从比较文学学科发展史看文化软实力》,载曹顺庆《迈向比较文学第三阶段》,上海:复旦大学出版社,2011 年,第 39~40 页。

中全面阐述了美国学派的立场和理论，直接导致了平行研究和跨学科研究的产生。……被学术界公认为'比较文学美国学派的重要代表'。"[①]这些介绍性文字为我们勾勒出一个比较文学学科"推动者和引领者"形象，令其在我国学界的地位逐渐得到巩固和提高。不过，也正是因为雷马克第一次明确将跨学科研究写进比较文学的定义之中，并没有进行系统论述和规约，使得当今美国比较文学面临学科泛化，国内学者也对雷马克的比较文学跨学科研究思想进行着反思。曹顺庆在世纪之交就发现，随着比较文学研究领域的逐渐扩大，以前的学科理论很难指导新的发展，导致的结果就是比较文学学科理论充满越来越大的不确定性，"甚至有人认为根本不用确定，或不屑确定。这种失去理论的茫然、困惑，这种不能确定或不屑确定学科理论的消解态度，必然将比较文学导向严峻的学科危机"[②]。查明建也认为雷马克的比较文学定义是鉴定比较文学的标准，所以，要反思美国比较文学的现状，就必须分析"标准"是否出了问题。经过分析、论证，他认为症结是在当年提出跨学科研究时，雷马克本人在论述上就存在着较大疏漏，最明显的就是他只是宽泛地谈了跨学科的基本原则，而没有从理论上明确地阐述跨学科研究的目标、意义和研究范式[③]。他将教训进一步总结为："如果雷马克本人拿出了自己的跨学科研究的个案研究范例以示人，美国的跨学科研究的成果会更扎实、更丰富，也可防止跨学科研究沦为泛学科研究。"[④]当然，从比较文学历史发展长河找寻问题答案的研究是值得肯定的，因为雷马克日后也对因为自己当初将跨学科研究纳入比较文学研究范畴而导致的学科泛化感到自责，不过这种以今人的标准和眼光要求前人是较为严苛的。同时，将比较文学学科泛化归结到某个人身上的观点也是值得商榷的，毕竟个人无法左右一门学科的发展，正如早期法国学派梵·第根提出的只有研究两国文学关系才是"比较文学"的观点被"美国学派"无情扬弃一样，这跟理论提出时的具体背景以及学科发展的不同阶段是有关系的。所幸的是，学者们也客观地评价了雷马克之于比较文学学科发展

①王福和：《雷马克的〈比较文学的定义和功用〉》，载乐黛云、陈惇主编《中外比较文学名著导读》，杭州：浙江大学出版社，2006年，第340页。
②曹顺庆：《比较文学学科理论发展的三个阶段》，载曹顺庆《迈向比较文学第三阶段》，上海：复旦大学出版社，2011年，第7页。
③查明建：《当代美国比较文学的反思》，载《中国比较文学》2008年第3期，第12页。
④查明建：《当代美国比较文学的反思》，载《中国比较文学》2008年第3期，第13页。

的意义并这样评价道："其他国家,比如中国比较文学的发展,曾受益于美国比较文学在学科理念和研究范式的开拓,至今仍保持着良好的发展势头。"①当然,国内学者对雷马克的评价由称其为"标准"转为质疑也表明我国比较文学界逐渐走向成熟与理性。

其次,由于雷马克等人身处"两希文明",在著述中对跨文明比较文学研究鲜有论及,使得学界对跨文化、跨文明研究这一议题讳莫如深。美国比较文学研究的权威韦斯坦因曾表示:"只有在一个单一的文明范围内,才能在思想、感情、想象力中发现有意识或无意识地维系传统的共同因素。……而企图在西方和中东或远东的诗歌之间发现相似的模式则较难言之成理。"②其对跨文明比较文学研究的排斥溢于言表。台湾学者叶维廉对此曾有这样的看法:"事实上,在欧美系统中的比较文学,正如韦斯坦因所说的,是单一的文化体系。"所以,在跨文明这一点上,"在早期以欧美文学为核心的比较文学中是不甚注意的"③。然而,对雷马克而言,他和当时的主流如果不是背道而驰的话,也是有所偏离的。这点从韦斯坦因对他提出比较文学经典定义的态度可以得到明显的外证:"我赞赏雷马克的热情,但在采取措施以防滑入仅作思辨的无底深渊之前,却不希望放弃学术研究可靠性的坚实基础。我不否认有些研究是可以的,例如艾金昂伯尔(即艾田伯——笔者注)提倡的音韵、偶像、肖像插图、文体学等方面的比较研究,但却对把文学现象的平行研究扩大到两个不同的文明之间仍然迟疑不决。"④与此同时,雷马克所坚持的比较文学整体性原则在帮助其将比较文学的研究范畴从法国学派的"西欧中心主义"演变到"欧洲中心主义",以及之后的"西方中心主义"过程中发挥了重要作用,不过,他对韦斯坦因等人的批判也缺乏彻底性,其自身也包含着矛盾性,那就是,"一方面似乎是无所不包的充分扩张,另一方面却又不把包括中国在内的东方文化圈的文学纳入其视野"⑤。此外,不无遗憾的是,雷马克本人对跨文明研究实践却显得尤为不合拍,且有不和谐的言论出现。例如,尽管他一生去过很多国

①查明建:《当代美国比较文学的反思》,载《中国比较文学》2008年第3期,第9页。

②〔美〕韦斯坦因:《比较文学与文学理论》,刘象愚译,沈阳:辽宁人民出版社,1987年,第5～6页。

③叶维廉:《比较诗学》,台北:东大图书公司,1983年,第5、16页。

④〔美〕韦斯坦因:《比较文学与文学理论》,刘象愚译,沈阳:辽宁人民出版社,1987年,第5页。

⑤曹顺庆:《比较文学学科理论发展的三个阶段》,载曹顺庆《迈向比较文学第三阶段》,上海:复旦大学出版社,2011年,第10页。

家和地区,可是直到他获得博士学位四十余年后才第一次登上亚洲大陆
(印度);在五十余年后的 1999 年才受四川大学曹顺庆邀请第一次来到中
国,并认为"要那些资深的(西方)比较文学家从零开始学习一门亚洲语言
或者非洲语言是不可能的"①。此中一方面反映了一个基本事实,那就是
西方比较文学学者鲜有主动学习非西方语言,并主动了解非西方文明的现
象,另一方面也透露出以其为代表的西方比较文学界强大的自我优越感、
对"非我族类"的不屑,而这和雷马克一直倡导的比较文学的开放性,包容
性与平等性是极不相称的。

　　从以上雷马克与中国学派发展三个阶段的关系来看,我们发现在第一
阶段雷马克是中国比较文学界了解西方比较文学的一个"窗口",通过他来
窥探西方比较文学的发展现状,并将中国比较文学接轨到整个学界,从这
个意义上来看,效果是明显的。因为我们通过雷马克,迅速地掌握了相关
研究资料,了解到了西方比较文学的发展现状,缩短了与西方比较文学界、
甚至是港台比较文学界的差距,并"洋为中用"地用雷马克比较文学思想指
导中国比较文学发展,取得了积极的成效。在第二阶段,雷马克成为中国
比较文学发展的一个"拐杖",在老一辈比较文学学者季羡林等的指引下,
陈惇、孙景尧以及谢天振等人开始了建立有中国特色比较文学学科的征
程,并对"舶来"的雷马克比较文学思想进行了系统的"更新"和符合中国实
际的改造,在此基础上,构建以跨语言、跨民族、跨科学、跨文化为特征的比
较文学"中国学派"。我们可以从这里的"四跨"中发现雷马克比较文学经
典定义中所折射出来的元素,但是这二者之间又有着明显的区别,他们之
间存在着若即若离的微妙关系。到了第三阶段,雷马克比较文学思想成了
中国比较文学发展的"靶子"。在曹顺庆与查明建等人的努力下,比较文学
"中国学派"逐渐走向比较文学发展的第三阶段,在此背景下,中国比较文
学界开始了对以雷马克为代表的美国比较文学界的全面批判和超越,认为
雷马克在比较文学跨学科研究的理论和实践中都存在着不足,其应该为比
较文学跨学科研究的泛化负责。同时,在跨文化、跨文明研究这一方面,雷

---

① Henry H. H. Remak, Foreword, *Aspects of Comparative Literature Current Approaches*, ed.
　by Ghandra Mohan, New Delhi: Reliance Publishing House, 1989, p. vii.

马克也有其自身局限性,存在着与西方比较文学传统决裂不彻底的现象,未能将东方、非洲等民族文学纳入到比较文学的研究范畴,从而也成为中国比较文学发展的一个靶子。

第五章　亨利·雷马克与比较
文学跨学科研究

　　作为引导雷马克进入比较文学学科的引路人，同时也作为美国比较文学的奠基人，弗里德里希（Friederich）曾主张"'比较学者'不能也不敢侵犯其他领域"①。从中可以窥见法国学派人为缩小研究领域给美国学者产生的深远影响，这里所说的"其他领域"可以分为两个层次。其一是指民族文学研究者的领域。在当时语境下，弗里德里希主要是警告国内的研究者不要"侵犯"英、法、德等其他民族文学研究者的研究范围，从而把民族文学和比较文学截然分离开来。应该说，这样的划分是为了纯洁比较文学研究，确立自己独特的身份和地位，在学科建立之初是有必要的。可要遵循这样的劝告就会显得很困难，因为比较文学的开放性告诉我们在学术研究中没有"既得利益"，任何学者都可以针对某个作家、某部作品进行研究，区别的方式是他的研究视野与"知识装备"。对同一部民族文学作品，比较文学学者可以站在民族文学边沿或者学科边沿，从而得出有别于民族文学学者的结论。其二是其他学科领域，也就是比较文学的跨学科研究。从比较文学学科发展史看，美国学者并不是最先提出比较文学跨学科研究的人，只是雷马克第一次将其纳入比较文学的定义之中。那么，这个过程及其内涵

---

① 〔美〕韦勒克：《比较文学的危机》，沈于译，载北京师范大学中文系比较文学研究组编《比较文学研究资料》，北京：北京师范大学出版社，1986 年，第 58 页。注：1945 年，推动美国比较文学发展的元老、北卡罗来纳大学比较文学系的弗里德里希（Werner P. Friederich）在《美国大学教授协会通讯》（*Bulletin of the American Association of University Professors*）（1945 年第 29 期，第 208 至 219 页）上发表《论比较文学问题》（The Case of Comparative Literature）一文，呼吁用国际性的眼光和"比较的方法"研究文学的人文学者团结起来，以争取比较文学在美国学界的合法地位。而 1946 年，亨利·雷马克在结束服兵役，坐在从纽约前往印第安纳波利斯的火车上思考重新规划如何重返学术界时，正好读到弗里德里希的这篇文章，觉得耳畔顿时回响起该文"欢迎加盟的嘹亮号角声"。该文发表得尤为及时，因为那一批刚刚从海外归来的早期学者认识到文化孤立对美国而言是过去时代的产物，而比较文学正是克服这种孤立的有效途径。同时，弗里德里希将理想主义和实用主义的宗旨结合成为了让比较文学在现代语言协会走上一条有组织发展的主要力量，也对雷马克未来的学术生涯产生了重要影响。See, Henry H. H. Remak, How I Became a Comparatist, *Arcadia*, Sonderheft, 1983, p. 85.

又是怎样的呢？

一、跨学科研究成为比较文学研究范畴时的背景

比较文学在二十世纪初经历了一场"片甲不留"之战，在这场战争中，意大利美学家克罗齐所反对的其实是当时在意大利学界以及科赫所创立的《比较文学杂志》与《比较文学史研究》中盛行的"题材史"与"文学渊源"研究。科赫在《比较文学杂志》中认为比较文学"必须探索以往与现在文学中，思想与形式的发展，相似或相关题材的不断转变；必须发现一种文学对其他文学在它们相互联系中的影响——所有这些都是它的名称所规定的"①。这些正是比较文学在二十世纪初期研究方法的一个缩影，可是这在克罗齐看来就完全是受了比较语言学的影响，并按照比较语言学的研究思路探寻文学的思想与题材，并通过搜寻相关资料去发现它们的盛衰、变化、发展和相互影响。然而，在他看来，"……没有什么研究比这种研究更乏味的了。……为什么会这么乏味呢？这种像在空虚中工作一样的感觉又从何而来呢？事实是，这类研究只能归入单纯的繁琐考证一类，从未进行有机的研究，本身从未引导我们去认识一部文学作品，从未让我们触及艺术创作的至关重要的内心和中枢。"②克罗齐是对沿袭自法国学派的繁琐实证研究的一种反拨，认为该研究范式局限在作家、作品之间的影响，题材和主题的流布和变化，未能将研究的重点导向作品，脱离了研究的中心。在克罗齐看来，触及作品"内心和中枢"的方式是他在 1902 年出版的《美学》中所倡导的"直觉即表现"，于是走上了对读者主体的深入系统研究，认为艺术是与生活相脱离的主观感受，否认作品的物质实在性以及媒介在艺术创造过程中的作用，当然，克罗齐的研究也受到了比较文学界的广泛批判，这里就不再赘述。不过，在对比较文学进行猛烈批判的同时，克罗齐对"新大陆"的学者们也寄予了厚望，因为他希望"从这种考据实验室里发生的研究应与整体研究相辅相成。……美国这一新杂志③将不仅限于在欧

---

①〔意〕本尼第托・克罗齐：《比较文学》（原载《批评》[La Critica]1903 年第 1 期，第 77～80 页），王锦园译，载《中国比较文学》1988 年第 2 期，第 93 页。

②〔意〕本尼第托・克罗齐：《比较文学》（原载《批评》[La Critica]1903 年第 1 期，第 77～80 页），王锦园译，载《中国比较文学》1988 年第 2 期，第 93 页。

③指由伍德贝里（G. E. Woodberry）、弗莱契（J. B. Fletcher）和斯宾岗（Spingarn）于 1903 年创立的《比较文学杂志》。

洲各学术团体已收集到的材料的基础上再多添一些材料,而且要有助于达到历史——美学的综合研究,差不多总体文学史的所有部分仍然在期待这种综合研究"①。在对实证研究表达不满的同时,克罗齐建议将美学引入比较文学史领域,实现"综合研究",给比较文学指出了跨学科研究这条路径。而他此处所谓的"总体文学史"的前提是文学的比较史,这种研究的目的则是要说明文学创作及其全部关系,在某种意义上就是比较文学史的代名词,比较文学史也无疑是比较文学研究的一个重要组成部分。可见,在克罗齐看来,在比较文学研究中进行美学与文学的综合研究是必要的。他相信"新大陆"的学者们能够"时时为我们提供前进的帮助和鼓励,使我们离开那满布灰尘的、文学在其中失去新鲜感的研究窠臼,引导我们一起去呼吸芳香的温和的生命气息!"②这表明,克罗齐作为一名比较文学研究者虽然"背叛"了比较文学,可是他在"背叛"之时为困顿中的比较文学开出的良方却是跨学科整体研究与综合研究,以此赢取比较文学的"新生",虽然他未曾进行深入系统的阐释,可方向却是明确的。韦勒克一方面认可克罗齐的观点,认为文学与其他艺术之间"是一个可供研究的广阔领域,这一领域只是近几十年才有部分突破"③。可是另一方面,在论及艺术之间进行比较的共同因素问题时,又对克罗齐等的研究表示失望。虽然文学可以成为音乐与绘画的主题,诗歌也可以从绘画、雕刻或音乐中吸取灵感,可是却难以找到不同艺术间进行比较的合理方式,"我们从克罗齐等人的理论中找不出什么答案。克罗齐把所有的美学问题都集中在直觉的行动上,而认为直觉的行动也就是神秘的表达。他断言表达的方式是不存在的,他还谴责说,'任何企图把艺术进行美学分类的做法都是荒谬的',这样,他就彻底拒绝承认艺术类型的一切差别"④。可见,从欣赏者的"直觉"出发去连通各门艺术的路是行不通的。但韦勒克并未放弃在这方面的努力,他通过考察各门艺术的发展轨迹,得出了各种艺术都有自己独特发展历程,因而都有各自发展规律与各自的内在结构,这样一来每门艺术都有各自不同的标

---

① 〔意〕本尼第托·克罗齐:《比较文学》(原载《批评》[La Critica]1903年第1期,第77～80页),王锦园译,载《中国比较文学》1988年第2期,第94页。

② 〔意〕本尼第托·克罗齐:《比较文学》(原载《批评》[La Critica])1903年第1期,第77～80页),王锦园译,载《中国比较文学》1988年第2期,第94页。

③ 〔美〕韦勒克、沃伦:《文学理论》,刘象愚、邢培明等译,北京:三联书店,1984年,第131页。

④ 〔美〕韦勒克、沃伦:《文学理论》,刘象愚、邢培明等译,北京:三联书店,1984年,第137页。

准,各门艺术家的使命就是找寻能够描述艺术发展的"术语"①,所以得出结论是只有在弄清楚文学演进的基本规律之后,才可能将这个用术语表达出来的规律与其他艺术进化的规律进行对比,从而在此基础上展开跨学科研究。在这种思想指导下,虽然韦勒克也强烈反对弗里德里希的观点,即"比较学者'不能也不敢侵犯其他领域'",并认为"人人都有权研究任何一个问题,即使这只是一种语言的一部作品,甚至有权研究历史或哲学或别的任何问题"②。从而认可了比较文学"跨学科"研究,可在实践中却未能将文学与其他学科纳入同一个层面,对比较文学该如何进行跨学科研究也没有具体的指导意见。相反,他致力于文学发展的内在规律与结构的理论探讨,走向了孤立的、与比较文学的开放性视野相违背的发展道路。

可见,在雷马克提出跨学科研究重要思想的前夜,也就是二十世纪上半叶,比较文学在取得蓬勃发展的同时,也出现了研究范式的危机。一方面是克罗齐等人对法国学派实证主义考据学的厌倦,进而对比较文学学科身份进行质疑,但又寄希望于"新大陆"学者能为比较文学注入新的研究思想和方法,并暗示跨学科研究的可能性。而他的研究思路,即美学即直观,又遭到了韦勒克等的强烈批判,使得跨学科研究前路未卜。另一方面,雷马克进入比较文学的引路人、美国学派的重要代表弗里德里希又公开反对对他人领域的侵犯,对比较文学跨学科研究进行了无情的否定。虽然韦勒克也对这种封闭性的研究进行了批判,可在实践中却走向了探寻文学发展规律的"内部研究"之路,背离了比较文学研究的跨界性,"他们所否定的正是比较文学的方法"③。虽然他也认可对其他学科进行研究,可是着眼于找寻各门艺术内部的结构,仅仅进行单极研究,缺乏"跨界"思想,这样的背景既为雷马克比较文学跨学科研究思想提供了机遇,也提出了挑战。

---

① 〔美〕韦勒克、沃伦:《文学理论》,刘象愚、邢培明等译,北京:三联书店,1984 年,第 143 页。
② 〔美〕韦勒克:《比较文学的危机》,沈于译,载北京师范大学中文系比较文学研究组选编《比较文学研究资料》,北京:北京师范大学出版社,1986 年,第 58 页。
③ 〔美〕亨利·雷马克:《比较文学的法国学派和美国学派》,郭建译,载北京师范大学中文系比较文学研究组编《比较文学研究资料》,北京:北京师范大学出版社,1986 年,第 63 页。

二、比较文学跨学科研究的学理依据①

在与国内外同行进行了诸多互动之后,雷马克于 1961 年提出了比较文学的经典定义,并刊发在美国比较文学界第一本论文集中,在该书中,他这样对比较文学进行界定:"比较文学是超出一国范围之外的文学研究,并且研究文学与其他知识和信仰领域之间的关系,包括艺术(如绘画、雕刻、建筑、音乐)、哲学、历史、社会科学(如政治、经济、社会学)、自然科学、宗教等等。简言之,比较文学是一国文学与另一国或多国文学的比较,是文学与人类其他表现领域的比较。"②这一定义的提出引发了学界对比较文学学科性质的深入思考,尤为直接的是引起了其他学者对跨学科研究的热烈讨论。在此,我们有必要对国内外毁誉参半的评价作一简要回顾。

(一)学界对跨学科研究的态度

韦勒克在 1970 年的文章《比较文学的名称与性质》中对雷氏的定义进行了猛烈的批判,他说:"对比之下,亨利·雷马克最近企图放宽比较文学定义的尝试便不是那样武断,而是显得更加雄心勃勃。……但雷马克先生不得不做出一些人为的和站不住脚的区别:研究霍桑与卡尔文主义之间的关系被叫做'比较'文学,而研究他的原罪、罪恶以及赎罪观念却仍然算是'美国'文学……因此,作为一个定义,他是经不起推敲的。"③韦勒克此处对雷马克的攻击主要是集中在跨学科研究方面,认为扩大研究范围必然会导致比较文学"文学性"的丧失。更深层的原因则是韦勒克一直以来所秉持的观点是,将以文本为中心的"新批评"思想与把比较文学视为连接本质上相关而表面上分开的各个领域的"屋顶"观念之间的较量,换句话说,文学到底是研究的"中心"还是"屋顶"就体现在韦勒克与雷马克两位美国比较文学经典大师身上。于此,雷马克在二十世纪末仍在反思,他认为尽管自己和韦勒克的"私人关系甚好"("We always had good relations with him."),叫在涉及跨学科问题上却彼此难以妥协。"新批评"家们往往会

---

① 本节部分内容曾发表在《当代文坛》2015 年第 1 期,题为《亨利·雷马克比较文学跨学科思想探颐》,第 38~41 页。

② 〔美〕亨利·雷马克:《比较文学的定义和功用》,张隆溪译,载张隆溪选编《比较文学译文集》,北京:北京大学出版社,1982 年,第 1 页。

③ 〔美〕韦勒克:《比较文学的名称与性质》,韩冀宁译,载孙景尧选编《新概念 新方法 新探索——当代西方比较文学论著选》,桂林:漓江出版社,1987 年,第 79 页。

说:"等一下,如果你们要研究文学与绘画、音乐或者是哲学的关系,无疑就会冲淡文学研究。"①言下之意就是"文学性"会在跨学科研究中被学者忽视。作为"印第安纳学派"的"招牌",跨学科研究之所以受到以韦勒克为代表的"新批评"的批判,就是因为后者在具体研究中企图恢复"为文学而文学"的研究方法,而不把文学视为连接社会、宗教、政治与哲学的桥梁。文学在他们心中就如同物理现象在物理学家心中的地位一样:物理学家只会谈论物理现象,而绝不会关乎物理学家的个人经历或者他们研究的社会及哲学影响。

　　学界经常习惯于以"法国学派"、"美国学派"、"苏联学派"甚至是"中国学派"来对比较文学思想进行分类,虽然这样一方面可以让人一目了然地明白各国学者的主要关注点和兴趣点,可另一方面也有过度概括之嫌。而且这样划分的意义到底有多大呢?就连曾经撰文对"法国学派"进行无情批评的雷马克多年后在重新认识法国学派和美国学派时都这样反思道:"我认为在比较文学界,探讨法国和美国比较文学现在潜在的发展远比经常讨论的二者在理论和实践方面的差异更为有意义。尽管如此,在我1961年的文章中,我还是在我们共同的事业中竭力构建出了令人遗憾的武断的区分,对此,我真不知道是该为之难过还是高兴。"②稍加观察,我们就会发现在"美国学派"内部也不是铁板一块,研究者之间仍然会有激烈的论争。早在"新批评"主将对跨学科思想持批评意见之前,这样的异样声音也来自"印第安纳学派"内部——韦斯坦因也加入到了对雷马克跨学科思想进行批判的行列中。在反对法国学派一味追求"事实联系"的同时,韦斯坦因也对自己"盟友"走向另一个极端,即"贬低事实联系,抬高纯类似的研究"表示深切的担忧。雷马克曾经这样批评"法国学派":"法国人对文学研究'可靠性'的要求限制已经显得陈腐了,⋯⋯这个时代要求更多(而不是更少)的想象力。"③对这样的"宽大胸怀",曾自称持"中道"

①Colin Landrum, Our History: A Conversation with Henry Remak, *Encompass*, Vol. 6, Summer 1991, p. 3.

②Henry H. H. Remak, Comparative Literature: Its Definition and Function, *Comparative Literature: Method and Perspective*, ed. by Newton P. Stallknecht and Horst Frenz, Carbondale: Southern Illinois University Press, 1973, p. 19.

③〔美〕亨利·雷马克:《比较文学的定义和功用》,张隆溪译,载张隆溪选编《比较文学译文集》,北京:北京大学出版社,1982年,第2页。

路线①的韦斯坦因甘愿冒着被人称作"叛徒"的危险进行了批判："我赞赏雷马克的热情,但在采取措施以防滑入仅作思辨的无底深渊之前,却不希望放弃学术研究可靠性的坚实基础。"②上文雷氏所言的"想象力"主要是指跳出"事实联系"的窠臼,去从事那些没有"影响关系"的文学作品之间的研究,以此扩大比较文学研究的范畴,确立"平行研究"。法国学派面对克罗齐等人对比较文学中"比较"的指责,不提"比较"而探寻文学之间的关系是一个权宜之计,而学界(尤其是美国学界)已经感到这样的研究失去了比较文学研究应有的生机与活力。早在1954年,大卫·马隆(David H. Malone)就曾撰文《比较文学中的"比较"》(The'Comparative'in the Comparative Literature),要求重新恢复"比较文学"中那真正的元素:"比较",这个经由历史发展而确立下来,却被严重扭曲了本意的限定语。因为从词源学的角度来看,"compare"一词来自拉丁语,它由'com'(一起)和'pare'(相等)两个语素构成,因而含有"一起平等地"探究之义,该词的本意是追求普遍③,这就意味着那些没有事实关联的文学也可以平等地纳入比较文学研究中来。在此基础上,雷马克在定义中提出了比较文学的跨学科研究,对此,韦斯坦因首先对雷马克的功绩进行了肯定,认为他是唯一在试图为比较文学下定义时严肃提出跨学科研究的学者。同时,面对韦勒克对雷马克观点批评的根子,即进行对比的各种现象必须真正对等才具有可比性的问题,韦斯坦因认为"它所引起的逻辑上的错误既多又深",例如,按照传统观点,文学无法与科学进行比较,只有文艺学才可以与科学进行比较。可是正如约翰·纽保尔在《文学与科学:它们的比喻和变形》中所认为的那样:"科学材料、观察和技术都可以是很好的文学形象的研究对象(因此也可用在比较文学中)。它们可以作为一种尺度来衡量不同语言文学作品中对这方面的问题的处理。"④通过对韦勒克的否定,韦斯坦因肯定了雷马克跨学科研究中文学"越界"与其他学科进行跨学科研究的合理性。但与此同时,韦斯坦因也对研究者知识结构深表担忧,因为学术界最忌讳的就是"玩票

---

①Ulrich Weisstein, *Comparative Literature and Literary Theory: Survey and Introduction*, Blooming & London: Indiana University Press, 1973, p. 1.

②〔美〕韦斯坦因:《比较文学与文学理论》,刘象愚译,沈阳:辽宁人民出版社,1987年,第5页。

③〔日〕滹边洋:《比较文学研究导论》,张青编译,北京:中国社会科学出版社,2007年,第3页。

④〔美〕韦斯坦因:《我们,从何来,是什么,去何方——比较文学的永久危机》,韩冀宁译,载孙景尧选编《新概念 新方法 新探索——当代西方比较文学论著选》,桂林:漓江出版社,1987年,第34页。

主义"。事实是随着研究范围的扩大,往往会出现比较学者对其企图与文学进行比较研究的学科不够了解的情况,这样就很难对其进行深入的把握,自然也就难以提出富有洞见的分析,建立在此基础上的跨学科研究就难以确保有较高的质量。所以,他认为雷马克把这一尚无人涉足的领域看作是比较文学的领域,"完全是出于好心的假定,……然而雷马克所引用的一些例子说明,这样的观点在方法上是站不住脚的。此外,在比较文学的历史上,无论是法国学派还是美国学派,它们的代表人物中没有一个是赞成这一观点的。"①作为一名持"中道"的学者,韦斯坦因认为当时的比较文学的领域"太大",并将当时学界所患的疾病诊断为"恐泛症"。不过,在跨学科研究方面,韦斯坦因还是在文学与艺术的关系方面着力甚多,据学者李琪的考证,"他最早的书评便是关于视觉艺术研究的,他最早的论文也与文学与艺术的比较研究有关,及至其学术生涯的晚年,他更是专心致志于这个领域的钻研,单篇的书评不计在内,他的专著或参编的著作均围绕文学与艺术的相互阐释研究进行,共计七部"②。对于这样一个长年从事跨学科研究的学者,一定有某种引力在深深地吸引着他,在我们看来,这个引力就是他看到了学科发展的趋势和增长点,这点,他自己也在多处透露出来:"在过去的二十几年的时间里,最初将自己定位于纯文学研究的比较文学,已经将研究的触角伸向文学与其他艺术的比较研究。而作为一个新兴的子学科,比较艺术已经获得了学界的认可,然而,它仍然缺少坚实的理论和方法论基础。"③文学与其他艺术关系的研究正是雷马克比较文学定义中第二部分,即跨学科研究中的一个有机组成部分。当然,正如韦斯坦因所言,由于它还是一门刚刚诞生的新学科,完整系统的理论基础尚没有建立起来,所以其中出现一系列的争端也是情理之中的。不过,由此可见,他的确在保守的法国学派与相对"宽泛"的雷马克定义之间采取了中庸的路线。尤其是在跨学科方面,他一方面对跨学科研究持怀疑恐惧的态度,一方面又对文学与其他各门艺术的关系进行了高度的肯定及深入的研究。

---

① 〔美〕韦斯坦因:《比较文学与文学理论》,刘象愚译,沈阳:辽宁人民出版社,1987年,第25页。

② 李琪:《韦斯坦因的比较文学之道》,上海师范大学2010年博士学位论文,第159页。

③ Ulrich Weisstein, Was noch kein Auge je gesehn: A Spurious Cranach in Georg Kaiser's Von Morgens bis Mitternachts, *The Comparative Perspective on Literature: Approaches to Theory and Practice*, ed. by Clayton Koelb & Susan Noakes, New York: Cornell University, 1988, p. 233.

不管怎样,他对雷马克跨学科研究的矛盾态度反映出当时学界的基本状况,也有助于加深我们对这一研究范式,以及这门学科的认识。

在遭到韦勒克与韦斯坦因毁誉参半评价的同时,雷马克的跨学科思想也得到当时美国学界无声的支持。1969年,奥尔德里奇在《比较文学:内容与方法》中给出了与雷马克极其相似的定义:"比较文学最简单的定义,可以解释为通过一个以上民族文学的视野来研究文学现象,或者是研究文学与其他一门甚至多门学科之间的关系。"①只是这里他将雷马克的定义进行了深化,不再是具体的各个民族文学之间的比较研究,而是强调比较文学为文学研究者提供一种视野开阔的方法,作为一个定义,它显得更为凝练。更重要的是在"纯粹文学"研究之外,他赞同进行超越文学范畴的研究,只是他未能进一步阐发。同时,还有其他一些学者在界定比较文学时也基本采取了与雷马克一致的定义②。尽管如此,这种跨学科研究的思想还是体现了西方比较文学界一部分学者认为比较文学应该囊括人类活动中重要的知识结晶,虽然客观世界在注重分析思维的西方学界被分成了诸多学科,再加上不同社会分工的需要使得人们成为机器的奴隶而仅需要掌握相关专业知识就可以在社会上立足,可由此而导致人类知识的支离破碎化却是现代社会必须面临的问题。人类知识"分久必合"的使命无疑是以追求跨学科整体思维为目标的比较文学的使命之一,所以,从研究主体的"知识装备"来看,我国学者在二十世纪八十年代就曾这样要求:"要想从事比较文学研究,就应对所要比较的两方或两方以上都有扎实的知识基础:不仅对文学和社会,而且对不同的文化传统和背景都要了解、研究,具有广博的知识。……文史知识以及其他知识愈多愈好,没有两方的文学知识,当然无从比较;而没有历史知识,就根本不能将所考察的文学现象重新置于当时总的历史背景中加以探讨。"③这里就从研究者的视角将文学的整

①Owen Aldridge, *Comparative Literature*: *Matter and Method*, Urbana: University of Illinois Press, 1969, p. 1.

②如香港中文大学比较文学教授约翰·李达三的定义是:"比较文学"是研究两个或两国以上的文学,以及文学与其他知识领域的研究。所谓其他知识,乃广指艺术(绘画、雕塑、建筑、音乐)、哲学、历史、社会科学(如政治学、经济学及社会学等)、自然科学、宗教等。简言之,它是一国文学与他国文学的比较以及文学与其他文化活动的比较。可见,此定义基本是雷马克定义的翻版。

　参见:〔美〕约翰·李达三:《比较文学研究之新方向》,台北:联经出版社,1978年,第201页。

③卢康华、孙景尧:《比较文学导论》,哈尔滨:黑龙江人民出版社,1984年,第27~28页。

体性纳入研究范畴,尤其是"文化传统"这一方面就基本包括了人们生产、生活的方方面面,要求研究者尽可能地掌握,因为"文化是一种思考和生活的方式,它由一个群体创建并世代相传"①。如果说"思考"更注重包括文学在内的人文科学的话,那么"生活"则更多强调社会科学与自然科学,这样一来,对于从事比较文学研究的研究者而言,他就应该对生活中的"所思"与"所为"进行关注和了解。这也是为何曾任纽约州立大学教授勃洛克对比较文学研究内容有这样的要求:"比较文学研究只受到研究者本人的限制,而不受前一代或当代某几位比较文学家的理论和实践的束缚。"②虽然学界对扩大研究范畴的方式表示出了质疑,担心会偏离比较文学研究中的"文学性",在多年从事文学与其他艺术关系研究的韦斯坦因看来,消除这种疑虑的办法就是将文学当作研究的起点和目标③。也就是从文学出发,在经历跨学科研究之后又回到文学,以加深对文学的认识,并将人类其他表现领域的知识通过文学整合在人类思想的展示屏上,从而逐步实现人类知识的"分久必合"。正是意识到跨学科研究的重大意义,港台学者才会在二十世纪七十年代就把雷马克的跨学科研究思想当作美国学派比较文学经典定义两个基本点中的一个:"美国学派对比较文学的定义大致分为两点:第一是将比较文学看作'超国界'的文学研究,第二是将比较文学当作文学和其他学问——宗教、哲学、艺术——关系的研究。"④也基于同样的理由,我国比较文学研究的大师季羡林先生在回答"什么是比较文学?"时才会与雷马克的跨学科思想殊途同归:"顾名思义,比较文学就是把不同国家的文学拿来加以比较。这可以说是狭义的比较文学。广义的比较文学是把文学同其他学科来比较,包括人学科学和社会科学,甚至自然科学在内。"⑤可见,雷马克所倡导的比较文学跨学科研究思想在经历学界各方抑或褒扬、抑或贬抑的评价之后,已经深入人心,这对从事比较文学研究的

---

① 〔美〕杰内达·勒布德·本恩顿、娄贝特·笛·亚尼:《全球人文艺术通史》(上)(第2版),尚士碧、尚生碧译,济南:山东画报出版社,2010年,第4页。

② 卢康华、孙景尧:《比较文学导论》,哈尔滨:黑龙江人民出版社,1984年,第51页。

③ 〔美〕韦斯坦因:《比较文学与文学理论》,刘象愚译,沈阳:辽宁人民出版社,1987年,第22页。

④ 袁鹤翔:《中西比较文学定义的探讨》(原载《中外文学》1975年第3期第四卷),载黄维樑、曹顺庆编《中国比较文学学科理论的垦拓——台湾学者论文选》,北京:北京大学出版社,1998年,第62页。

⑤ 季羡林:《我和比较文学》,载《人民日报》1982年6月15日第8版。

学者来说,若非刻意,是无法绕过的里程碑;从某种意义上来说,它已经成为比较文学发展史上的一场"哥白尼革命"。这点,从他多年后的学术反思中也可以管窥一斑:"我一生所撰写的比较文学作品加起来,恐怕也不及我在该书(即 *Comparative Literature：Method and Perspective*——笔者注)第一章开篇所写的那两句话(即上文他对比较文学的定义——笔者注)的影响。"[①]那么,这一革命性观念的提出有何背景,有何学理依据呢?

(二)跨学科研究的必然性

虽然跨学科研究是雷马克于1961年第一次在定义中将其视为比较文学研究的两大主题之一,可这绝不是一个孤立的现象,有多种因素促成了这一观念的形成。这正如他自己所言:"批判家们常说,教授们拿工资就是要对那些看似没有意义的现象赋予意义。在我看来,这句话或许这样说更准确:虽未经谋划,有些事情却发生了,然而,人们却可以在事后追溯其必然性。"[②]依据这种思路,我们也可以在"事后"去探寻比较文学跨学科观念的形成原因,加以分述。

1.德国文学研究中的跨学科元素

德国的文学,尤其是比较文学研究领域的传统也成为雷马克跨学科研究思想的深远背景。德国跨学科整体研究的渊源可以追溯到赫尔德。他率先打破当时占统治地位的"三一律",提出要认识一部作品,就必须要对产生此作品的民族、历史、语言与精神等方面有所了解,他曾经举的一个经典例子便是,"人们只有通过生出果子的树木才能认识果子"[③]。此中所体现出来的将文学置于宏大背景的思想,彻底打破了就文学研究文学的传统研究模式。这种从历史纵向视角和横向整体视角对文学进行观照的研究模式对日后的影响研究和平行研究,甚至是跨学科研究都产生了积极的影响。因为他不再把文学当成是一个自给自足的整体,按"三一律"的要求对其进行规范与要求,而是将其视为更大系统中的一个有机组成部分,从产生"果子"的"树木"入手对文学进行研究,无疑从历时的维度深入分析它的

---

①Henry H. H. Remak, Once again：Comparative Literature at the Crossroad, *Neohelicon*, Vol. XXVI, No. 2, 1997, p. 100

②Henry H. H. Remak, How I Became a Comparatist, *Arcadia*, Sonderheft, 1983, p. 81.

③卫茂平：《德国比较文学的历史和现状》,载北京大学比较文学研究所、《中国比较文学年鉴》编委会编《中国比较文学年鉴：1986》,北京：北京大学出版社,1987年,第500页。

"前因";同时又重视共时整体观,将民族文学视为"世界文学"中的一员,这从他 1807 年将出版于 10 年前的《民歌》在再版时更名为《诗歌中各族人民的声音》就可以体现出来,这种对各民族文学整体性的重视让他在某种意义上成为第一个现代文学史家。继赫尔德之后,另一位从整体性出发进行文学研究的是弗·施莱格尔,其在《关于希腊诗歌研究》中认为现代诗歌是一个相互联系的整体,如果将其从整体中分离开来当作独立个体,就很难理解和解释它们。虽然施莱格尔在当时没有明确地提出比较文学概念并进行系统论证,可是从这些只言片语中却无不透露出闪光的比较文学思想。由此,重新整理那些虽然没有明确提出比较文学之名,却在从事着比较文学研究之实的德国比较文学启蒙者们的点滴之言,无疑能为我们今天的各项研究工作指明方向,具有重要意义。正如钱锺书先生所言:"……正因为零星琐屑的东西易被忽视和遗忘,就愈需要收拾和爱惜;自发的孤单见解是自觉的周密理论的根苗。"①尤其是将雷马克的比较文学跨学科思想置于德国文学研究的宏大背景,我们可以发现正是在那片充满整体思想的沃土上,在那些践行总体主义的"树木"上,结出了雷马克跨学科研究这枚"果子"。施莱格尔之后,更加明确地提出轻视民族文学,注重"世界文学"的是歌德老人,他曾于 1827 年 1 月 31 日对爱克曼说:"……民族文学在现代算不了很大一回事,世界文学的时代已经快来临了。现在每个人都应该出力促使它早日来临。"②虽然歌德老人在这里重"世界文学",轻民族文学,以及对民族文学特性的无情剥夺,从哲学角度来看是对一般与特殊关系的违背,在当时有矫枉过正之嫌。可是从另一个视角看,这也反映了当时学界已经不再满足于同一民族或者文化体系内的文学研究,迫切希望超越民族、国家,以及文化的界限,反映了一代大文豪,尽管出生在被西方学界普遍认为的"人类文明巅峰"③的德国,自己也创作了大量的优秀作品,他并没有"恃才傲物",也没有轻视其他民族文学,却表现出对代表整体的"世界文学"莫大期待的博大胸怀。同样来自代表文化"巅峰"的德国的雷马克,面对在美国都未被普遍认可,更何况在国外就更鲜有影响的美国

---

① 钱锺书:《读拉奥孔》,载《七缀集》,北京:三联书店,2002 年,第 33～34 页。
② 〔德〕爱克曼辑录:《歌德谈话录》,朱光潜译,北京:人民文学出版社,1978 年,第 112 页。
③ Eugene Eoyang, Remembering Horst Frenz, founder and innovator, *Encompass*, Vol. 6, Summer 1991, p. 1.

文学,是如何将其引入比较文学的大家庭,以及如何将备受诟病的文学研究与其他学科的研究建立起有效的跨学科研究以促进世界文学的到来,就显得尤为弥足珍贵。在十九、二十世纪之交,以贝茨(L. P. Betz)为代表的一批早期比较文学家为在德国大学中开设比较文学课程而大声疾呼着,可就在同时却遭到了哥廷根大学日耳曼教授达菲斯(H. Daffis)等人的反对,他认为就连举办比较文学讲座的时机都还不成熟,其原因是:"在考虑在我们的大学中开设比较文学的讲座之前,……应该有学者把文学史作为总的'文化史'的一部分,和德国的政治、经济、音乐、造型艺术结合起来,以形成一部混合的德国生活和艺术史,……"①达菲斯在此虽然是反对比较文学走进大学讲堂,可是他反对的理由却为比较文学的发展指明了一条发展的方向与道路,那就是正因为比较文学还没有涉足跨学科方面研究,所以才不能成为一门真正的学科。

经由赫尔德、施莱格尔、歌德等经典大家所播下的总体主义思想的种子终于在十九世纪末二十世纪初的比较文学界绽放出跨学科的花朵。1901 年,德国日耳曼学家和文学史家科赫创办了《比较文学研究》,并在该杂志的纲领中,他明确提出该杂志包括以下研究项目:"1. 翻译的艺术;2. 文学形式和主题的历史以及跨越民族界限的影响的研究;3. 思想史(即鲁道尔夫·温格尔的《问题史》[Problemgeschichte]);4.'政治史与文学史之间的联系';5. 文学和造型艺术之间、文学和哲学之间的联系;6. 直到最近才不再被无视,最终成熟的民俗学科学。"②从这里的第四点和第五点可以看出,在德国比较文学发展的初期,研究者们就为其划定了一个相当大的研究领域,而雷马克为扩大比较文学研究领域提出的文学与艺术关系的研究以及其他跨学科研究在半个多世纪以前就已经被当作比较文学的研究对象了。这是德国比较文学跨学科研究思想的首次明确提出,也成为雷马克比较文学思想的先声。只是德国学者在二十世纪二三十年代过多地沉溺于对歌德提出的"世界文学"的抽象探索,失去了在这门新兴学科中的主导地位,因而学界对德国学界对于比较文学的贡献也缺乏关注。一战之后,德国比较文学的地位也随着它在政治上影响的消退而渐渐噤若寒蝉,

①〔美〕韦斯坦因:《比较文学与文学理论》,刘象愚译,沈阳:辽宁人民出版社,1987 年,第 189 页。
②〔美〕韦斯坦因:《比较文学与文学理论》,刘象愚译,沈阳:辽宁人民出版社,1987 年,第 186 页。

尤其是随着弗兰茨、雷马克、韦斯坦因等一大批优秀比较文学家的相继离开，使得昔日由赫尔德、施莱格尔等开创的大好局面也转移到了美国。这点，德国比较学者裘里斯·彼得森自己总结道："作为一个国家，她已经丧失了在由她孕育而成的这一学科中的领导地位，她也同样丧失了曾经在世界政治中占有的地位。"①可无论如何，由德国学者在文学研究中所创立起来的整体思想、跨学科思想对比较文学发展所做出的筚路蓝缕之功是不可磨灭的，对雷马克比较文学跨学科研究思想的形成也是功不可没的。

2. 亨利·雷马克学术经历中的跨学科元素

雷马克1925年在一所法国人在柏林创办的学校中开始了他的中学学业，在那里，他系统学习了法语、拉丁语、希腊语，受到了人文主义思想的深刻影响。他在日后这样回忆他的中学教育："对我最初的比较思想产生影响的第二个也是起决定作用的因素是我阴错阳差所接受的中学教育。"②那里的教师很多都曾在法国生活过，或与法国有某种联系，这种国际性的眼光和视域对年轻的雷马克产生了深远的影响，尤其可贵的是他们中有很多人都是真正的人文主义者，他们秉承洪堡特的教育传统，并将这种传统延续到中学，而洪堡特教育理念中最重要的一条就是"大学不应等同于职业培训学校或专科学校，而应该是一个纯科学性的、不带任何具体目的的一般教育机构"③。在这种尤为重视全面发展人文知识的学校里，雷马克学习了九年法语、七年历史与地理、六年拉丁语以及四年希腊语等，这些对比较学者的培养来说都是弥足珍贵的。作为一名在这种教育环境中成长起来的年轻移民，在他踏上美国之后就立刻发现了他从所受的中学教育受益匪浅，这点在他最早公开发表的一篇文章中可以清楚看到。他认为就具体学习内容而言，欧洲学生在进入大学之前与美国一般学生的知识结构是不一样的。具体而言，欧洲学生在九年的中学学习中已经掌握了完整的文化知识，进入大学就可以进行专业学习；而美国学生大学里所学的内容他

---

① 〔美〕韦斯坦因：《比较文学与文学理论》，刘象愚译，沈阳：辽宁人民出版社，1987年，第191页。

② 他认为第一个因素是他父亲，他对雷马克比较思想的萌芽产生了重要影响，因为他传递给雷马克的是："比较既是基于民族间、也是基于学科之间的比较。"（I would like to think that he influenced my comparative proclivities, international and interdisciplinary.）See: Henry H. H. Remak, How I Became a Comparatist, *Arcadia*, Sonderheft, 1983, p. 81.

③ 〔德〕威廉·冯·洪堡特：《论人类语言结构的差异及其对人类精神发展的影响》，姚小平译，北京：商务印书馆，2002年，译序，第18页

们在中学就已经掌握了[①]。除了雷马克所在中学教师的构成和观念对其比较思想产生影响之外，他中学同学的不同背景也让他在构筑学科知识之初就生活在一个需要时时面临比较的环境中。他们中不乏德国以及其他国家外交官的子女、大使馆门卫的孩子、贵族的公子少爷、受过洗礼以及未受过洗礼的犹太小孩、苏联移民的后代等。学校甚至为这样的事情引以为荣：培养出优秀的胡格诺派教徒[②]。其参加普鲁士军队，并在普法战争中成为常胜将军！于此，雷马克在八十岁生日时还念念不忘："1934年，我毕业于法国文理中学，我所做成的很多事情都要归功于它，它使我将胡格诺派和普鲁士成功地融合在一起，而不单单是缩小它们的距离，在这一方面我更是尤为感激。"[③]正是这样的开放性与包容性为雷马克日后广阔的学术视野，尤其为其跨学科思想的形成构筑了坚实的基础。

此外，需要补充的是，雷马克的跨学科研究思想中的第一层次，即文学与其他艺术关系研究的"国际远祖"可以追溯到法国的狄德罗。学界普遍认为他是第一位强调必须客观公正地对艺术进行对照和研究的学者，他所著的《关于聋哑人的信》就是最早进行跨学科研究的著作[④]。第二层次的比较文学与其他学科关系研究的最近一次国际声援也来自法国。1956年，法国第一次比较文学大会在波尔多举行，在此次会议上，蒙特阿诺（B·Munteano）提出，文学与其他学科关系研究应归到总体文学，可是在雷马克看来，"总体文学"是一个尚需界定的概念，于是"我们希望尽可能避免使用总体文学这个术语。至少在目前，这个术语的意义太不明确了"[⑤]。这里的"不明确"反映了美法两国学者对比较文学认识的不同，不过作为一个研究的问题，法国学者也已经将其提出，就待学界如何对其定位了。在这种情形下，比较文学跨学科研究已经成为呼之欲出的元素，雷马克只是幸

---

① Henry H. H. Remak, University Life in Europe, *The Folio*, Vol. II, No. II, Christmas 1936, p. 13.

② 指16全17世纪法国基督教新教徒，多数属加尔文宗。参见陆谷孙：《英汉大词典》，上海：上海译文出版社，2007年，第919页。

③ Henry H. H. Remak, Fontane und wir: Gedanken und Erinnerungen, *Theodor Fontane aus transatlantischer Sicht-Professor Dr. Henry H. H. Remak zum* 80. *Geburtstag*, Berlin: Berliner Bibliophilien Abend, 1996. p. 80.

④ 〔美〕韦斯坦因：《文学与视觉艺术》，韩冀宁译，载孙景尧选编《新概念 新方法 新探索——当代西方比较文学论著选》，桂林·漓江出版社，1987年，第165页。

⑤ 〔美〕雷马克：《比较文学的定义和功用》，张隆溪译，载张隆溪选编《比较文学译文集》，北京：北京大学出版社，1982年，第14页。

运地成为在合适的时间与合适的机遇下将其作为比较文学研究任务之一纳入了比较文学概念中的学者。

3.印第安纳大学的比较文学实践

印第安纳大学是雷马克毕生工作的地方,也是他进行比较文学研究和形成他比较文学思想的场所,所以,欲弄清他的比较文学跨学科思想的形成之路就必须从印第安纳大学的比较文学实践着手。

印第安纳大学是美国最早设立比较文学项目(Comparative Literature Program)的大学之一。其创立者霍斯特·弗兰茨(Horst Frenz)(1912～1990)出生于巴伐利亚北部,1936 年从哥廷根大学获得博士学位,在纳粹统治德国的第三帝国期间离开德国,曾到伦敦大学学习英国文学,后移民到美国阿勒格尼学院(Allegheny College)继续自己的学业,在伊利诺伊大学获得硕士学位,专攻美国文学。他 1939 年与一位伊利诺伊州女孩结婚,并于 1948 年获得美国国籍。对于他的性格特征,同为印第安纳大学的欧阳桢(Eugene Eoyang)教授曾这样评价道:"大多数人仰望星空,为所见到的众多繁星惊叹,却很少有人去思考苍天中他们未曾见到的其他星星;也有很多人为他们所知道的一切而沾沾自喜,却难得有人去探寻他们应该知道却还不知道的未知领域。霍斯特·弗兰茨无疑属于第二种人,他总是对苍穹中的未知领域充满好奇。"①他在学术上也坚持着这样的性格。当翻译被学界视为文学史的注脚、一门副业而不是一门艺术的时候,他严肃地将其当作学术研究的目标;当东亚文学对大多数美国人来说还是一本尚未启封的教科书时,他则坚持认为,虽然书写东亚文学的语言难以掌握,学界却没有理由将其拒之门外。同样的道理,当比较文学跨学科研究被视为弃儿而徘徊在比较文学大门之外时,他自己虽然在此领域用力不深,却竭力鼓励韦斯坦因与克罗斯·克鲁夫(Clause Clüver)进行此项研究。正是这样的星星之火最终成了印第安纳大学的招牌。除了进行具体学术研究,他还积极倡导成立研究组织。1949 年,在他的努力下,终于申请到了所需的经费,于是开始着手成立"比较文学项目"。据称,该名称一则是为了力避对其他传统学科造成威胁,二则也体现当时比较文学研究的卑微地位,三

---

① Eugene Eoyang, Remembering Horst Frenz, founder and innovator, *Encompass*, Vol. 6, Summer 1991, p. 1.

则也表达了弗兰茨对本学科的态度："对新事物的开放性与包容性,对这门不讨人喜欢学科的反讽态度,对各种分类的不屑——不管是民族,文化还是学科的分类。"①虽然该"项目"日后比其他系科发展得都更为壮大,可一直还是沿用此名称。从这个名称中可以发现,作为比较文学项目的创始人,弗兰茨一开始就认识到它是对传统研究的一个巨大冲击,在坚持开放性的同时也意识到会招致其他学科的非议,这在比较文学的发展史上是一而再再而三地得到了印证,究其原因,就是因为此项目对传统学科观念的"叛逆",在民族间、文化间、甚至是学科间进行自己的研究。当然,这种学科态度的产生也不是建立在纯粹理论基础上,而是建立在印第安纳大学比较文学的实践之上的。在二十世纪五六十年代,不乏大学为了跟风而建立比较文学系,可在印第安纳大学却原本就有一批学者在进行着比较研究,最早的那批学者来自民族文学系与哲学系,他们的研究兴趣和个人喜好使得他们自然而然地进行跨民族和跨文化研究。对跨学科研究也不是出于抽象的理论原因,而是因为出于现实研究的需要。与弗兰茨一起编辑出版了美国比较文学界第一本论文集的纽顿·斯托克奈西特(Newton P. Stallknecht)长期从事思想史研究,后来对文学史与哲学关系研究产生了兴趣,因而,在他进入印第安纳大学之前就写了一本关于华兹华斯作品中哲学思想的专著;赫伯特·穆勒(Herbert Muller)原本是英语系杰出的文化史家,他为学生们开设了一门名为"文学与社会"的课程。另据韦斯坦因的相关著述,该校从 1952 年开始便一直开设有文学与、音乐、艺术之间关系研究的课程,学生们从批评与历史的视角学习此课程,"这一事实本身支持了雷马克的这一定义"②。此外,韦斯坦因与弗兰茨合著的文章《教授比较艺术:一个挑战》中也介绍了这门课程的相关情况。所以,可以看出,雷马克的比较文学跨学科思想是建立在印第安纳大学教学实践基础之上的,是弗兰茨的开放精神与周围同事实践相结合的产物。

弗兰茨曾主导印第安纳大学比较文学发展 27 年③,在此期间,他所倡

①Eugene Eoyang, Remembering Horst Frenz, founder and innovator, *Encompass*, Vol. 6, Summer 1991, p. 4.

②〔美〕韦斯坦因:《比较文学与文学理论》,刘象愚译,沈阳:辽宁人民出版社,1987 年,第 316 页,注释 1。

③一说为 29 年。See: Colin Landrum, Our History: A Conversation with Henry Remak, *Encompass*, Vol. 6, Summer 1991, p. 2.

导的开拓精神与展现出来的开阔胸襟使得该项目在课程设置上取得了开创性的发展,例如,在电影研究、文学与其他艺术研究、亚洲与西方文学关系研究等。虽然也遭到了传统卫道士们的怀疑与指责,可这些比较文学研究领域的创新却在全美范围内得到了高度的评价与认可,其表现是除了为该项目赢得"印第安纳学派"的称号,更是于 1974 年获得了"国家人文学科捐赠基金"(National Endowment for the Humanities)十三万三千美金的奖励基金,此曾被学界传为佳话。

接下来,我们就通过在获得"国家人文学科捐赠基金"奖励基金后不久的印第安纳大学比较文学项目的具体课程设置来考察雷马克跨学科研究思想中的"印第安纳元素"。在该校比较文学研究生院简介中对硕士学位与博士学位课程有这样的说明:"印第安纳大学开设有美国最完善最系统的比较文学课程。除了从国际的和跨学科的不同方面来系统地学习研究文学外,还提供一直到二十世纪止的各重要阶段和各重要文类的分析,文艺批评,美学和文学理论,各国和各文化之间的文学关系,文学和其他艺术,以及电影的研究等。"①那么,这里的"最完善","最系统"体现在何处?"印第安纳学派"及其跨学科特色体现在哪里?我们拟通过对比走向巅峰时期的 1976 年至 1977 年美国五所比较文学研究实力最为雄厚大学的课程一览表来进行考察。

表 5-1　印第安纳大学 1976 年~1977 年比较文学课程一览表②

1600 年以前的西方文学背景与发展	比较问题	世界文学作品选读	古典史诗传说	古典悲剧传统	古希腊与现代诗歌
中古文学	中古戏剧	中古传奇	文艺复兴	英国与苏格兰民歌	形式主义与巴洛克
启蒙时期	形而上学神秘诗歌	欧洲戏剧	浪漫主义	现代抒情诗	现代小说
现代戏剧	当代文学	十九世纪抒情诗	现代与当代戏剧	现代文学研究	抒情诗的比较研究

---

① 《印第安纳大学比较文学研究生院简介》,张玉荣译,广西大学比较文学教研组编《比较文学教学参考资料选编》,1984 年,第 12 页。
② 资料来源:广西大学比较文学教研组编《比较文学教学参考资料选编》,1984 年,第 11 页,有改动。

续表

1600 年以前的西方文学背景与发展	比较问题	世界文学作品选读	古典史诗传说	古典悲剧传统	古希腊与现代诗歌
翻译理论与实践	诗歌理论	小说理论	文学理论	戏剧理论	比较戏剧、悲剧、喜剧
比较剧场与戏剧、通俗剧	文学批评史	文学与批评	文学之美学	实用批评	日本与西方文学关系
阿拉伯与西方文学关系	中西文学关系	欧洲文学对现代希伯来小说之影响	非洲文学起源	欧洲文学对现代希伯来诗歌之影响	非洲文学中的当代问题
法德文学关系	东西文学关系	法美文学关系	英德文学关系	英法文学关系	欧美文学关系
欧洲背景中的俄国文学	世界文学	文学中的思想	基督教文学传统	现代文学的文化背景	政治与小说
文学与其他艺术	电影与文学研究	文学中的民间传说	文学与社会		

表 5-2　哈佛大学 1976 年～1977 年比较文学课程一览表①

英雄诗：口述史诗	喜剧	法、美小说中的女性传统	民俗学概论	文学复兴思想与文学杰作	文艺复兴时代的英雄与模拟英雄
伊拉斯漠斯、蒙田、培根	西班牙黄金时代戏剧	索尔胡安娜的生平与作品	浮士德传奇	斯拉夫浪漫主义与西方文学传统	巴尔扎克、狄更斯、陀思妥耶夫斯基
浪漫主义英雄	浪漫主义与东方	文学中的农民	象征主义运动	北欧小说与欧洲背景	易卜生戏剧
易卜生与斯特林堡	斯特林堡与表现主义	现代西班牙——美国及西班牙诗歌中的长诗传统	二十世纪前及当时的古典传统与拉丁文学	从维达至伏尔泰的欧洲史诗	中古史诗与传奇
荷马、维吉尔与但丁研究	犹太文学及传统的约伯及其他与上帝的辩论	欧洲中产阶级悲剧	文学中的城市	现代小说的反写实趋势	欧美文学关系

---

① 资料来源：广西大学比较文学教研组编《比较文学教学参考资料选编》，1984 年，第 9 页，有改动。

续表

英雄诗:口述史诗	喜剧	法、美小说中的女性传统	民俗学概论	文学复兴思想与文学杰作	文艺复兴时代的英雄与模拟英雄
欧洲巴洛克的兴起	欧洲背景中的德国巴洛克文学及其相关艺术	十八世纪的欧洲文学、思想及东方	从克莱斯特到布雷希特的德国戏剧与其欧洲背景		

表 5-3　伯克利加州大学 1976 年～1977 年比较文学课程一览表①

比较文学研究方法	史诗研究方法	抒情诗研究方法	小说研究方法	戏剧文学研究方法	古典与现代文学关系研究
中古文学研究	文艺复兴文学研究	新古典主义文学研究	象征主义及现代文学研究	东西文学关系研究	近东与西方文学关系研究
悲剧经验	比较文学问题	当代文学研究	批评理论研究	比较拜占庭研究	女性与文学
文学形式介绍	西方文学中的圣经传统	古代地中海世界	中古时期	文艺复兴	启蒙时代与浪漫主义
现代文学与艺术	二十世纪中国的西方文学逆流	神话与文学	欧洲传统中的弥尔顿	艺术及文学的形式主义	文学中的女性

表 5-4　北卡罗莱纳大学 1976 年～1977 年比较文学课程一览表②

文艺复兴中的人文主义与拉丁传统	悲剧性的观念与透视	中古时期	欧洲文艺复兴文学（英译）	巴洛克	新古典主义与启蒙时期
浪漫主义	写实主义	象征主义	二十世纪诗歌	易卜生至布莱希特之戏剧	小说研究方法
欧洲文学中的幽默、愚事与智慧	作为文学形式的自传	布莱希特的戏剧世界	卡夫卡与加缪	比较文学的问题与方法	文学批评史——柏拉图至1700年

---

① 资料来源:广西大学比较文学教研组编《比较文学教学参考资料选编》,1984 年,第 9～10 页,有改动。
② 资料来源:广西大学比较文学教研组编《比较文学教学参考资料选编》,1984 年,第 10 页,有改动。

续表

文艺复兴中的人文主义与拉丁传统	悲剧性的观念与透视	中古时期	欧洲文艺复兴文学（英译）	巴洛克	新古典主义与启蒙时期
1700至今的文学批评	罗曼英卡顿的文学与艺术理论	古典修辞	文学中的哲学	中古传奇	古典批评
希腊与罗马史诗	希腊戏剧文学	希腊与罗马历史文学	希腊与罗马戏剧	塞万提斯研究	意大利文艺与文学
现代意大利文学	但丁研究	中国文学研究（英译）	民间传说概论	歌德研究（英译）	荷兰文学的黄金时期（文艺复兴及巴洛克）
陀思妥耶夫斯基研究	契诃夫研究	托尔斯泰研究	现代斯堪的纳维亚文学概论	古代近东文学研究	

表 5-5　伯克利加利福尼亚大学 1976 年～1977 年比较文学课程一览表①

古代时期	中世纪	文艺复兴	现代时期	戏剧文学	叙事文学
思想史	文学理论	抒情诗	小说	哲理文学	修辞学
讽刺和模仿文学	东西方文学	拜占庭文学	高等学校和初级院校教师的培训		

从这五张课程表中,我们可以发现有以下几个方面的特征:第一,从所设课程数量来看,印第安纳大学、哈佛大学、伯克利加州大学、北卡罗来纳大学及伯克利加利福尼亚大学分别为 58 门、34 门、30 门、41 门与 16 门,其中印第安纳大学占绝对优势,几乎为其他大学的两倍,数量上在当时是最多。第二,从课程内容来看,五所大学有一定的共同点。首先,各高校的比较文学都注重古典文学研究,尤其是悲剧、文艺复兴等都成为五所高校学者的研究热潮;其他一些经典文学家也成为比较文学的研究对象,例如陀思妥耶夫斯基、易卜生、歌德、弥尔顿、但丁等。其次,研究对象都基本集中在欧洲范围之内,注重挖掘其欧洲背景,"欧洲中心主义"表现明显,对跨文化文学研究缺乏必要关注,虽有提及,也不注重对对方精髓的挖掘,例如,

---

①资料来源:广西大学比较文学教研组编《比较文学教学参考资料选编》,1984 年,第 15 页,有改动。

尽管北卡罗来纳大学开设有中国文学的相关研究课程,却注明采用英译本为其教学内容;或者是将其他民族文学当作载体去研究西方文学,缺乏比较文学的跨界意识与平等对待各民族文学的意识,例如,伯克利加州大学的"二十世纪中国的西方文学逆流"。再次,都注重对文学运动的研究,如浪漫主义、象征主义、巴洛克、形式主义等成为各高校共同关注的焦点。

第三,各个学校也有各自的研究特征。就哈佛大学而言,其更注重对古典文学的研究;从研究国别来看,学者们也更为青睐德国文学;同时也热衷于把文学当作棱镜去折射其他方面,如"法、英小说中的女性传统"、"文学中的城市"、"文学中的农民"等;伯克利加州大学则更关注文学体裁与形式的研究,如展开了对史诗、抒情诗、小说与戏剧等的系列研究,涉及了东西方文学关系与跨学科研究,如"近东与西方文学关系研究"、"西方文学中的圣经传统"等,同时对女性与文学关系的研究也是该校的一个特色;北卡罗来纳大学强调古希腊文学与罗马文学之间的关系研究,将重点放在文学批评史方面,并以经典作家为研究对象,展开了对德国、荷兰、俄国、意大利等国家文学的研究;伯克利加利福尼亚大学则以关注比较文学教师培训的实践为特色。

第四,与美国比较文学实力雄厚的其他四所大学相比,"印第安纳学派"有自己的显著特点。通过对比,我们发现至少有以下几个方面:首先,跨学科是该校的特色。虽然其他学校也有关注,如伯克利加州大学的"现代文学与艺术"、哈佛大学的"欧洲背景中的德国巴洛克文学及其相关艺术",却缺乏规模与系统性。而印第安纳大学则具有两个层次意义上的跨学科研究:其一是文学与其他艺术形式之间的跨学科研究,如"文学与其他艺术",它的代表人物是弗兰茨、韦斯坦因与克鲁夫;其二是文学与非艺术类学科之间的跨学科研究,这是在弗兰茨与韦斯坦因等研究基础上的升华,虽暂未得到学界的广泛认同,却在斯托克奈西特与穆勒等人的实践基础上提炼出来的理论,如"基督教文学传统"、"形式主义与巴洛克"、"政治与小说"、"文学与社会"、"文学之美学"、"文学中的思想"等。这一方面反映了雷马克的跨学科思想不是空穴来风,另一方面也是弗兰茨对传统学科分类思想的反拨。可见,印第安纳大学比较文学创始人的开阔胸襟与同事们的积极探索和勇于实践为雷马克跨学科研究思想提供了坚实的理论基础与实践园地。

其次,除了对传统重点项目的研究,印第安纳学派还关注被欧美学界长期忽略的"弱势文学"。这既是弗兰茨思想的体现,也是雷马克一直以来所持的观点,尤其是在雷马克担任国际比较文学学会协调委员会主席之后,他成立了专门的"欧洲语言文学比较史"项目,在该项目出版的第一本由国际学者(主要是欧洲学者)合作所编写名为《欧洲文学中的浪漫主义运动》的前言中,他就有这样的观点:"当然,英语、法语、德语、意大利语、俄语以及西班牙语文学所产生的广泛而深远的影响是必须承认的,然而,不管它是强大还是弱小,是享誉全球还是默默无闻,每个民族和文化中文学的特性都应得到尊重。"[1]课程表是课程制定者,以及授课教师思想的体现,印第安纳大学比较文学课程的设置也体现了其中学者们的比较文学观,甚至是他们的人文关怀。正是基于此,我们才可以在课程表中发现诸如"非洲文学起源"、"非洲文学中的当代问题"、"阿拉伯与西方文学关系"、"日本与西方文学关系"、"中西文学关系"等课程。而且这里也没有特别注明所使用的是英文翻译的教学内容,这一点,日本比较文学家大冢幸男就曾经有这样的感叹:"战后三十年,随着我国经济的发展及国际地位的提高,日本文学登上了世界文学的舞台,翻译出版物也日见增多。由此可见,以前日本文学稀为世界所知,并非是日语难懂,而是由于日本世界地位的低下,外国(尤其是西方)少有人学日语的缘故。"[2]在这里我们可以发现一个有趣的现象就是在对待日本文学的问题上,作为身处欧美文学"强势"立场的雷马克与处于"劣势"的大冢幸男对同一问题有各自不同的理解,前者是从尊重各个民族文学特色的角度去关注那些被剥夺话语权的文学,使得以日本文学为代表的"弱小"文学能够进入比较文学研究的视域,后者则认为日本文学能够登上世界文学的舞台是日本经济力量强大的结果,其中所体现的意识形态不证自明。相比之下,更显示出以雷马克为代表的课程设计者的开放与包容心态,这种心态又反过来促使学者们去从事那些被学界忽略、看似难以逾越的跨学科研究。

最后,该"学派"的课程从时间和空间角度看都无愧于"最系统"、"最完

---

[1] Henry H. H. Remak, General Preface to All Volumes Published as Part of the Comparative History of Literatures, *The Symbolist Movement in the Literature of European Languages*, ed. by Anna Balakian, Budapest:Akademiai Kiado, 1982, p. 5.

[2]〔日〕大冢幸男:《比较文学原理》,陈秋峰、杨国华译,西安:陕西人民出版社,1985 年,第 132 页。

善"的称号。该校的 58 门课程中,从纵向来看,1600 年以前的文学、古典史诗与悲剧、中古文学、启蒙时期文学、现代文学与当代文学,文学发展的脉络都能在课程中得到体现;从比较文学研究的本体论视角看,包括了各种不同类型与体裁的文学形式,如史诗、悲剧、诗歌、小说等,这无不体现了印第安纳学派研究中的"文学性",甚至在弗兰茨的倡导下,将长期得不到学界认可的翻译理论与实践也纳入比较文学研究的范畴,成为日后"翻译研究"的源头,正如雷马克所言,"翻译研究是比较文学特有的一个领域,需要复杂的方法论对其加以研究"①;从空间范围来看,该课程囊括了欧、亚、非、美洲等各大洲的"主要"和"次要"文学,在有着"欧洲中心主义"传统的比较文学界,这样的视域无疑是难能可贵的,也正是这些课程诠释着"最系统"、"最完善"这一学科特征,这些都为雷马克跨学科研究思想的提出奠定了坚实的基础。

三、亨利·雷马克跨学科研究思想的自我完善②

雷马克跨学科研究思想的提出是比文学发展史上具有重要影响的一次飞跃。看似偶然的一个定义中包含着学科多年发展的历史底蕴,其明确提出也体现了人类基因中对知识整体性的执着追求,以及对传统学科分类的无声抗争。跨学科研究思想的提出不仅是雷马克长期以来坚持的重要思想,也得到了美国学界的广泛响应和探讨,下面,我们结合美国比较文学学会的四份报告,即列文报告(1965 年)、格林报告(1975 年)、伯恩海默报告(1993 年)与苏源熙报告(2003 年),去探寻跨学科研究思想在美国比较文学界的发展轨迹。

(一)美国比较文学学会四份报告中的跨学科研究元素

在雷马克 1961 年明确将跨学科研究纳入比较文学研究范畴时,立即遭到了当时比较文学界泰斗韦勒克的猛烈批评,在经过一系列的批驳之后,他得出了一个具有毁灭性的结论:"因此,作为一个定义,它是经不起推

---

① Henry H. H. Remak, Comparative Literature: Its Definition and Function, *Comparative Literature: Method and Perspective*, ed. by Newton P. Stallknecht and Horst Frenz, Carbondale: Southern Illinois University Press, 1973, p. 21.

② 本节部分内容曾发表在《西华师范大学学报》(哲学社会科学版)2015 年第 2 期,题为《从美国比较文学学会四份报告看比较文学的跨学科性——以亨利·雷马克的比较文学经典定义为参照》,第 70～73 页。

敲的。"①与此同时,同为德裔,较雷马克晚十年到达美国,并在印第安纳大学任教的韦斯坦因也悲观地认为:"无论是法国学派还是美国学派,他们的代表人物种都没有一个是赞成这一观点的。"②尔后,在论及该定义的另一场合又坦承,"对这一定义我是在有一定保留的程度上接受的"③。韦斯坦因在此前后矛盾的态度反映出了当时美国学界对雷马克定义的纠结心态,而他们二人的基本共同点就是对雷马克定义中跨学科研究思想的反对。那是否就意味着此思想没有存在的空间与价值了呢? 事实似乎并不是像上面二位专家所认为的那样,在雷马克经典定义提出之后的第四个年头,即 1965 年,被学界称为"均衡、有判断力和优雅"的列文报告出炉了,报告中明确将跨学科研究当作是比较文学的研究内容:"或许我们还要在此考虑文学以外学科与比较文学的相关性,尤其是语言学、民俗学、艺术、音乐、历史、哲学,甚至是心理学、社会学以及人类学。"④尤其值得注意的是,韦勒克也是比较文学专业标准委员会成员之一,可见,他对雷马克跨学科研究思想的反对没有成为该委员会的主流,学界已经第一次认可了跨学科研究的合法地位;同时,力倡跨学科研究的印第安纳大学比较文学系创始人弗兰茨也是该委员会的成员之一,在这场关于比较文学跨学科思想地位的博弈中,获胜的无疑是"印第安纳学派"。不过,与雷马克将比较文学视为"辅助学科"的观点不同,在比较文学的中心从法国转移到美国之后的美国学界学者们的热情尤为高涨,认为美国的多元文化主义成为比较文学研究的沃土,于是,比较文学正"逐步从外围走向中心",随着自身的强大,也认识到比较文学"与其他兄弟院系将形成越来越密切的合作关系,而不是敌对关系;除非我们能同时满足它们的标准,否则我们就无法实现自己的标准;如果我们成功了,我们将一同最大限度地发挥人文学科的巨大潜力。"⑤在这里的跨学科是以文学为中心,为主要一极的跨学科研究,不过,

---

① 〔美〕雷内·韦勒克:《比较文学的名称与性质》,韩冀宁译,载孙景尧选编《新概念 新方法 新探索——当代西方比较文学论著选》,桂林:漓江出版社,1987 年,第 79 页。

② 〔美〕韦斯坦因:《比较文学与文学理论》,刘象愚译,沈阳:辽宁人民出版社,1987 年,第 25 页。

③ 〔美〕韦斯坦因:《比较文学与文学理论》,刘象愚译,沈阳:辽宁人民出版社,1987 年,第 250 页。

④ Harry Levin, The Levin Report, 1965, *Comparative Literature in the Age of Multiculturalism*, ed. by Charles Bernheimer, Baltimore and London: Johns Hopkins University Press, 1995, p. 22.

⑤ 〔美〕列文:《关于标准的报告》,载杨乃乔、伍晓明主编《比较文学与世界文学》(第一辑),北京:商务印书馆,2004 年,第 5 页。

报告中提到的比较文学的标准要同时满足本学科与"其他兄弟院系"所代表学科的观点与雷马克的跨学科原则形成了暗合。

十年后,格林报告依然在开篇处就强调"比较文学运动还希望探索文学与其他艺术和人文学科之间的关系,例如哲学、历史、观念史、语言学、音乐、艺术和民间传说等的关系"①。对比此处跨学科的范围与雷马克的定义可以发现有明显的缩小,除了文学与其他艺术之间的比较之外就只有文学与人文学科之间的比较,究其原因,是美国七十年代开始,比较文学研究的趋势是基本否定了崇尚研究文学美学意义的实践,认为只有将这样的研究置于社会学视野才会有意义,从而导致文学研究与人文学科之间的渗透加剧②。再则,自列文报告提出以来,学界就一直强调"精英论",不仅提高门槛,专为"高素质"学生开放,还对开设比较课程的大学提高准入标准,对图书馆设施与其他条件都严格要求,因为他们担心学科迅猛发展也导致比较文学赖以生存的基本价值观念被迫降低,如果任由学科标准继续下滑,将造成难以控制的局面。所以到格林报告的时候,学者们对研究内容方面也显得更为谨慎,在对跨学科项目表示欢迎、主张从其他学科那里学习的同时也明确表示:"我们也必须谨防学科的交叉导致学科的松弛。"③这里的"松弛"说,就是基于当时文学领域所出现的晦涩表述、盲目比较、空洞技巧等的反拨,其基本主张是将比较文学研究限于文学研究的范围内,并力图对跨学科研究进行一定的限制。因为从报告中所列的一些跨学科项目实践来看,他们中的很多已经偏离了比较文学研究的宗旨,文学已被驱逐出研究的范围,例如美国研究和中世纪研究等,它们都试图将相关传统研究项目综合起来,只是里面要么没有文学这一极,要么只是在同一主题下的简单罗列而无实质意义上的比较。正是由于这样的原因,才使得格林报告的制定者们尤为注重方法论以及对学科传统的关注。这样的举措得到十七年后伯恩海默报告撰写者的赞同,"于是,他们认为确立和加强标准是

---

① 〔美〕格林:《关于标准的报告》,载杨乃乔、伍晓明主编《比较文学与世界文学》(第一辑),北京:商务印书馆,2004 年,第 8 页。

② 〔美〕吉拉德·吉列斯匹:《西方比较文学研究的新趋势》,董存、孙景尧译,杨周翰校,载孙景尧编《新概念 新方法 新探索——当代西方比较文学论文选》,桂林:漓江出版社,1987 年,第 2 页。

③ Thomas Greene, The Greene Report, 1975, *Comparative Literature in the Age of Multiculturalism*, ed. by Charles Bernheimer, Baltimore and London: The John Hopkins University Press, 1995, p.36.

学科的必要保障"①。总之,格林报告中透露出来的信息就是要强化比较文学研究的"精英化"、"文学性",严格控制跨学科研究。

二十世纪八十年代,比较文学标准委员会因故没有发表反映本学科发展现状的十年报告,直到1993年,美国比较文学学会才由以伯恩海默为主席的标准委员会发表学科现状报告。在此报告中,与跨学科研究思想相关的两个信息被报告撰写者重新书写。

第一是比较文学中文学的地位。这在韦勒克比较文学观中承载"文学性"的载体、雷马克跨学科视域中两极之一的文学在世纪之交却有淡出比较文学研究范畴的危险。在学界对欧洲中心主义产生质疑之后,格林报告企图严加控制的跨学科在文学理论大潮的攻击下不但没能缩小,反而在解构主义席卷一切陈规的撞击下导致学科之间相互渗透的明显加剧,其结果是"比较空间"的继续扩大,使得曾经为自己身份而战的跨学科研究已经成为比较文学研究的主流。因为在二十世纪末,这些比较的范围已经包括:各学科的文化产品之间;西方文化传统与非西方传统文化之间(包括精英和大众两个层面);殖民者进入前后的殖民地文化产品之间;不同性取向,即异性恋与同性恋之间;种族与民族表达模式之间;在性别构建中确立起来的男性与女性之间等等。所以,这个广泛涉足话语、文化、种族、性别与意识形态等的领域就与在此之前以作者、作品、文体、运动等为研究核心的传统研究有着极大的区别,"以致于'文学'这个词已不能再恰切地描述这门学科的研究对象了"②。对于文化研究项目大规模进入比较文学研究领域,导致传统文学研究旁落与被边缘的现状,报告认为这能够促使比较文学取得更多的新成果并迅速成为人文学科的前沿。自此,在消解比较文学研究中"文学"地位的同时,跨学科研究的"文学"这一极也被取消了。不过,报告撰写者的矛盾之处在于,他们一方面在"比较文学"后面加上"和文化研究"、"和文化批判"以及"和文化理论"等,另一方面又对二者的关系持模棱两可的态度:认为不能把比较文学等同于文化研究,因为后者是在单

---

① Charles Bernheimer, The Bernheimer Report, 1993, *Comparative Literature in the Age of Multiculturalism*, ed. by Charles Bernheimer, Baltimore and London: Johns Hopkins University Press, 1995, p. 41.

② Charles Bernheimer, The Bernheimer Report, 1993, *Comparative Literature in the Age of Multiculturalism*, ed. by Charles Bernheimer, Batimore and London: John Hopkins University Press, 1995, p. 42.

语种内进行(而学界已经达成一致,那就是即便是在单语种内进行的跨学科研究也是比较文学的一个有机组成部分),同时它也主要关注当代大众文化的具体问题(比较文学并没有规定不能研究现代问题,美国学者注重研究现代而轻视历史的做法在学界已经成为他们的特色,唯一区别是早期研究者的研究核心是文学,世纪末的学者研究的中心是文化)。那么现在的比较文学到底和文化研究之间是什么关系呢?伯恩海默解释说:"我们建议扩大研究领域(相关项目和系部已在进行此类实践),并不意味着比较研究就应该放弃对修辞、韵律等形式特征进行细致分析。只是,文学精读的同时也要考虑其意义赖以产生的意识形态、文化以及体制的语境。"①根据他们的理解和阐述,新的"比较文学"已经成为一个跨越原有比较文学与文化研究的庞然大物了。可事实是,他们并没有在二者之间进行跨学科研究,从事文化研究的诸多解构主义思潮是借比较文学的开放性而让其成为自己的"试验田"与跳板,因为这样的跨学科在比较文学经典理论与经典大家看来是有其名而无其实。

　　第二是学科的概念。上文提到,在伯恩海默看来,文学现象已不再是比较文学的唯一焦点,相反,它仅仅被视为变幻复杂的文化生产领域中的一个构成因素。在这个领域里,学科的概念已经被重新认识,"甚至让我们相信,各学科是一种历史建构,为的是把知识领域包拢在职业专家可以驾驭的范围之内"②。学科建构的历史是人类认识自身与外在世界过程不断加深的结果,它是历史发展的产物,也能让人类更好地认识对象。站在历史发展的近端看其远端自然可以发现其局限性,学科发展之路依然,我们在肯定学科分类积极意义的同时,也要看到它带给人类的障碍,尤其是在学科分类越来越精细的现代,人们过早地进行专业分工的学习,使得学习者的知识结构极大的不合理,在这样的背景下,比较文学企图成为连接各学科的桥梁则显得更具有划时代的意义。这也是科学家钱学森晚年经常思考的问题,在温家宝接见他时多次就"为什么我们的学校总是培养不出

①Charles Bernheimer, The Bernheimer Report, 1993, *Comparative Literature in the Age of Multiculturalism*, ed. by Charles Bernheimer, Batimore and London: John Hopkins University Press, 1995, p.43.

②〔美〕伯恩海默:《伯恩海默报告(1993年)——世纪之交的比较文学》,载杨乃乔、伍晓明主编《比较文学与世界文学》(第一辑),北京:商务印书馆,2004年,第23页。

杰出人才?"这一被称作"钱学森之问"的疑问向总理进言,钱老提出了两点意见,其大意是:其一,要鼓励学生去从事那些前人未曾想到过和没有做过的事情,没有创新精神就肯定不会成为杰出人才;其二,文科学生的要知道一些理工科知识,理工学生的要学习一点文史知识。有学者认为,其中第一点中的"杰出人才"在现代意义上的基本内涵为,"首先,他必须是具有丰富学养之人,亦即'有才识学问之人'。其次,他必须是学有所用,对社会有贡献之人。再次,他必须是有过人之处的人。"①此处的"丰富学养"除了知识的深度之外,无疑还包括知识的广度,也就是学界一直主张的"T"型人才,这就自然表明了专业知识的深度是建立在各门知识综合掌握的基础之上的。钱老建议中的第二点更是明确提出了学科交叉综合的思想,这是一个长年从事科学研究的学者总结出来的至理名言,它告诉我们学科之间互通有无的必要。缺乏人文关怀的理性最终会给人类带来灾难。据记载,发明炸药的诺贝尔与推动美国开始原子弹研究的第一人爱因斯坦在得知他们的研究被用于战争,用于谋杀人类时都表现出极大的后悔。后者曾经不无遗憾地说:"我现在最大的感想就是后悔,后悔当初不该给罗斯福总统写那封信。……我当时是想把原子弹这一罪恶的杀人工具从疯子希特勒手里抢过来。想不到现在又将它送到另一个疯子手里。……我们为什么要将几万无辜的男女老幼,作为这个新炸弹的活靶子呢?"②1948 年 7 月,爱因斯坦在写给国际知识界和平大会的信中说道:"作为世界各国的知识分子和学者,身负着历史重任,我们今天走到了一起,……我们从痛苦的经验中懂得,光靠理性还不足以解决我们社会生活的问题。深入的研究和专心致志的科学工作常常给人类带来悲剧性的后果"③。可见,世界顶尖科学家通过惨痛的教训认识到了尽管科技理性能够给民族带来自豪感,带来荣誉,正如爱因斯坦在与德国科学家之间的竞赛中获胜那样,可是理性如果缺乏人文关怀,如果不能把科技理性用于正当用途,也会给人类带来灾难。直到去世前,爱因斯坦都在竭尽全力地利用一切可能的机会,呼吁科学不能变成政府的杀人武器,同时号召全世界科学家团结起来,阻止核战争的

---

① 姚连兵:《试论"钱学森之问"对高校英语专业教学观念的启发》,载《宁波广播电视大学学报》2011 年第 4 期,第 77 页。
② 马栩泉:《核能开发与应用》,北京:化学工业出版社,2005 年,第 169 页。
③ 杨建邺:《科学的双刃剑:诺贝尔奖和蘑菇云》,北京:商务印书馆,2008 年,第 269 页。

爆发。中国科学家钱学森则在此基础上及时提出文理相通,彼此交叉,彼此相得益彰的思想,就更是印证了钱锺书先生所说的"东海西海,心理攸同,南学北学,道术未裂"的重要思想。

然而,学科间的相互阐发是否就意味着要取消彼此之间的界限呢?在伯恩海默等人看来,"向来喜好跨越学科界限的比较学者如今进一步扩大机会,从理论上来研究被跨越的界限的本质,并参与到重新给它们划定界限的工作之中"①。显然,二十世纪末的研究者已经不屑于在原定的学科框架内进行研究,他们需要重新设定界限,彻底为他们的"跨学科研究"扫清障碍。他们甚至认为"比较文学正处在其历史发展的一个关键点上",由于语言和民族界限的流变性和不确定性,比较文学发展到世纪之交需要重新自我界定,这样就把话语权转移到了当代学者,于是他们就可以根据自己新的形式和自己的兴趣去从事他们认可的比较文学研究,正如伯恩海默所认为的"文学研究正朝着多元文化的、全球的和跨学科的课程方向发展,这个趋势本身就具有比较的性质",并认为"这里所界定的'比较'代表未来的趋势"②。这里可以发现,到二十世纪末比较文学跨学科研究已经取得了新的含义,它已经是一个摆脱了"文学"一极,只注重"比较"的"跨学科"研究了。

在 2003 年,斯坦福大学亚洲语言与比较文学教授苏源熙给出了美国比较文学学会的第四个报告。在报告中,针对伯恩海默报告中的学科泛化,跨学科研究消失在无边"比较"之中的现象,苏源熙给自己的报告冠上了《关于比较文学的对象与方法》的标题。在对比较文学研究史进行简要回顾之后,重点探讨了比较文学研究对象的演变史,对伯恩海默报告进行了评论,并论及了当时比较文学所处的时代背景与性质,且在报告最后谈到了跨学科研究。伯恩海默在对美国比较文学做了深入考察后敏锐地提出文学已经不是比较文学的唯一焦点,时隔十年,苏源熙仍然持类似的看法:"最近几十年来,不读具体文学作品而从事文学研究也似乎成为了可行

①Charles Bernheimer, The Bernheimer Report, 1993, *Comparative Literature in the Age of Multiculturalism*, ed. by Charles Bernheimer, Baltimore and London: John Hopkins University Press 1995, p. 43.

②〔美〕伯恩海默:《伯恩海默报告(1993 年)——世纪之交的比较文学》,载杨乃乔、伍晓明主编《比较文学与世界文学》(第一辑),北京:商务印书馆,2004 年,第 27 页。

之事,而且经常如此——尽可把美学理论、文学史、接受理论、文学教育甚至文学理论史当作独立的研究领域。"①对于二十世纪末比较文学界脱离了文学而只注重比较的现象,学界早已经进行了深入的批判,克罗齐早在二十世纪初就曾认为由于比较方法只是一种研究方法,它根本不足以决定一个研究领域,因而才对作为一门专业存在的比较文学进行了釜底抽薪似的批判,"我不明白何以一个专业能够基于比较的文学史"②。虽然克罗齐当时主要是针对法国学派过分拘泥于对实证主义式事实考辨的不满,可对于将比较视为比较文学安身立命的方法却进行了无情的抨击。结合当时学科发展的现状,苏源熙在报告中以比较文学历史发展为线索,否定了把共同特征、中间对照物、题材、创作技巧以及语义等当作文学研究对象的可能性之后,重新将"文学性"当作比较文学研究的对象,"文学性,或者用蒂尼亚诺夫(Yury Tynjanov)的著名术语 literaturnost,是文学研究的真正对象,也是所有文学传统的共享因素"③。在确定研究对象的同时,我们也会发现一个悖论,那就是学界越发关注文学性,也是越发借各种"理论"向外辐射强大跨学科影响的时候,因为文学研究的特征决定了它很难有学术上的独立性:学界基本否定了韦勒克所主张的重视文学文本的"新批评"方法,认为这是与比较文学研究思路背道而驰的。按照艾布拉姆斯的观点,文学研究涉及四个要素,即作家、作品、读者与宇宙(世界),而在此基础上的研究就自然会走向与之相关的其他学科,如社会学、历史编纂学、技术史以及注重"文化构建"的相关学科(人类学、社会学和政治学等),这样的跨学科虽然是以文学为跨越的一极,可是却使用其他学科的理论来对文学现象进行阐明。由于这些学科都可以融入文学元素,可文学却无法包容它们,这样文学就"似乎注定要成为'夹缝'中的艺术、学科间的使节和文化特性的交易所"④。然而,这种

---

①〔美〕苏源熙:《关于比较文学的对象与方法》(上),何绍斌译,载《中国比较文学》2004 年第 3 期,第 12 页。

②Cited in Ulrich Weisstein, Assessing the Assessors: An Anatomy of Comparative Literature Handbooods, *Sensus Communis: Contemporary Trends in Comparative Literature*, *Festchrift Fur Henry Remak*, ed. by Janos Riesa, Peter Boerner and Bernhard Scholz Tubingen: Gunter Narr Verlag, 1986, p.104.

③〔美〕苏源熙:《关于比较文学的对象与方法》(上),何绍斌译,载《中国比较文学》2004 年第 3 期,第 16 - 17 页。

④〔美〕苏源熙:《关于比较文学的对象与方法》(上),何绍斌译,载《中国比较文学》,2004 年第 3 期,第 22 页。

以文学为形式,以其他学科术语阐释文学为内容的跨学科却让文学研究弄巧成拙。当然,不管怎样,苏源熙报告中为跨学科研究重新召回了文学。报告最后也在思考这个时代是否是比较文学的时代,而如果是,也是跨学科的时代,因为我们不得不承认"我们成功的策略之一便是跨学科",这门学科的开放性使得一方面能够接纳不受其他学科欢迎的学科,如欧陆哲学及马克思政治理论等,另一方面也能够包容综合性的、过于理想化的研究方法,加上由于预算的原因而无法进入其他学科进行独立研究的课题可以在比较文学中求得庇护,所有这些使得比较文学"展示为一个重新思考人文学科里里外外知识结构的试验场"。这里道出了比较文学跨学科研究主观和客观两方面的原因。但在进行跨学科研究的时候,该报告也指出了基本原则:"为满足比较文学的综合兴趣,比较者必须切中要害,厘清相关学科之间的概念及有效联系。"①这样又基本回到经典跨学科研究的方法上来了。

纵观四份报告中的跨学科思想,我们可以清晰发现在列文报告中所坚持的跨学科分为文学与其他艺术之间以及文学与非艺术学科之间的跨学科研究;在格林报告中,由于学界对"文学性"的关注使得跨学科的视野有所缩小,即只承认文学与其他艺术之间的比较研究;在伯恩海默报告中,由于解构主义思潮的影响,学科的观念被重新界定,文学也不再是比较文学研究的唯一焦点,使得比较文学跨学科研究偏离了既定的方向,走向了没有文学也没有跨界的,借比较文学之名而从事的单语种单学科范围的"跨学科研究";苏源熙报告企图为导致学科泛化的跨学科研究纠偏,重新找回跨学科研究中的文学一极,并重申研究中系统性,这无疑是对传统跨学科研究思想的一次回归。可以看出,美国比较文学学会每隔十年的报告中所体现的美国比较文学跨学科实践几乎是以雷马克经典定义中跨学科研究思想为中轴,进行着要么或宽,要么或严的波动,而四份报告也对跨学科研究之于比较文学学科的积极意义进行了十分中肯的评价。

(二)雷马克比较文学跨学科研究思想的发展与演变

如果说雷马克通过经典定义为比较文学跨学科研究提出了一个基本

①〔美〕苏源熙:《关于比较文学的时代》(下),刘小刚译,载《中国比较文学》2004年第4期,第26～28页。

标准的话,那么学界似乎总是把目光放在 1961 年提出时的语境,倾向于将其当成是一个静态的标准。然而,在标准提出之后,雷马克是否对跨学科研究思想进行过修正? 尤其是面对美国以及世界比较文学近六十年的跨学科研究实践,雷马克的跨学研究思想是否经历了嬗变? 这是本节企图探讨的话题。

1.雷马克将跨学科研究纳入比较文学研究

早在雷马克提出跨学科研究思想之前的 1960 年,在论述民族文学研究的局限性时就曾提出,人们不能像法国学者那般仅仅从影响的输出者的视角去认识民族文学,而应该以整体、平等的视角去认识,并举了一个形象的例子:"……一些研究者不愿意承认在森林里还有其他同种的或类似的树木,一棵树孤立的存在与它作为森林的组成部分这个事实之间是有很大差别的,也许它还是一颗死树。"①之后,他将这种整体观与类比研究思维扩大到了学科之间,并认为法国学者曼蒂阿诺等将文学与有关学科的研究排除在比较文学研究之外,当作"总体文学"的观点是错误的。同时,结合印第安纳大学自 1952 年以来的教学实践与该校同事的研究实践,认为"比较艺术"研究以及文学与心理学、政治、宗教以及科学等学科之间能够"通过类比和对照进行的比较也一定会生动地显示上述各领域特殊的本质和作用"②。事物的特征只有通过与其他同类或类似事物的比较才能得以确立,就正如人类是在与其他动物的类比和对照中确立自身,又在与人类自身的比较过程中确立每个个体的特征一样。反过来,人类又会通过人类与其他动物之间的关系再次确认自身,例如,随着科技的进步,人们发现人和黑猩猩之间的基因有至少百分之九十八都相同,那么到底是什么使得人之为人则成了科学上新的研究课题。可见,如果没有这种跨物种间的研究,人类是很难更深入地认识自身的。类似的,研究者只有通过将文学与其他学科相比才可以确定文学的"文学性"到底是如何产生,以及文学理论的适用范围有多人。正是通过这样的类比思维,雷马克从存在事实关联的文学关系过渡到没有事实联系的文学之间,又从文学之间演进到文学与艺术之

① 〔美〕亨利·雷马克:《比较文学的法国学派和美国学派》,郭建译,载北京师范大学中文系比较文学研究组编《比较文学研究资料》,北京:北京师范大学出版社,1986 年,第 74 页。
② 〔美〕亨利·雷马克:《比较文学的法国学派和美国学派》,郭建译,载北京师范大学中文系比较文学研究组编《比较文学研究资料》,北京:北京师范大学出版社,1986 年,第 73 页。

间,并进一步升华到文学与非文学之间。通过这样往返互动的方式来认识文学现象,从而从理论上为跨学科研究进入比较文学扫清了障碍,并最终促使其于1961年在比较文学经典定义中把跨学科研究列为比较文学研究的两个大任务之一,并在跨学科研究中区分出文学与其他艺术以及文学与非艺术学科之间的跨学科研究这这两个层次。

　　2.雷马克比较文学跨学科研究的理论与实践

　　在理论上将跨学科纳入比较文学研究的同时,雷马克还从其他方面进行着积极的探索。

　　首先,比较文学必须转变研究观念。长期以来,人文学科都坚持"学者人人为己"的独立研究精神。这在坚持学者独特性方面有可取之处,不过由于自身所处环境与知识结构的不同,学者们的视域自然就会受到相应的局限,这样我们就应该向自然科学和社会科学工作者学习,学习他们发挥相互合作的精神,因为,"如果我们不想受到社会政治实体强加的注解,我们就必须把独具一格的文学特色和竞争意识与文学对内对外的合作精神结合起来"①。那么,自然科学和社会科学的研究者是如何从事研究的呢?通过近些年人们对诺贝尔奖评选条件的质疑我们就可以窥见一些端倪。近年来,有学者纷纷质疑"老诺贝尔奖"无法适应现代学科的发展,按照传统只设立物理、化学与医学奖,那么新兴的基因学、天文学、电脑科学等学科则无法纳入其中。尤为明显的是,现代科学研究模式已经与100多年前设立诺贝尔奖时有所不同,最大的区别就是现在集体研究、共享成果,各学科之间相互渗透越来越强,只有在各个学科相互融合、共同努力的情况下才能获得突破。因而,1985年诺贝尔化学奖获奖者克罗多指出,现今科学研究往往跨越多门学科,若不增设奖项或改变最多只能三个人分享同一奖项的规定,从事跨学科研究的学者将会越来越难以获得诺贝尔奖②。可以发现,在自然科学领域,有相当的成果都是在不同学科研究者共同努力之下取得的。文学研究者,尤其是比较文学研究者应该从观念上打破"各自为战"的传统研究模式,从思想上认识到进行跨学科研究的必要。

---

① Henry H. H. Remak, Once again: Comparative Literature at the Crossroad. *Neohelicon*, Vol. XXVI, No. 2, 1997, p. 104.

② http://www.360doc.com/content/10/0922/16/3317545_55575992.shtml.(科学网论坛 2010—9—22)

其次,在实践中注重学者之间的集体合作。曾有学者对美国学派代表不注重实践的现象进行了批评:"比较文学理论家最好也能兼任实践家,其提出某个学科发展新理念,最好也相继提出与之相配套的实践原则和操作规范。"①甚至将美国比较文学跨学科研究演变为泛学科研究的症结归到雷马克等没有进行跨学科研究的实践,没能为学界提供范例。可事实是,雷马克在美国比较文学跨学科研究发展过程中进行过多次把脉,也进行了相应的跨学科研究实践。跨学科研究是一项综合性的研究工作,至于如何才能实现综合性,他在二十世纪七十年代就意识到,"要完成主要综合工作,只有一个办法即集体配合。顺便交代一句,这个方法不仅适合于各学科间的综合研究,同样也适合于攻克亚洲和非洲的文学难关"②。与社会科学,特别是自然科学不同,人文科学基本不存在知识的更新换代,相反,各个时代的作品与各种成果会像滚雪球似的越来越多,加上随着目前信息交流的日益通畅和便捷,越往后的学者面临的压力就会越大。就比较文学学者而言,他们就会被历史上的经典文学作品与现代的二三流作品压得喘不过气来,综合的难度就会更加困难,所以,"我们不能只是说说而已,还必须采取行动"③,甚至在二十世纪九十年代面对当时比较文学学科身份处于危机之时深有感触地比较道:"1961 年,印第安纳大学 11 位来自不同研究领域,却乐于献身比较文学事业的教师合作出版了一部名为《比较文学:方法与展望》的学术著作。该书在 30 年的时间里经久不衰。……或许,这正是我们当时何以兴盛,而今天却处于危难之中的原因?"④于是,利用他担任国际比较文学学会执行委员会主席的有利身份,他倡导进行了"欧洲语言文学比较史"大型项目,通过欧洲学者之间的国际合作进行综合研究,截至 2007 年已经出版了 21 卷。虽然雷马克本人没有直接从事跨学科研究,可是作为印第安纳大学比较文学项目的创始人之一、日后的管理者,以及国际比较文学学会的一位资深研究人员,雷马克通过课程设计与组织学

①查明建:《当代美国比较文学的反思》,载《中国比较文学》2008 年第 3 期,第 13 页。
②〔美〕亨利·雷马克:《比较文学的前景》,张宁、谢建珍译,载孙景尧选编《新概念 新方法 新探索——当代西方比较文学论著选》,桂林:漓江出版社,1987 年,第 111 页。
③Henry H. H. Remak, Once again: Comparative Literature at the Crossroad, *Neohelicon*, Vol. XXVI,No. 2, 1997, p. 103.
④Henry H. H. Remak, Once again: Comparative Literature at the Crossroad, *Neohelicon*, Vol. XXVI,No. 2, 1997, p. 99~100.

者进行国际性的跨学科合作,为比较文学的跨学科研究做出了积极的贡献。

再次,跨学科研究在比较文学教学中的实践。跨学科研究不仅存在于学者的观念里、研究中,而且在教学实践中也应该得到贯彻。二十世纪七十年代,雷马克从弗兰茨手中接过了印第安纳大学比较文学项目管理者的接力棒,比较文学研究生院的简介中在谈到文学和其他艺术时认为在这一飞速发展的研究领域,印第安纳大学已经走在前列,另外,印第安纳大学的音乐学院和美术系为比较文学研究生提供了在有关领域进一步研究的机会,并开设以下方向的跨学科研究:非洲问题研究、美国黑人问题研究、电影研究、科学的历史和理论研究、哲学研究、宗教研究以及西欧研究等等①。这些都是雷马克自1952年以来在印第安纳大学进行跨学科研究的进一步深化。在教学方面,经过实践检验的教学模式在多年后也得到了美国比较文学学会的呼应,证明了印第安纳学派的确走在了"前列"。1993年的伯恩海默报告认为:"应当鼓励来自不同学科的教授加入比较文学教学队伍,以实施协同教学课程(team-teach courses),探讨各领域之间的交叉点和方法论。应当积极支持座谈会,让教师和学生得以共同探讨跨学科和跨文化课题。"②如果这还是从教师角度进行跨学科研究的话,在之后的其他学者则从学生课程选择方面进行了探讨,认为可以让学生在学习两种语言文学的基础上再另外加一门学科——这门学科可以是与文学相近的学科,如艺术史、电影研究、历史、哲学等,也可以是与文学较远的学科,如建筑、法律、经济、计算机、摄影、生物等等③。这些无疑都是雷马克多年前进行跨学科教学实践的系统化,也可以从中看出这种思想强大的生命力。

---

① 《印第安纳大学比较文学研究生院简介》,张玉荣译,广西大学比较文学教研组编《比较文学教学参考资料选编》,1984年,第12~13页。

② 〔美〕伯恩海默:《伯恩海默报告(1993年)——世纪之交的比较文学》,载杨乃乔、伍晓明主编《比较文学与世界文学》(第一辑),北京:商务印书馆,2004年,第25页。

③ See: N. Katherine Hayles, *How We Became Posthuman: Virtual Bodies in Cybernetics, Literature, and Informantics*, Chicago: University of Chicago Press, 1999; Tim Lenoir, Makeover: Writing the Body into the Posthuman Technoscate, *Configurations*, No. 10, 2003, pp. 203~220.

第六章　亨利・雷马克与平行研究[①]

"平行研究"作为比较文学研究的一个重要组成内容,系二十世纪四五十年代由美国比较文学家提出,它在打破遵循实证主义原则的法国学派所赋予该学科一些人为藩篱的同时,也开拓了更广阔的研究空间。国内学者曾将美国学派的平行研究概括为本学科研究(比较诗学、主题学、文类学、类型学)及跨学科研究(文学与艺术,文学与宗教、历史、哲学,文学与社会科学及文学与自然科学)[②]。可是,这样的概括是否能准确地涵盖美国学派所主张的"平行研究"? 鉴于学界对此研究方法及研究内涵缺乏深入系统研究,该方法论建构的步伐始终踟蹰不前,甚至在实践中出现不少"拉郎配"现象。这或许与比较文学界对"平行研究"本身常常望而生畏,甚至唯恐避之不及的心态有关。实际上,"平行研究"在文学或诗学之外的哲学、宗教、艺术、翻译以及汉学领域可谓成就非凡。我们感到,对于"平行研究"的方法论建构,一方面可采取学科互鉴的方法,从上述人文社科领域的丰厚成果、从已有的跨文化研究实践入手,去寻绎并提取其中之丰富的"方法"蕴含;另一方面可采取理论源于实践的方法,从比较文学"平行研究"的成功案例中总结经验;此外,则可采取正本清源的方式,从比较文学经典理论家的经典著述中去凝练"平行研究"的方法论,以指导目前日益增加的平行研究实践。我们认为,作为比较文学研究方法之一的"平行研究"既然是"美国学派"的代名词,也是由"美国学派"提出,那么探寻"平行研究"内涵最直接的方法就是深入到比较文学"美国学派"经典比较文学家的相关著述中,切脉其思想的嬗变,以此重构比较文学平行研究的方法论。本章拟从比较文学"美国学派三杰"[③]之一、被誉为比较文学"良心"[④]的亨利・雷

---

①本章部分内容曾发表于《中国比较文学》2018 年第 1 期,题为《亨利・雷马克与平行研究》,第 48～58 页。(出版时有删改)

②曹顺庆:《比较文学教程》,北京:高等教育出版社,2006 年,第 21 页。

③刘象愚:《韦勒克的比较文学观及其当代意义》,载刘象愚《从比较文学到比较文化》,上海:复旦大学出版社,2011 年,第 164 页。

④Frank Trommler, In Memoriam:Henry H. H. Remak(1916—2009),*The German Quarterly*,83. 2,Spring 2010,p. 149.

马克的相关著述出发,结合平行研究的产生背景,去探寻比较文学"平行研究"的相关内涵,并了解雷马克为比较文学健康发展所做出的积极贡献。

一、影响研究繁荣中潜藏着的危机

作为比较文学的主要研究方法之一,平行研究是对当时占统治地位、且尤为繁荣的法国学派"影响研究"的一种反拨。那么在二十世纪四五十年代,甚嚣尘上的"影响研究"主要出现了什么问题呢? 法国学派代表之一,著有《比较文学》的基亚曾经在梳理国际文学史时明确地表明,"要记住我们的文学是在什么时候和朝哪个方向变成了外国文学的债权人的"①。此中所体现出的将法国文学置于其他民族文学之上的思想昭然若揭。其实,针对法国学派表面上注重文学史,事实上强调民族主义与爱国主义的做法,即便在法国学派内部就有研究者提出了担忧。被雷马克称之为"捣蛋鬼"的艾金昂伯尔(现通译为艾田伯——笔者注)②以此类推道,"如果美国比较文学者赋予美国文学以同样的中心地位(the same central position),谁又能奈何他们?"并表示拥有四千年文学的中国比较文学学者也可以一样像基亚那样以爱国的方式为本国文学要求同样的地位,同时得出"基亚先生的方法确实太荒唐(that way madness lies)"的结论③。除了研究动机方面的偏差,艾田伯在研究范围上也对自己的同胞进行了尖锐的批评。对法国学派将研究范围局限在西欧的做法,他说道:"局限在印—欧语系里面,目录学就要落后一个世纪的四分之一,落后于地球的四分之三。"④在一定程度上,艾田伯不再是法国学派的一员,而是站在了比较文学发展的前沿,站在了美国学派的一边。就"美国学派"而言,在曾经发表了对法国学派战斗檄文《比较文学的危机》的韦勒克看来,法国学派以实证主义的唯事实主义研究范式来要求比较文学学科,使得比较文学研究变为文学研究的"外贸"关系,这样,研究者在实践中就很难完整地研究一部作品,同时也缺乏对这种"影响"的深入阐释。

---

① 〔法〕马·法·基亚:《比较文学》,颜保译,北京:北京大学出版社,1983年,第83页。
② 〔美〕亨利·雷马克:《比较文学的法国学派和美国学派》,郭建译,载北京师范大学中文系比较文学研究组编《比较文学研究资料》,北京:北京师范大学出版社,1986年,第69页。
③ 〔法〕艾田伯:《比较文学之道:艾田伯文论选集》,罗芃译,载艾田伯《比较文学之道:艾田伯文论选集》,胡玉龙译,北京:三联书店,2006年,第2页。
④ 〔法〕马·法·基亚:《比较文学·前言》,颜保译,北京:北京大学出版社,1983年,第2页。

　　总的来说,这是一种"记文化账"式的研究方式,从本质上来说一种强势文学的流布史,也是传统意义上欧洲中心主义在文学研究中的反映。如果在美洲,尤其是美国采用这种文化扩张主义式的研究思路,则会使得美国学者处于不利的地位,因为从总体来看,美国文学相对于欧洲文学而言是以"欠债人"的身份出现的。对此,韦勒克曾明确表述道,"一半是因为它可供吹嘘的东西本来就不多,一半也是因为它不大关心文化政治学"[①]。对于韦勒克此处的表述,我们认为前面"一半"是客观的,因为美国的历史并不如以法国为代表的欧洲国家那么悠久,它的文学底蕴在当时是无法与欧洲,尤其是法国相抗衡,因此,按照影响研究的研究模式,它就更多处在接受的一端。可是就另"一半"而言,却不一定属实。当时法国学派的做法在很大程度上是计算文化财富账,在文学研究中努力区分"债主"和"欠债人"的不同身份,"努力把好处都记在自己国家的账上"。虽然一部分学者也提出文学比较中的"无债原则"[②],可是就美国的具体国情来看,尤其是以美国早期比较文学家的身份来看,他们大多都是当时在欧洲遭到政治迫害的受害者,其中大多数是犹太人,他们对欧洲的情节是复杂的。其一,他们中绝大多数人在欧洲接受教育,对欧洲传统有深入的认识[③];其二,因为他们身在美国,如果依然沿用法国学派影响研究的老路去研究欧洲文学在美洲的流布史,或者是去厘清欧洲文学的"债主"身份,无疑是不受欢迎的。在此背景下,他们所能做的就是为寄居国争取文学研究的话语权,对原有的研究方法进行批判,重构新的研究范式。另一方面,如果说韦勒克对法国学派的态度主要是"破"的方式,他所给出的解决策略也是与比较文学开放视阈相违背的"文学的内部研究"的话,雷马克对法国学派的批判则更为彻底,同时也更为具有建设性。雷马克认为,法国学派注重"文学史"研究,

①〔美〕韦勒克:《比较文学的危机》,沈于译,载张隆溪选编《比较文学译文集》,北京:北京大学出版社,1982年,第27～28页。

②〔美〕韦勒克:《比较文学的危机》,沈于译,载张隆溪选编《比较文学译文集》,北京:北京大学出版社,1982年,第27～28页。

③被刘象愚称为"美国学派三杰"中的韦勒克来自捷克,亨利·雷马克来自德国。参见刘象愚:《韦勒克的比较文学观及其当代意义》,载刘象愚著《从比较文学到比较文化》,上海:复旦大学出版社,2011年,第164页。此外,在刘献彪介绍的"部分国外著名比较文学工作者"中的五位美国学者中也有三位都是来自欧洲,除了上文的韦勒克与雷马克,乌尔里奇·韦斯坦因也来自德国,其余两位是李达三(John Deeney)及欧义·奥尔德里奇(Owen Aldridge),参见刘献彪:《比较文学自学手册》,长沙:湖南文艺出版社,1986年,第389～402页。

强调"科学证据"对文学研究的验证作用,因此,就法国学派而言,比较文学的学科本质就是一门"历史学科",而不是美学学科,坚持这种传统的研究范式,比较文学已经走进了"死胡同"①。除了对法国学派研究范式宣布"死刑",雷马克还对美国学派同行为比较文学所提供的新的研究方向提出了强烈批评。针对法国学派研究者注重文学作品间的外在事实联系而忽略"文学性"的问题,韦勒克的解决方案是从事"内在的"艺术作品的研究。因为,"那些外在原因所产生的具体结果——即文学艺术作品——往往是无法预料的"。所以,在韦勒克等"新批评家"们看来,"我们接着要做的,就是衡量这些不同因素的重要性,还要考察它们与我们主要称为文学的、或'以文学为中心'的研究,是否相关,然后再从这一角度来批评这一系列研究方法的得失"②,从而走上了关注单一作品,注重文学内部元素的研究模式。可这种孤立研究文学作品的模式在雷马克看来,"他们所否定的正是比较文学的方法,因为比较学者认为,如果不把一位作家或一部作品与其他作家或作品及其外在的(有关作者生平的、政治的、宗教的、艺术的,等等)发展联系在一起或加以对照,是不能理解其全部意义的"③。应该说,新批评派切断作品与外部的联系,切断作品与其产生的社会背景、它的前身去阐释作品,其意在为并无太多历史底蕴的美国文学作品争夺话语权,从而关注作品的独特性、独立性以及自足性,可在雷马克看来他们都是反历史的④。这与比较文学的宏大视阈是相违背的,也与文学生产的整体过程不相符合。在这里,我们可以发现雷马克作为比较文学的"良心",在与法国学派进行针锋相对的争论的同时,也对美国学派同行的观点进行了适时的批判,为学科的健康发展做出了自己独特的贡献。

由此可见,如果说传统的法国学派是源于爱国主义的线性研究,"新批评派"所推崇的"文本细读"(close reading)是点式研究;那么,强调跨学科、跨国家,追求人类知识整体性的雷马克比较文学思想则是立体式的研究。

①〔美〕亨利·雷马克:《比较文学的法国学派和美国学派》,郭建译,载北京师范大学中文系比较文学研究组编《比较文学研究资料》,北京:北京师范大学出版社,1986年,第63~64页。

②〔美〕韦勒克、沃伦:《文学理论》,第65~67页,北京:三联书店,1984年版。

③〔美〕亨利·雷马克:《比较文学的法国学派和美国学派》,郭建译,载北京师范大学中文系比较文学研究组编《比较文学研究资料》,北京:北京师范大学出版社,1986年版,第63页。

④〔美〕亨利·雷马克:《比较文学的法国学派和美国学派》,郭建译,载北京师范大学中文系比较文学研究组编《比较文学研究资料》,北京:北京师范大学出版社,1986年版,第67页。

那么,亨利·雷马克比较文学思想中的平行研究包含哪些方面的内涵呢?

二、亨利·雷马克平行研究思想的理论与实践

雷马克比较文学思想的集中体现就是他于 1961 年在《比较文学的定义和功用》中为比较文学给出的、被称为"直接导致了平行研究和跨学科研究的产生"①以及"本质特征即在于强调平行研究,从而为美国学派奠定理论基础"的经典定义②,即"比较文学是超出一国范围之外的文学研究,并且研究文学与其他知识和信仰领域之间的关系,包括艺术(如绘画、雕刻、建筑、音乐)、哲学、历史、社会科学(如政治、经济、社会学)、自然科学、宗教等待。简言之,比较文学是一国文学与另一国或多国文学的比较,是文学与人类其他表现领域的比较"③。结合他之后的诸多论断,我们可以发现雷马克经典定义中的平行研究包含以下几个维度。

首先,平行研究包括同一国家中不同民族文学之间的关系研究。

根据这个广为流传的定义(尤其是中文翻译),国内各民族文学之间的研究就无法在比较文学研究中取得合法席位。虽然乐黛云教授对"研究一国之内的文学理论、文学批评和文学史被称为国别文学研究"的思想提出了质疑,认为"有些国家包含了多种民族文化的文学,不是'国别'所能包含的"④。虽然孙景尧教授在 1985 年就曾经呼吁"······我们应该开展中西、中东(中国文学和东方文学)、中少(中国少数民族比较研究)、少外(中国少数民族和外国少数民族)以及比较诗学、比较美学、神话比较、比较文学和其他学科的整合等方面的研究"⑤。但是在实践中,在恪守经典比较文学定义而主要以跨国的影响研究和平行研究为"正统"的大背景下,尽管出现了国内各民族文学之间的比较研究,也产生了诸如蒙古族扎拉嘎撰写的《一层楼》、《泣红亭》和《红楼梦》蒙汉文学比较的专著,以及马克星所写的《关

①王福和:《雷马克的〈比较文学的定义和功用〉》,载乐黛云、陈惇主编《中外比较文学名著导读》,杭州:浙江大学出版社,2006 年,第 340 页。
②曹顺庆:《比较文学教程》,北京:高等教育出版社,2006 年,第 26 页。
③〔美〕亨利·雷马克:《比较文学的定义和功用》,张隆溪译,载张隆溪选编《比较文学译文集》,北京:北京大学出版社,1982 年,第 1 页。
④乐黛云:《比较文学简明教程》,北京:北京大学出版社,2003 年,第 2 页,注释 1。
⑤孙景尧:《关于比较文学研究发展方向和今后工作的几点意见》,1985 年 11 月,载北京大学比较文学研究会编《北京大学比较文学研究会通讯》第 10 期,1985 年 12 月 11 日。

于土族神话〈阳世的形成〉》和现代著名作家鲁迅、矛盾、巴金的作品中所存在的大量进行比较的论文,可遗憾的是,"我国有一些比较文学理论工作者对这些脱颖而出的新事物,一直举棋不定,并说:'他们可否算作比较文学呢,还有待于专家们讨论'。"①对此,中国学者李锡光曾于 1985 年致信雷马克,向他提出一国之内的文学比较不算比较文学的问题②。于此,雷马克明确表述道:"我的回答是肯定的——假如在同一民族或国家内,从政治上而不是从文化上来说,有几种文学(两种或两种以上)。"③此外,在雷马克比较文学思想集中体现的《比较文学的定义和功用》一文中,我们也可以发现如下表述,"在这里还应当考虑一个与此有关、但更为根本的反对意见,即认为比较文学作为超越民族界限的文学研究以及比较文学作为对超越文学本身界限的各种分枝的研究,两者之间缺少逻辑的联系。"④其中,我们可以明确发现比较文学的维度之一就是超越民族界限的文学研究。同时,反观雷马克的经典定义,其英文表述中的一部分原文为"Comparative Literature is the study of literature beyond the confines of one particular country...",此处的"country"在词典中的基本意义首先是"(有某种特点或与某人有关的)地区,区域",第二个义项才是"国,国家;国土,领土;祖国;故乡"⑤等。可见,它首先是指某个地区,区分的标准是"有某种特点或与人有关的",这种特点就文学来说可以是产生具有民族或地方特色文学的地区,而"与人有关"则与研究者所在的具有自己民族特色的地区有关。它不一定就是和国家相等同的概念,这点,早有学者注意到:"'一个国家、一个民族、一种文学和一种文化'这样单一的情况少之又少。"⑥可是国内学界在翻译这条定义的时候无一例外的都将此词翻译为"国家",应该说,与该定义的初衷是有出入的,同时,有论者在考察了西方各种语言对"比较

---

①〔美〕亨利·雷马克、李锡光:《关于比较文学理论问题的通信》,载《广东民族学院学报》(哲学社会科学版)1985 年第 1、2 期合刊,第 59 页。

②〔美〕亨利·雷马克、李锡光:《关于比较文学理论问题的通信》,载《广东民族学院学报》(哲学社会科学版)1985 年 1、2 期合刊,第 58 页。

③〔美〕亨利·雷马克、李锡光:《关于比较文学理论问题的通信》,载《广东民族学院学报》(哲学社会科学版)1985 年 1、2 期合刊,第 58 页。

④〔美〕亨利·雷马克:《比较文学的定义和功用》,张隆溪译,载张隆溪选编《比较文学译文集》,北京:北京大学出版社,1982 年,第 5 页。

⑤陆谷孙:《英汉大词典》,上海:上海译文出版社,2007 年,第 421 页。

⑥孙景尧:《简明比较文学》,北京:中国青年出版社,2003 年,第 79 页。

文学"的不同命名后认为其本质"只不过是'一个民族文学作品与另一个或几个民族文学作品的比较'之类名称的缩写而已。"①所以,由于语言之间的不完全对等,难免会造成对雷马克定义的误读,但从此定义以及其后雷马克的相关表态来看,同一国家或地区内部不同民族文学之间的比较研究原本就是比较文学的题中应有之义。

其次,平行研究包括一国文学与另一国或多国文学的比较。

在针对跨越国界的文学研究属于比较文学研究内容这一点上,法国学派与美国学派从表面上来看都是赞同的,可也正是在这一方面,他们有着研究方向的差异;也正是在这一方面,奠定了美国学派平行研究的根基。

基于实证主义的研究思路,法国学派强调不同民族文学间的接受、媒介、国外旅行等实际发生的文学关系,在反对进行文学批评的同时,法国学派学者们忽略了文学关系中有哪些元素被保存了下来,又有哪些元素被去掉了,原始材料中的元素是如何被吸收及其原因何在,又导致了何种结果。而这些正是比较文学彰显存在价值的地方,因为以影响研究为代表的比较文学研究不仅仅是研究民族文学之间的加法、减法,其实更多的是研究他们之间的乘法、除法,换句话说,是要弄明白他们之间发生融合甚至变异的机理是什么,不同文学之间的最大公约数是什么,唯有如此,才可以加深我们对文学创作过程的理解,以及不同民族文学共核及其本质的认识。正是基于此,雷马克才入木三分地对法国学派评价道:"影响研究如果主要限于找出和证明某种影响的存在,却忽略更重要的艺术理解和评价的问题,那么对于阐明文学作品的实质所做的贡献,就可能不及比较互相并没有影响或重点不在于之处这种影响各种对作家、作品、文体、倾向性、文学传统等等的研究。纯比较性的题目其实是一个不可穷尽的宝藏,现代学者们几乎还一点也没有碰过,他们似乎忘记了我们这门学科的名字叫'比较文学',不是'影响文学'。"②应该指出,本文发表于1958年教堂山会议后的1961年。如果说三年前的教堂山会议还是以韦勒克的《比较文学的危机》为代表的美国学派对法国学派的批判大会的话,那么到此时,亨利·雷马克已经在开始思考如何全面建构比较文学研究新的方法论,也就是平行研究

①〔美〕韦斯坦因.《比较文学与文学理论》,刘象愚译,沈阳:辽宁人民出版社,1987年,第7页。
②〔美〕亨利·雷马克.《比较文学的定义和功用》,张隆溪译,载张隆溪选编《比较文学译文集》,北京:北京大学出版社,1982年,第2页。

了。同时，此处的表述可视为"批判大会"后关于美国学派平行研究思想最集中的体现，也是最早的明确表达。在此，我们发现，一方面，雷马克并没有简单地否定影响研究，而是指出其局限性，并提出解决策略。因为按照法国学派的研究方法，就算我们能够将某一作家或者某一问题的所有"事实材料"都搜集齐备，它们也将被不同时代的人做出不同的理解和解释[①]，而这与追求人文性与科学性的比较文学来说是致命的打击。另一方面，雷马克提倡进行无直接影响文学间的关系研究，而这是法国学派和美国学派在不同民族和国家文学进行比较文学研究方面的最大区别。从一定意义上来说，影响研究和平行研究是比较文学研究的不同侧面。如果说法国学派的影响研究属于跨民族文学之间的历时性研究的话，平行研究则开辟了它们之间共时性研究的新领域，这个新领域被雷马克认为是现代学者"一点也没有碰过"的领域[②]，从而扩大了比较文学研究的领域，具有重要意义，也是法国学派与美国学派之间的重要差别。

再次，平行研究包括文学与其他人类表现领域之间的关系。

考察雷马克的经典定义，我们可以发现其包含两个层次上的"跨学科"。第一个层次是文学与其他艺术之间的跨学科研究，也就是定义中"艺术（如绘画、雕刻、建筑、音乐）"这一部分所涵盖的内容。这是法国学派和美国学派在比较文学领域内的根本分歧所在，因为从历史的视角看，法国学派将文学研究的范围扩大到民族文学之外本来就是一个进步，在遵从传统"学院式分门别类的死板界限"的法国学术界，将研究范围谨慎地规定在文学之内才使得比较文学在法国大学中的地位得以确立起来。这样一来，尽管雷马克对法国学派将此类研究划归为"总体文学"而驱逐出比较文学之外表示理解和同情，可面对法国学者的担心，即"……再加上一个去系统研究文学与其他学科领域关系的任务，会被说成是华而不实，不利于比较文学作为一门可敬而且的确受人尊敬的学科为人们所接受"[③]，以及在梵·第根与基亚在二十世纪六十年代之前的著作中根本没有提及艺术、音

①〔美〕亨利·雷马克：《比较文学的定义和功用》，张隆溪译，载张隆溪选编《比较文学译文集》，北京：北京大学出版社，1982年，第3页。

②〔美〕亨利·雷马克：《比较文学的定义和功用》，张隆溪译，载张隆溪选编《比较文学译文集》，北京：北京大学出版社，1982年，第2页。

③〔美〕亨利·雷马克：《比较文学的定义和功用》，张隆溪译，载张隆溪选编《比较文学译文集》，北京：北京大学出版社，1982年，第5页。

乐、哲学、政治等领域的保守实践，雷马克持批判态度。因为他们未能从学理上对比较文学与其他艺术之间的关系进行探讨，在实践中也刻意对这类研究采取视而不见的态度，将其定位为"总体文学"。可是这种人为的划分却忽略了这样一个事实，即比较文学是崇尚整体性的综合研究，而文学与其他艺术之间的研究也是整体性的综合研究，二者在这一点上是一致的，其结果最终都是会加深对文学的理解。因此，从这个意义来说，应该将文学与艺术之间的跨学科研究纳入比较文学研究中来。雷马克尤其对法国学派的"总体文学"提出了质疑，首先是该词在意义上的不确定性。它要么被用来指代译成本族语（通常是英语）的出版物或以此为教材的外国文学课程，要么是指那些难以归于传统分类体系，而又能吸引人的其他民族的作品，要么也用来指文学潮流、能引发共同兴趣的文学问题或文学理论。"虽然'总体文学'的课程和出版物能够为比较研究提供极佳的基础，可他们自身却不一定有比较性"①，很明显，将文学与其他艺术的研究置于"总体文学"，实在是方枘圆凿。其次，在法国学派重要代表梵·第根看来，总体文学是指专门研究两个国家以上文学的发展，而这些国家又往往具有一定的地缘性，如欧洲国家、东欧、东方、欧美等，就正如法国学者德利耶尔于1950 年所提出"墙理论"所言，总体文学研究是高于墙之上，姑且不探究这样的分类是否武断，就算第根的分类是合理的，也就是"需要第三组学者来把民族文学和比较文学的研究成果综合为总体文学"，可这种脱离文学作品的间接研究的可信度又如何得以保障呢？ 雷马克得出的结论是："在研究民族文学、比较文学和总体文学的学者之间刻板的分工既不实际，又无必要。"②既然这样，文学和其他艺术之间的比较研究又归于何处呢？ 在这方面，美国学者则与法国同行明显不同，他们无论是在比较文学教学中还是在出版物中都有这类艺术之间的相互阐发研究，印第安纳大学的教学实践就是一个典型例子。同时，在理论探讨上，美国学者玛丽·盖塞就曾如此论证道："严肃的艺术家和批评家随时意识到，文学与艺术之间存在着

---

① Henry H. H. Remak, Comparative Literature: Its Definition and Function, *Comparative Literature: Method and Perspective*, ed. by Newton P. Stallknecht and Horst Frenz, Carbondale: Southern Illinois University Press, 1973, p, 13.

②〔美〕亨利·雷马克：《比较文学的定义和功用》，张隆溪译，载张隆溪选编《比较文学译文集》，北京：北京大学出版社，1982 年，第 13 页。

'天然的姻缘',而且几乎毫不例外地承认,这种姻缘本身就包含着构成比较分析之基础的对应、影响和相互借鉴。"①这就明确地表明文学与艺术之间存在相通之处。不过,尽管有相通之处,至于如何进行比较研究还是一个需要不断探索的过程。受弗兰茨的委托从事文学与其他艺术关系研究多年的韦斯坦因在二十世纪末总结道:"在过去的二十几年的时间里,最初将自己定位于纯文学研究的比较文学,已经将研究的触角伸向文学与其他艺术的比较研究。而作为一个新兴的子学科,比较艺术已经取得了学界的认可,然而,它仍然缺少坚实的理论和方法论基础。"②毫无疑问,跨学科研究的困难是存在的,但在对它的定位上,美国比较文学界还是基本达成了共识。曾经著有《音乐与文学》一书的卡尔文·布朗在 1959 年的一次演讲中说:"比较文学接受这样的事实,一切艺术尽管使用的媒材和手法不同,但却是相似的活动,它们之间不仅会由于不同的时代精神的影响表现出类似,而且常常有相互的直接影响。"所以,他得出的结论是:"文学与别的艺术之间的关系却是他的领域中的一部分,即便这样的研究不超越国家的界限,也被认为是比较文学。"③布朗这里就明确地将文学与其他艺术纳入比较文学的研究范围,学界之所以没有把他当作跨学科研究的创始人,其一是因为他没有将文学与其他学科(除艺术之外的学科)纳入比较研究的范畴,其二是因为他没有将跨学科研究纳入其比较文学定义中。

　　第二个层次是文学与艺术之外其他学科之间的跨学科研究。在定义中即是所提及的文学与"哲学、历史、社会科学(如政治、经济、社会学)、自然科学、宗教等等","人类其他表现领域"之间的"比较"。这是雷马克比较文学定义不同于其他定义最显著的特点。在提出此论时,雷马克就已经预料到了作为反对派的法国学派的攻击,那就是"比较文学作为超越民族界限的文学研究以及比较文学作为对超越文学本身界限的各种分支之间的

---

① 〔美〕玛丽·盖塞:《文学与艺术》,张隆溪译,载张隆溪选编《比较文学译文集》,北京:北京大学出版社,1982 年,第 134 页。

② Ulrich Weisstein, Was noch kein Auge je gesehn: A Spurious Cranach in Georg Kaiser's Von Morgens bis Mitternachts, *The Comparative Perspective on Literature: Approaches to Theory and Practice*, ed. by Clayton Koelb & Susan Noakes, New York: Cornell University, 1998, p. 233.

③ 转引自〔美〕韦斯坦因:《比较文学与文学理论》,刘象愚译,沈阳:辽宁人民出版社,1987 年,第 148 页。

研究,二者之间缺少逻辑的联系"①,这在美国学派来看并不是问题。因为一方面,文学与其他学科之间的交叉本来就是文学创作者们广泛进行的实践,例如文学与历史的结合产生了历史小说,文学与科学的联姻带来了科幻小说,文学与心理学的交叉出现了意识流小说等。另一方面,文学与其他艺术之间的研究和文学与非文学学科研究之间存在着根本一致的关系,那就是两种情况都旨在揭示出文学的潜在及本质特征。例如,就文学与心理学的关系而言,弗洛伊德在著作中对非文学问题的探讨能够极大地帮助学界对文学的理解。正如美国学者里恩·艾德尔指出的:"弗洛伊德认为艺术表现了艺术家满足自己某些欲望的努力,而欣赏艺术的人也从艺术家的创作中得到一种相应的满足;这就使我们对亚里士多德阐述过的所谓净化作用有了更加广泛的理解。"②心理学中对人的潜意识的探寻,以及对人类以力比多为代表的欲望及其满足方式与渠道的思考,正好可以与文学创作与欣赏这个文学体系进行跨学科研究,从而揭示出直接从文学内部研究难以找到的答案。这种研究以文学和心理学为研究的两极,在这两个系统中去探寻彼此之间的内在共同点,进行相互阐发,加深对文学现象的理解,同时也给心理学研究以一定的启发,这是在彼此往复过程中去探索人类活动中的潜藏结构。循此,就其他学科对文学研究影响的关系来看,与弗兰茨一起编写了美国第一本比较文学论文集的牛顿·斯托尔克奈特也论述了文学与思想史之间的关系。他认为作品的价值并不完全由作家在其中表达的思想本身决定,但是,如果我们不联系一首诗、一部小说中所表达的思想,就很难能深入而有效地探讨它(们)的价值③。这里体现出了文学与思想史二者之间的辩证关系,也就是作为两门独立的学科,他们没有必然的因果关系,不过从交叉学科的角度来看,如果把文学当作研究的出发点和归宿,那么思想史的知识则有助于我们加深对文学价值的体认。对于这些来自"外部"的研究成果对文学研究的积极意义,雷马克十五年后曾如此总结:"十五年前,当我提出:从原则上说比较文学学科内部的各个方面必

① 〔美〕亨利·雷马克:《比较文学的定义和功用》,张隆溪译,载张隆溪选编《比较文学译文集》,北京大学出版社,1982年,第5页。
② 〔美〕里恩·艾德尔:《文学与心理学》,韩敏中译,载北京师范大学中文系比较文学研究组编《比较文学研究资料》,北京:北京师范大学出版社,1986年,第580页。
③ 〔美〕牛顿·P.斯托尔克奈特:《文学与思想史》,冯国忠译,载北京师范大学中文系比较文学研究组编《比较文学研究资料》,北京:北京师范大学出版社,1986年,第549页。

须同学科之间的各方面的研究平等的时候,引起了一场轩然大波。……但是通感和其他社会科学对文学研究的影响从那时候开始就变得更为突出,更为强烈和不可避免,以致不允许文学的任何一个重要领域撇开它与其他学科之间的因果、影响、类比和相异的联系进行其各自的研究。"①与此同时,他在定义中也对跨学科的双方进行了仔细的厘定,那就是在比较文学的跨学科研究中一方必须为文学,而别的知识、信仰领域为另一方②。

　　虽然这样的跨学科研究对文学研究有极大的促进作用,雷马克也同样担心过于泛滥对"文学性"的冲击。在考察了巴尔登斯柏耶与弗里德里希合编的《比较文学书目》之后,他也对编者"松弛"的选择标准进行了批评,认为如果比较文学企图包罗万象,作为一门学科也就"毫无意义";对那些与文学相关,却又难以决定的研究内容进行了明确,并提出"我们必须弄确实,文学和文学以外的一个领域的比较,只要是系统性的时候,才能算是'比较文学'"③。这里的"系统性"就意味着必须是两个学科体系之间的比较研究,而不能是讨论了其他一个学科中的某个方面就认定为比较文学。因为文学本来就是反映人生和社会,自然会涉及诸多其他学科的相关知识,如果选取其他学科中的"点"和文学的"面"来进行比较研究的话,这样的研究就会是无限多,自然也就使得文学研究难以深入。按照雷马克所要求,只有把文学和其他学科当作研究的"两极",只有在对文学与其他学科知识间系统分析和比较之后,只有在做出的结论对两门学科都具有指导意义之后,这样的研究才是比较文学。

　　综合上述两个方面的分析,我们可以看出雷马克构建中的跨学科研究的内涵包括文学与其他艺术之间及文学与非艺术学科之间的研究;在确定

①〔美〕亨利·雷马克:《比较文学的前景》,张宁、谢建珍译,载孙景尧选编《新概念 新方法 新探索——当代西方比较文学论著选》,桂林:漓江出版社,1987年,第106页。

②在雷马克的经典定义中有明确说明,可在具体研究中往往被学者们忽略,原文如下:"Comparative literature is the study of literature beyond the confines of one particular country and the study of the relationships between literature on one hand and other areas of knowledge and belief, such as the (fine) arts, philosophy, history, the social sciences, religion, etc. on the other." Henry H. H. Remak, "Comparative Literature: Its Definition and Function", *Comparative Literature: Method and Perspective*(*Revised Edition*), ed. by Newton P. Stallknecht and Horst Frenz, Carbondale: Southern Illinois University Press, 1971, p.1.

③〔美〕亨利·雷马克:《比较文学的定义和功用》,张隆溪译,载张隆溪选编《比较文学译文集》,北京:北京大学出版社,1982年,第6页。

研究范围的同时,雷马克同时也确定了跨学科研究的基本原则,也就是比较的系统性、比较的另一极是独立连贯的学科,以及作为比较一极的文学是跨学科研究的出发点也是归宿。在提出比较文学经典定义的同时,雷马克也意识到在对待跨学科的态度上,尽管各个学派之间,甚至是各个研究者之间虽然会存在分歧,但他仍然相信大家的总体任务或目标是一致的,即,"让学者、教师、学生以及读者能更好、更全面地把文学当作整体来理解,而不是支离破碎的部分或者几个相互独立的文学部分。欲达成整体观,最好的办法就是不仅把各种文学联系起来,而且把文学与人类知识与活动的其他领域联系起来,特别是艺术和思想领域。换句话说,从地理方面与不同领域方面来扩大文学研究的范围"①。

在从事比较文学平行研究理论构建的同时,雷马克也在实践中拓展平行研究的内涵。具体而言,这种实践体现在以下几个方面。

首先,密切关注"次要文学",承认其文学价值并将其纳入比较文学的研究范畴。上中学时,雷马克就学习了德语、法语、拉丁语与希腊语;在攻读硕士和博士学位时,又学习了西班牙语、意大利语、瑞典语、丹麦语、挪威语等,其中不乏处于"次要"地位的语言,以此提升其比较文学研究的"语言装备"。在谈及"主要文学"和"次要文学"关系时,雷马克认为后者之所以"次要"是因为其置身于人口占多数民族"自以为是"、"沾沾自喜"的氛围中,更深层次的原因则是这些"次要"语言所属国在全球经济与政治版图中处于"次要"地位②。为验证其论点,他将美国作家爱伦·坡的《厄舍府的倒塌》与丹麦作家戈德施米特的(Meir Goldschmidt)的《蛊惑屋》(Bjergta-gen I)进行系列对比研究。雷马克发现后者在旨趣(interest)、质量(quality)以及重要性(significance)等方面都明显优于前者③。这样,借由使用源自"主要文学"的著名作品与源自"次要文学"的"非著名"作品进行平行研

① Henry H. H. Remak, Comparative Literature: Its Definition and Function, *Comparative Literature: Method and Perspective*, ed. by Newton P. Stallknecht and Horst Frenz, Carbondale: Southern Illinois University Press, 1973, p. 8.

② Henry H. H. Remak, Once again: Comparative Literature at the Crossroad, *Neohelicon*, Vol. XXVI, No. 2, 1997, pp. 102~103.

③ Henry H. H. Remak, Comparative Interpretation and the Question of Value Judgment: Edgar Allan Poe's The Fall of the House of Usher and Meir Goldschmidt's Bjergtagen I (Spellbound I), *Literary Theory and Criticism: Festschrift in Honor of Rene Wellek*, ed. by Joseph Strel-ka, Bern: Peter Lang Press, 1984, p. 1210.

究,雷马克向世人展示了"次要文学"的魅力,也以此唤起人们对"次要文学"的关注,同时,他还向国际比较文学学会建议成立"边缘"文学国际研究中心①,集中挖掘"次要"文学中的瑰宝,以弥补大学比较文学教育的缺憾。几乎同一时间,雷马克在《欧洲文学中的浪漫主义运动》的前言中也表达了类似的观点:"当然,英语、法语、德语、意大利语、俄语以及西班牙语文学所产生的广泛而深远的影响是必须承认的,然而,不管它是强大还是弱小,是享誉全球还是默默无闻,每个民族和文化中文学的特性都应得到尊重。"②所以,从纵向来看,法国学派通过实证方式进行"平行研究",主要强调"主要文学"对"次要文学"的影响,清查文学之间的"债务"关系。以雷马克为代表的美国学派平行研究则从被法国学派排除在外的文学出发,主张进行无影响关系文学作品间的平行研究。在此基础上,雷马克在实践中则更进一步,将在政治、经济、文化上处于劣势地位国家的"次要文学"纳入全球文学版图,进行不带偏见的平行研究,彰显了比较文学学科的开放性。

其次,借鉴自然科学领域的研究模式,组织和倡导比较文学研究者展开密切合作。在研究过程中,人文学者一个典型特征就是他们往往从自身的研究兴趣出发进行独立研究。无疑,这在彰显他们个性方面具有积极作用,然而,协同配合则是比较文学工作者达到整体性的必由之路。与自然科学学者相比,这点显得尤为重要,"特别是人文学科,如果继续坚持其'学者人人为己',而不像自然科学和社会科学部分是通过研究人员之间合作的传统在社会上取得成就的话,那便是在挖掘自身的坟墓"③。个人的研究兴趣和精力总是有限,因而要进行文学的整体研究,乃至跨学科研究,学者之间就尤为需要进行协同性的综合研究。之所以坚持这样的信念,是因为雷马克曾品尝过成功合作带来的喜悦。1961 年,印第安纳大学的霍斯特·弗兰茨和牛顿·P·提托克内希组织十一名来自不同学科的学者出版了美国第一本比较文学论文集,即《比较文学:方法与展望》,该书在学界引

---

① Henry H. H. Remak, Once again: Comparative Literature at the Crossroad, *Neohelicon*, Vol. XXVI, No. 2, 1997, p. 103.

② Henry H. H. Remak, *General Preface to* all Volumes Published as Part of the Comparative History of literature, *The Symbolist Movement in the Literature of European Languages*, ed. by Anna Balakian, Budapest: Akademai Kiado, 1982, p. 5.

③ Henry H. H. Remak, Once again: Comparative Literature at the Crossroad, *Neohelicon*, Vol. XXVI, No. 2, 1997, p. 104.

起"不同凡响"并在其后的 30 年中"经久不衰"。对于由这种合作带来的成功对于比较文学学科的意义，雷马克甚至这样评价道："或许，这正是我们当时得以兴旺，而如今却深陷危机的原因所在？"①鉴于此，利用担任国际比较文学学会协调委员会主席的机会，雷马克组织编写了"欧洲语言文学比较史"系列丛书。该丛书的编写方法不是将文学史的书写或者文学现象的书写限定在特定民族和语言范围之内，而是从欧洲的视角将那些可资比较的文学现象都纳入其内。要完成这一使命，仅凭学者的一己之力是很难实现的，雷马克提出的解决方案是通过团队的有机合作。例如，协调委员会由十六名来自不同国家和地区的专家学者组成，他们经过研讨，指定某个特定研究领域的主任牵头，并通过为其制定纲领和行动准则的方法，组织编写了一系列关于浪漫主义、象征主义等专辑。雷马克身前的最后一卷（总第 21 卷）于 2007 年出版，该卷题为《现代主义》。当然，由于一些现实的原因，这样的研究只局限在欧洲范围之内，可雷马克还是注意到了"……欧洲之外诸文学的内在价值，所以尤为欢迎国际比较文学学会新成立的研究和出版委员会，这个新的委员会将制定一些新项目，以囊括非洲、亚洲以及那些用非欧洲语言书写的文学"②。不过，即便在操作中有难度，这种团队合作的模式仍是实现文学研究整体化进程的一个重要步骤，而且，这也是雷马克平行研究四个维度之外的传统平行研究一个重要之维，虽然没有明确出现在其经典定义之中，雷氏却通过自己的实践不断捍卫它。

　　第三，虽然在跨学科研究实践领域用力不深，可作为印第安纳大学比较文学项目创始人与负责人，雷马克通过课程设计与组织学者进行国际性的跨学科合作，为比较文学的跨学科研究进行积极探索并做出了开创性的贡献。纵观二十世纪七十年代印第安纳大学（雷马克于 1969 至 1974 年任布鲁明顿校区校长）、哈佛大学、伯克利加州大学、北卡罗来纳大学及伯克利加利尼亚五所大学③所开设比较文学课程，我们发现印第安纳大学课程的最大特色便是跨学科研究。虽然其他学校也开设有跨学科课程，可相比

---

① Henry H. H. Remak, Once again: Comparative Literature at the Crossroad, *Neohelicon*, Vol. XXVI, No. 2, 1997, p. 100.

② Henry H. H. Remak, General Preface to All Volumes Published as Part of the Comparative History of literature, *The Symbolist Movement in the Literature of European Languages*, ed. by Anna Balakian, Budapest: Akademimai kiado, 1982, p. 6.

③ 广西大学比较文学教研组编：《比较文学教学参考资料选编》，1984 年，第 9～15 页。

较而言却缺乏规模与系统性。通过分析我们可以发现印第安纳大学所设课程具有两个层次意义上的跨学科研究,与雷马克经典定义中关于跨学科研究的层次性完全一致:第一是文学与其他艺术形式之间的跨学科研究,如"文学与其他艺术";其二是文学与非艺术类学科之间的跨学科研究,这是在弗兰茨与韦斯坦因等研究基础上的升华,虽暂未得到学界的广泛认同,却在斯托克奈西特与穆勒等人的实践基础上提炼出新的理论并开出系列课程,如"基督教文学传统""形式主义与巴洛克""政治与小说""文学与社会""文学之美学""文学中的思想"等。可见,以雷马克为代表的比较文学"印第安纳学派"的开阔胸襟与勇于实践为跨学科平行研究提供了坚实的实践园地。

三、亨利·雷马克平行研究思想给比较文学界的启示

国内学界在界定比较文学学科性质的时候经常会以"四跨"(即跨语言、跨民族、跨文化、跨学科)来加以区分,而这些思想,无疑早已在雷马克的平行研究思想中有所体现,即便不是那么明显,也曾有其雏形。纵观平行研究的四个方面,他们能给比较文学研究那些启发呢?

首先,比较文学研究者应具有开阔的胸怀。

法国学派代表基亚在界定比较文学的研究范围时曾认为要进行比较文学研究的最好方式就是阅读原作①,也就是说文学作品本身乃是比较文学研究的重要对象,从表面来看,这是非常清晰的表述,可是,当涉及不同地区的具体作品或作家时,人们却发现这是一个不容易实现的愿景,因为人们很难以客观公正的态度对待源自不同地区的作品或作家。

亚里士多德根据人类活动的不同,把科学分为理论性科学(包括数学、物理学以及形而上学等)、实践性科学(包括政治学、伦理学等)和创造性科学(包括诗学与修辞学)②,可以发现诗学与修辞学在人类的各类科学中被赋予了最高的期望,被认定为创造性科学。可即便如此,它们却被人为地划分为三六九等,这种等级性集中体现在构成文学作品的语言上。语言优越感在古希腊、古罗马时代都有体现,在谈及科尔科斯人(Colchus)、亚述

---

①〔法〕马·法·基亚:《比较文学》,颜保译,北京:北京大学出版社,1983年,第7页。
②〔古希腊〕亚里士多德、〔古罗马〕贺拉斯:《诗学 诗艺》,罗念生、杨周翰译,北京:人民文学出版社,1962年,第109～110页。

人(Assyrius)时,贺拉斯就认为他们的语言是野蛮的语言①。黑格尔也认为汉语"不宜思辨",拉丁文中无"意蕴深厚"的表达,并以德语中"奥伏赫变"(Aufheben)融正反两义于一体而夸耀德语的"冥契道妙",这被钱钟书先生批判为"无知而掉以轻心,发为高论,又老师巨子之常态惯技,无故怪也"②。后来在论述阿非利加洲(即非洲——笔者注)的历史时,黑格尔甚至说它不属于世界历史的范围,只是一个"非历史的、没有开发的精神";并阐释道,世界历史的起点是亚洲,而终点则是欧洲,进而认为"东方从古至今知道只有'一个'是自由的;希腊和罗马世界知道'有些'是自由的;日耳曼世界知道'全体'是自由的"③。无疑,这可视为西欧中心主义的先声。而这种盲目的自豪感在文学领域被英国作家麦考莱(Thomas Babington Macauley)等辈演变为欧洲中心主义,他于1835年致印度总督的信可以说是已经达到了极致,他这样评述道:"欧洲任何一座好的图书馆中的一架书,抵得上整个印度和阿拉伯的全部文学,我还不知道有哪位东方学家能否认这一事实。我也没有碰到任何一个东方学家敢于说,阿拉伯和印度诗歌可以和欧洲任何一国伟大的诗歌相比拟。"④也难怪到了基亚的时代,在比较文学领域,他也曾明确地表示在从事影响研究的时候要选择那些具有代表性的作者,以及那些积极的与那些引人注目的接受环境的影响⑤。这里的代表性作者,无疑是西方强势文化中的代言人,而这样的研究模式也是被韦勒克批判为"外贸"与"记文化账"式的研究模式。

　　这种狭隘研究的倡导者就是以伽列和基亚等为代表的法国学派,他们将研究局限在西欧,并认为难以对欧洲文学进行大范围内的综合研究,因为即便可以如此,此类研究也是"肤浅"的研究,更是简单的、不可靠的,以及站不住脚的"冥想"。就算是美国学派代表之一的韦斯坦因也对将东西方文学纳入比较文学研究范畴的做法持怀疑态度,即便在其代表著作《比

①〔古希腊〕亚里士多德、〔古罗马〕贺拉斯:《诗学　诗艺》,罗念生、杨周翰译,北京:人民文学出版社,1962年,第143页,注释1。
②钱锺书:《管锥编(一)》,北京:三联书店,2008年,第4页。
③〔德〕黑格尔:《历史哲学》,王造时译,上海:上海书店出版社,2006年,第91~96页。
④Philip C. Curtin, *Imperialism：The Documentary History of Western Civilization*, New York：Walker & Col., 1971, pp. 178~191　转引自陈惇、孙景尧、谢天振主编:《比较文学》,北京:高等教育出版社,1997年,第401页。
⑤〔法〕马·法·基亚:《比较文学》,颜保译,北京:北京大学出版社,1983年,第74页。

较文学与文学理论》中也看不到东方文学的影子,因为其已被崇尚"平行研究"的美国学派学者排除在了欧美文学之外。不过,在雷马克看来,这样的综合研究是必须的,因为这是打破文学研究中存在的"支离破碎"现状的有效办法,同时,也唯有如此,才可以将文学研究中通过综合研究得出的有效成果、见解及结论贡献给其他学科、其他民族甚至是全世界①。这,才是与比较文学的开放性与国际性视野相一致的宽广胸怀。

　　其次,比较文学研究者应具备综合研究的视野。

　　如果说上文开阔的胸怀还强调的是雷马克比较文学平行研究思想在不同地域文学研究之间所扮演的重要作用的话,这里则更多的是强调比较文学在进行跨学科研究方面的重要贡献。

　　为改变美国知识界"分崩离析"的现状,雷马克在五十年代就曾把从事法德文学关系研究的弗里兹·纽伯特综合性研究文集向美国知识界推荐,并将此举的目的描述为:"(而)美国比其他任何国家更迫切需要这样的学术经验来为目前专业文学研究与广大知识阶层之间存在的可怕的鸿沟架设沟通之桥。……我们却不愿意将同行们已经取得的成就综合起来,注入我们民族知识界的血液中。人人都想建墙筑壁,却无人欲在墙上加盖屋顶。"②

　　从上述引文中,我们可以发现:第一,雷马克是率先提倡综合研究的学者之一。该文发于1952年,比第一届国际比较文学代表大会早了3年,比教堂山会议早了6年,在那时,他就敏锐地发现了综合性对于文学研究的重要性。这样的视域无疑将文学研究放回到整个人类知识的大背景中,使得其不再那么孤单,为其1961年明确将"跨学科研究"③列为比较文学的两大任务之一做好了铺垫。第二,西方学科专业的划分越来越细化,且充满不确定性。在古希腊时代,人们注重人的全面发展,创立于公元前362年的雅典学园是西方高等教育的源头,其创立的目的"绝非为了实用,而是

---

①〔美〕亨利·雷马克:《比较文学的定义和功用》,张隆溪译,载张隆溪选编《比较文学译文集》,北京:北京大学出版社,1982年,第1～2页。

②〔美〕亨利·雷马克:《比较文学:再次处于十字路口》,姜源译,载《中国比较文学》2000年第1期,第17～18页。

③韦斯坦因曾对其评价道:"正如亨利·H·雷马克在其著名的文章中为其所命名的那样,雷马克是唯一的在试图为其下定义时严肃提出该问题(即跨学科研究)的学者。"见孙景尧选编:《新概念 新方法 新探索——当代西方比较文学论著选》,桂林:漓江出版社,1987年,第34页。

为了使心灵中的知识的工具和器官更加纯洁,更加明亮,能逐步接近真理,使人心灵从感性世界转向精神世界"①。在此基础之上,将学问划分为哲学、史学、戏剧和教育四类。希腊化和罗马时代又从教育中分化出语法、逻辑、修辞、算术、几何、天文与音乐。此后的中世纪是宗教一统天下的时代,各门课程都成了为宗教服务的奴婢。不过,尽管如此,当时教育的目的也是为了完善人自身,为了获得智慧来认识上帝。据美国学者古德莱德考证,当时除了正式的经文评注课程,还包括研究人员提出应开设的关于理想的课程、领悟的课程、实行的课程以及学生实际获得的经验课程②。工业革命后,随着资本主义生产方式的建立,各种实用学科得以确立,因此也需要新的观念来对专业进行调整。席勒和歌德的朋友,威廉·冯·洪堡特,这位"现代大学之父"在其1809年出任德国教育署署长(相当于教育部长)后着手进行了一系列改革。面对当时实用专业过热的现状,洪堡特认为"大学不应该等同于职业培训学校或专科学校,而应该是一个纯科学性的、不带任何具体目的的一般教育机构"③。主张学校教育与现实保持一定距离。其次,面对接受莱布尼茨建议,实行让各学科独立发展的普鲁士科学院的运行机制,洪堡特主张为了沟通教学与科研,"把教学机构与科学院、艺术院、图书馆、天文台、植物园、博物馆等结合成一个统一体,在保持各自独立性的基础上共同为社会为人类服务"④。虽然后来由于众多科学院成员反对而最终流产,各学科之间的独立研究依然没得到很好的调解,可企图弥补过分精细专业分工带来负面影响的思想却被正式提上了议事日程。而直到十九世纪上半叶,美国高等教育都基本沿袭欧洲尤其是英国的传统。在实用主义、功利主义与科技主义的影响下,美国的教育以市场导向为基本特征,所开设的课程都是为了现实生产的需要,面对高等教育滑向职业化的危险,在著名的《耶鲁报告》(The Yale Report of 1828)中,人

---

①黄福涛:《外国高等教育史话(一)》,载《纪念〈教育史研究〉创刊二十周年论文集(18)——外国高
　等教育史研究》,2009年9月,第1660页。

②Goodlad J. I. etc., *Curriculum Inquiry: The Study of Curriculum Practice*, New York:
　McGraw Hill, 1979, pp. 60~64.

③〔德〕威廉·冯·洪堡特:《论人类语言结构的差异及其对人类精神发展的影响·译序》,姚小平
　译,北京:商务印书馆,2002年,第18页。

④〔德〕威廉·冯·洪堡特:《论人类语言结构的差异及其对人类精神发展的影响·译序》,姚小平
　译,北京:商务印书馆,2002年,第18页。

们强调:"没有什么东西比人文教育更为有用,'大学里为本科生所开设的教学课程不包括职业学习'。专门化必须晚一点才开始……"①然而,学校的专业设置似乎无法抵抗社会化分工的强大冲击,以至于认识到教育功能失落的大学校长都不得不大声疾呼:教育的目的是塑造人性(manhood),而不是人力(manpower),教育不应该沦为可悲的济恶工具②。第三,既然行政命令无法改变学科分化的现状,雷马克认为只有通过学科自身的觉醒,通过象"屋顶"似的比较文学才能将支离破碎的人类知识连接起来。在二十世纪,学科分类已经非常专业化,各个领域已经取得了相当的成果。然而,正如他所言,各个专业领域的人往往因为"讳莫如深和谨小慎微"而不敢越雷池半步,往往守着自己的研究领域,不知道其他人,其他学科所取得的研究成果,这点在文学研究领域显得尤为明显。学科细化所导致的不仅是知识的专门化,甚至是人的"碎片化"。于此,有学者就谴责了工业化分工带给人的负面影响:"说实在的话,不是什么劳动的分工,而是人被分成许多部分——割裂成碎块,使生命变成屑末。"③而我国早期比较文学学者也注意到,"现在各大学中文系都有三个教研组:古典文学、现代文学和外国文学。这三个教研组开设的课程互不通气,似乎连学生也已三分天下"④。当时风气如此,现在也不见得就有很大改观。所幸的是,目前在自然科学界,人们已经逐渐在打破传统学科界线,近年来获得诺贝尔奖的诸多研究成果都是学者们合作或者跨学科研究的结晶。可是在人文学科,这样的合作却还有很长的路要走,各学科以及学科内的小学科就像蚕一样地把自己给束缚起来。还是蚕的时候,它们一起靠大自然赐予的食物而生活在一起,与同类和其他物种一起呼吸着新鲜空气,而一旦它们到了一定的时候则用积蓄于体内的能量以吐丝的方式慢慢将自己包裹起来。

再次,比较文学研究者应具有与时俱进以及自我扬弃的气度。

二十世纪六十年代,雷马克曾给出了他的比较文学定义,引起了学界

①〔美〕E·博耶,复旦大学高等教育研究所译:《美国大学教育》,上海:复旦大学出版社,1988年,第77页。
②台湾师大教育研究所编:《西洋教育思想》(下册),台北:伟文图书出版有限公司,1979年,第907~908页。
③伍蠡甫:《欧洲文论简史》,北京:人民文学出版社,1997年,第325页。
④施蛰存:《关于比较文学的一些意见》,载《中国比较文学》1984年第1期,第19页。

的广泛关注和探讨,在引导学科积极健康发展的同时,也遭到了来自国内外的各种质疑。在美国国内它受到了韦勒克和韦斯坦因的猛烈攻击,于此,雷氏很少进行正面回击,只是在实践中验证他的洞见,而中国学者的质疑却引发了他的正面回应和反思。在经典定义中,学界直观地归纳出"跨国家"和"跨学科"这两个维度,然而,由于雷马克未明确做出具有可操作性的界定,给比较文学实践带来一些问题,难能可贵的是,面对这些问题,雷马克选择了勇敢面对并及时地纠正。

对这门发轫于欧洲的学科,其在中国的发展由于历史原因落后欧美、甚至港台比较文学,所以,一段时间以来,中国比较文学界均以雷马克的经典定义为"标准",指导比较文学实践。可是,因为学科本身源于欧洲,"标准"来自北美洲,它在中国就难免有不适应的地方。中国是一个包括汉族在内的五十六个民族组成的大家庭,他们分布在九百六十万平方公里的广袤土地上,各自发展历史各不相同,因而,民族间的差异也深深地体现在他们彼此的文学上。按照雷马克经典定义中的"跨国家"文学研究才能算作比较文学的话,就很难解释发生在东方大地上的文学现象。正是基于此,才有学者担心,如果比较文学的实践已经有了新的领域,理论反而停滞不前,墨守成规的话,无疑会成为学科发展的障碍[1],就会使得这类文学间的研究成为"流浪儿"而没有归属管。所以,面对中国学者的疑问,雷马克反思道:"我的回答是肯定的,……严格地说'比较文学'可以在同一语言或文化中进行。"并进一步对"跨国界"进行修正,"……但在'跨越国界'的概念中,有许多模糊之处,……虽然它们都使用同一语言——英语,但只要它们的文化背景不同,都可以定位比较文学。"[2]我们发现,雷马克在此处明确将文学与文化并置并对二者的关系进行了梳理。同时,他也进一步进行了深刻的反思。"1961年(他于当年发表了《比较文学的定义和功用》——笔者注),我未能预见到:许多国家内已朝着文化多元化迅速发展,……我甚至大胆地认为:比较文学在语言之间存在的理由,将要被比较文学在文化之间存在的理由所代替,'语言'和'文化'这样的术语应用到学科上,而不

---

[1]〔美〕亨利·雷马克、李锡光:《关于比较文学理论问题的通信》,载《广东民族学院学报》(哲学社会科学版)1985年1、2期合刊,第59页。

[2]〔美〕亨利·雷马克、李锡光:《关于比较文学理论问题的通信》,载《广东民族学院学报》(哲学社会科学版)1985年1、2期合刊,第58页。

是应用于文学之间。"①这样,同一国家内部不同民族文学之间的关系研究就名正言顺地进入了比较文学的大家庭,由此也促进了中国比较文学生机蓬勃的发展,但考究此中缘由,若非刻意,我们是不能忘记雷马克在新的语境下调整自己原有观点的与时俱进之功的。

如果说上文是雷马克面对中国学者的质疑而被动调整自己的比较文学观的话,那么,面对由自己亲手引入比较文学大门的跨学科研究在新时代的日益泛化,他则是选择了主动进行纠偏和检讨。

在提出跨学科研究的时候,雷马克就已经意识到了以下几个问题。第一,法国学派可能会批评该研究是华而不实,因而影响法国学派所努力塑造的比较文学是一门"受人尊敬"学科的形象。一直以来,比较文学都以"学院派精英学科"的身份示人。就算是在美国学派内部,学者们对比较文学项目与专业的开设大都持谨慎的态度,甚至在美国比较文学学会1965年的《列文报告》中对开设该专业的师资、学生、图书馆、已开设学科等都有特定的要求②,认为比较文学从业者需要明确学科定位,唯有如此才可以更好地了解学科间的相互关系,从而进行富有成效的跨学科研究。第二,与法国学派担心跨学科研究会对学科造成伤害的忧虑一样,雷马克也从法国学派的实践中发现了危及比较文学学科性的现象。面对克罗齐等人对比较文学的指责,尽管法国学派一方面以"比较文学不是文学比较"对其进行回击,将比较文学矮化为文学关系史,从而将平行研究、跨学科研究从比较文学中无情地剔除出去,可是在实践中却出现了与其背离的研究。比如,雷马克从巴尔登斯柏耶和弗里德里希主编的《比较文学书目》中发现了大量的研究缺乏严格的标准,因而,他担心,如果学界采用《比较文学书目》或者《比较文学评论》那种松弛的标准,我们文学研究中的任何研究,只要稍加说明就可以成为所谓的"比较文学"。正是如此,雷马克才警示道,如果比较文学要成为一个包罗万象的学科,那么它的存在也就毫无意义了③。第三,为保持比较文学的学科属性,有必要为跨学科研究制定"系统

---

① 〔美〕亨利·雷马克、李锡光:《关于比较文学理论问题的通信》,载《广东民族学院学报》(哲学社会科学版)1985年1、2期合刊,第58页。

② 〔美〕哈里·列文:《列文报告》(1965年),载杨乃乔、伍晓明主编《比较文学与世界文学》(第一辑),北京:商务印书馆,2004年,第6~7页。

③ 〔美〕亨利·雷马克:《比较文学的定义和功用》,张隆溪译,载张隆溪选编《比较文学译文集》,北京:北京大学出版社,1982年,第6页。

性"的准入标准。正是担心比较文学跨学科研究对学科可能带来的伤害，在界定跨学科研究的时候，雷马克才在给出经典定义的同时又提供了附加条件，那就是，"我们必须弄确实，文学和文学以外的一个领域的比较，只有是系统性的时候，只有在把文学以外的领域作为确实独立连贯的学科来加以研究的时候，才能算是'比较文学'"①。从理论上来看，雷马克比之前的任何理论家都更明晰地描绘出了一幅比较文学跨学科研究的图景。更为重要的是，他也为比较文学学科研究范围的扩大做出了开拓性的贡献，为比较文学赋予了连接人类本质相关而表面分裂领域的"桥梁"作用。因为法国学派注重文学间的事实联系，乃是对文学内纵向维度的关照，雷氏则认为还要从事横向维度的研究，以及文学与其他表现领域的主体关联性，认为唯有如此才可以将比较文学置于整体性的世界之中。

不过，雷马克比较文学跨学科研究的出发点是好的，实践却未能按照这条路线进行。在其提出之后的二三十年里，雷氏没有预料到，学界在对"新批评"进行再批评的同时，也因各种文学理论的蜂拥而至消解了作者与作品的一致性、作者的格式塔、文学性、价值观、经典观。总之，伴随着跨学科研究而来的理论浪潮和文化研究已经造成了比较文学学科身份危机，也使其地位沦为仅在单一语言内且作非文学性解读的英文系或者信息交流系存在的学科。于此，雷马克曾多次"深感窘迫"，他并不认为是该定义的初衷有任何不妥，而是其带来的"种种后果"②。此外，面对因"文化研究"、"女权主义"、"后殖民主义"等各种理论的泛滥而导致比较文学陷入再次危机，雷马克也主动担责，并承认了当时自己"不知道这些理论和争论正在临近"，或者"不曾留意"③。即便是在世纪之交仍然承认"自己犯了推波助澜的错误"，并认为比较文学跨学科研究原本是想弄清楚学科间的差异，可不曾想却玷污了其他学科，甚至使得学科本身也成了问题，并得出戏剧性的结论："我们的跨学科研究竟然成了不受任何约束的研究（interdisciplinary

①〔美〕亨利·雷马克：《比较文学的定义和功用》，张隆溪译，载张隆溪选编《比较文学译文集》，北京：北京大学出版社，1982年，第6页。
②〔美〕亨利·雷马克：《比较文学：再次处于十字路口》，姜源译，载《中国比较文学》2000年第1期，第19页。
③〔美〕亨利·雷马克：《比较文学：再次处于十字路口》，姜源译，载《中国比较文学》2000年第1期，第20页。

studies without disciplines)。"①由此可见,为保证学科的健康发展,作为美国学派的重要代表、比较文学学科"良心"的雷马克却能够不时地进行自我反思与扬弃,这是难能可贵的,也为学界树立了榜样。

综上所述,平行研究是比较文学发展过程中的一个重要阶段,也是比较文学发展史上具有承前启后的一个重要阶段,它的到来,既符合比较文学研究的内在要求,也顺应时代发展的潮流,当然,其到来的过程也是充满了艰辛。雷马克作为美国学派的重要代表,更是作为比较文学的"良心",通过自己敏锐的判断,通过自己的亲身经历,以及通过自己与东西方比较文学的广泛接触,将平行研究概括为四个维度,即同一国家中不同民族文学之间的关系研究、一国文学与另一国或多国文学的比较、源于不同文化间的文学关系以及文学与其他人类表现领域之间的关系,在确立比较文学美国学派的同时,也为比较文学第三阶段,即中国学派跨文明研究的到来做好了铺垫。由此说来,亨利·雷马克无愧是比较文学的"良心"与健康发展的守望者。

---

① Henry H. H. Remak, Origins and Evolution of Comparative Literature and Its Interdisciplinary Studies, *Neohelicon*, Vol. XXIX, No. 1, 2002, p. 250.

第七章　亨利·雷马克与理论浪潮

二十世纪五六十年代是"法国学派"与"美国学派"之间论战的时期,论战的主要焦点是后者以"新批评"理论为依据对强调因果关联的前者进行了无情挞伐,其结果是比较文学研究迎来了以美国为中心的第二阶段,研究方法上以"平行研究"为主要特色。然而,此次论战的硝烟尚未散尽,在六七十年代,另一场源自美国本土的"战争"——理论浪潮——又悄然燃起。此次战事的时代背景是二战后分崩离析的社会现实、各殖民地相继政治上取得独立后在思想领域引发的一系列变化,以及西方哲学和社会科学领域所发生的重大转变,所有这些都要求在号称为"人学"的文学及文学研究中有所体现。这次理论浪潮对比较文学研究造成了很大的冲击,也给雷马克的比较文学思想带来了严峻的考验。不过,从积极的意义来看,此次浪潮也是他充实和完善自己比较文学思想的绝佳机会。

一、理论浪潮出现的原因

二战后,比较文学成功地实现了沟通和统一西方思想界的使命,尤其是二十世纪七十年代"和解政策"的实施已经极大地巩固了美国和欧洲之间的亲密关系。同时面对比较文学在东方的惨败,作为一门学科,比较文学与当时客观现实的密切联系也就基本丧失,这也能解释为何《比较文学》季刊1972年删除发刊词中关于"迫切需要加强良好国际关系的时刻"的叙述。在这样的背景下,滋生了几个不利于传统比较文学研究,而让学者们将目光投向文学理论的因素。

第一,语言成为制约比较文学发展的巨大瓶颈。

毫无疑问,跨语言是比较文学研究的一个基本要求,可是随着二战的结束,美国政府不但不支持外语课程,甚至缩减对各级学校外语课程的补助。缺少了语言训练的基本要求,仅仅依赖译本显然无法进行"平行研究",导致注重文本比较和作家之间相互影响的传统比较文学研究愈来愈难以进行。1975年,在《关于标准的报告》中,就看到了一方面在政府投入不断降低的情况下,比较文学在招生方面进行扩张,可另一方面,却在语言方面放松对他们的要求:"……越来越明显地偏向于招收越来越多的学生,而教育费用相对降低。……可是,如果在课堂上没有一个人,包括教师,接触原文,那么,一些珍贵的东西在学习经验中就丢失了,我们比较文学者的正当性也就有所缺失了。"①由于对语言要求的降低,学生们的外语能力自然也就无法使他们胜任传统注重作家、作品一极的研究,而转向对读者接受一极的关注。在这个由"作家"、"作品"到"读者"的转向过程中,语言的障碍自然被巧妙地绕开,因此,也就为与读者相关的文学理论,以及与文本相关的语境理论扫清了障碍。对此,雷马克到了晚年都还耿耿于怀,他认为从事以跨民族、跨语言为核心的比较文学研究者至少应该掌握除英语外的一种语言,在"过去常见的情况是,需要掌握两种甚至更多"。可是在世纪之初,美国大多数比较文学研究都是在"单一语言"甚至"单一文化"内进行的②,而对文学理论的探讨和研究就正好可以弥补研究者在语言方面的缺憾。

第二,文学成了欧陆哲学进军美国哲学的桥头堡。

从二战开始,分析哲学在美国开始成为占据主导地位的哲学,那些来自欧洲、从事分析哲学研究的哲学家们逐渐占据了美国知名大学、哲学刊物等,这使得从事非分析哲学研究的教授们的地盘逐渐被蚕食。因为他们所写的文章很难发表,他们也很难申请到研究基金,在注重"要么发表,要么灭亡"(Publish or Perish)的美国,分析哲学的呼声自然越来越高,渐渐地取得了哲学研究中的霸权地位。尽管分析哲学内部也有各种不同的观点,可是以下基本观点还是将它与其他哲学流派区别开来:"第一,通过对语言的一种哲学说明可以获得对思想的一种哲学说明;第二,只有这样才能获得一种综合的说明。"③这种哲学主要论及语言的一般问题,诸如,语言的意义该如何解释? 它与思想有何种关系? 思想和感知的关系怎样? 等等,这些都清晰地表明分析哲学和哲学界的"语言转向"是几乎同时出

① 〔美〕格林:《关于标准的报告》,载杨乃乔、伍晓明主编《比较文学与世界文学》(第一辑),北京:商务印书馆,2004 年,第 11～12 页。
② Henry H. H. Remak, Origins and Evolution of Comparative Literature and Its Interdisciplinary Studies, *Neohelicon*, Vol. XXIX, No. 1, 2002, p. 249～250.
③ 〔英〕迈克尔·达米特:《分析哲学的起源》,王路译,上海:上海译文出版社,2005 年,第 4 页。

现,是在象牙塔中的哲学思潮。可是二十世纪六七十年代的学生运动、女权运动、民权运动和反战运动等在学院内外都引起了极大的反响,使得学院对社会现实的关注得到加强,同时也给力主社会批判的欧陆哲学以反攻的机会。

在实践中,"到二十世纪七十年代末,西方新一代雄心勃勃的研究生转向了文学理论,将他们视为可以选择的激进学科"[1]。于是,处在开放视野学科中的比较文学研究者们主动向文学理论靠拢。学生们原以为可以将文学理论用来阐释源自不同民族的文学作品,轻易地就可以写出比较文学的论文,殊不知,在实践中他们发现,这样的文章不可卒读,于是就对新批评、马克思主义和弗洛伊德批评理论等感到十分厌倦。接着,他们就将目光转向了非文学理论,即哲学理论。这就为哲学思潮进入文学理论提供了可能,这种需要和欧陆哲学企图进军美国哲学界的需要就形成一种暗合,便有了哲学教授进入比较文学系的局面出现。例如,斯坦福大学比较文学系教授理查德·罗蒂就曾是普林斯顿大学哲学教授,他结合自己的亲身经历对那个时代总结道:"1970年代,美国的文学教师开始阅读德里达和福柯的相关著作。由是,'文学理论'形成了一个新学科。文学文本可以被'理论化'而收益良多的观念,使得文学教授心安理得地教授他们喜爱的哲学著作,文学专业的学生可以任选哲学题目做学位论文。"[2]所以,这种研究主体对披着文学理论外衣的哲学思想的热衷使得《比较文学》季刊在1980年将编辑的方针改为:旨在探索不限于一国文学范围之内的有关的文学理论及文学史方面的重要问题。可见,新的理论派在与传统比较文学研究的斗争中取得了阶段性胜利。

二、学界对文学理论的态度

文学理论是传统文学研究的三种途径之一。它"研究文学的本体、文学的内在规律、文学作品的构成及特征等等,它基本上是将文学现象作为

---

[1]Susan Bassnet,Introduction：What is Comparative Literature Today? *Comparative Literature*： *A Critical Introduction*,Oxford UK & Cambridge USA：Blackwell Publishers,1993,p.5.

[2]Richard Rorty, Looking Back at "Literary Theory", *Comparative Literature in an Age of Globalization*, ed. by Haun Saussy, Baltimore：Johns Hopkins University Press, 2006, p.63.

同一时代的一种思想体系来进行研究的”①。作为一个描述性定义,它向我们展示了文学理论研究的是文学的共性、基本原理及其类别和标准等。既然要探寻文学共性和标准,就要求其不仅可以进行某一民族文学的研究,还可以进行不同民族、不同文化体系的文学理论的比较研究,甚至可以就某一理论进行全球视野的关照,或者与其他学科的相互阐发。从这种研究视域来看,它和比较文学具有极大的共同性,是相互关联和互相渗透的,也正是这样的前提,使得二十世纪文学理论的变革与作为文学研究一种新途径的比较文学发生了紧密的联系。

与科学理论不同,文学理论更富于主观色彩,更容易随着时间和空间的变化而变化。这种巨变在比较文学进入它的第二个阶段的二十世纪六七十年代出现。从雷马克在二十世纪末反思中可以看到,“我不曾估计到各种理论的猛烈冲击,这些理论包括符号学,解构主义,新弗洛伊德理论,性别和性取向研究,……新历史主义,作为小说的史料编纂,以及视科学为一系列变化模式等等”②。也就是说,几乎与雷马克给出比较文学经典定义同时,这些新的理论就“初露头角,只是我不曾留意”③。究其出现的原因,在伯恩海默看来是“越战后笼罩于美国的犬儒主义和怀疑情绪”在比较文学研究中的反映。④人们对正统和经典、他人宣称的动机和正直都持嘲弄和怀疑态度,于是在文学理论界学者们对传统开始了无情的解构,各种理论蜂拥而至。在美国,自1960年代起,比较文学系成了雷马克所言的理论“温床”和“试验田”。总的来说,学界对“理论热”有以下两种态度。

(一)文学理论的反对派

对待理论的态度可以分为截然不同的两派,反对派多是学界当日的权威,是那些“在二次大战后的反叛者提出了从个别的或民族性的文学扩大到国际性的文学研究的主张。然而,对于目前我们这一行中最富于创见性

---

① 乐黛云:《比较文学简明教程》,北京:北京大学出版社,2003年,第1页。
② 〔美〕亨利·雷马克:《比较文学:再次处于十字路口》,姜源译,载《中国比较文学》2000年第1期,第19页。
③ 〔美〕亨利·雷马克:《比较文学:再次处于十字路口》,姜源译,载《中国比较文学》2000年第1期,第20页。
④ Charles Bernheimer, The Bernheimer Report, 1993, *Comparative Literature in the Age of Multiculturalism*, ed. by Charles Bernheimer, Baltimore: Johns Hopkins University Press, 1995.

的人们来说,我们只不过是旧的主题和方法论的维护者。"①面对新理论的泛滥,以韦勒克为代表的经典比较文学家认为它们"否认生活的感知""否认美感经验""脱离现实""瓦解作品""不做好坏的评价",让"文学成为毫无意义的文字游戏",因而将其批判为"新虚无主义"和"反美学的象牙塔"。戏剧性的是,1958 年,韦勒克在国际比较文学学会第二届大会上是站在新兴的、以"新批评"理论为指导的,强调"文学性"为特点的平行研究阵营来批评传统的影响研究。而在 1985 年的第十一届国际比较文学学会巴黎会议上,他却是站在已成气候的传统的以"文学性"为指导的立场向新兴的文学理论宣战。经济学家凯恩斯(J. M. Keynes)曾经说过,"那些厌恶理论或者声称没有理论更好的经济学家们只不过是在为更古老的理论所控制而已"②。对于文学批评家和文学研究而言,情况也是如此。就韦勒克而言,正如上文雷马克所言,是"旧的主题和方法论的维护者"。他们所主张的"审美"和"价值判断"完全是新批评的观点。此外,在国际比较文学学会第十一届大会上,纽约大学的巴拉基安(Balakian)认为"解构"理论无视作品的文学性,"互文性"玷污了比较文学研究中的影响研究,文本的分析把作品割裂成碎片,因而把新的文学理论斥为比较文学"值得怀疑的同路人",其主张比较文学的研究方法应该是综合的、归纳的,而非分析的和演绎的③。总之,文学理论反对派的主要观点集中表现为两点:首先是他们不做价值判断;其次是它们是空对空的理论狂欢,对实际批评没有益处。有鉴于此,在二十世纪九十年代,出现了美国文学系科的衰落和人文教育的滑坡,以安德鲁·德尔班科(Andrew Delbanco)、约翰·埃利斯(John M. Ellis)、埃文·柯南(Alvin Kernan)为代表的一批学者认为其受累于文学理论的泛滥。"在他们看来,文学之所以没落,根本的原因就在于受到了一波又一波的新理论、新思潮、新方法的冲击,是这些新潮理论将文学指涉'真实'的价值一步步地掏空。"④文学从"课程设置中消失"(赛义德语),自

①〔美〕亨利·雷马克:《比较文学的前景》,张宁、谢建珍译,载孙景尧选编《新概念 新方法 新探索——当代西方比较文学论著选》,桂林:漓江出版社,1987 年,第 99 页。
②〔英〕特雷·伊格尔顿:《二十世纪西方文学理论》,伍晓明译,北京:北京大学出版社,2007 年,序第 5 页。
③杨周翰:《国际比较文学研究的动向》,载北京大学比较文学研究所、《中国比较文学年鉴》编委会编《中国比较文学年鉴:1986》,北京:北京大学出版社,1987 年,第 2 页。
④盛宁:《对"理论热"消退后美国文学研究的思考》,载《文艺研究》2002 年第 6 期,第 6 页。

然会殃及比较文学的发展。在国际比较文学十一届年会上,尽管年近八旬的韦勒克猛烈抨击"理论派",谴责他们导致比较文学研究中"文学性"的丧失,支持韦斯坦因竞选会长。可随着佛克马执掌国际比较文学学会,也随着1988年国际比较文学学会文学理论委员会在慕尼黑召开的第十二届国际比较文学学会上的成立,更随着雷马克、韦斯坦因的退休,以及韦勒克、弗莱克的去世,国际比较文学走向了理论狂欢的新时代。

(二)文学理论的支持派

在1985年国际比较文学学会第十一次大会上也有另一种更强大的声音就是新理论的支持者。他们怀着理解的同情去探讨如何吸收理论、结合新理论并将其运用到比较文学研究中去。提交的论文主要探讨的有三个方面,即理论的探讨、历史的叙述和实际的应用。这些新理论为比较文学研究提供了诸多新的维度,为文学研究的各个环节提出了许多新的观点和方法。

就"互文性"而言,它就是对"新批评"强调对文本进行孤立研究的一个反拨。持此论的学者指出,一部作品不是一个独立的机体,而是通过各种方式与其他作品(文本)发生关系,这种或明显或隐晦的关系包括模仿、典故或与历史文本之间存在的某种相通之处。这给人们指明了在继承传统的基础上如何创新的课题,它应该是沟通法国学派影响研究和注重美学的平行研究的一个桥梁,是杂取各家的一个新流派。从理论渊源来看,它源自于结构主义语言学,其鼻祖索绪尔经常拿棋子和语言相比较:"语言是一个系统,它只知道自己固有的秩序。把它跟国际象棋比较将更可以使人感觉到这一点。在这里,要区分什么是外部的,什么是内部的,是比较容易的,……例如我把木头的棋子换成象牙的棋子,这种改变对于系统是无关紧要的;但是假如我减少或增加棋子的数目,那么这种改变就会深深影响到'棋法'。"[①]由此可见,棋子的材质并不能决定其价值,棋子的价值存在于与其他棋子的相互关系中,同时,单个棋子的存在与否对整个棋子的价值系统有着重要影响。受其启发,索绪尔认为语言的价值也是在与同处系统中的其他成分之间的相互关系和对立关系中确定的。其后布拉格学派的重要成员特鲁别茨柯依(Nikolay Trubetskoi)于1933年在一篇文章的结尾处写道:"我们所处的时代,是以各科学领域都以结构主义和普遍主义取代

---

① 胡明扬主编:《西方语言学名著选读》(第二版),北京:中国人民大学出版社,1999年,第72页。

原子主义的趋势为其特征的。"①将此思想推广到文学研究,我们就会发现,文本的意义是在与其他文本的相互关系中形成。"新批评"崇尚文本的"原子主义"的研究方法必将要走向互文性研究,因为文本作为一个符号,必须与其他文本进行比较才能发现它的意义。当然,就互文性这一理论而言,它将文学与科学研究的对象视为等同,抽取掉了其间存在的复杂的"人"的因素,因而难免会显得缺乏人文关怀,接受美学则正好弥补了这方面的缺陷。此理论认为以往的文学研究主要集中在作家和作品,忽略了读者的维度,所以是不完善的。

　　作家生产作品,读者消费作品,从一个完整的过程来看,没有读者的参与,再好的作品也相当于不存在。根据现代信息论,信息传播过程分为三个有机组成部分:一是信息的发送者;二是信息的媒介者;三是信息的接受者。在文学传播过程中,信息的发送者无疑是作者,是他开始了信息的传送,而媒介是文本或者文学作品,通过这个媒介(者)到达信息的接受者——读者。所以,没有接受者这一环,就信息的传递过程而言是不完整的。同时,作品是作者世界的反映,且一旦完成,就形成了一个相对独立的世界,读者在阅读作品的过程中能如其所是地理解和再现原文世界吗? 这是雷马克对法国学派影响研究所质疑的问题:"有不少关于影响研究的论文过于注重追溯影响的来源,而未足够重视这样一些问题:保存下来的是些什么? 去掉的又是什么? 原始材料为什么和怎样被吸收和同化? 结果又如何?"②雷氏在此言说的是文本之间的影响和接受,而要探寻此中的原因则无疑得回到接受一方的作者身上,可他同时又是以发出影响一方作品的读者的身份出现,无疑是一个接受美学问题。在接受美学看来,读者在阅读理解之前就存在有对作品显现方式的定向期待,也就是期待视野,"这种期待有一个相对确定的界域,此界域圈定了理解之可能的限度",它一般有两种呈现样态:"其一是在既往的审美经验(对文学类型、形式、主题、风格和语言的审美经验)基础上形成的较为狭窄的文学期待视域;其二是在既往的生活经验(对社会历史人生的生活经验)基础上形成的更为广阔的生活期待视

①Sanders C. , *Cours de linguistique generale de Saussure* , Paris: Hachette, 1979, p.50.

②〔美〕亨利·雷马克:《比较文学的定义和功用》,张隆溪译,载张隆溪选编《比较文学译文集》,北京:北京大学出版社,1982年,第2页。

域。"①从接受美学来看,如果不从读者所处的传统环境考虑,不与原有传统进行比较,理解问题就无从谈起。同样,也只有结合接受一方的"先有"和"期待视野",才可以清楚地知道发送者一方信息形变的可能性和限度。所以,从文学作品产生的各个环节来看,这些新的文学理论都提出了新的维度。

需要补充的是,此次理论大潮中所涌现出来的理论不仅有文学理论,还有非文学理论,包括人文、社会科学理论,例如语言学、哲学、美学、心理学、历史学等等。他们所涉及的也不只是传统意义上的文学问题,而是涵盖人、语言与现实关系、人文知识的重构、全球化和全球化时代的文化交流和互动、人的社会性以及认知语言学等方面的问题②。之所以出现这样的潮流,除了各个专业人员之间的相互流动之外,在理查德·罗蒂看来还有以下两个原因:其一是"文学系的人对新批评、马克思主义和弗洛伊德批评理论已感到十分厌倦"。人们尤其希望有新的视角和研究方法的出现,这时人们就希望将目光投向非文学领域。其二是"德里达和福柯(以及差不多同时被发现的尼采和海德格尔)在文学系引起了极大兴奋。这不是因为他们的著作对文学的本质提出了新的理论,而是'文学理论'这个惹人不悦的术语让一些不幸的研究生受骗上当,他们以为只要将理论运用到某文本,就能写出有价值的论文或著作,其结果是产生了一大批难以卒读、令人厌恶之极的论文、论著"③。由此,正是因为文学领域理论的相对匮乏已经不能满足需要,他们才不得不将目光转向非文学领域。

三、亨利·雷马克对文学理论的辩证态度

如果说韦勒克在二十世纪五十年代从法国比较文学表面繁荣下发现了危机的话,到了七十年代,雷马克则从美国比较文学的繁荣下看出了危机。"我亦发现一个相似的事实:在许多国家,比较文学自 1958 年以来取得了惊人的进展,但是同样,表面的繁荣也许掩盖着严重的问题。"④而危

---

① 朱立元:《当代西方文艺理论》,上海:华东师范大学出版社,1997 年,第 189 页。

② 盛宁:《"理论热"的消退与文学理论研究的出路》,载《南京大学学报》(哲学·人文科学·社会科学)2007 年第 1 期。

③ Richard Rorty, Looking back at "Literary Theory", *Comparative Literature in an Age of Globalization*, ed. by Haun Saussy, Baltimore : Johns Hopkins University Press, 2006, pp.64～65.

④〔美〕亨利·雷马克:《比较文学的前景》,张宁、谢建珍译,载孙景尧选编《新概念 新方法 新探索——当代西方比较文学论著选》,桂林:漓江出版社,1987 年,第 99 页。

机为何？又如何解决是摆在学界的一个问题。

与以韦勒克为代表的比较文学经典家对新理论表现出的极端蔑视，认为它们"无补于实际批评"而对其基本持否定态度不同，也与国际比较文学学会前会长佛克马所认为的，比较文学现在已经没有存在的理由了，因为它存在的理由和意义已完全由文学理论研究囊括在内了，讨论比较文学作为一门独立学科的意义已经不大的观点相异，更不是如有批评家所认为的"在为这些期刊文章所写的导言中，雷马克继续对文学界所出现的诸如解构主义和后现代主义理论表达关注，并一如既往地维护他传统而又保守的研究策略"①，雷马克对新理论表现出一种开明而又严谨的态度，表现出一位比较文学"引路人"的开阔胸襟和敏锐的观察力。

（一）亨利·雷马克论文学理论对比较文学的积极影响

雷马克对新理论的出现采取了积极欢迎的态度，认为这是学科发展过程中一个可喜信号。对于新理论的功绩，他在早期就做了明确地肯定："六十年代在文学理论研究方面的成就，比浪漫主义时期以来任何十年中的理论研究的所取得的进展都更有意义。"②并认为"混乱"就是"繁荣"的代名词，要求学界要勇于面对不同的声音和观点，不要拘泥于固有的理论。

回顾比较文学的发展过程，就是一个与文学史、文学批评和文学理论进行抗争的过程。早期法国学派认为比较文学是"文学史的分支"，使得比较文学成为国别文学研究的附庸，成为民族主义者的工具；主张文学批评的新批评派强调文学作品的内部研究，反对"记文化账"式的研究，在强调"平行研究"的同时，却把传统的"影响研究"如"洗澡水和孩子"一并给否定掉了。雷马克认为人文学科和自然科学有着巨大的区别，那就是后者往往是"弑父"般对前人的成果进行否定，而前者是在继承的基础之上发展。更何况，从雷马克的研究实践来看，他诸多研究也是在法国学派思想的指导下进行的。至于文学理论，它也是和比较文学紧密相关的，因为跨民族、跨语言的文学对话一方面建立在具体文学作品之上；另一方面也是不同文

---

① James M. McGlathery, Book Review on Structural Elements of the German Novella from Goethe to Thomas Mann, *The Journal of English and Germanic Philology*, Vol. 97, No. 4, Oct. 1998, p. 603.

② 〔美〕亨利·雷马克：《比较文学的前景》，张宁、谢建珍译，载孙景尧选编《新概念 新方法 新探索——当代西方比较文学论著选》，桂林：漓江出版社，1987年，第101页。

学思想和文学观念间的互动,而文学理论则是对文学思想和文学观念的系统化。故而,比较文学的发展不仅与文学史相关,同时也和文学批评与文学理论有着内在的逻辑联系。在雷马克看来这是因为,"任何严肃的、有体系的学者都不会否认理论探索的必要性。理论的最大优点在于给我们观察到的事物提供一把钥匙,给表现行为(指文艺创作——译者注)一个解释,找出千千万万、多得令我们难以招架的现象之间的关系,发现因果。简言之,在一片混乱之中理出一个说得过去的、逻辑的、或可信的秩序。"①世界文学现象千差万别,而人作为"自然的立法者"便肩负着对其进行梳理和解释其合理性的任务。发现一个能解释某些甚至是诸多事物的理论,往往胜过那些只能解释某个事物的说法,于是就具有科学的、哲学的、文化的、经济的、社会的,乃至宗教的价值。比较文学研究的目的就是找寻各民族文学间的共性和融通性,其间自然离不开理论的指引。

回顾 1958 年 9 月韦勒克在第二届国际比较文学大会上对法国学派的猛烈攻击这一标志性事件,我们可以发现他也是在"新批评"理论的指导下进行的。众所周知,新批评强烈反对十九世纪文学研究中所存在的注重实证,探寻作者生平、旅行经历、环境等侧重外部研究的社会—历史批评,转而大力提倡注重文本,进行从字句到文本的"细读"研究和审美分析,并认为这种内部研究的模式才是文学研究的正宗,而把作者、社会语境及文本之间的历史关联视为外部研究,置于无关紧要的地位,从而将法国学派注重"影响研究"的模式置换为美国学派强调"无事实关联"的"平行研究",扩大了比较文学的研究领域。由此可以发现,"平行研究之所以能够在相当短的时间内成为比较文学界的一时风气,正与作为理论支持的新理论有关"②。虽然日后也曾遭到诟病,新批评在二十世纪五十年代比较文学的大发展中发挥了重大的作用,使其走向生机蓬勃的美国时代,其原因就是比较文学研究从新批评中吸收了"文学性"等重要的学养成分。然而,比较文学也处在不断的发展之中,曾经充满活力的思想也在历史发展中变得需要重新审视。于此,有学者正确地指出:"第二次世界大战后至 70 年代中后期,比较文学中出现的一种极端倾向,过分强调文学的'文学性',轻视甚

---

①〔美〕亨利·雷马克:《比较文学在大学里的处境》,杨周翰译,载《中国比较文学》1988 年第 2 期,第 88 页。
②乐黛云、陈跃红、王宇根、张辉:《比较文学原理新编》,北京:北京大学出版社,1998 年,第 172 页。

至无视文学的社会性、历史性,或者说过分强调文学的'内部研究',轻视甚至无视文学的'外部研究';另一方面又表现为过分强调理论探讨,而忽视具体的研究。"①雷马克就正好处在这两个漩涡之中。

如前所述,面对新的理论大潮,如解构主义、新弗洛伊德理论、符号学、新阐释学、互为文本理论、性别和性取向研究、女权主义、新马克思主义等,以韦勒克为代表的资深比较文学家以"文学性"和"美感经验"捍卫者的身份向他们发起猛攻,与新兴的理论研究群体论战。在这场因新理论而引起的危机中,雷马克在八十年代曾认为:"陷入这样一种困境,我们自己也有错误,这是不能否认的。我们没有系统地发展这些新理论里的积极因素,为我所用。比较文学必须有生命力,必须是创造性的,必须敢于试验,才能够领导这帮人,而不是拖在后面。有人为了自己的便利责难我们的研究领域,说它是过时的了。但是我们并不是老保守,文学探讨本身无所谓好坏或过时不过时。"②这是雷马克及时的提醒和宣言,以此表明他对新理论的态度,也是他自己多年实践的总结和概括。之所以与其他美国学派"代表人物"对新的文学理论浪潮采取不同的态度,是因为雷马克深入分析了理论浪潮出现的原因以及认识到了其中一些理论对比较文学发展的积极意义。按照马克思主义的观点,理论对社会影响的深度取决于它满足时代需要的程度。那么新的文学理论产生的时代背景又是什么呢? 在十九世纪末期,人类在科学主义的驱动下变得越发的自信和乐观,人们往往相信可以通过技术上的优越感去征服自然和社会。于是,战争成了解决问题的一个重要工具。"合理地、自然地控制社会的强大信念借助第二次世界大战一直在继续。"然而,同时,"巨大的战争恐惧,与越南战争大灾难成对出现,降低了早期乐观主义的情绪。现代人们已发现社会科学进入危机"③。面对理论和现实巨大落差的残酷社会现实,就需要人们从各个不同层面做出解释,追求如自然科学般客观性的社会科学首先成为人们质疑的对象,因为它原本就是十九世纪后期科学和技术乐观主义的产物。在旷日持久的

---

① 陈惇、孙景尧、谢天振:《比较文学》,北京:高等教育出版社,1997 年,第 411 页。

② 〔美〕亨利·雷马克:《比较文学在大学里的处境》,杨周翰译,载《中国比较文学》1988 年第 2 期,第 88 页。

③ 〔美〕雷蒙德·保罗·库佐尔特、艾迪斯·W·金:《二十世纪社会思潮》,张向东等译,北京:中国人民大学出版社,1991 年,第 15 页。

战争面前,"人们对冷战态度冷漠;由于殖民主义的残迹——不受欢迎的战争,使得西方的知识界逐渐转向了左翼"①。于是,六十年代出现坚持"新左派"思想的学生运动,他们无情地揭露所谓学术客观主义一统天下的物质基础。他们从舆论宣传和残酷现实的强烈反差中醒来,力求做出自己合理的解释,要求对学术思想进行改革,力争思想上的民主化和人道主义得到实践。思想上的一统天下无疑难以解释当时的社会现实,同时也无法满足人们的各种需要。在文学领域,"美国学派"借助"新批评"理论取得了与法国学派论战的胜利,然而,这种一家独大的理论显然束缚了在社会思想领域中活跃的左翼思想,与此同时,该理论使得文本与社会脱节,悬置作者和读者的取向也违背了比较文学研究的开放精神。雷马克在总结学科历史时提出了这样的观点:"文学理论只不过是我们整个文化信息系统和交际理论中的一个方面。在作者—作品—代理人—出版者——发行者—批评家—读者这七重有机体系中,直到二十年前,人们仍只是对作者及作品这二者做深入系统的研究,其他五个层次不仅与个人因素有关,还与社会经济、社会政治(如检查制度的严格或疏松)、社会心理等因素相关。"②这便是文学理论和非文学理论大潮出现的社会背景,也反映出雷马克对文学理论的超越和开阔的研究视域。

(二)亨利·雷马克论文学理论对比较文学的消极影响

与此同时,雷马克对文学理论大潮保持着高度戒备,认为其中一些会对比较文学研究造成负面影响。之所以会有如此的态度,第一是因为人们未能正确认识文学理论和比较文学的关系。它们本来是文学研究的两种不同的方法,被雷马克誉为"双胞胎"③,可是在现实中却存在"不是东风压倒西风,就是西风压倒东风"的倾向:"这第二个挑战,也就是我们最新的仇人,名叫'总体文学'或'文学理论'。这个敌人比'只要国别文学'更危险,因为它宣称比较文学是从属于总体文学和文学理论的。现在不乏'总体和

①〔美〕亨利·雷马克:《比较文学的前景》,张宁、谢建珍译,载孙景尧选编《新概念 新方法 新探索——当代西方比较文学论著选》,桂林:漓江出版社,1987年,第102页。

②〔美〕亨利·雷马克:《比较文学的前景》,张宁、谢建珍译,载孙景尧选编《新概念 新方法 新探索——当代西方比较文学论著选》,桂林:漓江出版社,1987年,第107页。

③See: Henry H. H. Remak, Comparative Literature and Literary Theory: Will the Twain ever Meet, *Celebrating Comparativism*, Papers offered to György M. Vajda and István Fried, Szeged, Hungary, 1994, pp. 13~25.

比较文学'或'文学理论和比较文学'这类讲座,但我们只要仔细看一看,不难发现比较文学是淹没在'总体文学'(天晓得这是什么意思)和'文学理论'的大冰山之下的。"①以佛克马为代表的文学理论的支持者们便持此种意见,他们片面夸大文学理论的作用,认为文学理论第一,文学作品第二,并让后者成为验证前者合理性的园地。而事实上,后起的诸多理论又是怎样呢?这就是雷马克对文学理论心存戒备的第二个原因:文学理论自身远离文学性。被冠上各种"后学"的理论创立者中有相当大一部分是为了标新立异而违背事实,或者脱离文学实践。虽然出现了很多理论,"但是十五年(该文写于1985年——笔者注)来盛极一时的那种理论一般来说是经不起真正的作品的检验的,从比较文学角度看,尤其显得空洞,而在文学和美学的感受方面,这种理论的缺陷非常明显、令人难过"②。雷马克甚至批评那些打着跨学科旗号之名的学者虽然越来越多,例如语言学、思想史、哲学、政治和经济学,以及信息交流理论等,可是他们的外语和文学感受能力却越来越低,走上一条本末倒置的道路。在他们看来,比较文学不再是文学理论的试验田,反过来,文学倒成了理论的注脚,成了验证理论正确性的工具。第三,文学理论大潮中有相当一部分是抱着"弑父"的态度对待传统文学理论,而其自身又相当不完善。在自然科学的发展进程中,往往是以"弑父"般在对前人理论进行否定中前进的,例如爱因斯坦的相对论之于牛顿的经典力学,"日心说"之于"地心说","地动说"之于"地恒说"等都是基于对自然认识的逐渐深入而对前人理论的颠覆而得来;在社会科学中人们也有类似的进程,例如"进化论"之于"神造论"就是用人从地上来取代了人从"天上"来,以及弗洛伊德对人之"本我"、"自我"和"超我"的认识便是对人是万物之灵的合理解构;而近年来在人文科学中也有类似的"弑父"倾向,可是人们却忘了,"不同于其他社会科学尤其是自然科学,人文学科几乎没有什么更新换代。各时代的文学和批评成果总是逐渐积累而从不弃旧更新"③。在这些持"弑父"观念的理论中,雷马克多次对持此种情节最

---

①〔美〕亨利·雷马克:《比较文学在大学里的处境》,杨周翰译,载《中国比较文学》1988年第2期,第88页。

②〔美〕亨利·雷马克:《比较文学在大学里的处境》,杨周翰译,载《中国比较文学》1988年第2期,第88页。

③〔美〕亨利·雷马克:《比较文学的前景》,张宁、谢建珍译,载孙景尧选编《新概念 新方法 新探索——当代西方比较文学论著选》,桂林:漓江出版社,1987年,第111页。

甚的解构主义理论进行了批判。

在西方思想界中,一直有种思想存在于人们的观念中,那就是在世界上存在着一种完美的真理,存在着一个体认真理的适切方法,存在着一些掌握此种方法并藉此去找寻真理的哲学家,存在着一个由"哲人王"统治的理想社会。然而在经历诸多的曲折之后,身为哲学家并任斯坦福大学比较文学系教授的理查德·罗蒂发现,"没有知识分子去相信,在我们内心深处有一个标准可以告诉我们是否与实在相接触,我们什么时候与(大写的)真理相接触。在这个文化中,无论是牧师,还是物理学家,或是诗人,还是政党都不会被认为比别人更'理性'、更'科学'、更'深刻'。没有哪个文化的特定部分可以抛出来,作为样板来说明(或特别不能作为样板来说明)文化的其他部分所期望的条件"①。既然没有谁能掌握真理,代表理性,前人或者其他人也不比自己更深刻,更没有"样板"文化或社会,人们就应该对现有的理论和社会进行无情的批判,解构主义思想就是在这样的认识背景下产生的。以德里达为代表的解构思想被普遍认为是学术化了的政治、社会及文化行为。爆发在二十世纪的两次世界大战及 1968 年爆发于法国的"五月风暴"可以被视为此次知识界强烈反思的导火索。在这场风暴中,"学生们提出了十分尖锐的社会问题,即资本主义正在将人铸成物化的个体。……学生们感到,在这种充满压抑性的学校秩序里,正在不断失掉一个人所应有的种种本质特征,人成了'单向度的人'"②。学生们发现他们自己成了被资本主义社会进行调试安装的机器,自身的否定性、整体性、批判性和自我超越性被无情的剥夺,于是以民主、平等、自由为旗号向社会进行无情的鞭挞,以德里达为首的解构主义者也走在这场游行和风暴的前列。可是随着"五月风暴"的平息,他们就将在政治上无法实现的颠覆转移到对哲学、文化、文艺、艺术等的变本加厉的反叛和摧毁之中,正如伊格尔顿所言:"由于无法打破政权结构,后结构主义发现有可能转而破坏语言的结构。至少,任何人都不会因此而敲你的脑袋。学生运动在街道上被冲垮了,被迫进入了反传统的叙述。"③这样的出发点是与雷马克上文所提到的

①〔美〕理查德·罗蒂:《后哲学文化》,黄勇译,上海:上海译文出版社,1992 年,第 14～15 页。
②周春生:《悲剧精神与欧洲思想文化史论》,上海:上海人民出版社,1999 年,第 149 页。
③〔英〕特里·伊格尔顿:《当代西方文学理论》,转引自张首映:《西方二十世纪文论史》,北京:北京大学出版社,1999 年,第 453 页。

人文学科与自然和社会科学的特殊性是完全相反的。解构主义在欧洲"生根",却在美国"开花""结果"。就解构主义而言,雷马克认为它在美国兴盛有两个原因。其一是其正好成为学界反叛美国长期存在的英美逻辑实证主义文化传统的工具。之所以在英国的声势不够浩大,则是因为"他们没有美国那么多的教授"。其二是美国人文学科知识界所滋生的失望感,这种失望感主要由以下因素造成:美国政治中的主流保守派,财政上的制约,担心违背赞助者的意愿,害怕被贴上"极端分子"的标签等等①。在这种情绪的感染下,解构主义就将矛头指向了现存的一切。在解构主义文学理论方面,如果说结构主义者把自己视为文本的仆从,竭尽全力去探寻作品的结构和终极意义的话,解构主义文论家则认为这一切是徒劳,相反,他们将自己置于文本之上,视自己为文本的主人,认为自己可能比原作者更理解作品,甚至比原作者更理解自己。通过宣布"作者之死",甚至是"作品之死",文学批评无疑倒向了批评家这一极。然而,问题是批评家的权威性从何处获取?既然没有人比其他人更具有"科学性"和"深刻性",解构主义者凭什么去保证自己的权威性?这也是雷马克的疑问之所在。

作为一种策略,解构主义在二十世纪末为人们提供了对传统的一个解读维度,在活跃学界思想、打破主流话语权等方面具有积极作用,是二十世纪后半期"除马克思主义以外的给人影响最深、启发最多的理论批评"。但是,正如学者们所指出的:"我们不仅要科学地探索文学、艺术、文化的意义,反对解构批评的无意义论,而且还要追求人生和社会的意义和价值,反对解构主义的消极虚无主义,……显示人类活动的真实意义和内容。"②而"意义和价值"的获得是不能由一方决定,只能在与历史与传统的平等对话中获得,解构主义所秉持的历史虚无主义开了人文学科研究一个恶劣的先河,如果可以任由个人解构过去,人们也可以据此对他者文化进行否定,由此出现毫无共同价值可言、彼此自说自话的混乱局面。早在解构主义刚刚兴起的时候,雷马克就曾警告道:"如果把文化成果只局限于某个地方和区域,如果我们使用历史仅仅是为了证明当代观点的正确性,那么我们就会遏制了我们智慧的发挥,成为井底之蛙,我们的努力也

---

①Henry H. H. Remak, Literary History and Comparative Literary History, *Neohelicon*, Vol. XX, No. 2, 1993, p. 98.

②张首映:《西方二十世纪文论史》,北京:北京大学出版社,1999年,第454～455页。

就是一种无谓的循环。"①可见,雷马克对解构主义的睿智批评也是维护比较文学自身合法地位,反对身份被消解趋势的积极行为。

总之,在如何对待文学理论这一问题上,雷马克坚持着辩证而客观的态度,他一方面主张对其系统吸收,以充实和完善比较文学,因为在雷马克看来,比较文学五项任务中的第一项就是:"比较文学必须成为任何一种文学理论的主要实验室。"②在这点上,雷马克也得到了其他学者的呼应,"纽约州立大学宾思顿分校布洛克(Block)教授也主张文学理论必须以文学经验为基础,不应该拿文学作为借口或跳板去空谈理论。但他并非绝对否定新理论,而是认为比较文学可以作为新理论的'试验场'"③。正是在这个实验室里才可能发现和验证理论的合理性,作为一门学科,比较文学就是"通过对属于两个或两个以上的文化体系或语言体系(无论是属于不同民族的,还是属于同一民族不同文化)的具体作家、作品、文类、潮流、运动、时期的比较分析和综合,将文学结构的一般原则明确地展现出来或是进行批驳。"④这些综合研究中展现出来的一般原则也就是经过了实践验证的文学理论,可以成为比较文学的有机组成部分。另一方面,也要对其进行批判,以保证比较文学的学科身份。通过对解构主义的批判,雷马克再次让学界明白,并不是所有旧理论都是过时的,也并不是所有新理论都是进步的,"我们并不是老保守,文学的探讨本身无所谓好坏或过时不过时的。早期的学术研究中三大中心问题是渊博的知识、道德问题和作者生平。后来的学者认为这些都是祸害,但是在我们的时代他们又胜利的回来了,至少表现它们并未绝迹"⑤。因之,以结构主义为代表的积极文学理论为比较文学提供了"科学基础"等有利资源,而解构主义及其他文学理论则体现出对比较文学研究明显的消极意义,需要对其进行批判,因为如韦勒克等人

---

① 〔美〕亨利·雷马克:《比较文学的前景》,张宁、谢建珍译,载孙景尧选编《新概念 新方法 新探索——当代西方比较文学论著选》,桂林:漓江出版社,1987年,第104页。

② 〔美〕亨利·雷马克:《比较文学的前景》,张宁、谢建珍译,载孙景尧选编《新概念 新方法 新探索——当代西方比较文学论著选》,桂林:漓江出版社,1987年,第109页。

③ 杨周翰:《国际比较文学研究的动向》,载北京大学比较文学研究所、《中国比较文学年鉴》编委会编《中国比较文学年鉴:1986》,北京:北京大学出版社,1987年,第2页。

④ 〔美〕亨利·雷马克:《比较文学的前景》,张宁、谢建珍译,载孙景尧选编《新概念 新方法 新探索——当代西方比较文学论著选》,桂林:漓江出版社,1987年,第109页。

⑤ 〔美〕亨利·雷马克:《比较文学在大学里的处境》,杨周翰译,载《中国比较文学》1988年第2期,第88页。

所言,"他们不是比较文学的同心人,甚至不是同路人"①。总之,在面对文学理论与比较文学的复杂关系时,雷马克扮演着难得的调节者角色,发挥着比较文学辩证与客观的"良心"作用。

---

① 孙景尧:《简明比较文学》,北京:中国青年出版社,2003年,第77页。

第八章 亨利·雷马克与文化研究

文学理论大潮所坚持的"理论对理论"研究方法的阴霾还未散去,在二十世纪九十年代,比较文学又面临着被文化研究吞没的危险,而这一次则更是铺天盖地。那么,在这场新的危机中,雷马克又持何种态度呢?

一、比较文学在世纪之交的现状

1993 年的伯恩海默报告已经清晰指出"现有的学科标准已经不再符合目前的实际",那在二十世纪末期比较文学出现的实际情况是怎样呢?在当时的学者看来,尽管传统的研究还在进行,可"比较的空间则大大扩展",扩大到艺术产品之间的比较,各门学科文化产品之间的比较,西方和非西方传统之间的比较,殖民地在受殖民前及之后文化产品之间的比较,等等。由此可见,比较文学研究范围已经由法国学派的重历时研究演变到美国学派的重共时研究,美国学派内部的重文本研究到跨学科研究的转变,并进一步发展到多层次、多空间、多学科等综合性研究的转变。如果说在影响研究和平行研究中文学还是比较文学研究中心的话,那么到二十世纪末,"'文学'这个词已不再能有效描述我们的研究对象了"[1]。文化已经毫无疑问地成为研究的核心。在此报告中,我们会发现一个矛盾的现象,那就是报告将文化研究和比较文学的关系模棱两可化,这也应该是两门都在发展过程中学科尴尬处境的真实写照。在谈到"比较文学和文化研究"、"比较文学和文化批判"、"比较文学和文化理论"的合法性时,报告认为它们之所以没有"被广泛采用",是因为"这些新的阅读和语境化方式应该被合并到本学科的内在肌体之中",其潜台词就是比较文学包括此类研究范式,文化研究从而包含在比较文学之内。而在后文又提到,"比较文学与文化研究领域正在从事的工作确实有相近之处。但我们应

---

[1] 〔美〕伯恩海默:《世纪之交的比较文学》,载杨乃乔、伍晓明主编《比较文学与世界文学》(第一辑),北京:商务印书馆,2004 年,第 22 页。

当谨防把自己等同于文化研究领域,后者的大多数研究都是单语种的,而且主要关注当代大众文化的具体问题"①。这里又体现出一种并列关系,到底孰是孰非? 让我们先来看下杜克大学的大卫·贝尔教授对二者关系的解读:

> 伴随着理论鼎盛的消退以及随后留下的怀疑主义,文学研究中文化研究变得越来越重要了,以各种美国形式的面目出现的分析,汇总起来统称为文化研究,排炮一般地向文学典律轰去,而这种典律被认为是一个受过教育的人的整个智性积累的一部分,对文学典律的控制及对其边界的重新界定,向来是女性主义批评、非洲裔美国人研究以及同性恋及性别研究的主要目的。而文化研究则希望再前进一步,把所有的界限都统统消弭。典律问题向来是一个带有根本性的问题。因为对文学文本的价值判断是传统批评家与后现代批评家对垒交锋的一个战场,这些后现代批评家对传统批评家的政治取向和文化力量进行质疑,后者即这一政治取向和文化力量的喉舌。哪群人有权决定一部文本的价值,这一决定难道不总是一种对什么被允许进入话语进行控制的压迫性举措吗? 如果是的话,那么最好的解决办法也许就是放弃价值判断,把文学范畴尽可能地放大,这样就把高雅和低俗以至所谓典律的概念都统统取消了。②

在这段引文中,贝尔认为文化研究源自文学研究,它继承了解构主义策略,对文学研究中的典律、批评家的合法性以及价值判断等核心问题进行了深刻的解构,也就是说,文化研究是文学研究的自我超越和自我反叛。它的现实背景是在冷战结束后,西方的"两极世界"变为"单极多元"世界,学界和政治界不得不面对一个支离破碎的世界。如何消除人们对单极世界的恐慌,如何让曾被遗忘的弱势群体和文化加入到全球化的对话中,这些问题都必须在思想界有所反映。于是,不少学者提出各自的观点和策略,其中产生重要影响的是"文化整体论";1991 年,贝蒂·让·科勒治在《现代语言协会会刊》上发表名为《全球社会中的文学》一文,文中的"文化

---

① 〔美〕伯恩海默:《世纪之交的比较文学》,载杨乃乔、伍晓明主编《比较文学与世界文学》(第一辑),北京:商务印书馆,2004 年,第 25 页。

② 盛宁:《对"理论热"消退后美国文学研究的思考》,载《文艺研究》2002 年第 6 期,第 8 页。

整体论者"们认为:"整个社会是由不同文化交互作用构成的系统,没有哪种文化有绝对优越性……。在学术研究中,这些文化整体论,其中可能包括女性主义者及左翼政治活动者,正在抛弃文学比非文学优越、西方文化比其他文化优越的传统等级观念,赞赏人类不同的表现形式多元共处的观点。"①被誉为"文化研究的代名词"、"文化研究之父"的斯图亚特·霍尔自引领英国的文化研究以来,人们已经清晰地认识到,"文化研究缘起于传统的文学批评,……文化研究冲破了文学批评中传统意义上的精英文化的藩篱,研究并关注我们的日常生活,重新审视那些我们一直以来被认为是理所当然的、毋庸置疑的、影响我们生活的各个层面"②。那么在文学研究中文化何以成为研究的一个新的增长点甚或是中心呢? 于此,美国著名学者塞缪尔·亨廷顿有言道:"21 世纪是作为文化的世纪开始的,各种不同文化之间的差异、互动、冲突走上了中心舞台,这已经在各个方面变得非常清楚。在一定程度上,学者、政治家、经济发展官员、士兵和战略家们都转向文化作为解释人类的社会、政治和经济行为最重要的因素。"③虽然作者在此是带着预言的口吻言说文化之于二十一世纪的重要性,可是也至少在一定程度上反映出随着全球交流的增强,彼此融合的加剧,文化成为交往各方无法回避的话题。因而,文化及文化研究成为跨越世纪的关键词,由于文学是彰显文化的一个重要场域,自然要体现这一动向,而比较文学身处跨语言、跨民族的前沿,毫无疑问地也成为文化研究的试验田。同时,这也是对传统比较文学研究的反叛,即,在影响研究阶段,法国学派"记文化账"式的研究范式突出作为优势或强势文学及作家的法兰西民族文学对其他弱势文学及作家的影响,陷入"西欧中心主义"。而美国学派的平行研究则是更多注重同一文明圈内的比较文学研究,尤其是在冷战时期,受意识形态思维的影响,比较文学成为"北约"和"华约"之间团结盟友,打击"非我族类"斗争的牺牲品,比较文学美国学派的研究甚至发展成为"北大西洋公约组织文学"④,严重背离了学科的开放性和国际性,这些成为比较文学中

---

① Betty Jean Craige, Literature in a Global Society, *Publicatiens of the Modern Language Association of America*, No.5, 1991, p.397.

② 武桂杰:《斯图亚特·霍尔的文化理论研究》,北京语言大学 2007 年博士论文,第 75 页。

③ 〔美〕塞缪尔·亨廷顿:《再论文明的冲突》,见李俊清编译:《马克思主义与现实》2003 年第 1 期。

④ William J. Desua, *The Challenge of Comparative Literature and Other Addresses by Werner P. Friederich*, Chapel Hill: University of North Carolina Press, 1970, p.30.

的文化研究者们对学科进行反思的重要方面。

　　然而,文化研究却是一门仍然在为自己身份而战的学科。有学者认为导致这种尴尬境地的原因有三:其一,文化概念与文化形态之间的模糊与不确定;其二,文化研究对象与范畴的泛化、滥用与误用;其三,文化研究方法的无范式与模式的边际超越①。虽然我们承认,诸如美学、文艺学甚至是哲学等传统学科在发展过程中,都一直存在学科性质、研究对象、研究方法等方面的困惑,可是这种模糊性竟然不知道为何成了比较文学发展的方向。在1993年的伯恩海默报告中,在谈及研究生项目中认为:"文学不再是我们学科的唯一焦点。目前,在复杂多变、且常常自相矛盾的文化生产领域,文学正被视为各种话语实践之一。这个领域对跨学科观念提出了挑战,甚至让人觉得,学科乃是一种历史构建,其目的就是为了把知识领域分成专家们可以驾驭的范围。"②这里对学科界线的态度对雷马克的跨学科研究而言具有积极意义,可是这并没有让他觉得高兴。原因在于,第一,该报告明确指出比较文学的中心不再是文学,这是和雷马克经典定义关于跨学科的论述中一方必须为文学的思想有出入,也和韦勒克等几代美国比较文学家苦心追求的"文学性"是完全矛盾的。第二,对学科界线的肆意抹杀,将比较文学研究范围扩大到大众文化也与前两个报告中所坚持的比较文学精英论相抵牾,对学科身份也是极大的威胁。雷马克在谈论比较文学被浸没在"文学理论"、"总体文学"、"翻译文学"及"信息交流"时曾警告道:"如果你什么都想做,你就一事无成。"③而文化研究对象的泛化以及生活化则有再一次将比较文学引入身份危机漩涡的危险。关于文化研究的具体研究范式,我们在此存而不论,仅就雷马克对文化研究的态度进行探讨。

二、亨利·雷马克论比较文学与文化研究的关系

　　文化研究在带给比较文学"生机与活力"的同时,也令比较文学跨学科研究所导致的研究泛化雪上加霜,既然比较文学在成为各种文学理论试验

---

①朱希祥:《当代文化的哲学阐释》,上海:华东师范大学出版社,2006年,第3页。

②Charles Bernheimer, The Bernheimer Report, 1993, *Comparative Literature in the Age of Multiculturalism*, ed. by Charles Bernheimer, Baltimore and London: Johns Hopkins University Press, 1995, p. 42~43.

③Henry H. H. Remak, Once again: Comparative Literature at the Crossroad, *Neohelicon*, Vol. XXVI, No. 2, 1997, p. 106.

田的同时也成了文化研究的试验田,学界就无法忽视发生在这里的一切,尤其是当这种"生机与活力"危机到比较文学学科生死存亡的时刻。这一次,耄耋之年的雷马克又一次发声,再次对比较文学面临的新境地做出评价,捍卫比较文学学科属性。

从这两个概念中核心词汇的词源来看,据韦勒克考证,"早期拉丁文中的'文学'(literatura)只是希腊语 grammatike 的翻译,它的意思有时是指一种阅读和写作的知识,有时甚至是指一种铭文或字母表本身。然而在早期的英文用法中,'文学'的含义是'学问'(learning)和'文化的修养',特别是关于拉丁文的知识"①。从中可见,在比较文学诞生之日,"文学"的意义较广,除了涵盖今天"文学"的内涵之外,还包括其他与文字相关的学科,它们综合起来形成"学问"的内涵,甚至就是"文化"。对杰内达·勒布德·本恩顿与娄贝特·笛·亚尼而言,"文学以语言为前提,包括丰富的意义(内容)、语法(建构规则)和句法,即词汇的排列规则"。这里所言的是狭义上的文学。"文学,就最广泛的意义而言,在日常生活中处处存在。流行歌曲、杂志上的散文、贺卡上的诗句、赞美诗和祈祷文都是文学的形式。文学这个词的意义之一,事实上是所写的东西。然而通常'文学'这个词,是专指那些呈现出最好的思想与语言的作品,以及代表了一种文化中最高文字成就的作品。"②可见,发展到二十世纪末期,"文学"的含义已经逐渐缩小,就广义而言,有一点值得关注,那就是"(文学)是专指那些呈现出最好的思想与语言的作品,以及代表了一种文化中最高文字成就的作品",在这里,文学一方面以作品的形式出现,另一方面也是文化的一种表现形式。文化的定义甚多,为了加强对比,我们仍举杰内达·勒布德·本恩顿与娄贝特·笛·亚尼的定义:"文化是一种思考和生活的方式,它由一个群体创建并世代相传。换句话说,文化即公共生活的基础。一个文化的集体价值,被体现在它的艺术、书面作品、行为艺术和智力探求上。一种文化具有足以表达自身的能力,尤其通过书面表达自身,并能将自身完全组织为一个

---

① Rene Wellek, The Name and Nature of Comparative Literature, *Discrimination: Further Concepts of Criticism*, ed. by Rene Wellek, New Haven and London: Yale University Press, 1970, p. 4.

② 〔美〕杰内达·勒布德·本恩顿、娄贝特·笛·亚尼:《全球人文艺术通史》(上),尚士碧、尚生碧译,济南:山东画报出版社,2010年,第9~10页。

社会、经济和政治的实体,它就彰显成为一种文明。"①这里仍然可以发现与文学一样,文明是文化发展到一定阶段的产物,是文化的结晶。而文化则是成了人们在物质上精神上的纽带。文学,作为"书面作品"是文化的体现。英国著名诗人兼文学批评家马修·阿诺德给文化下的定义则简单明了:"文化是世界上人们所发表过最好的思想和言论。"②此处的"文化"则和上文本恩顿与亚尼的"文学"有高度一致性。简言之,文学和文化的关系可以概括为两点:其一,文学是文化的体现;其二,文学和文化具有同构性。这样的关系有助于加深我们对雷马克下列观点的理解,他认为:"比较文学在变化发展中,它是不同文化比较研究的组成部分。"鉴于文化研究是对传统文学研究过于关注精英文学而缺乏对女性文学、非西方的边缘文学等关注的反叛,尚未形成独立的研究范式,作为文化研究的有机组成部分,"比较文学在这个更大的领域内必须扮演自身明确的角色。只有这样,比较文学才能不仅充分证明自身存在的必要性,而且赋予文化研究这个尚未定型的学术范围以实质性的声誉"③。在雷马克比较文学研究的整个历程中,他一直强调整体性,这个整体性不仅包括文本的整体性,也包括语境的整体性,当然,理想的是二者的有机结合。这里的整体性除了与文本相关的各个环节,还指作为研究对象的文本以及作家,文学界或者比较文学界的意义之一就是要去挖掘那些对人类有意义的作家作品,正如他自己总结的:"……我还仅是局限于谈论占据强势地位的西方文化中'被遗忘'的文本,因为我对其他文化还知之不够。其他文化中也一定还拥有更多的好作品,……坦率地说,如果我们不去拯救被遗忘或者被忽略或者被误解的作家(特别是现在,值得庆幸的是,许多优秀女作家将可能从长期被遗忘中拯救出来),那么我们学术界将做何事?"④文学界的"经典"并不是一成不变,雷马克也认为不应该仅仅将视野局限在西方,需要由比较文学家去探寻那

---

① 〔美〕杰内达·勒布德·本恩顿、娄贝特·笛·亚尼:《全球人文艺术通史》(上),尚土碧、尚生碧译,济南:山东画报出版社,2010年,第4页。

② 李赋宁:《比较文学原理新编·序》,载乐黛云、陈跃红等《比较文学原理新编》,北京:北京大学出版社,1998年,第9页。

③ Henry H. H. Remak, Once again:Comparative Literature at the Crossroad. *Neohelicon*, Vol. XXVI, No. 2,1997, p. 107.

④ 〔美〕亨利·雷马克:《比较文学:再次处于十字路口》,姜源译,载《中国比较文学》2000年第1期,第27页。

些"被遗忘"的文本和作家,在这一点上,雷马克意义上的比较文学研究和文化研究有了共鸣。因为在文化研究者看来,"文学和艺术只是文化的社会传播形式之一种,虽然在传统意义上它们被视为高雅文化备受重视,但文化研究者没有给予它们这种特权,它们关注的文化再现空间更多的则是精英文学——艺术之外的大众文化"。"……文化研究关注边缘性的研究领域,如妇女和少数族裔的作品,'非文学性'的内容,如电视节目、流行音乐、幽默小品,乃至以前被视为禁忌的'性'的话题。"①正是出于二者对非主流文学的关注、在跨学科方面的共同旨归,以及对不同文化,不同文本,不同学科"公平"对待角度的考虑,雷马克才"倾向于将(比较)文学视为比较文化研究中的一个关键成分"②。这和国内学者所主张的,"……但它(文化研究)在诸多方面与跨学科、跨文化的比较文学有异曲同工之妙,甚至有相当多的文化研究被涵盖在比较文学系科之内,而一些文化研究者本身就是比较文学学者"③遥相呼应,反映出二者具有相当密切的交叉性。但是,我们也必须注意,虽然一方面比较文化在一定程度上可以在更高的层面完成比较文学的使命,可在另一方面,比较文学的这种扩展和深化必须建立在本学科的基础之上,否则就很可能丧失自己的学科身份,因为诸多文化研究没有"比较",同时也不是以"文学"为旨归,更为甚者,正如雷马克所担心的,在文化研究泛学科性和反学科性指导之下的"跨学科势头把以跨民族、跨语言为核心的比较文学拉向了倒退。……现在我发现美国的大多数跨学科研究都是在单一语言和文化内进行的"④。可见,在比较文学这块试验田里,面对借比较文学之名进行包罗万象,却没有跨界研究,更将"文学"一极剔除出研究范畴的文化研究,以雷马克为代表的比较文学家们坚持比较文学的传统研究范式是多么必要和迫切。

三、亨利·雷马克对文化研究的辩证态度

在世纪之交,面临全球化与多元文化,学者们已经发现了这个残酷的

①杨乃乔:《比较文学概论》,北京:北京大学出版社,2006 年,第 48～49 页。

②Henry H. H. Remak, Comparative Criticism: Cultural and Historical Roots in the Theoretical Forest, *Neohelicon*, Vol. 17, No. 1, 1990, p. 196.

③杨乃乔:《比较文学概论》,北京:北京大学出版社,2006 年,第 45 页。

④Henry H. H. Remak, Origins and Evolution of Comparative Literature and Its Interdisciplinary Studies, *Neohelicon*, Vol. XXIX, No. 1, 2002, pp. 249～250.

现实，那就是"当今的文化和文学研究的一个无法回避的发展趋势就是文化研究的崛起和文学研究的衰落"①。面对着如日中天的文化研究，面对如雨后春笋般出现的比较文化会议和出版物，文学研究是否应该缴械投降，完全采取和迎合文化研究的方法？是否应该将本学科的名字更改为"比较文学与比较文化"呢？

此时，当文化研究大潮气势汹汹地朝比较文学袭来的时候，雷马克并没有保持沉默，具体而言，雷马克给出了几点反对理由：其一，"比较文化"或"文化研究"这一概念太泛，学界最担心的就是被控为"玩票主义"（amateurishness），更何况比较文学长期以来一直受着这种诟病的困扰；其二，文化研究在很多地方仍然与在二战后出于政治原因诞生的"区域研究"有着千丝万缕的联系，因而往往有贬义色彩；其三，当前这一代比较学者更喜欢处理与文化没有多大关联的纯理论问题；最后，也是一个现实的问题，那就是在美国以"文化研究"之名而成立的系科的比较文学"文化博士"很少能找到工作。② 既然有这些具体的问题，是否就应该否定文学研究中的"文化转向"呢？我们发现，和面对理论大潮的强大冲击时的态度一样，雷马克保持了一贯的开放和辩证态度。他一方面对其保持着警惕，另一方面也肯定其对于比较文学研究积极的因素。正如杨周翰教授对他面对理论浪潮的中肯评价那样，"对本世纪 60、70 年代的新理论，一方面批判它们本末倒置，一方面又主张吸收其有用的因素。他提出一个比较学者应具备的条件和培养的方法"③。此次面对文化研究的泛滥，他也依然秉承着一样的原则。对于比较学者而言，经过近二百年的比较文学研究实践，应该具备的一个重要条件就是开放心态。对民族文学研究者而言，开放心态带来的结果是对其他民族文学的尊重，去发掘彼此间的那种"东海西海，心理攸同；南学北学，道术未裂"的共同"文心"。如果固守一隅、闭关锁国则只能导致封闭与落后，相反，如果能够在开放精神的对比中发现自己的与他者的差距，则无疑会出现"穷则变，变则通，通则久"的良性动态的局面。对文

---

① 杨乃乔：《比较文学概论》，北京：北京大学出版社，2006 年，第 51 页。

② Henry H. H. Remak, Comparative Criticism: Cultural and Historical Roots in the Theoretical Forest, *Neohelicon*, Vol. 17, No. 1, 1990, p. 198.

③〔美〕亨利·雷马克：《比较文学在大学里的处境》，杨周翰译，载《中国比较文学》1988 年第 2 期，第 86 页。

学研究者而言,开放的心态则要求他们关注其他学科所取得的成果,为我所用,并从它们的视角对文学现象进行审视,只有将文学置于人类文明形成的"聚光灯"下才可以避免盲人摸象似的解读。同时,比较文学学科也需要将本学科所取得优秀成果综合起来以贡献给其他学科,成为其他学科自我认识的他者之镜、"他山之石",以致"格物致知"。对于各种以地区为中心的研究者而言,开放的心态则要求他们祛除"中心主义"思维的习惯,全球化已经使得地球成为地球村,各地区之间彼此相连、休戚与共的观念再怎么强调也不为过,文明的发展有多种样态,没有哪一种样态可以成为完美化身。

　　在比较文学受到文化研究的重围之时,雷马克依然保持着这份开放的心态,他认为:"我对待这种(比较文学中的)文化视角持赞成态度,因为它是自然而然的研究进路。与作家和其他任何人一样,批评家都得对他所处的文化做出反映,不管这个文化是他祖国的还是移入国的文化。家人、朋友、环境、学校、宗教……气候和著作等是任何人都无法逃避的现实,且批评家对他们中的一些甚至是全部可能做出彼此截然不同的反映,尽管如此,他们却必须这样做!确切地说,为了不丧失此项事业的中心,从事文化分析和综合研究的文学界学者们必须在最后又回到起点:这一切对作者、作品和批评家意味着什么?"[1]这里的开放性主要体现在对从事文学研究主体身份多元化的考量,同时也是对此类研究的一个规约。文学批评者各自所处的文化环境不同,所面临的具体境遇亦不一样,因此,在比较文学研究中就需要纳入多重维度。在这一点上,文化研究就可以对其提供有益的补充,将处于高雅文学范围之外未曾进入传统研究视域,可是又对比较文学研究具有重要意义的因素纳入研究视野,从而将比较文学研究引入一个更为广阔的文化语境。但这一切的"中心"还是得回到文学研究的本体:作品、作家和(作为接受者之一的)批评家。所以,我们也无需担心比较文学会被文化研究所取代,因为二者的研究对象和研究任务以及研究重点都是彼此不同,或许也正是这样的不同,二者才可以良好的互补。对于这样的互补性,米歇尔·里法太尔(Michael Riffaterre)的观点或许是值得重视的:"我因此认为本学科的未来不在于部分地或全部地与文化研究相融合,而在于对它们各自研究的任务

---

① Henry H. H. Remak, Comparative Criticism: Cultural and Historical Roots in the Theoretical Forest, *Neohelicon*, Vol. 17, No. 1, 1990, p. 198.

重新分配,并且把两种研究方法定义为互补的而不是两极对立的。"①这里的互补性不是对雷马克对文化研究所持开放态度的最好诠释吗?

与此同时,我们惊奇地发现,在文化研究大潮盛行之时,学界对雷马克的评价在不到半个世纪里竟发生了戏剧性的变化。其直接体现就是有学者认为他"一如既往"地维护他传统而又保守的研究策略②,这次之所以认为雷马克代表"保守"和"传统"力量,就是因为他一直坚持比较文学跨学科研究的两极之一必须是文学。而脱胎于文学研究的文化研究者们则明确要求放弃价值判断,重释经典,并取消经典和非经典之间的界限,无疑,这是借比较文学的跨学科研究之名对文学研究的背离。于此,雷马克在生前最后一篇论比较文学性质的文章中还在对自己曾经提出的跨学科研究思想进行反思,认为"在四五十年前,我们为美国比较文学界的跨学科研究所定的两个主要目标(我承认自己犯了推波助澜的作用),实在是太成功了。其中之一是追求学科互动与综合,第二个同样重要的目标是精简学科和重新界定学科界限,可是他们都湮没在文化理论与文化批评的浪潮之中,使得比较文学的跨学科研究的负面影响让合理的规范都成为问题,因此,说得夸张些,我们目前的跨学科研究是完全没有约束的研究"③。这是对二十世纪末本世纪初比较文学研究现状的无情批判,但是他并没有对跨学科研究进行完全否定,因为他认为:"只要比较释义主要的两极之一仍然是文学,是具有文学性的文学,我就会促使扩大比较文学跨学科研究的范围。"④这样的"保守"研究自然无法满足文化研究者们的抛开"文学性"的研究主张,所以我们发现,曾经被韦勒克和韦斯坦因指责为研究领域"太大"、太泛的雷马克比较文学思想竟然在世纪之交被认为是"太保守""太传统",此中所折射出的比较文学曲折发展历程也值得学界关注。

①Michael Riffaterre, On the Complementary of Comparative Literature and Cultural Studies, *Comparative Literature in the Age of Multiculturalism*, ed. by Charles Bernheimer, Baltimore and London: Johns Hopkins University Press, 1995, p. 67.

②James M. McGlathery, Book Review on Structural Elements of the German Novella from Goethe to Thomas Mann, *The Journal of English and Germanic Philology*, Vol. 97, No. 4, Oct. 1998, p. 603.

③Henry H. H. Remak, Origins and Evolution of Comparative Literature and Its Interdisciplinary Studies, *Neohelicon*, Vol. XXIX, No. 1, 2002, p. 250.

④Henry H. H. Remak, Once again: Comparative Literature at the Crossroad, *Neohelicon*, Vol. XXVI, No. 2, 1997, p. 106.

第九章　亨利·雷马克与比较文学价值判断

价值伴随着人类的发展,但对它的认识却经历了一个漫长而曲折的过程。

从历史发展来看,和道德的求"善"与知识的求"真"相比,"价值"作为美学的基础很早便进入学界视线。在古希腊,人类对世界的认识主要是自然本体论,企图弄清楚世界到底是什么,即其到底是由水还是火,还是气等元素组成;与之相伴的是以柏拉图为首的崇尚精神理念的另一种思潮,他们从人的角度出发,主张人生的意义来自于自我反思,并提出"未经省察的人生没有价值"的观点①,"价值"首次进入人们的视线。在西方语境下,"价值"不是仅仅用来指涉事物自身的性质,而是根据人们的需要及目的赋予事物的特征或品格,往往含有主观评价色彩。综合起来看,"价值"在其诞生之初便有两个维度:其一是对人自身的认识,这将人们的注意力从外在客观自然转向人自身;其二是将事物纳入人的视线进行认识和考量。从这里可以看到,"人"在此过程中既是评价的主体,又是评价的尺度。比较文学作为"人学"的一个分支,无疑对"价值"是无法忽略的。

一、比较文学与价值判断

要研究比较文学与价值判断的关系,就要明白"价值"是如何产生的。为此,我们需要首先明白"人"自身,可是,对"人"的认识过程却又是一个渐进的过程。在人类早期,个体的力量在大自然面前显得尤为渺小,没有安全感,所以人们不得不将自己置于群体的庇护下。在雷马克看来,这一阶段,作为群体的"我们"无疑相对于作为个体的"我"来说具有先天优越性,人们将"个人与家庭的支持联系起来,与语言、宗教、社会、经济、种族、人种、性属相关的群体联系起来,藉此,与超越一切的人类共性联系起来以获

①〔古希腊〕柏拉图:《苏格拉底的申辩》,北京:商务印书馆,1962年,第76页。

得渴望中的终极安全感"①。例如,在《圣经·创世记》中,雅各和利亚的第五个儿子就被命名为"以萨迦",而在希伯来语中,该名就是价值的意思。而利亚所说的话"上帝给了我价值,因为我把使女给了我丈夫",则有双关意义:一则表明女人的价值是上帝赐予的,二则表明"价值"的得来是与他人交换的结果。从中可见,在人类早期,价值总是在与自然客体、群体或者具有神力的宗教思想中得来,人的主体价值遭到淹没,这便是人类价值观形成的第一阶段。其对比较文学的启示就是超越民族文学的文学"关系"是产生"价值"的必要前提,"整体"优于"个体"。

　　欧洲文艺复兴既是科学意识的复苏,也是人摆脱对自然、群体及神的依附,是其主体意识得以彰显的一个时期,也形成了人及科学理性占主导地位的第二阶段。十八世纪的休谟主张知识由事实知识和价值知识组成,使得价值正式进入人们研究的视野。之后,赫尔巴特在十九世纪初进一步打破当时哲学重物质实在的倾向,将事实分为价值和实在两个方面,为日后的价值哲学奠定了基础。而十九世纪对冷漠的科学理性主义和基督教传统中思想、文化和道德观念进行猛烈攻击的集大成者是尼采,他提出了"上帝死了,我就是太阳"以及"重新估价一切价值"等响亮口号,认为人应该实现自我超越而成为超人。十九世纪末二十世纪初,文德尔班和李凯尔特构建起了价值学理论,将价值和事实放在了同等重要的地位,使人文价值和自然科学一道成为哲学大厦的两大支柱。但是,人类尚未从上帝的阴影中走出,又走入了科学主义所设置的另一个陷阱。在价值学说中的体现就是客观唯心主义及客观实在论式的价值观,前者认为价值是神明、是伦理信条的超级感悟,是灵魂的标尺,是只可意会不可言传的玄妙之物;后者则认为价值是可观可感的实物,也就是客观事物的有用性与有益成分。在新世纪,由于科学主义的强大力量,客观实在论的价值论占了主导地位,例如,科学家卡尔·波普尔说:"我认为价值随生命进入世界;而如果有没有意识的生命(我认为是有的,甚至在动物和人中,因为有象没有梦境的睡眠这种事情),那么我认为也会有甚至没有意识的客观价值。"②尽管波普尔在这里注意到了人与物的关系,但是却只是强调人对物质有益性能的享用和消费,

---

① Henry H. H. Remak, Origins and Evolution of Comparative Literature and Its Interdisciplinary Studies, *Neohelicon*, Vol. XXIX, No. 1, 2002, p. 248.
② 〔英〕卡尔·波普尔:《无穷的探索》,邱仁宗等译,福州:福建人民出版社,1983年,第205页。

没能看到价值与人主观精神的内在与必然联系,是一种庸俗唯物论的体现。

　　从深层次看,之所以在近代出现这样的局面,在维特根斯坦看来是因为哲学家们总是用科学的方法进行提问并解答,从而使哲学家们走入混沌不明的状态之中。① 而世界本身并无所谓有没有价值,在人存在以前,它原本也是一个客观存在的冷酷无情世界,只是人的存在超越了无意识的自然状态,形成了历史上丰富多彩的文明现象。可见,人在价值形成过程中起着决定性作用,而客观实在论的价值观从外在事物中去找寻,客观唯心主义则从神明处去印证,他们都将人的因素排除在价值形成的过程中。正是发现了其中的疏漏,马克思主义哲学才这样对价值进行界定:"'价值'这个普遍的概念是从人们对满足他们需要的外界物的关系中产生的。"② 马克思主义价值理论突破了静态的价值观,而从动态、辩证的角度去把握价值,从外在事物与人的关系中去找寻价值,无疑是价值认识过程中的第三阶段,也是一次重大的飞跃。在这里,价值有其客观性的一面,因为没有物质性,价值就没有了依托,没有了确定性,所以,这个"外界物"是价值的承载者,它有客观与外在的特征。同时,价值又是在"外界物"与人的相互关联中产生,离开了人对它的认识,离开了人对它的需要,"外界物"的价值对人而言就是不存在的,正是在这种主观需求和客观能满足这种需求之间的张力中产生了价值。

　　简单地说,价值是衡量人存在意义的标尺,而这里的"意义",则"是立足于社会实践论的价值学说的核心内涵,也是在一切社会对象上所体现的人的本质力量和内在尺度的最高升华与结晶"③。这是价值之于人的意义,反过来,在海德格尔看来,"人是'意义'(既非感觉印象,又非理性的人与世界的活的关系)的见证者和保护者。"④这里的"意义"不是一种主观上的价值,也不是科学理性意义上的客观对象,而是人和对象世界之间的互动和依存关系。

　　在比较文学界,价值或者价值判断的引入却不是一帆风顺的。在美国学派内部来看,韦勒克是率先将其引入比较文学研究领域的学者之一,由于他是"新批评"的主将,他将一切都基于文本之上,所以,文本的优先地位就要求

---

① 转引自程麻:《文学价值论》,北京:人民文学出版社,1991年,第19页。
② 〔德〕马克思、恩格斯:《马克思恩格斯全集》第19卷,北京:人民出版社,1995年,第406页。
③ 程麻:《文学价值论》,北京:人民文学出版社,1991年,第20页。
④ 程麻:《文学价值论》,北京:人民文学出版社,1991年,第20页。

价值判断应该是归纳性而不是演绎性的,尽管在实际操作中很难将二者截然分开。这就要求在对文学作品进行价值判断时需要以文本为中心,可是纵观西方比较文学的发展可以发现这一观念的践行却经历了一个曲折的过程。

在对比较文学进行非难的学者看来,早期的"比较"就像是"探宝"似的找寻"影响",未能对作家、作品做出价值判断,这样的"比较"就是流于形式而没有深度,取消了自己的研究价值,因为,"从根本上说,比较文学只有对文学作品作出价值判断才独具意义"①。这之所以是比较文学的内在使命,其原因是文学作品价值的判定过程也就是和其他文学作品,甚至是其他艺术形式进行比较的过程,这无疑就是比较文学研究的内涵。想要认识"我们是谁?"就必须要先了解"我们不是谁",甚至"我们反对谁"。在此过程中,我们通常会参照祖先留下来的宗教、习惯、体制、语言以及生活方式等来进行自我界定。同时,我们也会与其他国家和地区不同民族人们的生产生活方式、信仰、社会机制进行对照;甚至会与其他物种进行对比,在找寻同与异的过程中完成自我界定。在此过程中一个认识论上的飞跃就是如何对自我和他者关系进行界定,以海德格尔与列维那斯为代表的存在主义在这个关系的认识中发挥了积极作用。经典哲学是对康德意义上的"物自体"的认识,其得出的"物自体不可知"的悲观结论为"间性思维"留下了生存空间。海德格尔通过对"此在在世"的阐述向世人表明,"让存在"就是要"此在"进入到存在者那里,进入到敞开领域及其状态之中,这意味着传统意义上主体和客体关系的交融。在这层意义上,就避免了主体对客体的优越性,而变成了他中有我,我中有他,自我和他者,或主体与客体变成了"共存"关系。如果说海德格尔将主体和客体的地位放置到一个平等的地位的话,那么列维那斯则更进了一步。他将存在纳入伦理学的范畴进行考察并认为伦理学先于本体论,具体而言,欲对本体进行认识,必须先考察与他者的关系,而不是先确立本体,再建立与他者的关系。在钱特(Tina Chanter)看来,列维那斯企图打破海德格尔坚持的自我对他者的在先性,而将他者的根本他异性置于研究的中心②。对作为个体的人而言,对人自身的认识有诸多不同的研究渠道与方式:从人与上帝关系的角度而言,人是上帝的制造

---

① 〔日〕大冢幸男,《比较文学原理》,陈秋峰、杨国华译,西安:陕西人民出版社,1985年,第113页。
② Tina Chanter, *Ethics of Eros: Irigaray's Re-Writing of the Philosophers*, New York: Routledge, 1995, p.224.

物,在与其他生物相比时具有优越性,却对上帝有着无法逾越的绝对服从性,此中体现着等级性。在达尔文主义者看来,人和其他生物一样处在一个不断进化的过程中,甚至和猿猴有着亲缘关系,这样就宣告了"人不是从天上来,而是从地下来"这个人与其他生物平等、对人类来说甚是无情的结论。在弗洛伊德主义者看来,人与其他生物具有的共同性体现在"本我"层面,而通过"自我"与其他生物区别开来而成为自身,再通过"超我"将人理想化、神圣化,使得人成为一个矛盾的结合体。在马克思主义者看来,"人是一切社会关系的总和",人的特性体现在他的社会性方面,在这个过程中将其自身的特征交由其他社会成员来决定。在存在主义者看来,人的存在是荒谬的,其荒谬性就体现在人的存在不是自由选择的结果,我们的存在本来就是多余的,正如海德格尔所言,"我们是一些无望的、偶然的生物,被扔在一个没有我们也必然存在的世界上,存在物本身无时无刻不处于极端偶然之中"①。存在主义哲学家对普遍性、科学性、因果律的批判,以及对个体的张扬解放了事物之间因果律式的必然关系,代之以相互间的共生关系。

　　雷马克在实践中也反对空对空的说教,强调回到作品与现实,他认为:"我们需要将文学和文学研究重新融入生活,经验,现存的一切,而不走智识的钢丝与进行思想的舞蹈。而我绝非低估其难度,即如何协调客观分析和人文素养之间的矛盾,以及如何平衡基于个人书写而成的称为文学的混合物与促成文学形成、文学又反向塑造的外在因素之间的矛盾。"②在《恶心》中,通过洛根丁之口,萨特说道:"'我即是那棵栗子树的根',……但马上又改口,'或者说,我完全意识到了它的存在。我独立于它之外,因为我意识到了它,同时,我又消失于它之中,我不在别处,只在它之中'。"③将存在主义思想用在文学作品的价值判断上就告诉我们,只有将作品置于与其他作品的关系之中才可以完成认识其自身的工作,同时,将考察与他者的关系置于自我认识之先也可以避免"记文化账"式的研究。那么,价值判断

①〔美〕A·丹图:《萨特》,安延明译,北京:工人出版社,1986年,第23页。

②Henry H. H. Remak, Comparative Value Judgements: Integration and Isolation in Camus'"La Peste"(1947) and Grass'"Die Blechtrommel" (1959), *Semper Aliquid Novi: Litterature Comparee et Litteratures d'Afrique*, ed. by Janos Riesz, Alain Ricard, and Veronique Porra, Tübingen: Gunter Narr Verlag, 1990, p.166.

③〔美〕A·丹图:《萨特》,安延明译,北京:工人出版社,1986年,第39页。

是如何进入比较文学研究的呢？

　　在早年法国学派的比较文学实践中，出于法兰西文化优越论或民族自豪感，人们认为法国文学与其他民族文学相比具有天然的优越性，甚至要求学者们做一个系列表，依次填入法国作家对其他国家作家的"影响"。在这种思想的影响下，文学研究中的价值导向就不是从文学实践出发，而是从彰显民族优越感出发。其后，受历史研究中"西欧中心主义"的影响，比较文学法国学派研究者们又认为他们的民族文学具有悠久的历史传统，而将美洲等文学排除在研究范围之外。随着美国在二战后的迅速崛起，为了与政治和经济及军事方面的领先地位保持一致，美国的比较文学研究者们突破以纵向维度为研究重点的研究思路，强调没有影响的平行研究，力避与英国文学间的传承关系，追求自己的独立性，从而将美国文学纳入到西方传统的庇护下，可对东方文学等非西方文学则是三缄其口，要么视而不见，要么极力贬低。可见，从宏观来看，西方比较文学研究主要是为政治服务，局限在西方文化范围之内。然而，比较文学研究该如何做价值判断？它在价值判断中能发挥何种作用？文学作品的价值到底该如何评定？这些问题似乎淹没在了政治斗争与文明冲突之中。因此，重读雷马克等经典比较文学家的经典之作无疑能为我们从历史发展长河中去找寻答案提供"他山之石"。

二、亨利·雷马克时代的价值判断观

　　自韦勒克等人将以文本为中心进行价值判断以来，比较文学界在各个层面都进行了深入细致的考察。首先是国别比较文学组织对此问题的关注。1971 年，匈牙利比较文学会和匈牙利研究院文学艺术研究所联合召开了以"文学史与审美价值"为题的研讨会，与会者在肯定比较文学史家在研究中应该考虑作品的美学价值的同时也存在一些分歧。一部分学者认为"人是自身历史的产物"，因而，"文学作品既是证言，又是价值"；另一些人则坚持历史主义，认为客观主义者不应该盲从判断者的判断，因为判断的标准往往是随着时代的变化而变化，今人往往以现代的标准衡量过去，需要客观冷静对待；还有一部分学者认为各国文学比较史的目的就在于价值判断，约斯特认为比较史"是审美性评价的准备"，在此基础之上，学者们甚至提出"比较各国民族文学历史的价值体系更为重要的是完备、正确的

价值体系"等观点①。其次,国际比较文学学会也展开了关于价值判断问题的探讨。1985 年,国际比较文学学会第 11 届大会在法国和英国举行,会议议题除了"比较文学和世界文学""文学理论""接受美学""翻译"等之外,在英国的讨论会还专门开辟一个议题,即"文学与价值"。这次会议一个争论的焦点就是对文学理论的态度,以韦勒克为代表的反对派批评新理论"不做好坏的评价",所从事的是脱离文本的理论空谈。紧接着,四位主题发言者在英国讨论会上发言:得克萨斯州的拉弗威尔(Andre Lefevere)在题为《超越阐释》的报告中提出了"重写"的概念,认为一切翻译、批评、模仿、改写都是"重写",并认为正是在"重写"中人类才能在已有文化积淀中添加进自己时代的新质,才使得传统获得新生,从而也使得文学体系得以在传承中创新。因而认为"对前人的作品应通过价值判断,积极地取我所需,在此基础上创新前进"。时任国际比较文学学会主席、荷兰乌特列支大学的福克马(D. K. Fokkema)则在《过去和现在的"经典"的形成》中认为每个时代都有每个时代的经典,也就是说有各自的价值标准,主张对文学作品进行善恶、美丑、丰富与贫乏以及思想和艺术性等方面的评价。比斯特莱(Bisztrary)则通过《价值中立说》直接对新理论进行批判,认为它们不谈价值本身就一种价值评价,企图追求客观地评价文本的"价值中立说"是不成立的,主张比较文学界需要的是一个评价标准,这和匈牙利学者的呼求是一致的。而时任美国比较文学学会会长奥尔德里奇(Alderidge)在《美国新人文主义看巴比特的美学》中认为巴比特要求用严格的道德标准衡量作品是正确的,倡导比较文学研究"近乎人情",应当以文学中的精华作为评价的标准,并强调文学研究中"人"的因素的重要,反对形式主义的抽象分析和推理,甚至认为"在考虑美和善的问题上,善应当先于美"②。总之,在此次大会上,一批学者站在维护传统的立场,将"求善求美"的人文传统贯彻到比较文学研究中,认为唯有这才是维系社会秩序的核心纽带,它超越了国家、民族和政治等方面的分歧而成为人类的共同财富和纽带。此外,在比较文学发展过程中也有一些学者在思索着另一些与价值判断相关的问题:福克马在其探讨价值判断方法论的文章中将"评价"与"阐释"区

①〔日〕大冢幸男:《比较文学原理》,陈秋峰、杨国华译,西安:陕西人民出版社,1985 年,第 113~114 页。

②杨周翰:《镜子与七巧板》,北京:中国社会科学出版社,1990 年,第 14~15 页。

别开来,并提供了价值判断的归纳和演绎的模式①,该文成为福克马和蚁布思合著的《二十世纪文学理论》(1978 年)第一章的主要内容。一些学者,如尤金・戈德哈特(Eugene Goodheart)著文《批评的失败》(The Failure of Criticism)(1978 年),对批评不能与不愿进行价值判断,以及由于现代主义的影响而丧失其道德权威进行谴责。伦纳德・曼海姆(Leonard F. Manheim)在其《标准谬误问题》(The Problem of Normative Fallacy)(1969 年)中告诉世人,我们需要回答这个迫切的社会问题,即,为何我要阅读这部作品而非那部作品? 什么使得文学作品成为"优秀"或者"劣质"? 这一阶段最深入与系统地探讨价值判断问题的著作是艾利克・赫施(Eric D. Hirsch)所著的《阐释的目的》(The Aims of Interpretation),书中主要阐释了四个讨论阐释方法的利与弊,然而他在贬低纯文学的组成以及颂扬有些模糊的人文优先性方面却不尽如人意。总之,在雷马克生活的年代,已有不少学者著文讨论价值判断问题,可是却未能引起学界的足够重视。

三、亨利・雷马克的价值判断观

作为"美国学派"的重要代表,雷马克针对价值判断问题发表了一系列相关著述②,理论联系实际地对上文所论及的问题或纠偏、或深化、或拓展,形成了有其特色的价值判断理论,总结起来大致有以下两个方面。

---

① D. W. Fokkema, The Problem of Generalization and the Procedure of Literary Evaluation, *Neophilologus*, Vol. 58, No. 3, July 1974, pp. 253~272.

② 在这一时期,他发表的著述主要有:1. Comparative Interpretation and the Question of Value Judgment: Edgar Allan Poe's The Fall of the House of Usher and Meir Goldschmidt's Bjergtagen I (Spellbound I), *Literary Theory and Criticism: Festschrift in Honor of Rene Wellek*, ed. by Joseph Strelka, Bern: Peter Lang Press, 1984; 2. The Use of Comparative Literature in Value Judgements, *Komparatistik Beretische Uberlegungen und sudosteuropaische Wechselseitigkeit: Festschrift fur Zoran Konstantinovic*, ed. by Herausgenben von Fridrun Rinner und Klaus Zerinschek, Heidelberg: Heidelberg Press, 1981; 3. Between Scylla and Charybdis: Quality Judgment in Comparative Literature, *Aesthetics and the Literature of Ideas: Essay in Honor of A. Owen Aldridge*. ed. by Francois Jost with the assistance of Melvin J. Friedman, Newark: University of Delaware Press; London and Toronto: Associated University Presses, 1990; 4. Comparative Value Judgments: Integration and Isolation in Camus'"La Peste"(1947) and Grass' "Dic Blechtrommel"(1959), *Semper Aliquid Novi: Litterature Comparee et Litteratures d'Afrique*, ed. by Janos Riesz, Alain Ricard, and Veronique Porra, Tübingen: Gunter Narr Verlag, 1990.

　　第一，文学的价值是相对的存在，是建立在对传统价值判断的批判与继承的基础之上的。纵观学界对价值判断的研究，他认为虽然各有侧重，却很难有操作性，更少有提供进行价值判断的个案研究。在最早论述价值判断的文章中，雷马克曾有这样的限定："我将主要论述文学价值的'质量'方面，而不是对价值的其他功利性的阐释。'价值'将会在与国际文学作品的相关性中通过历史与批判的方式加以评估，而不是从哲学的、分析的，或者语义的抽象概念层面加以评估。"①此处的"价值"不是孤立存在的，而是从与其他民族文学的关系中体现出来，也就是说作品的价值与优劣，是参照同一文学层面中其他作品的审美价值而定的。如果把文学作品的价值比作商品的价值，那么，其体现就是在于与其他"商品"共在的场域中：假若没有其他"商品"的存在，则不存在"供求关系"。因为"商品"只有在流通环节才拥有"价值"，否则，其"价值"也无从说起；假若没有作为欣赏者、读者的"购买者"的存在，其"价值"也难有体现，因为"人"才是价值的创造者、赋予者和评判者。同时，价值是人文学科的有机组成部分，人文学界就是与价值打交道的。而且，作为文学学科的组成部分，"价值"不可避免地拥有价值，因为它是作者在文本中创造的，是潜在的存在，所以对它的衡量就离不开对文本的分析和语境的分析。以扑克牌为例，其发明者与制作人根据相应规则制作了扑克牌，其中就潜藏着一定的价值或意义，此时，研究者可以就扑克牌自身进行相应的研究，探寻其可能的意义，也可将其纳入相应的"语境"。例如，加入不同的玩家以及不同数量的玩家，按照不同的游戏规则进行玩乐，那么此时它的"价值"就和独立存在时的"价值"不尽相同，而最值得关注的是，扑克牌在拥有自己"价值"的同时，还可以为玩家带来不同的"价值"。这是自然科学与社会科学所没有，是人文学科的一项特权，身处其中的教师与研究人员的义务就是捍卫人文价值。雷马克之所以有如此观点，是因为在现实中，从实践层面来看，"对一些人来说，价值是如此主观、如此具有意识形态性，根本没有办法对其进行客观、慎重的评价。在文学界因其被当作'趣味无争辩'、经不起历史检验、易使人上当的构想

---

①Henry H. H. Remak, The Use of Comparative Literature in Value Judgements, *Komparatistik Beretische Uberlegungen und Sudosteuropaische Wechselseitigkeit*; *Festschrift fur Zoran Konstantinovic*, ed. by Herausgenben von Fridrun Rinner und Klaus Zerinschek, Heidelberg: Heidelberg Press, 1981, p 127.

范围而被排除在研究之外。"①人们在文学研究中反对价值判断,是因为在学术界,特别是自然科学界用了几个世纪的时间才从权威(教会、国家、团体等)灌输给他们的价值观念中摆脱出来,人们对源自所谓公共观点的内涵价值判断感到非常敏感,尤其是在经历了二十世纪六七十年代的学生运动之后,人们普遍需要找寻自己的方式去对抗传统。所以,价值判断这个原本含有尽可能做出更加审慎判断,做出甄别的积极含义的词语逐渐有了贬义色彩。

　　第二,文学的价值是动态与多元的存在,其根植于传统价值判断研究的不同发展阶段。为避免主观性,比较文学界希望拥有自然科学般的客观性、科学性与完整性。从历史发展的角度来看,能够做出这样的选择也是一种进步的表现。在人类文明的早期,人们对文学作品的价值判断往往是注重它的实用价值,也就是它对部落生活是否有现实意义。例如,就早期文学表现形式的神话与诅咒而言,它们之所以能够流传下来就在于它们的神灵效应,在于其主宰整个部族命运的神奇力量。所以,那时文学的价值及其审美享受就在于它能使人虔诚的诵读。同时由于此时的创作属于集体创作,无需考虑作者的名誉与利益,作品的流传与命运完全取决于其在现实中能否被大家需要。到了封建社会,文学的发展逐渐通过体现宗教和伦理价值来找到自己的位置。在西方,中世纪文学慢慢成为基督教的侍女;在东方,"整个文学从来都要提出道德问题的,它从来没有着眼于,也不应着眼于其他方面。那些不涉及道德问题的作品,根本就不能算文学作品"②。其间也曾出现个人文学创作者群体,他们依附于贵族或宗教,投其所好地进行文学创作,从而也可以过上养尊处优的日子,但不可否认的是,他们的创作自由仍是唯其恩主马首是瞻,其作品也就自然难有自由发挥的余地。文人的这种依附状态直到资本主义时代才从王公豢养或保护人转移到读者那里,他们开始通过琢磨读者和出版商的口味来进行创作,获得报酬。"在英国,豢养制度在十八世纪初期已明显地开始崩溃。……到了

①Henry H. H. Remak, Between Scylla and Charybdis: Quality Judgment in Comparative Literature, *Aesthetics and the Literature of Ideas*: *Essay in Honor of A. Owen Aldridge*, ed. by François Jost with the assistance of Melvin J. Friedman, Newark: University of Delaware Press; London and Toronto: Associated University Presses, 1990, p. 23.
②转引自程麻:《文学价值论》,北京:人民文学出版社,1991 年,第 251 页。

十九世纪,当司各特和拜伦对大众的趣味和舆论发生巨大影响的时候,作家才得到经济上丰厚的报偿。伏尔泰(Voltaire)和歌德大大地提高了作家在欧洲大陆的威望和独立性。"①可见,文学界的主流价值判断直到十九世纪还受着宗教、豢养人等因素的制约,是司各特、伏尔泰与歌德等人把文学拉上独立发展的道路,更是歌德老人于 1827 年响亮地提出"世界文学"的口号,企图建立文学共和国,文学批评界在此过程中自然就有一种强烈的愿望,即摆脱宗教等的束缚,建立起文学独立判断的体系,可是在如何进行价值判断的问题上却选择了向科学主义低头。究其原因,是因为人们的认识和价值在早期就没有分离,其表现就是艺术与科学不分,历史与传说合二为一。例如圣经中的通天塔故事既是传说也被当成是历史,这是文学艺术无法摆脱认识论的历史和理论上的原因,加上近代科学的飞速发展,人们仅仅看到外在需求的一面而忽视了内在心灵的丰富内涵和多元需求,从而导致了价值论的失落和认识论的高涨,科学无情地剥夺文学话语权的悲剧。可是从本质来说,人的需求是多元的,因而通过文本体现出来的价值也应该是多元的。科学主义般的客观性无法用来代替文学衡量自身价值的独特手段,因为从本质看,"科学不能代替艺术,艺术也不能代替科学"②。这并不是要取消对客观性的诉求,而是力求争取人类文学艺术是一门独立的学科,是与科学功能有区别的,又是与之相互交融的人类精神需要。

当然,也正是因为文学作品不仅仅是一种纯粹的艺术形式,其承载着道德教化功能、心理调节功能、意识形态功能、政治功能,乃至娱乐等功能,因此,文学作品的价值判断是一个复杂的过程。就雷马克而言,他坚持历史与批评视角相统一的观点③,一方面,结合文学作品产生的文化与历史语境探讨其思想深度、信息量的丰富度、语言表述的丰满度以及内容的可信度等。另一方面,也有必要采取历史的视角,将文学作品看作历史的存在,从中探寻永恒存在的人类品质。在具体操作层面,雷马克更是列举出

---

①〔美〕韦勒克、沃伦:《文学理论》,刘象愚、邢培明等译,北京:三联书店,1984 年,第 98 页。

②〔苏〕别林斯基:《别林斯基选集》(第 2 卷),满涛译,上海:上海文艺出版社,1953 年版,第 429 页。

③Henry H. H. Remak, Between Scylla and Charybdis: Quality Judgment in Comparative Litera-ture, *Aesthetics and the Literature of Ideas*: *Essay in Honor of A. Owen Aldridge*, ed. by Francois Jost with the assistance of Melvin J. Friedman, Newark: University of Delaware Press; London and Toronto: Associated University Presses, 1990, p. 24.

了切实可行的指标,例如,我们在价值判断过程中需要考虑文本是如何在下述维度之间保持张力的,即有用性和善与愉悦性与美之间,集体与个人之间,意图与达成度之间等。这些因素都对文学作品的价值产生直接而深远的影响。文学曾经是维系种族信仰,实现民族身份认同的有力工具,只是在发展过程中才要么成为宗教的侍女,要么成为科学的奴婢,逐渐成为边缘。强调文学价值观念对生存法则的优先性,文学的心灵体悟对客观世界的重要性,情感需要相比科学逻辑于人类而言的不可或缺性就是对现代社会重物质轻人文的一种反拨,是人们在经历了科学带给人类众多灾难之后的切肤感受。科学是一把双刃剑,如果掌握科学的人缺乏人文情怀,那它将是悬在人类头顶上的永远的"达摩克利斯之剑",解决的途径只有通过人的内在,通过文学唤醒潜藏在人类心理深处的对人类自身的热爱,对同类的移情关怀,对异己者的包容,对自然和未知世界的敬畏之情。唯有这样,才能促使马克思所期待的自然科学与人的科学融合为"一门科学"[①]的崇高境界的早日实现,而雷马克所倡导的文学作品价值判断多元性的观点却无疑在帮助这种愿望的实现,具有积极作用,值得学界关注。

四、亨利·雷马克论比较文学价值判断的途径和方法

由上文可知,文学必须走综合之路,雷马克反对"新批评"就文学研究局限于文本,闭门造车似的追求"文学性"的原因也在于文学作品的价值不全在于它自身,所以不能仅从其内部去找寻,那么,作品之间的比较不正是比较文学的题中应有之义吗? 比较文学的价值判断该如何进行呢?

(一)亨利·雷马克时代比较文学与价值判断研究的现状

截至二十世纪八十年代,学界对作品价值判断的研究大体可分为两个方面。一方面是进行文学中价值判断可行性的概念探讨。这以韦勒克和沃伦发表于 1948 年的文学理论中的专章"文学的评价"("Evaluation")为代表,该文通过研究,发现"批评"在古希腊原文中是"判断"之意。之后,在 1969 年的《比较批评年鉴》(*Yearbook of Comparative Criticism*)中,有以"文学评价中的问题"为主题的系列论文,其中,乔治·鲍阿斯的《文学评价中的问题》,大卫·戴启斯(David Diaches)的《文学评价》可归为论证价值

---

① 〔德〕马克思:《1844 年经济学—哲学手稿》,北京:人民出版社,1956 年,第 92 页。

判断相对性与主观性的合理性一类。在其后的文章中,有两位论者尤其值得关注。从方法论来看最深入探讨价值判断的研究来自于荷兰的福克马,他将评价与阐释区别开来,并为价值判断引入了归纳和演绎的模式。第二位是荷兰的瑞恩·赛格斯(Rein T. Segers),他基于福克马的《文本的评价》(The Evaluation of Literary Texts),将价值评价导向读者之维。而最简单明晰地论述价值判断的文章是艾瑞克·赫斯(Eric D. Hirsch Jr.)所作的《阐释的目的》(The Aims of Interpretation),其最大亮点在于论及了价值判断四个主要方法的利弊,稍显遗憾的是他低估了纯文学因素以及颂扬略显含糊的人文优先性。另一方面是比较文学语境中的价值判断,本阶段的论战主要发生在国际比较文学学会大会上。1951 年,德国学者威斯(Kurt Wais)大胆而又雄辩地向学界呼吁将价值判断引入比较文学中,通过比较去认识民族文学的兴衰成败,可是却鲜有赞同者。1964 年,在瑞士弗莱堡召开的国际比较文学学会第四次大会上,学者米兰·迪米克(Milan Dimic)生动而具体地提出如何在比较文学的价值判断中调和民族和国际的因素,依然"曲高和寡"(stand in undeserved isolation)[①]。七年后,迪米克在布达佩斯的国际比较文学学会的小型座谈会上再提此事,呼吁在更大范围地将价值赋予文学作品。在此座谈会上,学者罗伯特·魏玛(Robert Weimann)主要从理论上探讨了引入历史和价值互动的必要性。此外,1973 年在蒙特利尔和渥太华举行的国际比较文学学会第七次大会上,共有 23 篇论文探讨"(文学)评价中的问题"。其他学术著作涉及此论题的还有如大卫·马龙(David H. Malone)的《比较文学中的"比较"》一文,该文发表于 1954 年,虽然没有直接谈论价值判断,可是却将文本的直接而完全对比视为文学研究的坚实基础,得到了其他诸多学者的响应和支持(如Mihaly A. Szegedy-Maszak、Peter Demetz 等)。同时,1976 年,韦勒克在《作为评论的批评》中则明确表达了支持比较文学在去民族化中的地位与反对价值判断中的绝对相对主义(complete relativism)的观点。

　　从对比较文学中价值判断的这两个方面的著述中,我们可以发现在二

---

①此部分内容参见:Henry H. H. Remak, The Use of Comparative Literature in Value Judgements, *Komparatistik Beretische Uberlegungen und Sudosteuropaische Wechselseitigkeit:Festschrift fur Zoran Konstantinovic*, ed. by Herausgenben von Fridrun Rinner und Klaus Zerinschek, Heidelberg:Heidelberg Press, 1981, pp. 128~129, Note 5.

十世纪八十年代前,学界的相关著作呈现出以下特点:第一,从时间来看,自四十年代韦勒克提出"文学评价"以来,文学研究中的价值判断便进入了比较文学的研究领域,经过了近二十年断断续续的研究,在六七十年代达到高潮。在论及文学评价时,韦勒克的功绩在于虽然他鲜有实践,可是却在理论上证实"文学"不仅仅是"民族文学",为文学研究从国别文学过渡到比较文学提供了理论基础,也为跨民族的文学价值判断扫清了障碍。韦勒克以开放的态度面对各式各样的话题、方法以及文学批评与文学史的诸多维度,但与此同时,他也极力主张学者们决不能偏离文本是检验文学理论的试金石这一基本立场。到了二十世纪六七十年代,国际政治局势发生了翻天覆地的变化,尤其是美国国内爆发了大规模的学生运动,学生们期待着能够像在二战中的父辈们那样在历史发展中有自己的声音和话语权,希望对传统可以有自己的见解。在文学领域里价值判断的复兴正是这种思想的一个体现,但反过来,这种重估一切价值的思想也在一定程度上造成了西方文化的危机。第二,在概念的区分上,大部分学者视"评价"为文本分析的代名词,他们从"批评"中祛除了判断的维度,即便有学者在"判断"和"分析"之间划清了界限,他们也很少能为价值判断找到合理性的基础。直接以文本分析为旨归,他们往往在研究中放弃了研究者的立场,企图让文本说话,这与弗莱(Northrop Frye)将文学中的价值判断视为对批评家自我的否定而加以抛弃的观点有极大关系。所以,在雷马克看来,"即便是更为温和的批评家也对价值判断变得尤为,准确地说是过分的小心翼翼"①。更为重要的是,这批对价值判断感到紧张的研究者在对文本进行分析的时候总是局限在文本自身,忘记了比较文学的初衷,也忘记了人文学者的使命。第三,从理论与实践的关系来看,大部分学者主要从理论上泛泛地谈论价值判断,由于预料到他们无法协调这个复杂问题理论的诸多方面,也无法提出一个统一的理论,于是就放弃了对此问题的深入研究,只有极少数学者在竭力将价值判断融入比较文学的理论与实践中。

　　学界之所以在行动中犹豫,其中一个重要原因就是对比较文学能否进

---

① Henry H. H. Remak, The Use of Comparative Literature in Value Judgements, *Komparatistik Beretische Uberlegungen und sudosteuropaische Wechselseitigkeit · Festschrift fur Zoran Konstantinovic*, ed. by Herausgenben von Fridrun Rinner und Klaus Zerinschck, Heidelberg: Heidelberg Press, 1981, p. 128.

行价值判断问题没有进行深入探讨并进而得出明确的答案。历史的发展告诉我们,任何人,不管他的地位多高,也不管他的知识是多么渊博,都无法决定作品的价值。作品的价值是由各个时代,各个不同的民族的不同读者在历史发展长河中自然而然地、潜移默化地形成的。就正如马克思对商品价值的界说一样,商品的价值不是由商品生产者单方面决定,而是由生产此类商品的社会必要劳动时间决定,当然,这还只是一方面,同时它还要由商品满足消费者的程度而定。这里就可以看出,商品的价值是在与其他商品,以及此件商品的生产者与其他生产者之间的比较中确立起来的。对此,恩格斯早就认为:"任何一个人在文学上的价值都不是由他自己决定的,而只是同整个的比较当中决定的。"①这里虽然说的个人的价值,可是正如高尔基所言,文学就是人学,因而就作家而言,他的价值与荣誉不正是由他的作品体现和反映出来的吗? 自然,对作家的评价过程就变成了对作品的价值判断过程,而作品的判断又是在与其他作品相比较的过程中确立起来的。作品在历史上因为种种原因要么被遗忘,要么被重新认识,要么经历系列曲折的过程而得以复活,这就构成了作品的"命运",而"以作品命运作为研究对象的比较文学,在这一点上,不也可以对文学作品作价值判断么?"②因为将一个作家、一部作品的价值与其他作家与作品进行比较本来就是比较文学的使命。在比较文学实践中,我们已经明白,学界需要为已经降格为描述性分析的评价注入"价值"的血液。人们到处都在谈论价值判断,可是却很少有实证性的研究,系统性的研究更是乏善可陈。专业文学研究和业余文学研究者的区别不仅在于前者更加深入或者正确,而是其更具有严格的系统性,力避印象式的价值判断。社会需要人文学科做出价值判断,而在进行价值判断之前设定一些标准则显得尤为必要,而若能将这些标准在跨民族和跨文化的更大范围内的文学作品之上进行验证,不是更具有可信度吗? 这样所进行的研究,不正是比较文学的研究范畴吗?

另一方面的困难来自对价值判断客观性(objectivity)或者科学性的担忧。这个概念的提出从传统意义上来说是一个悖论。其一,客观性主要是指自然科学的试验是不以人的意志为转移,具有可重复性。其二,价值判

---

① 〔德〕恩格斯:《评亚历山大·荣克的〈德国现代文学讲义〉》,载《马克思恩格斯全集》第1卷,北京:人民出版社,1956年,第524页。
② 〔日〕大冢幸男:《比较文学原理》,陈秋峰、杨国华译,西安:陕西人民出版社,1985年,第125页。

断原本就是指"对美和善所作的主观判断"，其明显具有主观性。将他们放在一起，体现了自然科学发展日益强大，它的影响在社会生活的方方面面产生了越来越大的影响，人文科学自然也不例外，所以比较文学学者在研究中自觉地按照自然科学的相关要求来规约自己。学科分工是人为的，而作为分工主体的人的思维是整体的、全面的，比较文学这门学科的跨学科性在本质上正好可以弥补因学科分类而导致的人类知识的"碎片化"（乐黛云教授语）。当然，弥合这一碎片化的过程也是艰难的，在比较文学中进行价值判断也还有太长的路要走，雷马克在二十年前就意识到："我绝不低估这一困难，即是如何协调客观分析与人文特质之间的矛盾，面对被称为文学的矛盾结合体的独特性，如何平衡其作为作者内省的、个人情感载体的文本与和文本相互制约的外在因素之间的矛盾。"[①]这里的第二对矛盾将雷马克的比较文学思想与以文本为中心的"新批评"区分开来，就第一对矛盾来说，也就是就价值判断中如何协调客观性与主观性的关系而言，我们知道价值自然是主观性的概念，而且在诸多情况下，还是个人行为。但是，产生价值判断的过程是离不开理性基础的，社会赋予学者的使命正是对那些人类所面临的历史和现实问题找寻理性的、系统验证过的要么支持要么反对的解决方略。不管是否愿意，人文学者都是当今时代的精神守卫者，他们的使命与自身的价值标准是紧密联系在一起的。这就要求人文学者从历史的视角，从知识整体性的视角，从客观性与主观性相结合的立场，综合各种因素去阐释社会现象，其中自然包括文学与艺术。当然，面对这些社会现象，学者们面临的问题是，谁来判断价值，参照什么样的标准？因为每个社会的政治、经济、宗教以及意识形态的各个部门都会有自己的一套价值体系，而且在历史发展长河中还会发生改变，个人则是根据自身的特征去综合这些不同部门中的不同方面，以形成具有自身特征的价值体系。这样形成的个人多元结构的价值体系则与其他读者、听众与观察者的价值体系既有相同点，也会有相异之处。这样而来，"很难想象一个读者的价值体系是绝对个人的，还是完全集体的。同时，他的价值体系也不是严格符

① Henry H. H. Remak, Comparative Value Judgements: Integration and Isolation in Camus'"La Peste"(1947) and Grass'"Die Blechtrommel" (1959), *Semper Aliquid Novi*; *Litterature Comparee et Litteratures d'Afrique*, ed. by Janos Riesz, Alain Ricard, Tübingen: Gunter Narr Verlag, 1990, p. 167.

合逻辑的:事实上,在集体价值和个人价值方面,补偿原则应该是一个比逻辑与一致原则更重要的调节因素"①。由此可见,任何读者所做的价值判断都具有一定的集体性,具有一定的共性,从而也具有一定的客观性,可是与其他"集体"相较,却难免具有片面性与相对性,雷马克敏锐地提出"补偿原则",无疑是弥合源自不同"集体"价值判断之间分歧的一个有力之举。而对科学性的诉求主要是自然科学和社会科学方面的要求,在人文科学领域主观性因素从某种意义上来说还更加可取。即便是马克斯·韦伯②也不要求作不带价值的判断,他只是要求最大的客观性。学者必须在合理的限度内考察他能搜集到的各种信息,尤为重要的是他必须让读者能够独立分析、评估这些信息并做出自己的结论和判断,而不是学者们帮他做判断。这样的客观性不但为读者的主观价值判断留下余地,而且也使其成为可能,因为睿智的读者手里已经掌握了学者提供给他的信息,并可以据此去反驳学者所做的价值判断。所以,从这个意义上讲,学者就不再是那个高高在上的价值仲裁者,而和其他读者一样处于同样的地位,这样也就摘下了那把悬挂在比较文学学者头上的、象征着科学性与权威性的"达摩克利斯之剑"。由此,文学研究就变成了集科学进程与人文价值于一体的系统研究,成为了集追求文本和真实、在各种信息面前不断调整我们的判断与进行主观自由阐释于一身的艺术形式。我们变成了一个复合体,在与其他学科门类进行竞争的时候这或许会成为我们的障碍。从心理上来说,这可能会让我们难堪,可是这却能给我们以更包容的心态去接触不同文化,这将是自然科学和社会科学会羡慕我们的一个"从业许可证"。③ 所以,价值

①Henry H. H. Remak, The Use of Comparative Literature in Value Judgements, *Komparatistik Beretische Uberlegungen und Sudosteuropaische Wechselseitigkeit*:*Festschrift fur Zoran Konstantinovic*, ed. by Herausgenben von Fridrun Rinner und Klaus Zerinschek, Heidelberg:Heidelberg Press, 1981, p. 131.

②马克斯·韦伯(Max Weber,1864 年 4 月 21 日至 1920 年 6 月 14 日)是德国的政治经济学家和社会学家,他被公认是现代社会学和公共行政学最重要的创始人之一。他与卡尔·马克思和埃米尔·涂尔干被并列为现代社会学的三大奠基人。他强调社会科学与自然科学在本质上的差异,因为他认为人类的社会行为过于复杂(韦伯将其分类为传统行为、感情行为、目的理性行为、和附带行为),不可能用传统自然科学的方式加以研究。

③Henry H. H. Remak, The Use of Comparative Literature in Value Judgements, *Komparatistik Beretische Uberlegungen und Sudosteuropaische Wechselseitigkeit*:*Festschrift fur Zoran Konstantinovic*, ed. by Herausgenben von Fridrun Rinner und Klaus Zerinschek, Heidelberg:Heidelberg Press, 1981, p. 132.

判断应该在比较文学中找到用武之地，学界应该从理论和实践两方面加以贯彻。可事实却是比较文学从业者面对价值判断问题时不断地产生困惑，困惑的原因就是缺乏系列标准，那么价值判断到底应该遵循什么样的标准呢？在这方面，雷马克做出了他自己的独特贡献，为比较文学中的价值判断奠定了坚实的基础。

（二）比较文学中价值判断的标准与维度

如前所述，雷马克早就意识到比较文学中的价值判断是一个系统工程。不过，要进行价值判断，自然要涉及以何种标准进行判断。韦勒克在比较文学价值判断中的贡献在于他指明了这一过程以文本为出发点，也就清楚地告诉我们标准不是从外部而来，没有超越时空的标准，其来源只能是作品自身。日本比较文学家大冢幸男提出："一部作品是一个有机整体，因而不能只是对孤立的各个要素（文体、思想、语言艺术等）作价值判断，而必须要对各种要素的多样性作综合考虑。就是说，应有一个'全体性关系'和'体系'的概念。"①他也认为价值判断要从文本出发，并且坚持从文本的微观与宏观两方面进行判断的思想，只是遗憾的是他仅从宏观进行了探讨，没有深入到具体的文本，所以缺乏可操作性。在这一方面，雷马克进行了深入系统的探索，进行了相应的实践，探讨了比较文学价值判断的基本内容和不同标准。

诸如数学等学科追求客观性与普遍性，文学作品则显然不具备这样的特征，因为文学作品的价值存在于其与不同时代及不同地区读者互动中，具有主观性。由于读者主体的多元性，我们应该力避判断标准的单一性、永恒性；同时，由于文学作品接受过程中存在着彼此不一致的现象，我们在探讨标准问题的时候也应该注意到这种复杂性和多样性。雷马克正是在充分认识到这一切后才制定了相应的研究范畴，并在实践中不断进行修正，正如他自己所言："事实上，在我研究价值有机构成过程中遇到的问题以及构建多元模式上，我将花同样的精力。要做成一件事，唯一的办法就是开始从自己的错误中去吸取教训。"②在不断地总结和反思过程中，雷马

---

① 〔日〕大冢幸男：《比较文学原理》，陈秋峰、杨国华译，西安：陕西人民出版社，1985 年版，第 115 页。

② Henry H. H. Remak, Between Scylla and Charybdis: Quality Judgment in Comparative Literature, *Aesthetics and the Literature of Ideas: Essay in Honor of A. Owen Aldridge*, ed by Francois Jost with the assistance of Melvin J. Friedman, Newark: University of Delaware Press; London and Toronto: Associated University Presses, 1990, p. 24.

克为学界概括了如下一些标准:实用性与娱乐性、集体性与个人性、意图性与实践性、代表性、集中性、结构和风格的一致性、文体的可比较性、复杂性与简单性、故事中主人公行为的可预测性与作品价值(是否)成反比、翻译的可行性、补偿的平衡性等。必须承认,没有一套标准是包罗万象的,雷马克上述标准也只是涉及了比较文学价值判断的一些方面,下面兹择其要点详述之。

1. 文学作品价值的流变性

现代以前,文学的主导因素是作家在一定程度上对公共标准的个人化。文学的标准便可以描述为在共有的、作为绝对先决条件的共同文化与其个人化之间形成的张力。在人类生活实践中,人们也发现,"在文化发展的早期阶段,集体的'我们'优先于个体的'我',今天在很多或许主要是非西方的文化中依然如此。由于集体的'我们'时常饱受生活的沧桑,于是'我们'将个体与家庭不可或缺的支持联系起来,与语言、宗教、社会、经济、人种、属性相关的或大或小的群体联系起来,并通过它,与超越一切的人类共性联系起来:即渴望获得终极的安全感"[①]。个体主要是通过家庭、社群、民族、故乡、宗教之类群体组织或拥有无穷力量的对象那里获取力量,其间产生的文学也是对这种生活方式的反映,即主要是对集体价值观念与超现实力量的讴歌和赞美。

在十八世纪,经历了文艺复兴的洗礼,西欧各国的民族意识越来越强烈,随着拉丁语一统天下的打破,各个作家普遍用自己的民族语言进行创作。同时,在文艺复兴运动的推动下,自然科学取得越来越多的成果,人对自然的认识越来越深入,慢慢开启了自然更多的奥秘,人类的自信越来越大,尤其是启蒙思想家们对宗教和专制制度的口诛笔伐,并在政治上响亮地提出"天赋人权"、"人人在法律面前平等"之后,个人的力量和价值得到了前所未有的肯定。此外,人类对自然的崇拜,推出自然神的思想也逐渐转换为真正意义上的"人为自然立法"。这种思想在文学中的体现就是展示集体共同文化的思潮与展现作家个人思想之间张力的戏剧性地扩大,经过浪漫主义、现实主义的深化以及象征主义、弗洛伊德主义的熏陶,到二十世纪,自我意识已经强大到如此程度以致作者的、个体的以及展现自我的

---

① 〔美〕亨利·雷马克:《比较文学的起源、演化及跨学科研究》,耿强译,载《中国比较文学》2009 年第 3 期,第 14 页。

优先性与公共意识之间的差距已经变得如此的巨大和不可弥合,我们可以说他们已俨然成了两种不同的文学文化现象。究其原因,是由于人类对"安全感"的找寻从纵向方面转移到了横向方面。在 20 世纪末期,人们拥有越来越多的民主权利,他们对生活的各项期待和要求完全可以通过教育、社会、政治体系获得,这样,身处西方民主社会的人们便不再历时地从祖先那里去找寻"安全感"。当然,由于受到阶级局限性的限制,雷马克认为这样的局面并不是被所有的人平等享有,他将共产主义和法西斯主义等同起来,认为"历史或甚至是伪历史和种族的神话支撑着法西斯主义和国家社会主义一路前行,借此他们以纵向的历史为基点,创造了一种横向关联性。以共产主义为例,它之所以强调横向的相互关联,使人言听计从,是因为马克思主义宣称工人阶级的纵向历史联系蕴含力量"①。对"不同步"以及不同社会类型的社会发展有了这样的认识,由此便认为对产生于不同文化背景中的文学作品的价值该作何种比较和判断是"困扰比较文学的难题"。这也就意味着在比较文学中的价值判断充满挑战,因为进行价值判断的主体在此过程中起着重要作用。由于价值不是客观的存在物,而是客观见之于主观的一种现象,在文学活动中是在读者与作品之间双向互动中产生,因而,没有读者的阅读和美学修养,作品的价值便无法实现,这也是尼采所认可的:"事件要成其伟大,必须同时具备两个方面:成事者的伟大官能和受事者的伟大官能。"②这就将作为"受事者"的读者推到了价值判断的前台,但对于读者而言,他处在一定的社会之中,所以,他的价值体系和美学修养是在与社会价值体系的相互渗透中形成的。这样,文学作品的价值只有在得到社会价值的承认,它的价值内涵才能得以确立,才能被视为有价值的。不过,文学的价值也不是单向确定的,社会价值的形成也是在作品的推动下有机形成,当作品促成社会价值观的升华之后,读者又会在新的高度去重新审视文学作品,从而发现以前未被发掘的价值。就是在此过程中,文学作品得以"重生",并在新的读者面前获得新的命运。在进行跨文化文学实践中,文学作品在异质环境中也往往会被解读出完全不同的价值,例如英国作家斯威夫特的作品《格列佛游记》原本是一部政治讽刺小

---

① Henry H. H. Remak. Origins and Evolution of Comparative Literature and Its Interdisciplinary Studies, *Neohelicon*, Vol. XXIX, No. 1, 2002, p. 248.
② 〔德〕尼采:《悲剧的诞生》,周国平译,北京:三联书店,1986 年,第 109 页。

说,在其他国家却被视为经典儿童小说。这为比较文学研究提供了一个施展自身的场所,这种现象被雷马克用"补偿原则"进行了精辟的概括,他认为,虽然读者往往会受到政治、经济、宗教、意识形态的不同影响,而且还会受到历时和共时价值标准的影响,因而每个读者、观众和听众彼此的审美情操都会既有共同点也有相异点,可是,"很难想象一个读者的价值系统是完全的集体主义或者绝对的个人主义的,事实上,在集体和个人价值体系中,与逻辑一致性原则相比,补偿原则或许是一个更加有效的调节剂"①。读者的价值体系是开放的,多元的,这为源自不同文化背景的文学作品的流布提供了前提。这也说明一部文学作品在一种文化语境中的意义阐释需要得到源自不同文化语境阐释的补充的必要,因为作品往往需要置于不同视角才可以得到全面客观的发掘,同时也只有置于与其他作品构成的文学版图中才能彰显其自身的独特性。可是在价值判断的实践中,人们却往往将自己的视阈限定在某种语言和某个国界的范围之内。当然,若能将对文学作品的价值判断置于整个民族文学的语境之中,这也是难能可贵之举;不过,民族语境尽管重要,却只能够成为价值判断综合性过程中的一个层次或阶段。在更宽泛的欧洲范围认识欧洲浪漫主义或者现实主义定能给出一个更为客观的评价。举例来说,认为雨果是一位杰出的浪漫主义诗人在法国范围肯定是有效的,然而在西欧范围内,尤其是在德国和英国,却未必理所当然。这就提醒我们,在对作家作品进行价值判断时需要将其置于比民族文学更高层次才能得出更清晰、更客观的评价。

　　2.价值的优先性

　　"价值判断"其本意是指"对人或事的善、美等所做的主观价值判断"②,在文学研究中引入"价值判断"的倡导者之一是韦勒克。在其和沃伦于1948年所作的《文学理论》中有专章论述"文学的评价",其中谈到,"我们在判断某一东西具有价值时,必须是以它是什么和能做什么为依据,我们在评价它时,必须把它与那些同它具有相同性质和效用的东西加以比

---

①Henry H. H. Remak, The Use of Comparative Literature in Value Judgements, *Komparatistik Beretische Uberlegungen und Sudosteuropaische Wechselseitigkeit: Festschrift fur Zoran Konstantinovic*, ed. by Herausgenben von Fridrun Rinner und Klaus Zerinschek, Heidelberg: Heidelberg Press, 1981, p.131.
②陆谷孙:《英汉大词典》,上海:上海译文出版社,2007年,第2255页。

较"①。韦勒克在这里明确地提出了价值是在比较中彰显出来的。同理，就文学的价值而言，它也是在与其他作品在比较的基础上产生的。在1976年的《作为评价手段的文学批评》一文中再次论及了文学研究中价值判断的必要性与优先性，雷马克等人进一步对这一命题进行了深入研究，并认为这在以下两个维度上体现出来。

（1）空间视阈下的价值判断

认识到有必要进行跨民族文学研究仅仅只是认识过程的第一步，接下来的问题是，我们如何对源自不同地区的文学作品，尤其是文学大国和文学小国的文学作品进行比较研究，它们能被放在同一层面吗？首先，作品的流通和选择是进行比较文学价值判断的物质前提。在印刷术和造纸术推广以前，古埃及、古印度、古巴比伦以及古罗马人一般用纸莎草、贝树叶、泥砖、蜡板，欧洲人则用小山羊皮作为文学书写的材料。在中国，从商代开始，人们一般在甲骨、青铜、竹简、木椟、帛简等上面书写记事，这些材料要么笨重，要么昂贵，要么来源稀缺，使得文学作品的流通范围和渠道受到极大的限制，而除文明古国以外的其他国家由于现实因素的影响也难以向其他民族输送自己的文学作品。这种事实上的交流障碍阻止了民族文学之间的流通和交流。大国由于技术上的先进也在无形中成了垄断和压制，在文学中也依然如此。人们往往选择那些处于文明中心国家的文学作品作为经典和楷模，而刻意遗忘那些被边缘化的"小国"和地区的文学作品。这在西方学者内部也引起了不安，学者飞利浦·费尔南多—阿梅斯托在其名著《千年纪》中这样表明他写该书的初衷："从全球来看，边缘地区有时需要得到比中心地区更多的关注。本书的使命之一就是恢复那些被遗忘的，包括那些常常被当作边缘而忽略的地区，作为低等的被边缘化的民族，以及那些被贬为小角色的诸多个体（的历史面貌）。"②在这一点上，雷马克通过自己的实际行动向学界展示着自己的态度。他一方面通过自己的研究为"边缘文学"正名，并进而呼吁成立"边缘文学"（out of the way）研究中心；③另一方面，利用其在国际比较文学学会任职的便利条件，组织编写了"欧洲语言文学比较史"系列丛书，将研究视角投向整个欧洲可资比较的文

①〔美〕韦勒克、沃伦：《文学理论》，刘象愚、邢培明等译，北京：三联书店，1984年，第273页。
②Felipe Fernández-Armesto, *Millennium*, London: Black Swan, 1996, p. 8.
③姚连兵：《亨利·雷马克与平行研究》，载《中国比较文学》2018年第1期，第52页。

学现象,同时,号召增设新的研究项目,对非洲、亚洲等用作欧洲语言书写的文学进行深入研究。① 雷马克对"边缘文学"的关注体现了一位学者的良知,这点无疑源自他对比较文学客观冷静的把脉,对于他的这种学术公心,美国学界曾这样评价道:"他公开发表的一系列演说以及不时对比较文学的诊断,逐渐使其成为这门学科的良心。"②可见,雷马克对"弱势文学"的关切是对以法国学派强调强势文学对其他"弱势文学"影响的"记文化账"式研究的反拨,这有利于引导比较文学积极健康发展,也为开展源自不同地域,源自"主要文学"与"次要文学"的文学研究,尤其是价值判断进行了有益的探索。

其次,不同国家文学作品的价值判断过程也是各国综合国力博弈的过程。在历史发展过程中,由于多种因素的影响,世界各地的发展是不同步的,因而也就出现了各国经济高下之别,尽管马克思和恩格斯在十九世纪中叶就提出了经济发展和文学发展的不同步性,可在事实上,人们还是往往从经济出发进行人类的各项实践活动,在现实中坚持经济基础决定其他实践活动的原则。具体而言,在现当代学者看来,一部西方的历史就是DEWM(欧洲人,死人,白人,男人)的历史,与欧洲相比相对落后的非洲和东方各国就被排除在了西方学者的视域之外。美国著名民权领袖、社会活动家和历史学家杜波依斯在《世界历史中的非洲》的前言中有这样的描述:"(人们)不断致力于通过从世界历史上忽略非洲的做法来使得黑人奴隶合法化,所以我们今天几乎一致认为,撇开黑人的历史也是真实的。"③黑人的历史都被无情地从世界历史版图上删除,黑人的文学作品自然也就无处安身了。

在东方的日本,直到二战后的三十多年,随着日本经济的迅猛发展以及日本国际地位的逐渐提高,日本文学才正式登上世界文学的舞台。于此,日本学者大冢幸男感叹道:"由此可知,以前日本文学稀为世界所知,并

---

① Henry H. H. Remak, General Preface to the "Comparative History of Literatures", *The Symbolist Movement in the Literature of European Languages*, ed. by Anna Balakian, Budapest: Akademiai Kiado, 1982, p. 87.

② Clause Clüver, Henry H. H. Remak, the Peripatetic Comparatist, *Comparative Critical Studies*, 7. 2—3(2010), p. 230.

③ W. E. B. Du Bois, *Africa and the World History*, New York: International Publishers, 1975, p. vii.

非是日语难懂,而是由于日本世界地位的低下,外国(尤其是西方)少有人学日语的缘故。"①这里也印证着马克思的另一个观点,那就是经济基础决定上层建筑,而文学在历史上因为其地位不独立,往往从政治等其他方面寻求庇护和依靠。这就使得文学研究不仅仅是一种单纯的文学现象。可事实上,国家的大小,国家的强弱与文学没有必然联系。在历史上,诸如丹麦、瑞典,以及荷兰等相对弱小的国度也产生了诸多的优秀作品,另一方面,像易卜生,塞万提斯等优秀作家也不是出生在所谓的大国,而其创作的作品却依然在世界文学中占有一席之地。对此,雷马克认为:"……尽管'大的'文化可能为潜在的伟大作品提供一个通常意义上有益的养分,然而,'大国'并不能保证作品的良好质量(比较十九世纪和二十世纪的俄国就可以得到答案),相反,'小'也并不是优异作品不可逾越的鸿沟。……"②这就在理论上为小国文学作品进入国际比较文学的大舞台扫清了障碍,从空间上为比较文学价值判断研究极大地扩大了研究范围,也由此可见,比较文学为文学作品的价值判断提供了更为开阔的视野。

(2)时间维度上的价值判断

横向上通过比较文学将文学价值判断的研究范围扩大,接下来面临的问题就是纵向上该如何进行,也就是说,历史上的优秀作品如何纳入当代价值判断的视阈中来。这包括两个层面:第一个层面对本民族历史作品的再认识问题。在这方面,虽然表面上看是民族文学的课题,可是文学的发展从来不是单线进行,各民族文学、文化往往会有各种各样的交织,所以,在一定意义上,纯粹的民族文学是没有的,其中必然包含有异质文学与文化的成分。就中国文学而言,在佛教进入之前和之后必然会是有不同的反映。于此,学者孙昌武曾这样表述道:"……佛教在文坛上与民众中广泛流传,就必然影响到中国的文学创作实践与文学观念。特别是佛典带有的不同于中国传统的思想内容与表现方法,对于中国文学创作是一种强有力的滋养和补充,成为推动中国文学发展的新因素。"③在新语境下产生的文学

---

① 〔日〕大冢幸男:《比较文学原理》,陈秋峰、杨国华译,西安:陕西人民出版社,1985年,第132页。

② Henry H. H. Remak, The Use of Comparative Literature in Value Judgements, *Komparatistik Beretische Uberlegungen und Sudosteuropaische Wechselseitigkeit*:*Festschrift fur Zoran Konstantinovic*, ed. by Herausgenben von Fridrun Rinner und Klaus Zerinschek, Heidelberg:Heidelberg Press, 1981, p.133.

③ 孙昌武:《佛教与中国文学》(第2版),上海:上海人民出版社,2007年,第170页。

作品与在传统语境中产生的文学作品之间必然会存在着差异,此时,由于引入了新质,就必须要采用新的研究方法。同时,即便是同样的研究对象,可随着研究方法的不同也往往会得出不一样的结论。就正如室内的一张办公桌,如果用肉眼,我们可能发现其很干净,看不出它上面有什么脏物。可是如果我们用白手绢去擦拭,则可能发现上面会有污染物,而污染物是什么,我们仅凭白手绢是不得而知的。如果我们将脏物放在放大镜下,或许我们可以发现他们是花粉;如果再通过电子显微镜,或许我们可以发现花粉里面有细菌;如果再深入分析,我们找寻花粉的来源,可以发现其来自隔壁的果园,花粉里的细菌就是受了某种污染所致;如果再追寻污染的来源,或许是不远处的化工厂所生产的某种有毒化学物质……与此相类似,随着比较文学这种文学研究新方法的引入,必然会对文学研究产生重大影响。就佛教文学的研究来看,如果从传统研究入手则很难产生新的研究成果,而通过比较文学的跨学科研究,从宗教与文学的关系着手,则可以让读者思考佛教作为一种东方宗教,它的思想体系,如轮回观,因果说等,是如何渗透到文学创作,文学主题与人物塑造过程中的,从而加深对文学作品的理解。从更高层次的世界观角度来说,读者也会在佛教的指引下加深对世界的认识:“恩格斯在《自然辩证法》中称誉佛教徒处在人类辩证思维的较高发展阶段上。在世界观上,佛教否认有至高无上的‘神’,认为事物是处在无始无终、无边无际的因果网络之中。”①可见,在比较文学关照下,对传统文学作品的价值判断也会得以深化和升华,这在传统文学研究中是难以企及的,这也是研究方法变换给传统文学作品焕发新的生机的一个有力渠道。同时也可以通过比较文学的研究,让读者明白佛教为中国文学带来了诸多的新鲜血液,例如全新的遣词造句方法、新的文体以及新的意境,其影响之深以至于在一定意义上,如果我们剔除了佛教语汇,中国人甚至连话都不会说了,也就不能奢谈中国文学了。通过佛教文学这个例子,我们可以发现,比较文学能够为研究者研究传统文学作品时提供一个新的视角,让传统文学作品在研究者和读者更高欣赏水平的烛照下绽放出新的光彩。

（3）比较文学价值判断案例:经典之争

有很多学者致力于研究那些现在看来略显“天真幼稚”的传统作品及

---

① 《文史知识》编辑部:《佛教与中国文化》,北京:中华书局,2005年,第6页。

作家,在专家,哪怕是一般读者的审美中,他们都不可能成为一流。可为何人们还要对其进行研究呢? 这在雷马克看来,是因为人类的文化基因中有一种需要寻求集体认同感的心理。在历史发展进程中,"我"往往需要从纵向发展中去找寻保障和安慰,这既具有遗传学方面的依据,也具有现实方面的需要,这些安慰和保障来自历史的连续性,如家族、社群、故乡、民族及宗教的先辈及其荣耀①。同时,对现代学者而言,《坎特伯雷故事集》的研究价值更多源自历史及文化方面而不是文学方面。当然,也有一部分作品,其中不乏年代久远的作品,它们也在广阔而又没有栅栏的文学王国里由于原创性和独特性令其极富竞争力。如多恩(John Donne)、维庸(Francois Villon)、歌德等的诗歌,紫式部(Murasaki Shikibu)、狄德罗、伏尔泰、福楼拜、屠格涅夫、陀思妥耶夫斯基、托尔斯泰等人的散文,莎士比亚、博马舍(Beaumarchais)、席勒(Schiller)及毕希纳(Georg Buchner)等人的戏剧都与其作者名垂千史。对于如何研究这些经典之作,雷马克指出:"我认为唯一的办法就是进行分两步走的价值判断:第一步是从其所在的历史与民族语境中去分析作品的价值,第二步是从艺术品永恒价值共性的方面对作品进行剖析。"②而这种研究进路与美国学界当时的主流是完全不一致的。二十世纪八九十年代,紧随各种理论消退而来的是怀疑主义,在文学研究中的突出表现就是在文学研究中人们对文学经典的态度产生了动摇。虽然文学经典通常被视为一个受过教育的人知识构成的一个有机组成部分,可对经典的认定在理论热潮时代已经受到了诸如女性主义批评、非洲裔美国人研究以及同性恋和性别研究者们的强烈质疑。继之而来的文化研究甚至希望完全取消经典与非经典之间的界限。在杜克大学的大卫·贝尔看来,"……对文学文本的价值判断是传统批评家与后现代批评家对垒交锋的一个战场,……哪群人有权决定一部文本的价值,这一决定难道不总是一种对什么被允许进入话语进行控制的压迫性举措吗? 如果是的话,那么最好的解决办法也许就是放弃价值判断,将文学范畴尽可能地放大,这

---

① Henry H. H. Remak. Origins and Evolution of Comparative Literature and Its Interdisciplinary Studies. *Neohelicon*, Vol. XXIX, No. 1, 2002, p. 248.

② Henry H. H. Remak, The Use of Comparative Literature in Value Judgements, *Komparatistik Beretische Uberlegungen und Sudosteuropaische Wechselseitigkeit; Festschrift fur Zoran Konstantinovic*, ed. by Herausgenben von Fridrun Rinner und Klaus Zerinschek, Heidelberg: Heidelberg Press, 1981, p. 133.

样就把高雅与低俗以至所谓典律的概念都统统取消了。"①同时,据希利斯·米勒的观察,西方文学研究界自 1979 年以来的兴趣中心就已经由对文学的修辞式的"内部"研究转移到了文学的"外部"研究以确定其在历史、心理学及社会学中的地位②。这种研究思潮的出现无疑是对以文学内部研究为宏旨的"新批评"的反拨,研究范围的扩大也是希望将文学研究导向外部研究,可是它对价值判断的放弃以及对经典的态度却是文学研究中的颠覆性举措,然而,以雷马克为代表的一批学者则对此表达了强烈的担忧。

首先是文学批评的社会功能问题。对经典的态度无疑彰显了评价者所持的立场,在这一点上,评价者也就是批评家。要探寻批评的社会功能也就必须先弄清楚批评家的身份,他到底是从事什么样的工作? 回答此问又必须回到何为批评上来,而"批评"在文学领域又是一个从西方引入的语汇。按照马修·阿诺德(Matthew Arnold)的观点,批评便是"把世上所知所思最善的东西去学习去宣传的一种无利害的企图"(a disinterested endeavor to learn or propagate the best that is known and thought)③,简言之:批评家的职责就是选择最善的智识和思想去学习和宣传;他所秉持的态度是公平正直,没有丝毫的利害观念;他所肩负的使命就是在替读者"辨路径"的同时又替作者当好向导。因此,基于批评家工作之上的批评也就摆脱了通常意义上的吹毛求疵,这里固然要对坏作品进行批判,对好作品进行赞扬,但在文学批评中赞扬的意义远比批判更重要。这样,文学批评就成了作者和读者之间的协调过程,是善的守望者。可对传统经典的否定,取消经典与非经典之间的界限则是对文学作品价值的无情践踏,与批评家"公正正直"的立场公然相违,这既是对经典作家来说是不公平的,对广大读者而言也是不负责任的。

其次,大学存在的意义也要求研究者要坚持独立精神。二十世纪九十年代初,当雷马克还是印第安纳大学高级研究所主任(Director of the In-

---

①转引自盛宁:《对"理论热"消退后美国文学研究的思考》,《文艺研究》2002 年第 6 期,第 8 页。

②〔美〕希利斯·米勒:《文学理论在今天的功能》,林必果译,载拉尔夫·科恩《文学理论的未来》,北京:中国社会科学出版社,1993 年,第 121 页。

③贾植芳、陈思和:《中外文学关系史资料汇编(1898—1937)》(下册),桂林:广西师范大学出版社,2004 年,第 535 页。

stitute for Advanced Study at Indiana University)的时候,他曾向所有教学人员发出了一封公开信。在信中,他认为该校的使命本是追寻艺术与智识,可从当时的学术风气来看,却基本与政治的角斗场毫无二致。在霍斯特・弗兰茨(Horst Frenz)[①]与雷马克的共同努力下,印第安纳大学于1949年创立了比较文学系,并令当日的"比较文学项目(Comparative Literature Program),在弗兰茨的领导下,成为美国国内,甚至国际公认的最早的比较文学项目之一"[②]。可在九十年代,这样的传统项目也遭到了所谓民主的无情侵蚀。整个大学被分割成彼此独立的、心怀各自目的的机构,如以政治、经济、社会、种族、性别为导向的各种研究机构都利用了大学的开放性、包容性而使其成为自己的避风港。其深层原因则是解构主义者们在街头公开表达自己的政治观点受挫之后,就将矛头指向了支撑西方政治体制的文化体制,无疑,大学成为了他们的首选。一方面,这些机构有权利,甚至有义务表达他们的观点;另一方面,大学也有权利及义务就它们在知识价值方面的观点进行甄别,而不是只看它们的政治吸引力就成为其代言人。在谈及大学与民主之间关系的时候,雷马克不无担忧地指出:"每当我听到大学教师、管理人员,或者学生要求在大学的决策机构里有自己'代表'的时候,我都感到难以理解。代表身份的多元性唯有在能导向更客观的综合判断时才是有价值的,但如果我们不能'代表'我们的良知以及独立的判断,这样的'代表性'则对大学的独立性与公正性的致命打击。"[③]因而,心里怀揣着为政治服务、怀揣着破坏文化体制目的的解构主义学者们以及后起的文化研究学者们违背了学术的基本精神。他们对经典的无情解构表明了文学研究兴趣的转移:也就是从关注语言本身及其性质的传统解读性研究转移到关注语言与其他外在事物之间关系的阐释性研究,这些外在事物如像自然、社会、历史等。在这些研究中,文学不是他们研究的目的,而是达到他们各自目的的手段。可是,研究是一种超越。对事实的研究

---

①他于1961年与Newton P. Stallknecht一道出版了美国第一本比较文学论文集——《比较文学:方法与观点》,其中收录了雷马克的两篇重要文章:《比较文学的定义与功能》及《西欧浪漫主义:定义与范围》,该书成为比较文学版图上"印第安纳学派"的重要标志。

②Eugene Eoyang, Remembering Horst Frenz, Founder and Innovator, *Encompass*, Vol. 6, Summer 1991, p. 4.

③Henry H. H. Remak, Letter to the Faculty from the Directory of the Institute for Advanced Study at Indiana University, *Measure*, No. 100, November 1991, p. 2.

往往超越了原来的出发点、以前的成见、确立起来的原则,甚至是坚定不移的个人信仰。在理想的研究中,我们甚至不知道我们可以得出什么样的结论,大学就是为我们提供此类研究的场所。在这里,人们不为意识形态服务,人们只为事实与真理殉葬。所以,学者不应该成为选民的代言人,大学也不应该成为政治权力的角力场,社会创立大学就是希望人类的智识可以在这里得到最大限度的传承和发扬。因而,在对经典态度上,大学,以及里面的学者应该秉承自己的公正之心,不能成为政治以及意识形态的附庸。

再次,从经典的形成及修正过程看,对经典的取消也不符合经典产生的基本规律。"经典"问题是比较文学领域及美国教育界一个传统课题,早在 1965 年的《列文报告》中,我们就可以看到在美国学界,"大书"(Great Books)是一个重要的教学内容①。正是这样的教学安排,使得学界对语言教学的兴趣逐渐加深,从而在客观上推动了比较文学在美国的发展。"大书",或译为"伟大的书",曾是美国本科教育的核心课程,它有时也被称为"人文学科"或"世界文学"。"这一类课程于 20 世纪初最早设立于哥伦比亚大学(包括 literature humanities 和 contemporary civilizations 两门课程),后传入其他大学,六十年代以来,此类课程的合理性以及'经典'概念受到质疑,掀起左派(激进派)和右派(保守派)之争。"②这可说明两点:其一,比较文学在美国大学成为正式课程的早期,经典就已经进入了比较文学的研究视域。据资料记载,美国第一个比较文学系由伍德贝利(George E. Woodberry)、斯宾加恩(J. E. Spingan)与弗莱彻(J. B. Fletcher)于 1899 年创立于哥伦比亚大学③,在比较文学早期的教学内容中便可以看到学界对经典问题有了关注。其二,学界对比较文学视域下的经典观在经历半个世纪后产生了分歧。在二十世纪六七十年代爆发的学生运动中的主体是参加过二战士兵的子女,他们也企图像父辈那样通过自己的行动对历史产生影响,从父辈那里接过话语权和接力棒。于是便对传统既定的一切

---

① Harry Levin, The Levin Report, 1965, *Comparative Literature in the Age of Multiculturalism*, ed. by Charles Bernheimer, Baltimore and London: The Johns Hopkins University Press, 1995, p. 21.

②〔美〕列文:《列文报告(1965)——关于专业标准的报告》,载杨乃乔、伍晓明主编《比较文学与世界文学》(第一辑),北京:商务印书馆,2004 年,第 1 页,注 1。

③ 杨杨绮、印敏丽:《比较文学和美国学派》,载北京大学比较文学研究所、《中国比较文学年鉴》编委会编《中国比较文学年鉴:1986 年》,北京:北京大学出版社,1987 年,第 485 页。

产生怀疑,在比较文学界的表现就是企图通过重新界定经典,颠覆前人的结论从而发出自己的声音。然而,在这场博弈过程中,新的声音并不是一帆风顺的,新老学者之间展开了一场拉锯战。虽然年轻学者更多地关注当下,可是在有着尊重历史传统风气的学界,还是有诸多不同的声音。在1975 年的《格林报告》中就明确提出:"尽管有一种倾向允许学生几乎仅仅关注我们这个新世纪,但比较文学作为一门学科要始终不变地依赖历史知识。那些希望专攻二十世纪文学的学生需要像他的同学一样多地了解过去,如果他想对他所选择的时期有真正理解的话。"①毫无疑问,之所以产生仅注重当下的研究倾向是和研究者主体的特征分不开的,他们所受的教育也主要是当时盛行的"新批评",此种研究受到学生欢迎的原因在雷马克看来就是美国学生的历史知识"糟糕得一塌糊涂",因而,当课堂讨论局限于文本,而不去探求其历史背景时,学生和老师便可以在一个相对平等的平台上进行讨论。这样的话,当老师讲解作品的时候,基于他从作品中所读到的内容,学生就可以凭借其天生的鉴别力对老师进行质疑②。所以,美国比较文学界在对待经典的问题上与当时的社会阅读习惯之间产生了分歧:一方面,前者主张研究者重视对过去的学习和了解,这里自然就包括过去的经典及其产生的历史社会语境;另一方面,在"新批评"和自身知识结构的影响下,阅读者更多关注文本自身与自己的阅读体验,力主对传统经典进行重新阐释,反对由所谓的权威和体制制定的经典篇目,更多关注经典的现代阐释,争取批评者与读者更大的权益。应当说,经典目录并不像经典反对派所言是由历史继承下来而无法质疑,是由某种意识形态或者体制强加给社会大众的;相反,它们是经数代人的验证而积累起来的财富,他们一致将某部(些)作品视为典范,而所依据的标准可能跟以前各代人的标准相同,也可能相异。在一个力主学术自由的社会,要想成为经典中的一分子,作品就必须既需要有永恒的魅力,又需要有极强的适应性,也就是说,它要能满足不同时代,不同文化读者的需要。而如果能在源自两个或者以上文化的读者中得到认可,这就足以成为它跻身经典大家庭的一个充

---

① 〔美〕格林:《格林报告(1975)——关于标准的报告》,载杨乃乔、伍晓明主编《比较文学与世界文学》(第一辑),北京:商务印书馆,2004 年,第 14 页。

② Colin Landrum, Our History: A Conversation with Henry Remak, *Encompass*, Vol. 6, Summer 1991, p. 2.

分证据,对这样的证据进行判定的任务就落在了比较文学学者的肩上。只是在对经典进行思考的过程中,比较文学界更多地选择了妥协。1993年的伯恩海默报告指出:"比较文学应当积极参与经典形成的比较研究和对经典的重新思考。还应当把一部分精力用在经典文本的非经典阅读上,也就是以各种观点去阅读,如对立的、边缘的,或次要的观点。"①此处的"非经典阅读",就是把经典置于不同的语境,从现在的视角去进行解读,发现与以前不一样的文本意义,从而为女性主义和后殖民等理论留下了足够施展的空间,只是这样的阅读视角更多的倾向于读者和批评者,也未能注重跨文化的语境,而成为政治斗争的代言人,这样就出现了比较文学研究走向文化研究的趋势。这在伯恩海默报告中就已经引起了学界的担忧,报告的起草者就曾警告研究者们不要把比较文学研究等同于文化研究,因为后者的大多数研究都是在单语种内进行,而且主要是对当代大众文化以及具体问题的关注②。这里反映出比较文学界一个重要发展趋势就是对历史不尊重,对经典的忽略,以及对其他民族文学与文化的漠视。于此,雷马克早在二十世纪七十年代就这样批判道:"如果把文化成果只局限于某个地区和区域,如果使用历史仅仅是为了证明当代观点的正确性,那么我们就会遏制我们智能的发挥,成为井底之蛙。"③解构主义者对经典的解构不正是通过对历史长河中经典的批判来证明当代学者的正确性?其研究对象不正是限于狭隘的西方文化圈吗?

正如前文所述,经典问题是比较文学教学中的一个传统课题,这是因为从教师的角度来看,他必须从众多的读物中选取一些文本,不管他的教学对象是本科生还是研究生,以便于他们可以在课堂上进行小规模的探讨和交流。而就整个文本选择的过程而言,很多经典反对派认为这完全是一种职业习惯,因而与价值判断没有丝毫关系。这样的选择与作为价值判断结晶的经典之间到底有没有联系?反过来,这样的选择对经典的形成又是

---

①〔美〕伯恩海默:《伯恩海默报告(1993年)——世纪之交的比较文学》,载杨乃乔、伍晓明主编《比较文学与世界文学》(第一辑),北京:商务印书馆,2004年,第24页。

②Charles Bernheimer, The Bernheimer Report,1993, *Comparative Literature in the Age of Multiculturalism*, ed. by Charles Bernhermer, Baltimore: Johns Hopkins University Press, 1995, p.45.

③〔美〕亨利·雷马克:《比较文学的前景》,张宁、谢建珍译,载孙景尧选编《新概念 新方法 新探索——当代西方比较文学论著选》,桂林:漓江出版社,1987年,第104页。

否有关系呢？殊不知，这个选择的过程也就是经典的形成过程，因为在哈罗德·布鲁姆看来："经典的原意是指我们的教育机构所遴选的书，尽管近来流行多元文化主义政治，但经典的真正问题仍在：那些渴望读书者在世纪之末想看什么书？"①教师首先也是一名读者，可见，只要选择仍在，那么就会有经典的出现，而问题是，人们在阅读过程中为什么需要选择呢？人们为什么需要经典呢？一个直接的原因就是人的生命是有限，而要读的书却是无限，且随着时间的推移，越往后的读者所面临的选择将会越来越多，这，既是一种幸运，也将是一种不幸和灾难。在这个残酷的现实面前，学者们无奈地承认，如果人类可以获得永生，或者人类的寿命可以增加一倍，或许关于经典的争论就不复存在；同时，如果让种种拙劣的作品充斥着这短暂的人生，那将是文学批评家的失职②。正是基于此，解构主义者取消经典与非经典之间的界限无疑是与批评家的基本职责是相违背的，虽然他们通过不同的视角对经典进行了有别于传统的解读，可是他们却不能据此对经典进行彻底地颠覆。既然对文本的选择在现实中已成为一种必然，那么，教师作为批评家中的一员为什么还要依赖经典呢？事实是，作为教师，他也不可能将那些可以融入课堂的所有文本都悉数阅览，他必须依赖他人的评价和选择。当然，作为批评者的作者，我们总是希望他人可以认可我们所做的判断，哪怕只是暂时的认可。而教师只有在多次阅读和讲授该文本之后才会对作品有更深的认识和了解，在这个意义上，教师就比批评家更能客观认识作品的价值。在此过程中，就如同经典形成的更大过程一样，教师们会舍弃那些无法让他们反复阅读的作品，而钟情于那些能让他们和学生们每次阅读都可以发现新的视角与体验的作品。这样一来，"每次阅读和教学都能在原有作品的基础上诞生一部新的作品，好的作品伴随着每次的阅读体验都变得更加的丰满和完善，于是，经典就自然脱颖而出了"③。这里也再次说明经典的产生是一个历史形成的过程，不能由批评家随心所欲地判定，尤其是不能随意地取消经典，这不论是

---

① 〔美〕哈罗德·布鲁姆：《西方正典》，江宁康译，南京：译林出版社，2011年，第13页。

② 〔美〕哈罗德·布鲁姆：《西方正典》，江宁康译，南京：译林出版社，2011年，第25页。

③ Henry H. H. Remak, Comparative Criticism: Cultural and Historical Roots in the Theoretical Forest, *Neohelicon: Acta Comparationis Litterarum Universarum*, Vol. 17, No. 1, 1990, p. 186.

从历史发展的长河来看,还是从具体实践来看都是不现实的,因为正如布鲁姆所言:"没有经典,我们会停止思考。"①而从不同时空中多元与流变视角去挖掘经典、维护经典则是比较文学价值判断的历史使命。

---

① 〔美〕哈罗德·布鲁姆:《西方正典》,江宁康译,南京:译林出版社,2011年,第32页。

结　语

　　2009 年 2 月 12 日,亨利·雷马克辞世,享年 92 岁。纵观他从事教学和研究的一生,可以发现他在许多方面都取得了巨大的成就,得到了广泛的认可。1962 年,因为在教学方面的杰出成就,他获得了"莱伯奖"(Lieber Award);1987 年,因其在管理方面的贡献,印第安纳大学为其颁出"杰出贡献奖"(Distinguished Service Award),以及其他奖励。这里尤其要提到的是印第安纳州政府认为亨利·雷马克不仅是一位大学教师,也是一位备受尊敬与崇拜的学者,还是一位为自己的祖国做出巨大贡献的市民;他的慈悲与宽容和他为同胞们所做出的贡献,大家都有目共睹。在被冯塔纳协会授予名誉会员的同时,鉴于"他的生活方式充满人性化、他对友情无比忠诚、他所提出的建议永远都十分明智、他的品行也总能成为典范,因此,他赢得了印第安纳州人民的心"[①],1993 年 9 月 24 日,印第安纳州的印第安纳波利斯市正式授予亨利·雷马克"华巴希酋长"称号,这是一名人文学者所能获得的州政府最高奖励,印第安纳州政府也为他颁发了荣誉证书。图 3 为证书影印件。

图 3

　　2003 年,美国比较文学学会为其颁出该学会自创立以来的第一个,也是到目前为止唯一一个"终身成就奖"。这些都向我们表明,他的研究工作不仅得到了学术界的认可,也引起了社会的广泛关注。

　　雷马克一生著述颇丰,视域宽广,其研究领域大致可以分为:一、德国研究,主要包括十八世

①Evan Bayh, Ehrung Henry Remaks in den USA, *Theodor Fontane aus transatlantischer Sicht Professor Dr. Henry H. H. Remak zum 80. Geburtstag*, Berlin: Berliner Bibliophilen Abend, 1996, p.16.

纪末期到二十世纪初期小说研究,尤其是中篇小说研究,研究作家集中在歌德、冯塔那、凯勒、托马斯·曼等;二、比较文学研究,主要关于比较文学原理、发展方向、比较文学史、法德文学文化关系、比较文学视域下的文学价值判断等;三、西欧研究,即欧盟与让·莫内研究、欧洲浪漫主义及德国和欧洲现实主义、让·莫内与美国研究等;四、大学教育与文化研究,即教学与教师培训、大学建构和功能的比较研究、教学的组织和互动、二十世纪六七十年代学生运动与反正统文化的比较研究及跨文化研究中的补偿原则等。限于篇幅,本研究对雷马克其他方面的研究没有论及,主要进行了他与比较文学之间关系的探究。

　　我们首先归纳了雷马克的比较文学思想,因为唯有弄清楚其比较文学思想的精髓,我们才有可能进一步探寻其与比较文学互动与多元的关系。在登上国际比较文学大舞台后不久,雷马克陆续发表了《十字路口上的比较文学:诊断、治疗和预后》与《比较文学的定义和功用》两篇文章,全面论述了比较文学美国学派的基本立场和主张,拓宽了该学科的研究领域,直接推动了比较文学从影响研究向平行研究和跨学科研究的转向,使开放性成为本学科的显著特色,他自己也成了美国学派的重要代表。其后,主张"文本细读"的韦勒克对力主开放性的雷马克比较文学观进行了严厉的批判,这可视为文学研究两种研究范式之间的分歧——前者注重对"果实"的研究,后者则更注重对"果实"、"果树"及周边"环境"之间的综合性与整体性研究。当然,雷马克在坚持比较文学研究开放性的同时并没有放弃"文学性",韦勒克在强调文学研究"内部研究"的同时也没有忽略"外部研究",只是他们强调的重点不同。其后,秉持"中道"观的韦斯坦因也担心:"……我们现有的领域不是不够,而是太大了。我们现在所患的是精神上的恐泛症。"①可是雷马克也并不是就一味地主张扩大研究范围,面对巴尔登斯柏耶和弗里德里希所编的《比较文学书目》,他也曾经说过:"如果我们接受《书目》那种过于松弛的标准,那么文学研究与批评当中的几乎任何东西只要稍加一点说明,都可以够格成为'比较文学'。比较文学要是成为一个几乎可以包罗万象的术语,也就等于毫无意义了。"②可见,在美国学派内部,

①〔美〕韦斯坦因:《比较文学与文学理论》,刘象愚译,沈阳:辽宁人民出版社,1987年,第25页。

②〔美〕亨利·雷马克:《比较文学的定义和功用》,张隆溪译,载张隆溪选编《比较文学译文集》,北京:北京大学出版社,1982年,第6页。

雷马克也时而被同行当作"稻草人",其扩大研究范围,主张研究范式得以改变的思想曾一度被学界误读。不过,雷马克所秉持的学者之间的合作、抛弃比较文学研究的"原子主义"而追求跨界研究的倾向、比较文学辅助学科的定位以及该学科追求整体性的比较文学观是我们研究他与比较文学关系的出发点,也为进一步研究其比较文学思想奠定了良好的基础。

雷马克与比较文学的关系主要体现在时空交错的维度上:一方面,体现在比较文学发展以时间先后为序的三个阶段的关系上,即以"影响研究"为特征的第一阶段,以"平行研究"为特征的第二阶段,以及以"跨文明"比较文学研究的第三阶段。另一方面,也体现在以空间为序,即这三个阶段各自的代表国度以及以其命名的相应"学派"的关系上,通过梳理雷马克与法国学派、美国学派以及中国学派之间的关系,我们发现他在与法国学派进行论战的同时,也承认其研究的合理性,并在此基础上对其进行超越以构建以"平行研究"与"跨学科研究"为特征的美国学派。即便在美国学派内部,雷马克也与同行之间就整体性、跨学科性等比较文学重要议题进行针锋相对的论战,为学科发展充当守望者的角色。与此同时,对于比较文学发展"后来者"的中国学派,雷马克也表现出了极大的热情和关心,在指引中国比较文学迅速发展的同时也充当了中国比较文学界的窗口、拐杖甚至是靶子。总之,在与这一组纵横交错的比较文学关系上,雷马克在推进比较文学发展的同时,也在不断地为其纠偏,尤其在扩大比较文学研究范畴和保持比较文学的"文学性"这一方面用力颇深。

雷马克对比较文学发展的标志性贡献是与弗兰茨、韦勒克、奥尔德里奇、韦斯坦因等人一道,对法国学派宣战,指出其研究局限,共同确立比较文学"平行研究"。通过对其内涵的挖掘,我们发现国内学界对美国学派平行研究有程式化的趋势,缺乏对其深入系统的研究,而目前其他学科平行研究的如火如荼的实践,也倒逼比较文学学界反思这一研究之于本学科的意义。从雷马克的相关著述来看,雷马克比较文学经典定义中所蕴含的"跨国家"与"跨学科"思想在奠定美国学派"平行研究"基础的同时也为中国学派的"四跨"提供了理论滋养,具有承前启后的历史功绩。不过,从整体来看,雷马克对比较文学所做出的最大贡献还是他使跨学科研究在比较文学中取得了合法的地位。在比较文学发展的初期就包含有跨学科研究的元素,只是其对研究者的"知识装备"要求太高、在实践中难以操作,加上法国学派在特定的时期为给比较文学"正名"而将比较文学视为文学关系史，由此，跨学科研究与比较文学形同陌路，渐行渐远。但是，比较文学所秉持的开放性、"屋顶"性、整体性的内核就像磁石一样吸引着、召唤着跨学科研究。在比较文学面临法国学派实证主义、唯事实主义以及"记文化账"式研究范式危机的时刻，也在二战后各民族追求和平发展、在全球化来临的前夜，在各民族展开以经济交流为主体的各种互动之时，理论界需要弄清楚全球一体化的种种可能、面临的问题及解决方案。雷马克恰逢其时，适时地将跨学科研究第一次纳入比较文学的经典定义之中，从文学交流的视角回答上述问题，并在实践中不断捍卫比较文学跨学科研究的合法性。

　　比较文学的发展总是与各种危机相伴。在理论浪潮席卷比较文学界的时候，与韦勒克等其他资深比较文学家不同，雷马克对新理论持辩证的态度，认为应该从理论中吸取对学科发展的有利因素，体现了一名比较文学经典大家的开放胸襟。文化研究大潮袭来的时候，有学者认为他"一如既往的维护他传统而又保守的研究策略"①，这次之所以认为雷马克代表"保守"和"传统"力量，就是因为脱胎于比较文学的文化研究者们明确要求放弃价值判断，对经典重新阐释，并取消经典和非经典之间的界限。此风之盛，以致1993年的伯恩海默报告都不得不指出比较文学关注的中心已不再是文学文本和文学现象，而是将文学研究扩大到其赖以产生的文化语境。这是借跨学科研究之名对文学研究的背离，于此，雷马克在生前最后一篇论比较文学性质的文章中还在对自己曾经提出的跨学科研究思想进行反思，并认为只要研究的一极是文学，都主张扩大研究范畴。可是，这样的"保守"研究自然无法满足文化研究者们的抛开"文学性"的研究主张，所以我们会发现，在二十世纪中期还被韦勒克和韦斯坦因指责为研究领域"太大"、太泛滥的雷马克跨学科研究思想竟然在世纪之交被认为"太保守""太传统"。然而，也正是因为雷马克敏锐的观察和及时的纠偏，才使得比较文学能够得以保持自己的身份。时任美国比较文学学会会长达摩罗什也才会认为他为美国比较文学做出了"卓越贡献"，并于2003年授予其"终身成就奖"。这与其说是对雷马克个人的奖励，倒不如说是在世纪之交呼

---

①James M. McGlathery, Book Review on Structural Elements of the German Novella from Goethe to Thomas Mann, *The Journal of English and Germanic Philology*, Vol. 97. No. 4, Oct. 1998，p. 603.

吁雷马克所坚持的比较文学思想的回归。楚穆勒也才会在其讣告中认为他是这门新兴学科的"引领者和推动者"。当然,我们还要在这里补充一个称谓,那就是,比较文学的"良心"和健康发展的"守望者"。

雷马克对比较文学的贡献是巨大的,我们在此对他的比较文学思想进行研究也具有重要的现实意义。除了可以为我国比较文学学科建设铺平道路之外,还可以通过对其思想的梳理对"中国文化走出去"伟大事业提供有益的借鉴。党的十七届六中全文通过的《关于深化文化体制改革推动社会主义文化大发展大繁荣若干重大问题的决定》指出,要推动中华文化走向世界,开展多渠道多形式多层次对外文化交流,广泛参与世界文明对话,促进文化相互借鉴,增强中华文化在世界上的感召力和影响力。在梳理雷马克等人在二战后将比较文学研究中心从法国转向美国的这一过程中,我们发现他们通过研究范式的革新,将以美国文学为代表的,在传统比较文学研究中处于劣势地位的文学以平等的身份进入到比较文学研究范畴。这一成功案例将为在"中国文化走出去"过程中如何对待本民族传统,如何在新的时代下对传统进行发扬光大,以何种方式参与到国际比较文学的对话和交流中具有重要意义。雷马克等主导的美国比较文学成功实践给我们的启示是,在构建中国学派、在推进"中国文化走出去"的过程中,我们应该传承比较文学的开放视野:于学科间"左顾右盼"以期"左右逢源"、在民族间"东张西望"以达到"南来北往",并避免各民族在现实交往中的"南辕北辙";同时,面对不同地区的各种文化,我们应力避追求标准化、"一家独大",而应该"择其善者而从之",保持文化的多样性。

有鉴于此,我们可以得出以下结论:比较文学六十年发展(自其 1949年与弗兰茨一起创立印第安纳大学比较文学项目开始到其 2009 年去世)基本是以他的比较文学思想为中轴而进行上下波动的过程。虽然国内外学界对他的评价褒贬不一,可是比较文学实践却印证着他明智的决断,雷马克不愧是比较文学的"良心",是这门学科健康发展的"守望者",也是比较文学学科发展过程中的"活化石"。

总之,亨利·雷马克为比较文学学科立下了历史之镜,为我国的比较文学学科发展提供了现实之鉴,也为人文学科研究者预设了未来之思。

参考文献

一、外文文献

Alfred Owen Aldridge, *Comparative Literature: Matter and Method*, Urbana: University of Illinois Press, 1969.

Armesto Felipe Fernandez, *Millennium*, London: Black Swan, 1996.

Barrachlough Geoffrey, *Main Trends in History*, New York and London: Holmes & Meier Publishers Inc. , 1979.

Betty Jean Craige, Literature in a Global Society, *PMLA*, No. 5, 1991.

Colin Landrum, Our History: A Conversation with Henry Remak, Encompass, Vol. 6, Summer 1991.

Charles Bernheimer, The Bernheimer Report, 1993, *Comparative Literature in the Age of Multiculturalism*, ed. by Charles Bernheimer, Baltimore and London: Johns Hopkins University Press, 1995.

Clause Clüver, Henry H. H. Remak, the Peripatetic Comparatist, *Comparative Critical Studies*, Vol. 7, No. 2—3, 2010.

Clause Clüver, In Memoriam Henry H. H. Remak, *Encompass*, Vol. 19, Spring 2009.

Douwe Fokkema, The Problem of Generalization and the Procedure of Literary Evaluation, *Neophilologus*, Vol. 58, No. 3, July 1974.

David Damrosch and Margaret Higonnet, ACLA Lifetime Achievement Award to Henry H. H. Remak, *Comparative Literature*, Vol. 55, No. 3, Summer 2003.

David Damrosch, World Literature, National Context, *Modern Phiology (Toward World Literature: A Special Centennial Issue)*, May 2003.

Eugene Eoyang, Remembering Horst Frenz, Founder and Innovator, *Encompass*, Vol. 6, Summer 1991.

Frank Trommler, In Memoriam: Henry H. H. Remak   (1916—
    2009), *The German Quarterly*, Vol. 83, No. 2, Spring 2010.

Georg G. Iggers and Q. Edward Wang, The Globalization of History and
    Historiography: Characteristics and Challenges, from the 1990s to
    the Present, *Paper Presented at International Conference on "New
    Orientations in Historiography: Regional History and Global His-
    tory"*, Shanghai: East China Normal University, 2007.

Gayatri C. Spivak, *Death of a Discipline*, New York: Columbia Univer-
    sity Press, 2003.

Harry Levin, The Levin Report, 1965, *Comparative Literature in the
    Age of Multiculturalism*, ed. by Charles Bernheimer, Baltimore
    and London: The Johns Hopkins University Press, 1995.

John Goodlad et al. , *Curriculum Inquiry: The Study of Curriculum
    Practice*, New York: McGraw Hill, 1979.

Jean PierreBarricelli and Joseph Gibaldi, *Interrelations of Literature*,
    New York: The Modern Language Association of America, 1982.

James M. McGlathery, Book Review on Structural Elements of the Ger-
    man Novella from Goethe to Thomas Mann, *The Journal of English
    and Germanic Philology*, Vol. 97. No. 4, Oct. 1998.

Katherine Hayles, *How We Became Posthuman: Virtual Bodies in Cy-
    bernetics, Literature and Informantics*, Chicago: University of Chi-
    cago Press, 1999.

Maria Moog—Grunewald and Christoph Rodiek, *Kunste (Festschrift for
    Erwin Koppen)*, Frankfurt am Main: Peter Lang, 1989.

Michael Riffaterre, On the Complementary of Comparative Literature
    and Cultural Studies, *Comparative Literature in the Age of Multi-
    culturalism*, ed. by Charles Bernheimer, Baltimore and London:
    Johns Hopkins University Press, 1995.

Newton P. Stallknecht and Horst Frenz, *Comparative Literature: Method
    and Perspective*, Carbondale: Southern Illinois University Press, 1961.

Niel Postman, *Amusing Ourselves to Death*, New York: Penguin Books,

1986.

Rene Wellek, The Name and Nature of Comparative Literature, *Discrimination: Further Concepts of Criticism*, ed. by Rene Wellek, New Haven and London: Yale University Press, 1970.

Robert Clements, *Comparative Literature as Academic Discipline: A Statement of Principles, Praxis, Standards*, New York: The Modern Language Association of America, 1978.

Richard Rorty, Looking back at "Literary Theory", *Comparative Literature in an Age of Globalization*, ed. by Haun Saussy, Baltimore: Johns Hopkins University Press, 2006.

Susan Bassnet, Introduction: What is Comparative Literature Today? *Comparative Literature: A Critical Introduction*, ed. by Susan Bassnet , Oxford UK & Cambridge USA: Blackwell Publishers, 1993.

Tina Chanter, *Ethics of Eros: Irigaray's Rewriting of the Philosophers*, New York: Routledge, 1995.

Thomas Greene, The Greene Report: Comparative Literature at the Turn of the Century (1975), *Comparative Literature in the Age of Multiculturalism*, ed. by Charles Bernheimer, Baltimore: John Hopkins University Press, 1995.

Ulrich Weisstein, Assessing the Assessors: An Anatomy of Comparative Literature Handboods *Sensus Communis: Contemporary Trends in Comparative Literature, Festchrift Fur Henry Remak*, ed. by Janos Riesa Peter Boerner and Bernhard Scholz, Tübingen: Gunter Narr Verlag, 1986.

Ulrich Weisstein, *Comparative Literature and Literary Theory: Survey and Introduction*, Blooming: Indiana University Press, 1973.

Ulrich Weisstein, Was nochkeinAuge je gesehn: A Spurious Cranach in GeorgKaiser's Von Morgens bisMitternachts, *The Comparative Perspective on Literature: Approaches to Theory and Practice*, ed. by Clayton Koelb & Susan Noakes, New York: Cornell University Press, 1988.

William J. Desua, *The Challenge of Comparative Literature and Other*

Addresses by Werner P. Friederich，Chapel Hill：University of North Carolina Press，1970.

William Edward Burghardt Du Bois，*Africa and the World History*，New York：International Publishers，1975.

二、研究著作

〔美〕阿拉斯代尔·麦金太尔：《马尔库塞》，邵一诞译，北京：中国社会科学出版社，1989年。

〔美〕艾布拉姆斯：《镜与灯》，郦稚牛、张照进等译，北京：北京大学出版社，1989年。

〔法〕阿里·玛扎海里：《丝绸之路·中国——波斯文化交流史》，耿昇译，北京：中华书局，1993年。

〔法〕艾田伯：《比较文学之道：艾田伯文论选集》，胡玉龙译，北京：三联书店，2006年

〔美〕爱德华·W·萨义德：《东方学》，王宇根译，北京：三联书店，2007年。

〔德〕爱克曼辑录：《歌德谈话录》，朱光潜译，北京：人民文学出版社，1978年。

〔美〕安乐哲：《和而不同——中西哲学的会通》，温海明等译，北京：北京大学出版社，2009年。

〔德〕奥尔巴赫：《摹仿论》，吴麟绶、周建新、高艳婷译，天津：百花文艺出版社，2002年。

〔苏〕巴赫金：《文艺学中的形式方法》，邓勇等译，北京：中国文联出版社，1992年。

〔古希腊〕柏拉图：《柏拉图对话集》，王太庆译，北京：商务印书馆，2004年。

北京大学哲学系编译：《古希腊罗马哲学》，北京：商务印书馆，1982年。

北京大学比较文学研究所、《中国比较文学年鉴》编委会编：《中国比较文学年鉴：1986年》，北京：北京大学出版社，1987年。

〔美〕彼得·盖伊：《魏玛文化：一则短暂而璀璨的文化传奇》，刘森尧译，合肥：安徽教育出版社，2005年。

〔奥〕彼得·V·齐马：《比较文学导论》，范劲、高晓倩译，合肥：安徽教育出版社，2009年。

〔俄〕别林斯基:《别林斯基选集》(第 2 卷),满涛译,上海:上海文艺出版社,
　　1953 年。

〔美〕博耶:《美国大学教育》,复旦大学高等教育研究所译,上海:复旦大学
　　出版社,1988 年。

〔俄〕波利亚科夫:《结构—符号学文艺学:方法论体系和论争》,佟景韩译,
　　北京:文化艺术出版社,1994 年。

〔法〕布吕奈尔、比叔瓦、卢梭:《什么是比较文学?》,葛雷、张连奎译,北京:
　　北京大学出版社,1989 年。

〔比利时〕布洛克曼:《结构主义》,李幼蒸译,北京:商务印书馆,1980 年。

曹顺庆:《比较文学教程》,北京:高等教育出版社,2006 年。

曹顺庆:《迈向比较文学第三阶段》,上海:复旦大学出版社,2011 年。

陈惇、刘象愚:《比较文学概论》,北京:北京师范大学出版社,1988 年。

陈惇、孙景尧、谢天振主编:《比较文学》,北京:高等教育出版社,1997 年。

陈康:《陈康哲学论集》,台北:联经出版事业公司,1958 年。

程麻:《文学价值论》,北京:人民文学出版社,1991 年。

〔日〕大冢幸男:《比较文学原理》,陈秋峰、杨国华译,西安:陕西人民出版
　　社,1985 年。

〔美〕戴维·洛奇:《二十世纪文学评论》,葛林等译,上海:上海译文出版社,
　　1993 年。

〔美〕丹图:《萨特》,安延明译,北京:工人出版社,1986 年。

〔意〕但丁·阿利盖里:《论世界帝国》,北京:商务印书馆,1985 年。

〔法〕杜夫海纳:《审美经验现象学》,韩树站译,北京:文化艺术出版社,
　　1992 年。

杜书瀛:《文学原理:创作论》,北京:社会科学文献出版社,1989 年。

〔日〕渡边洋:《比较文学研究导论》,张青编译,北京:中国社会科学出版社,
　　2007 年。

〔美〕厄尔·迈纳:《比较诗学》,王宇根、宋伟杰等译,北京:中央编译出版
　　社,1998 年。

〔法〕梵·第根:《比较文学论》,戴望舒译,上海:商务印书馆,1937 年。

方珊编译:《俄国形式主义文论选》,北京:三联书店,1989 年。

〔荷〕佛克马、易布思:《二十世纪西方文论》,陈圣生等译,北京:三联书店,

1988 年。

〔瑞士〕弗朗西斯·约斯特:《比较文学导论》,廖鸿钧译,长沙:湖南文艺出版社,1988 年。

〔德〕伽达默尔:《哲学解释学》,夏镇平译,上海:上海译文出版社,1994 年。

〔德〕伽达默尔:《真理与方法》,万俊人译,上海:上海译文出版社,1998 年。

干永昌:《比较文学研究译文集》,上海:上海译文出版社,1985 年。

〔斯洛伐克〕高利克:《中西文学关系的里程碑》,伍晓明、张文定等译,北京:北京大学出版社,1990 年。

高鸿:《数字化时代主体间性问题研究》,上海:上海社会科学院出版社,2008 年。

葛兆光:《中国思想史》,上海:复旦大学出版社,2009 年。

古添洪、陈慧桦:《比较文学的肯拓在台湾》,台北:东大图书公司,1976 年。

广西大学比较文学教研组编:《比较文学教学参考资料选编》,1984 年。

郭湛:《主体性哲学——人的存在及其意义》(修订版),北京:中国人民大学出版社,2011 年。

〔美〕哈罗德·布鲁姆:《批评:正典结构与预言》,吴琼译,北京:中国社会科学出版社,2000 年。

〔美〕哈罗德·布鲁姆:《误读图示》,朱立元、陈克明译,天津:天津人民出版社,2008 年。

〔美〕哈罗德·布鲁姆:《西方正典》,江宁康译,南京:译林出版社,2011 年。

〔德〕海德格尔:《存在与时间》(修订译本),陈嘉映、王庆节译,北京:三联书店,1999 年。

〔德〕海德格尔:《海德格尔选集》,孙周兴选编,上海:上海三联书店,1995 年。

〔美〕海斯等:《世界史》(下册),中央民族学院研究室译,北京:三联书店,1975 年。

韩秋红、王艳华、庞立生编著:《现代西方哲学概论》,北京:北京大学出版社,2010 年。

叶秀山:《诗·史·思——现象学与存在哲学研究》,北京:人民出版社,1988 年。

何平:《西方历史编纂学史》,北京:商务印书馆,2010 年。

〔美〕赫施:《解释的有效性》,王才勇译,北京:三联书店,1991年。

〔美〕亨利·雷马克等:《比较文学理论集》,王润华译,台北:成文出版社, 1979年。

〔德〕黑格尔:《法哲学原理》,范扬、张企泰译,北京:商务印书馆,1961年。

〔德〕黑格尔:《精神现象学》(上卷),贺麟、王玖兴译,北京:商务印书馆, 1981年。

侯外庐:《中国思想史纲》,上海:上海书店出版社,2008年。

胡经之、王岳川主编:《文艺学美学方法论》,北京:北京大学出版社, 1994年。

胡经之、张首映:《西方二十世纪文论史》,北京:中国社会科学出版社, 1986年。

胡经之、张首映主编:《二十世纪西方文论选》,北京:中国社会科学出版社, 1989年。

胡经之主编:《西方文艺理论名著选编》,北京:北京大学出版社,1987年。

胡明扬主编:《西方语言学名著选读》(第二版),北京:中国人民大学出版 社,1999年。

〔德〕胡塞尔:《现象学的观念》,倪梁康译,上海:上海译文出版社,1986年。

〔德〕胡塞尔:《现象学的方法》,倪梁康译,上海:上海译文出版社,1994年。

黄维樑、曹顺庆编:《中国比较文学学科理论的垦拓——台湾学者论文选》, 北京:北京大学出版社,1998年。

〔英〕霍克斯:《结构主义和符号学》,瞿铁鹏译,上海:上海译文出版社, 1987年。

〔法〕马·法·基亚:《比较文学》,颜保译,北京:北京大学出版社,1983年。

贾植芳、陈思和主编:《中外文学关系史资料汇编(1898—1937)》(下册),桂 林:广西师范大学出版社,2004年。

蒋孔阳主编:《二十世纪西方美学名著选》,上海:复旦大学出版社, 1987年。

〔美〕杰姆逊:《后现代主义与文化理论》,唐小兵译,西安:陕西师范大学出 版社,1986年。

〔美〕杰内达·勒布德·本恩顿·娄贝特·笛·亚尼:《全球人文艺术通史》, 尚士碧、尚生碧译,济南:山东画报出版社,2010年。

〔英〕卡尔·波普尔:《无穷的探索》,邱仁宗译,福州:福建人民出版社,1983 年。

〔德〕卡尔·雅斯贝斯:《时代的精神状况》,王德峰译,上海:上海译文出版社,2003 年。

〔美〕乔纳森·卡勒:《结构主义诗学》,盛宁译,北京:中国社会科学出版社,1991 年。

〔瑞士〕沃尔夫冈·凯塞尔:《语言的艺术作品》,陈铨译,上海:上海译文出版社,1984 年。

〔苏〕康恩:《哲学唯心主义与资产阶级历史思想的危机》,乔工、叶文雄等译,北京:三联书店,1961 年。

〔意〕克罗齐:《美学原理·美学纲要》,朱光潜等译,北京:人民文学出版社,1983 年。

〔美〕拉尔夫·柯恩:《文学理论的未来》,程锡麟等译,北京:中国社会科学出版社,1994 年。

乐黛云:《比较文学原理》,长沙:湖南文艺出版社,1988 年。

乐黛云、陈跃红等:《比较文学原理新编》,北京:北京大学出版社,1998 年。

乐黛云、陈惇主编:《中外比较文学名著导读》,杭州:浙江大学出版社,2006 年。

乐黛云、孟华主编:《多元之美》,北京:北京大学出版社,2009 年。

乐黛云:《比较文学简明教程》,北京:北京大学出版社,2003 年。

〔美〕雷蒙德·保罗·库佐尔特、艾迪斯·W·金:《二十世纪社会思潮》,张向东等译,北京:中国人民大学出版社,1991 年。

〔美〕李达三:《比较文学研究之新方向》,台北:联经出版事业公司,1978 年。

李普曼:《当代美学》,北京:光明日报出版社,1986 年。

〔美〕理查德·罗蒂:《后哲学文化》,黄勇译,上海:上海译文出版社,1992 年。

廖鸿钧:《中西比较文学手册》,成都:四川人民出版社,1987 年。

〔法〕列维-布留尔:《原始思维》,丁由译,北京:商务印书馆,1981 年。

刘介民编:《比较文学译文集》,长沙:湖南人民出版社,1984 年。

刘献彪:《比较文学自学手册》,长沙:湖南文艺出版社,1986 年。

卢康华、孙景尧:《比较文学导论》,哈尔滨:黑龙江人民出版社,1984 年。

陆谷孙:《英汉大词典》,上海:上海译文出版社,2007 年

〔美〕罗伯特·休斯:《文学结构主义》,刘豫译,北京:三联书店,1988 年。

〔美〕罗蒂:《哲学和自然之镜》,赵一凡译,北京:三联书店,1987 年。

〔法〕罗兰·巴特:《符号学原理》,李幼蒸译,北京:三联书店,1988 年。

〔美〕罗里·赖安、苏珊·范·齐尔:《当代西方文学理论导引》,李敏儒等译,成都:四川文艺出版社,1986 年。

〔英〕罗素:《哲学问题》,何兆武译,北京:商务印书馆,2011 年。

〔法〕洛里哀:《比较文学史》,傅东华译,上海:上海书店,1989 年。

〔德〕马克思、恩格斯:《马克思恩格斯选集》(第 2 版)第 4 卷,北京:人民出版社,1995 年。

〔德〕马克思:《1844 年经济学—哲学手稿》,北京:人民出版社,1956 年。

马栩泉:《核能开发与应用》,北京:化学工业出版社,2005 年。

〔美〕罗伯特·玛格欧纳:《文艺现象学》,王岳川等译,北京:文化艺术出版社,1992 年。

〔英〕迈克尔·达米特:《分析哲学的起源》,王路译,上海:上海译文出版社,2005 年。

孟昭毅:《比较文学通论》,天津:南开大学出版社,2003 年。

苗力田主编:《亚里士多德全集》第 9 卷,北京:中国人民大学出版社,1994 年。

缪朗山:《西方文论史》,北京:中国人民大学出版社,1986 年。

〔德〕尼采:《悲剧的诞生》,周国平译,北京:三联书店,1986 年。

倪梁康:《现象学及其效应——胡塞尔与当代德国哲学》,北京:三联书店,1994 年。

〔瑞士〕皮亚杰:《结构主义》,倪连生、王琳译,北京:商务印书馆,1986 年。

钱中文:《文学发展论》(修订版),北京:经济科学出版社,1995 年。

钱锺书:《七缀集》,北京:三联书店,2002 年。

钱锺书:《谈艺录》,北京:三联书店,2001 年。

〔法〕让-伊夫·塔迪埃:《20 世纪的文学批评》,史忠义译,天津:百花文艺出版社,1998 年。

〔法〕萨特:《词语》,潘培庆译,北京:三联书店,1989 年。

〔法〕萨特:《存在与虚无》,陈宣良等译,杜小真校,北京:三联书店,1987 年。

〔波兰〕沙夫:《语义学引论》,罗兰、周易译,北京:商务印书馆,1979 年。

盛宁:《二十世纪美国文论史》,北京:北京大学出版社,1994 年。

盛宁:《人文困惑与反思——西方后现代主义思潮批判》,北京:三联书店,
　　1996 年。

〔苏〕什克罗夫斯基:《散文理论》,南昌:百花洲文艺出版社,1994 年。

史亮:《新批评》,成都:四川文艺出版社,1989 年。

〔美〕斯塔夫里阿诺斯:《全球通史——1500 年以前的世界》,吴向婴、梁赤
　　民译,上海:上海社会科学院出版社,1999 年。

孙昌武:《佛教与中国文学》(第 2 版),上海:上海人民出版社,2007 年。

孙景尧:《比较文学经典要著研读》,上海:上海文艺出版社,2006 年

孙景尧:《简明比较文学》,北京:中国青年出版社,2003 年。

孙景尧选编:《新概念 新方法 新探索——当代西方比较文学论著选》,桂
　　林:漓江出版社,1987 年。

〔瑞士〕费尔迪南·德·索绪尔:《普通语言学教程》,高铭凯译,北京:商务
　　印书馆,1985 年。

台湾师大教育研究所编:《西洋教育思想》(下),台北:伟文图书出版有限公
　　司,1979 年。

〔英〕特雷·伊格尔顿:《二十世纪西方文学理论》,伍晓明译,北京:北京大
　　学出版社,2007 年。

田汝康、金重远选编:《现代西方史学流派文选》,上海:上海人民出版社,
　　1982 年。

〔法〕茨维坦·托多罗夫:《批评的批评》,王东亮、王晨阳译,北京:三联书
　　店,1988 年。

〔法〕托多罗夫:《俄苏形式主义文论选》,蔡鸿滨译,北京:中国社会科学出
　　版社,1989 年。

王春元:《文学原理·作品论》,北京:社会科学文献出版社,1989 年。

王逢振、盛宁、李自修:《最新西方文论选》,桂林:漓江出版社,1991 年。

王岳川、尚水编译:《后现代主义文化与美学》,北京:北京大学出版社,
　　1992 年。

王岳川:《20 世纪西方哲性诗学》,北京:北京大学出版社,1999 年。

王岳川:《后现代文化研究》,北京:北京大学出版社,1992 年。

王治河:《扑朔迷离的游戏——后现代主义哲学思潮研究》,北京:社会科学

文献出版社,1993年。

〔德〕威廉·冯·洪堡特:《论人类语言结构的差异及其对人类精神发展的影响》,姚小平译,北京:商务印书馆,2002年。

〔美〕韦勒克、沃伦:《文学理论》,刘象愚、邢培明等译,北京:三联书店,1984年。

〔美〕韦勒克:《文学思潮和文学运动的概念》,刘象愚选编,北京:中国社会科学出版社,1989年。

〔美〕韦勒克:《批评的概念》,张今言译,杭州:中国美术学院出版社,1999年。

〔美〕韦勒克:《近代文学批评史》(中文修订版)第三卷,杨自伍译,上海:上海译文出版社,2009年。

〔意〕詹巴蒂斯塔·维柯:《新科学》(上册),朱光潜译,北京:商务印书馆,1989年。

〔美〕卫姆塞特、布鲁克斯:《西洋文学批评史》,颜元叔译,台北:志文出版社,1972年。

《文史知识》编辑部编:《佛教与中国文化》,北京:中华书局,2005年。

〔美〕乌尔利希·韦斯坦因:《比较文学与文学理论》,刘象愚译,沈阳:辽宁人民出版社,1987年。

〔美〕希利斯·米勒:《小说与重复——七部英国小说》,王宏图译,天津:天津人民出版社,2008年。

〔罗马尼亚〕亚·迪马:《比较文学引论》,谢天振译,上海:上海译文出版社,1991年。

〔古希腊〕亚里士多德:《诗学》,罗念生译,北京:人民文学出版社,1962年。

杨大春:《文本的世界》,北京:中国社会科学出版社,1998年。

杨建邺:《科学的双刃剑:诺贝尔奖和蘑菇云》,北京:商务印书馆,2008年。

杨金海:《人的存在论》,南宁:广西人民出版社,1995年。

杨乃乔、伍晓明主编:《比较文学与世界文学》(第一辑),北京:商务印书馆,2004年。

杨乃乔、伍晓明主编:《比较文学与世界文学——乐黛云教授七十五华诞特辑》,北京:北京大学出版社,2005年。

杨乃乔:《比较文学概论》,北京:北京大学出版社,2006年。

杨周翰:《镜子与七巧板》,北京:中国社会科学出版社,1990 年

〔德〕姚斯:《接受美学与接受理论》,周宁、金元浦译,沈阳:辽宁人民出版社,1987 年。

叶维廉:《比较诗学》,台北:东大图书公司,1983 年。

〔美〕伊·库兹韦尔:《结构主义时代》,尹大贻译,上海:上海译文出版社,1988 年。

〔法〕伊夫·谢弗勒:《比较文学》,王炳东译,北京:商务印书馆,2007 年。

〔英〕伊格尔顿:《当代西方文学理论》,王逢振译,北京:中国社会科学出版社,1988 年。

〔德〕伊瑟尔:《阅读活动》,金元浦、周宁译,北京:中国社会科学出版社,1991 年。

〔波兰〕英加登:《对文学的艺术作品的认识》,陈燕谷译,北京:中国文联出版公司,1988 年。

俞建章、叶舒宪:《符号:语言与艺术》,上海:上海人民出版社,1988 年。

李达三:《比较文学研究之新方向》,台北:联经出版事业公司,1978 年。

张广智:《西方史学史》,上海:复旦大学出版社,2011 年。

张京媛编译:《新历史主义与文学批评》,北京:北京大学出版社,1991 年。

张隆溪选编:《比较文学译文集》,北京:北京大学出版社,1982 年。

张首映:《西方二十世纪文论史》,北京:北京大学出版社,1999 年。

赵毅衡:《"新批评"文集》,北京:中国社会科学出版社,1988 年。

赵毅衡:《新批评——一种独特的形式主义文论》,北京:中国社会科学出版社,1986 年。

〔日〕中村元:《比较思想论》,吴震译,杭州:浙江人民出版社,1987 年。

周春生:《悲剧精神与欧洲思想文化史论》,上海:上海人民出版社,1999 年。

周宪:《超越文学》,上海:上海三联书店,1997 年。

周英雄:《结构主义与中国文学》,台北:东大图书公司,1983 年。

朱狄:《当代西方美学》,北京:人民出版社,1985 年。

朱狄:《当代西方艺术哲学》,北京:人民出版社,1994 年。

朱光潜:《西方美学史》,北京:人民文学出版社,1979 年。

朱立元:《接受美学》,上海:上海人民出版社,1989 年。

朱立元:《当代西方文艺理论》,上海:华东师范大学出版社,1997 年。

朱希祥:《当代文化的哲学阐释》,上海:华东师范大学出版社,2006 年。

三、研究论文

〔意〕本尼第托·克罗齐:《比较文学》,王锦园译,载《中国比较文学》1988
　　年第 2 期。

曹顺庆:《文论失语症与文化病态》,载《文艺争鸣》1996 年第 2 期。

查明建:《当代美国比较文学的反思》,载《中国比较文学》2008 年第 3 期。

顾秉林:《别让专业学习淹没了"人文日新"》,载《文汇报·文汇教育·校园
　　版》2011 年 9 月 8 日。

黄福涛:《外国高等教育史话(一)》,载《教育史研究》1997 年第 1 期。

季羡林:《我和比较文学》,载《人民日报》1982 年 6 月 15 日第 8 版。

季羡林:《当前中国比较文学的七个问题》,载《中国比较文学》1988 年第
　　1 期。

卡尔文·布朗:《比较文学》,载《佐治亚评论》1959 年第 13 期。

〔美〕亨利·雷马克、孙景尧:《关于比较文学历史问题的通信》,载《中国比
　　较文学》1984 年第 1 期。

〔美〕亨利·雷马克、李锡光:《关于比较文学理论问题的通信》,载《广东民
　　族学院学报》(哲学社会科学版)1985 年第 1、2 期合刊。

〔美〕亨利·雷马克:《比较文学在大学里的处境》,杨周翰译,载《中国比较
　　文学》1988 年第 2 期。

〔美〕亨利·雷马克:《比较文学:再次处于十字路口》,姜源译,载《中国比较
　　文学》2000 年第 1 期。

〔美〕亨利·雷马克:《比较文学的起源、演化及跨学科研究》,耿强译,载《中
　　国比较文学》2009 年第 3 期。

李琪:《韦斯坦因的比较文学之道》,上海师范大学 2010 博士论文。

卢惟庸:《西方比较文学研究的现状》,载《国外社会科学》1982 年第 1 期。

裘辉:《现代社会科学的发展及其与自然科学的结合》,载《国外社会科学》
　　1982 年第 1 期。

〔美〕塞缪尔·亨廷顿:《再论文明的冲突》,李俊清编译,载《马克思主义与
　　现实》2003 年第 1 期。

盛宁:《对"理论热"消退后美国文学研究的思考》,载《文艺研究》2002 年第

6 期。

盛宁:《"理论热"的消退与文学理论研究的出路》,载《南京大学学报》(哲
　　学·人文科学·社会科学)2007 年第 1 期。

施蛰存:《关于比较文学的一些意见》,载《中国比较文学》1984 年第 1 期。

〔美〕苏源熙:《关于比较文学的对象与方法》(上),何绍斌译,载《中国比较
　　文学》2004 年第 3 期。

〔美〕苏源熙:《关于比较文学的时代》(下),刘小刚译,载《中国比较文学》
　　2004 年第 4 期。

孙景尧:《关于比较文学研究发展方向和今后工作的几点意见》,载《北京大
　　学比较文学研究会通讯》第 10 期(1985 年 12 月 11 日)。

孙景尧:《比较文学在当代中国的复兴与发展(1978—2008)——在中国比
　　较文学学会第九届年会暨国际学术研讨会上的学术总结报告》,载《中
　　国比较文学》2009 年第 1 期。

武桂杰:《斯图亚特·霍尔的文化理论研究》,北京语言大学 2007 年博士
　　论文。

姚连兵:《试论"钱学森之问"对高校英语专业教学观念的启发》,载《宁波广
　　播电视大学学报》2011 年第 4 期。

姚连兵:《国内亨利·雷马克研究 30 年述评》,载《宁夏大学学报》(人文社
　　会科学版)2011 年第 5 期。

姚连兵:《试论亨利·雷马克的比较文学学科性质观》,载《当代文坛》2013
　　年第 5 期。

姚连兵:《亨利·雷马克比较文学跨学科思想探颐》,载《当代文坛》2015 年
　　第 1 期。

姚连兵:《从美国比较文学学会四份报告看比较文学的跨学科性——以亨
　　利·雷马克的比较文学定义为参照》,载《西华师范大学学报》(哲学社
　　会科学版)2015 年第 2 期。

姚连兵:《亨利·雷马克与平行研究》,载《中国比较文学》2018 年第 1 期。

叶绪民:《中国少数民族比较文学研究会成立大会暨首届学术讨论会综
　　述》,载《中国比较文学通讯》1993 年第 1 期(总第 22 期)。

〔美〕张英进:《比较文学是一个跨学科的学科》,载《中国比较文学》2009 年
　　第 1 期。

附录：亨利·雷马克著作表
（以时间为序）①

一、亨利·雷马克著述表（专著、参加著述及编著）

序号	著者 (Remak. with…)	篇章名	书名	出版社（地）/序列号	出版时间	页码/起止页
1	Edward D. Seeber		Oeuvres de Charles-Michel Campion, Poete Marseillais du Dix-Huitieme Siecle	Indiana University Humanities Series No. 11	1945	300
2	H. J. Meessen	Goethe on Stendhal: Development and Significance of his attitude	Goethe Bicentennial Studies	Indiana University Humanities Series No. 22	1950	207~234
3		Comparative Literature: Its Definition and Function	Comparative Literature: Method and Perspective	Southern Illinois University Press, Carbondale	1961, 1971	3~37, 283~286; 1~57, 329~333

①本表格参考过亨利·雷马克写于 1997 年的个人简历（未刊发），此处使用征得雷马克夫人的同意，作者在此特致谢忱。另：因资料搜集渠道的限制，还有部分著述未能纳入。

续表

序号	著者(Remak. with…)	篇章名	书名	出版社(地)/序列号	出版时间	页码/起止页
4	Frankfurt, S. Fischer		Thomas Mann, Briefe. 1948—1955 und Nachlese	Erika Mann, with notes accompanying the letters. Acknowledgement on p. 477	1965	656
5		Vinegar and Water. Allegory and Symbolism in the German Novelle between Keller and Bergengruen	Literary Symbolism	University of Texas Press, Austin	1965	33~62
6		Vinegar and Water. Allegory and Symbolism in the German Novelle between Keller and Bergengruen	Literary Symbolism	University of Texas Press, Austin	1965	33~62
7		Ein Schlussel zur Westeuropaischen Romartik	Romantik	Vol. CL of Wege der Forschung, Darmstadt, Wissenschaftliche Buchgesellschaft	1968	427~441
8		Trends of Recent Research on West European Romanticism	Romantic	University of Toronto Press, University of Manchester Press	1972	475~500
9		Rilke and Valery on Autumn: a comparative explication de textes	Essays fitr Oskar Seidlin	Tubingen, Niemeyer	1976	365~376

续表

序号	著者 (Remak. with…)	篇章名	书名	出版社(地)/序列号	出版时间	页码/起止页
10		The Reward System for the American University Teacher of German	German Studies in the United States: Assessment and Outlook	University of Wisconsin Press, Madison	1976	108~120
11		The Socialization of the Student Movement in the United States: the Late 1960's and Early 1970's Revisited	Russland, Deutschland, Amerika	Band 17, Frankfurter Historische Abhandlungen, Wiesbaden, Steiner	1978	369~382
12		Politik und Gesellschaft als Kunst: Guldenklees Toast in Fontanes Effi Briest	Festschrift fur Charlotte Jolles	Sherwood Press, Nottingham	1979	550~562
13		Die Novelle in der Klassik und Romantik	Europaische Romantik I, vol. XIV of Neues Handbuch der Literatur Wissenschaft	Akademische Verlagsgesellschaft Athenaion, Wiesbaden	1982	292~318
14		European Romanticism and Contemporary American Counterculture	Romanticism and Culture. (Tribute to Morse Peckham)	Camden House, Columbia, S. C	1984	71~95
15		Goethe and the Novella	Johann Wolfgang von Goethe: 150 Years of Continuing Vitality	Texas Tech Press, Lubbock	1984	133~155

续表

序号	著者(Remak. with…)	篇章名	书名	出版社(地)/序列号	出版时间	页码/起止页
16		Thomas Mann als Novellist	Zeitgenossenschaft. Zur deutschsprachigen Literatur im 20. Jahrhundert. Festsctaurifi fiir Egon Schwarz zum 65	Athenaum, Frankfurt	1987	103~122
17	Karl Konrad Polheim	Franco-German Polarities and Compensations in XXth Century Literary Texts Rclland, Giraudoux, Vercors, Camus, Thomas Mann	Sinn und Symbol. Festschrift fur Joseph P. Strelka	Peter Lang, Frankfurt	1987	357~370
18		Autobiography or Fiction? Johann Wtolfgang and Johann Caspar Goethe's 'Schone Mailanderinnen' and the'Frankfurter Gretchen'as Novellas	Goethe in Italy 1786~1986	Rodopi, Amsterdam	1988	21~54
19		Foreword	Aspects of Comparative Literature: Current Approaches	India Publishers & Distributors, New Delhi, India	1989	VII~VIII
20		Interdisciplinary Dimensions of Comparative Literature	Dialog der Kunste (Festschrifi for Erwin Koppen)	Peter Lang, Frankfurt am Main	1989	291~304

续表

序号	著者 (Remak. with…)	篇章名	书名	出版社(地)/序列号	出版 时间	页码/ 起止页
21		Comparative Value Judgements: Integration and Isolation in Camus' La Peste (1947) and Grass' Die Blechtrommel (1959)	Semper Aliquid Novi. Litterature Comparee et Litterature d'Afrique	Gunter Narr, Tubingen	1990	167~174
22		Theodor Fontane und Thomas Mann. Vorbereitende Uberlegungen zu einem Vergleich	Horizonte Festschrift fur Herbert Lehbnert	Niemeyer, Tubingen	1990	21~33
23		Between Scylla and Charybdis: Quality Judgement in Comparative Literature	Aesthetics and the Literature of ideas	University of Delarware Press, Newaurk, Delaware	1990	21~33
24		On Translation in Comparative Literature Teaching: A Pragmatic Approach (based on André Chénier's 'Un jeune home')	Os Estudos Literários: (Entre) Ciência e Hermeneutica	Portuguese Association of Comparative Literature, Lisbon	1990	39~49
25		New Harmony: The Quest for Synthesis in West European Romanticism	European Romanticism	Wayne State University Press, Detroit	1990	331~351

续表

序号	著者(Remak. with…)	篇章名	书名	出版社(地)/序列号	出版时间	页码/起止页
26		The "National" in Comparative Literature: Pro and Con	Metodoloska Misao u Preseku (Contemporary Studies in Methodology: Current Trends in Literary Theory)	Institut za Knjizevnost i Umetnost, Belgrade	1990	181~185 (text in English) 185~186 (resume in Serbian)
27		Traumas and Triumphs: The Yearbook of Comparative and General Literature, 1952—1990	Europa Provincia Mundi-Essays offered to Hugo Dyserinck	Amsterdam	1992	71~80
28		Exoticism in Romanticism Comparative Literature and Literary Theory: Will the Twain ever meet?	Celebrating Comparativism-Papers offered to Gyorgy M. Vajda and Istvan Fried	Szeged, Hungary	1994	13~25
29		Deutsche Emigration und Amerikanische Germanistik, in Modernisierung oder Uberfremdung	Modernisierung oder Uberfremdung	Metzler	1994	173~190
30		Literatura Comparada: Definicao e Funcao, in Eduardo Coutinho & Tania Franco Carvalho	Literatura Comparada: Textos Fundadores	Rio de Janeiro, Rocco	1994	175~190

续表

序号	著者（Remak.with…）	篇章名	书名	出版社（地）/序列号	出版时间	页码/起止页
31		Erinnerungen an das Theodor Fontane-Archiv, 1935—1995	Theodor Fontane Archiv Potsdam, 1935—1995: Berichte, Dokumente, Erinnerungen	Theodor Fontane-Archiv, Potsdam	1995	164～168
32		Definizione e Fungioni della letteratura comparata	Letteratura Comparata: Stora e Testi	Sovera Multimedia	1995	136～157
33		The Humanities in the United States of America: Problems and Opportunities	Literature withiout Walls	Tiruchirappalli, India	1996	5～23
34	Manfred Horlitz	Politik und Gesellschaft als Kunst: Güldenklees Toast in Fontanes Effi Briest	Theodor Fontane aus transatlantischer Sicht	Fontane-Archiv, Potsdam, Germany	1996 (first publication, 1979)	19～42
35		Der Strandritt. Zwei Textanalysen aus dem 17. Kapitel von Effi Briest	Theodor Fontane aus transatlantischer Sicht	Fontane-Archiv, Potsdam, Germany	1996	43～55
36		Fontane und wir: Gedanken und Erinnerungen	Theodor Fontane aus transatlantischer Sicht	Fontane-Archiv, Potsdam, Germany	1996	79～94

二、亨利·雷马克著文表

序号	作者 (Remak With…)	篇名	刊物或杂志	发表时间	页码
1		University Life in Europe	The Folio, Indiana Uruversity, Bloomington, Indiana, II, No. 2 (Christmas issue)	1936	13~14, 53~54
2		Sigma Alpha Mu Fraternity	The Octagonian,XXV, No. 1	January, 1937	7, 27~29
3		The Great K. C. The Story of the Jewish Fraternity in Germany	Octagonian XXV, No. 4, October	1937	7, 31
4		Fontane über seine Ballade'Die Jüdin	Modern Language Notes,LIII, No. 4	April, 1938	282~287
5		Licence et Licenciés in French Provincial Universities	The French Review, XII, No. 1	October, 1938	34~39
6		Heyse, Schott and Fontane	Modern Language Notes,LIV, No. 4	April, 1939	287~288
7		A Bibliographical Note on Voltaire	Modern Language Notes,LIV, No. 7	Nov., 1939	520~522
8		Voltaire à d'Argental (juillet 1759)	Modern Language Notes,LXI, No. 7	Nov., 1941	504~507
9	Edward D. Seeber	The First Translation of The Deserted Village	Modern Language Review,XLI, No. 1	1946	62~67
10		Die Mission war ein Erfolg	Monatshefte (Wisconsin), XXXVIII, No. 6	October, 1946	371

续表

序号	作者 (Remak With…)	篇名	刊物或杂志	发表时间	页码
11	Wolfgang Paulsen and others	Franco-German Studies	Bulletin of Bibliography and Dramatic Index	1948~1954	annually
12		Theodor Fontane: Eine Rückschau anlässlich seines 50. Todestages	Monatshefte für Deutschen Unterricht, Deutsche Sprache und Literatuir, XLII, No. 7	Nov., 1950	307~315
13		Schnee	New Yorker Staatszeitung und Herold, Literary Section	January, 1951	14
14		Weisst du es noch?	The American-German Review, XVI-II, No. 1	October, 1951	18
15		The German Reception of French Realism	Publications of the Modern Language Association (PMLA), LXIX	June,1954	410~431
16		The Annual Meeting; an Answer	AAUP Bulletin, Vol. 42, No. 3	Autumn, 1956	572~575
17		Goethes Gretchenabenteuer und Manon Lescaut; Dichtung oder Wahrheit	Formen der Selbstdarstellung (Festgabe fur Fritz Neubert, Berlin; Duncker und Humblot)	1956	379~395
18		The Training and Supervision of Teaching Assistants in German	Modern Language Journal, XLI	May, 1957	212~214
19		How Professors Can Earn More Pay?	Business Horizons (Special Issue of the Indiana Business Review), XXXII, No. 6	June, 1957	79~89

续表

序号	作者 (Remak With…)	篇名	刊物或杂志	发表时间	页码
20	Hugh H. Chapman and others	Comparative Literature Bibliography for 1955 and 1956	Yearbook of omparative and General Literature, Vol. IV	1957	94~167
21		Manon Lescaut und die Gretchenepisode in Dichtungund Wahrheit: Quelle Parallelen, Kontraste	Goethe, Neue Folge des Jahrbuchs der Goethe—Gesellschaft, XIX	1957	138~154
22		Letters: Nominees Polled	AAUP Bulletin, Vol. 45, No. 4	Dec., 1959	581
23		The Organization of an Introductory Survey of Comparative Literature	Comparative Literature, Proceedings of the Second Congress of the International Comparative Literature Association, I (University of North Carolina)	1959	222~229
24		Die Novellistische Struktur des Gretchenabenteuers in Dichtung und Wahrheit	Stilund Formprobleme der Literatur	Winter, 1959	303~308
25		Paternalism or Fraternalism? An Exchange of Correspondence between Henry H. H. Remak, National Scholarship Chairman, Si-gma Alpha Mu Fraternity, and Richard R. Fletcher, Executive Secretary of Sigma Nu Fraternity	The Octagonian, XLVIX, No. 2	May, 1961	6~7

续表

序号	作者 (Remak With…)	篇名	刊物或杂志	发表时间	页码
26		Theorie und Praxis der Novelle: Gottfried Keller	Stoffe-Formen-Strukturen, Studien zur deutschen Literatur, Festschrift für Hans Heinrich Borcherdt	1962	424~440
27		Thumbnail Thoughts on Hermie〔Herman B Wells, President of Indiana University〕	The Review, Alumni Association of the College of Arts and Sciences/Graduate School, Indiana University, IV, No. 2	February, 1962	1~9
28		Deutsch-französische Literaturbeziehungen in amerikanischer Sicht	Deutschland-Frankreich III	1963	213~232
29		Wendepunkt und Pointe in der deutschen Novelle von Keller bis Bergengruen	Wert und Won. Festschrift für Else Fleissner	1965	45~56
30		Brother, can you spare a covered bridge? (And perhaps a log cabin?) Come to think of it, we could also use a barn!	Indiana Alumni Magazine, Volume 28, No. 1	October, 1965	2
31		The Impact of Nationalism and Cosmopolitism on Comparative Literature from the 1880's to the Post World War II Period	Proceedings of the IVth Congress of the International Comparative Literature Association, The Hague, Mouton's. Translated into Hungarian and published in Helikon (Academy of Sciences, Budapest, III)	1966 1965	390~397 320~327
32		Scholarship, not Grades	The Catalyst, II (No. 1)	October, 1996	1~5

续表

序号	作者(Remak With…)	篇名	刊物或杂志	发表时间	页码
33		Realism: A Symposium	Monatshefte, LIX, No. 2	Summer, 1967	97~99
34		The Recruitment and Training of University Teachers in the United States of America	The Recruitment and Training of University Teachers, UNESCO	1967	213~220
35		Amerikanischer Geist in Goethes Wilhelm Meisters Wanderjahre	Festschrifi für werner Neuse	1967	34~44
36		Franco-German Literary Relations in the XVIIIth Century	A Critical Bibliography of French Literature, IV	1968	237~242
37		A Key to West European Romanticism	Colloquia Germanica, II	1968	37~46
38		A Literary History of Europe: Approaches and Problems	Yearbook of Comparative and General Literature, XVI	1968	86~91
39		Novella	Encyclopedia of World Literature in the XXth Century	1969	466~469
40		The Missions of the University	the Review (College of Arts and Sciences-Graduate School, Indiana University) XII, No. 4	Summer, 1971	17~27
41		Foreign Languages and Literatures in the Free Market Curriculum	ADFL Bulletin 02, No. 3	March, 1971	18~23

续表

序号	作者 (Remak With…)	篇名	刊物或杂志	发表时间	页码
42		The Periodization of XIXth Century German Literature in the Light of French Trends	Dichter und Leser, Studien zur Literatur, Utrecht Publications of Comparative and General Literature No. 14	1972	105～112
43		Der Rahmen in der deutschen Novelle: Dauer im Wechsel	Traditions and Transitions, Studies in Honor of Harold Jäntz	1972	246～262
44		The Perioduation of XIXth Century German Literature in the Light of French Trends: A Reconsideration	Neohelicon, Budapest, Nos. 1～2	1973	177～194
45		Kritische Gedanken über Theodor Fontane anilasslich einer Fontanebiographie	Monatshefte, LXV, No. 1	1973	27～38
46		The Comparative Method: Sociology and the Study of Literature	Yearbook of Comparative and General Literature, XXIII	1974	5～28
47		A Comparative History of Literature in European Languages: Progress and Problems	Synthesis III (Bucharest)	1976	11～23
48		More on Academic Freedom in the Federal Republic of Germany	AAUP Bulletin, Vol. 63, No. 4	Nov. , 1977	293～299
49		Exoticism in Romanticism	Comparative Literature Studies, XV, No. 1	March,1978	53～65

续表

序号	作者(Remak With…)	篇名	刊物或杂志	发表时间	页码
50		Peasant Sentimentalism or Peasant Realism? George Sand's La Petite Fadette and Gottfried Keller's Romeo und Julia auf dem Dorfe	Beiträge zur Romanischen Philologie, XVII, Heft 1	1978	125~130
51		University Profile (by Harrison Ullmann)	Indiana Alumni Magazine, XLI, No. 4	Dec.,1978	16~20
52		Sweet and Sour: The Student Movement in Bloomington Revisited	Indiana Alumni Magazine, Vol. 42, No. 7	April, 1980	10~11
53		ACLA/Rockefeller Foundation Symposium on Contemporary Issues in the Humanities(Introduction:24~26, Contributions by C. Hugh Holman, Uonroee. Beardsley, and D. Lydia Bronte)	Yearbook of Comparative and General Literature, 29	1980	24~36
54		Introduction to "The International State of the Humanities with particular reference to Comparative Literature"	Yearbook of Comparative and General Literature XXIX	1980	24~26
55		The Future of Comparative Literature	Proceedings of the VIIIth Congress of the International Comparative Literature Association (Budapest, 1976)	1980	429~437
56		The Uses of Comparative Literature in Value Judgements	Komparatistik, Festschrift fur Zoran Konstantinovic, Heidelberg	Winter, 1981	127~140

续表

序号	作者 (Remak With…)	篇名	刊物或杂志	发表时间	页码
57		Comparative History of Literaturres in European Languages: The Bellagio Report	Neohelicon, VIII, No. 2	1981	219~228
58		Der Strandritt: Zwei Textanalysen aus dem 17. Kapitel von Effi Briest	Revue d'Allemagne, XIV, No. 2	April-June, 1982	277~288
59		How I became a Comparatist	Wege zur Komparatistik, Sonderheft für Horst Rüdiger zum 75, Arcadia	1983	81~91
60		Wie kann man heutzutage komparat-istische Literaturgeschichte schreiben?	Comparative Literature Studies, Essays presented to György Vajda on his 70th birthday. Szeged, Hungary, Jozsef Attila University	1983	37~45
61		Remarks (on recent approaches to Comparative Literature)	Neohelicon, X. No. 2	1983	81~88
62		Preface	A History of Hungarian Literature, Budapest, Corvina Kiado	1983	11~13
63		"Introduction" and "Concluding Observations"	Yearbook of Comparative and General Literature, XXXII	1983	21~22, 99~104
64		Comparative Interpretation and the Question of Value Judgement: Edgar Allan Poe's The Fall of the House of Usher and Meir Goldschmidt's Bjergtagen I(Spellbound I)	Literary Theory and Criticism. Festschrift Honor of René Well-ek,ed. by Joseph Strelka, Bern, Peter Lang	1984	1189~1214

续表

序号	作者 (Remak With…)	篇名	刊物或杂志	发表时间	页码
65		An Undergraduate Survey of the Discipline of Comparative Literature	Jadavpur Journal of Comparative and General Literature, XXII	1984	22~33
66		Final Observations	Renewals in the Theory of Literary History, ed. Eva Kushner (Ottawa, The Royal Society of Canada)	1984	281~285
67		Origins, Progress, and Future of the Comparative History of Literatures in European Languages	Actes du Colloque de l'ICLA (held in 1981), ed. Milan Djurcinow and Liljana Todorova, University of Skopje	1984	25~29
68		The Situation of Comparative Literature in the Universities	Colloquium Helveticum.I	1985	7~15
69		Bericht über die "Vergleichende Literaturgeschichte"	Neohelicon, XII, No. 2	1985	325~327
70		In Memoriam: Oskar Seidlin	Arcadia, XX, No.2	1985	222~224
71		Concluding Comments: Genres in the Twentieth Century Continuity and Change	Neohelicon, XIII, No. 1	1986	207~214

续表

序号	作者 （Remak With…）	篇名	刊物或杂志	发表时间	页码
72		XIXth Century Realism: Rash Co-nclu-sions	Neohelicon, XV, No. 2	1988	205～221
73		The Renaissance of Comparative Literature in Italy	Yearbook of Comparative Literarure, XXXVII	1988	158～160
74		Multidisciplinary and Interdisciplinary Dimensions of Comparative Literature	ANAIS, 1	1988	283～297
75		The "National" in Comparative Literature: Pro and Con	Jadavpur Journal of Comparative Literature, XXIX	1990	5～10
76		Comparative Criticism: Cultural and Historical Roots in the Theoretical Forest	Neohelicon, XVII, No. 1	1990	161～199
77	Kathleen	A Talk with Henry Remak (about Jean Monnet and the new Europe)	West European Studies Newsletter (Indiana University)	Jan.—Feb.,1991	1～3
78		Our History: A conversation with Henry Remak	Encompass, Newsletter of the Comparative Literature Program at Indiana University, VI	Summer,1991	2～3

续表

序号	作者 (Remak With…)	篇名	刊物或杂志	发表时间	页码
79		Literary History and Comparative Literary History: the odds for and against it in Scholarship	Neohelicon, XX, No. 2	1991	95~118
80		Letter to the Faculty	Measure No. 100	Nov., 1991	2~4
81		Fontante und wir: Gedanken und Erinnerungen	Fontane-Blätter, No. 58	1994	296~310
82		Theodor Fontane und Thomas Ma-nn: Vorbereitende Überlegungen zu einem Vergleich	Eontane-Blätter, No. 59	1995	102~122
83		Once again: Comparative Literature at the Crossroad	Neohelicon, XXXVI, No. 2	1997	99~107
84		American and Chinese Comparative Literature: The Deep Structures	American Comparative Literature Association (ACLA) Conference	2001	不详
85		Origins and Evolution of Comparative Literature and Its Interdisciplinary Studies	Neohelicon, XXIX	2002	245~250

三、亨利·雷马克书评述一览表

序号	被评述篇名	被评述篇名发表时间	书评出处/序列号	书评发表时间	页码
1	Emilie Fantane	1937	Monatshefte für deutschen Unterricht, deutsche Sprache und Literatur（Wisconsin），XXX，No. 5	May, 1938	285
2	Chansons d'amour	1938	The French Review XIII, No. 2	December, 1939	150~151
3	Otto Briegleb Verlag F. Brandstette	1934	Monatshefte für deutschen Unterricht, Vol. 31, No. 4	April, 1939	195~196
4	Französische Wesenszüge in Theodor Fontanes Persönlichkeit und Werk	1938	The Germanic Review, XVI, No. 2	April, 1941	154~156
5	Deutsche Literatur im Zejtalter des Imperialismus	1946	Monatshefte, XL, No. 2	February, 1948	107~109
6	Briefe an die Freunde	1943	The Germanic Review, XXIII. No. 3	October, 1948	225~227
7	Deutsche erleben die Zeit	1949	Modem Language Forum, XXXVI	March—June, 1951	51~52
8	Initiation à l'Étude de la Langue et de la Litterature allemandes modemes	1948	The Germanic Review, XXVII.No. 2	April, 1952	144~145
9	Ev und Christopher	1952	Books Abroad, XXVII, No. 4	Autumn, 1953	407
10	The Sorrows of Young Werter	1952	The German Quarterly	November, 1953	296~297
11	Geschichte der deutschen Litaratur im Grundriss	1950	Monatshefte (Wisconsin), XLV, No. 6	November, 1953	395~397

续表

序号	被评述篇名	被评述篇名发表时间	书评出处/序列号	书评发表时间	页码
12	Briefe an Georg Friedländer	1954	The Jorunal of English and Germanic Philology, LIV, No. 1	January, 1955	161～164
13	Hochebene	1953	Books Abroad, XXIX, No. 2	Spring, 1955	175
14	Deutsche Prosa seit der Vorklassik	1951	Monatshefte, XLVII, Nos. 4 & 5	April—May, 1955	252～254
15	Ulanenpatrouille. Die Geschichte einer Liebe	1953	Books Abroad, XXIX, No. 1	Winter, 1955	69
16	Realité Sociale et Iééologie Religieuse dans les Romans de Thomas Mann	1954	The Journal of English and Germanic Philology, LV, No. 1	January, 1956	192, 194
17	L'Allemagne Vue par les Ecrivains de la Résistance Francaise	1954	Comparative Literature, VIII, No. 4	Fall, 1956	357～359
18	Irrtum und Missverstandnis in den Djchtungen Heinrich vojn Kleists	1955	Monatshefte, XLIX, No. 2	February, 1957	94～95
19	Die unsichtbare Pjcrte	1954	Books Abroad, Vol. 31, No. 4	Autumn, 1957	400
20	Bericht von der Furcht-barkeit und Grosse der Manner	1954	Books Abroad, Vol. 31, No. 1	Winter, 1957	58～59
21	Thomas Mann. Wexk und Bekenntinis	1957	Monatshefte, L, No. 7	December, 1958	367～370
22	Deutschland-Frankreich	1957	Comparative Literature, XI, No. 2	Spring, 1959	171～173
23	Les "Archives Litteraires de l'Europe" (1804—1808) et le Cosmopolitisme Litteraire sous le Prerrier Empire	1957	Comparatlive Literature, XI, No. 2	Spring, 1959	176～179

续表

序号	被评述篇名	被评述篇名发表时间	书评出处/序列号	书评发表时间	页码
24	Ludwigsburger Beitriage zum Problem der deutsch-franzosischen Beziehungen	1957	Comparative Literature, Vol. 11, No. 2	Spring, 1959	171~173
25	Wirklichkeit und Illusion. Studien uber Gehalt und Grenzen des Begriffs 'Realismus'; fur die erzahlende Dichtung des neunzehnten Jahrhunderts	1957	The Germanic Review, XXXIV, No. 2	April,1959	155~159
26	Goethe et l'Esprit Francais	1957	Journal of English and Germanic Philology, LX, No. 2	April,1961	386~389
27	Professor: Problems and Rewards in College Teaching	1961	AAUP Bulletin	Spring, 1962	59~61
28	Forschungsprobleme der Vergleichenden Litera turgeschichte	1958	Modern Language Notes,LXXVII	1962	215~219
29	Theodor Fontane. Sein Lebenin Bildem	1958	The German Quarterly, XXXV,No. 3	May,1962	363~364
30	Theodor Fontane. Chronik seines Lebens	1960	Monatshefte, LIV, No. 7	December,1962	363~365
31	Trois Amphitryons modemes	1961	Monatshefte, LVI, No. 3	March, 1964	131~132
32	Madame de Stael on Politics, Literature and National Character	1964	Yearbook of Comparative and General Literature	1964	86~87
33	Die Romane Thomas Manns	1961	Monatshefte, LVII, No. 3	March, 1965	136~138

续表

序号	被评述篇名	被评述篇名发表时间	书评出处/序列号	书评发表时间	页码
34	Briefe 1889—1936	1961	Journal of English and Germanic Philology, LXIV, No. 2	April, 1965	384~389
35	Untersuchungen zur Methode der Herausgabe deutscher Texte	1963	Deutsche Literaturzeitung, Jahrgang 86, Heft 12	December, 1965	1074~1075
36	Goethe und der französische Geist	1964	The German Quarterly, XXXIX, No. 1	January, 1966	102~104
37	A History of Modern Criticism(1750~1950)	1965	Year Book of Comparative and General Literature, No. 15	1966	79~82
38	Literatur von und über Fontane	1965	Monatshefte, LVIII, No. 4	Winter, 1966	263
39	Formen des Realismus	1964	The Germanic Review, XLII, No. 3	May, 1967	233~235
40	Theodor Fontane über die Verbindlichkeit des Unverbindlichen	1967	Modern Fiction Studies, XVII, No. 2	Summer, 1967	336~338
41	La Littérature Comparée	1967	Revue de Littérature Comparée	Oct. – Dec. ,1970	547~550
42	The Disciplines of Criticism: Essays in Literary Theory, Interpretation and History	1968	Comparative Literature, XXV, No. 1	Winter, 1973	68~73
43	Goethe and Rousseau. Resonances of the Mind	1973	Journal of English and Germanic Philology, LXXIV, No. 2	April, 1975	282~285
44	Zu Ende geführt und mit einem Nachwort versehen von Charlotte Jolles	1968—1971	Monatshefte, Vol. 67, No. 3	Fall, 1975	303~306

续表

序号	被评述篇名	被评述篇名发表时间	书评出处/序列号	书评发表时间	页码
45	Le "Faust" de Goethe Mystère-Document, Humain-Confession personelle	1973	The Germanic Review, L, No. 4	November, 1975	309～313
46	Zur Situation des Schriftstellers in der Gegenwart	1974	The German Quarterly, XLIX, No. 3	May, 1976	348～349
47	Theodor Fontane. Soziale Romankunst in Deutschland	1975	Monatshefte (Wisconsin), LXXI, No. 1	Spring, 1979	74～77
48	Keine Zeit für Eichendorff: Chronik unfreiwilliger Wanderjalhre	1979	New German Critique, No. 26	Spring/Summer, 1982	213～217
49	Der Weg zur Weltliteratur Fontanes Bret-Harte-Entwurf		Germanic Review, Vol. 57 Issue 1	Winter, 1982	
50	Theory and Criticism of the Novella	1979	Comparative Literature Studies, XX, No. 3	Fall, 1983	346～350
51	Theodor Fontane: The Major Novels	1982	The Germanic Review, LX, No. 4	Fall, 1985	151～154
52	Franz Kafka: Die Veröffentlichungen zu seinen Lebzeiten, 1908—1924	1982	Monatshefte, Vol. 78, No. 3	Fall, 1986	413～414
53	Politics in German Literature	1998	German Studies Review, Vol. 23, No. 1	Feb., 2000	119～123
54	Theodor Fontane: Literature and History in the Bismarck Reich	1999	The Journal of Modern History, Vol. 73, No. 4	Dec., 2001	980～983

后　记

此刻，坐在母亲病床旁，书写着后记。

老人家今年七十有三。十一年前，在我攻读硕士学位研究生的时候，母亲突发中风，引发面瘫，进而发展为偏瘫，好在朋友及时发现，立刻背到医院治疗。后来医院院长跟我们成了朋友，在一个场合告诉我幸好来得及时，如果再晚点可能就真站不起来了。这让我明白了朋友多了路好走，因为当时我不在母亲身边，而且我也没有兄弟姐妹。在即将完成国家社科基金后期资助课题的时候，母亲又一次病倒了，病因是十多年前的老毛病——脑梗！还清楚地记得，上完八节课后我回到家里，因为晚上要为学生的戏剧表演大赛当评委，赶时间，老人家给我做了一碗面条。其实我不知道，老人家下午的时候已经有了病症：走路感到提不起腿，一只腿没有力。老人家以为，睡一晚上就好了。可是没有好。第二天，在外办事的我接到父亲电话，说母亲下不了床了。还说打算去小诊所拿点药，估计就没有事了。我原以为也是一个小问题，没有往深处想。此次，又是一位朋友，在无意的聊天中了解到这个情况，建议我尽快将老人家带到医院检查。最后，经朋友的介绍，到了医院，经过初步判断，医生认为是脑梗塞。母亲是一个不愿意给子女增添任何压力的人，曾经因为手指关节出问题而没有给我说，最终导致右手大拇指功能丧失。所以，这次生病母亲也不愿意到医院来，我委托我的研究生到家里将老人家接下楼送上车，并让师傅送到城里医院，几乎是"绑架"过来。即便是在医院里，母亲仍然坚决地要求医生开药回家。经我下来了解，知道母亲是要在医院待上一段时间的了。希望母亲早日康复！

本书是本人在国家重点学科、上海师范大学比较文学与世界文学学位点攻读博士学位的学位论文基础上进行拓展研究的结果。原博士学位论文题目为《亨利·雷马克比较文学思想研究》，所以在体例上还保留着论文的印迹。为纪念此书的成长历程，我也不打算再作调整，就按原来的大致结构呈现出来，接受方家的批评与指正。

回首此著作的撰写过程,不知多少次,在写作陷入困顿的时候,自己就想要是进入了后记写作阶段该多好,那该是多么值得憧憬的事。可是,当我真到了写后记的时候,心里却又是另一番滋味。

虽然写作进入尾声,可此时此刻却尤想回首往事。东方古人不我欺也:温故而知新;西方古人亦云:忘记历史等于背叛!怎么敢忘记在自己求学之路上踯躅前行过程中一路相伴的师长、朋友们!

在此,首先感谢先师孙景尧教授,感谢先生以严师慈父般的情怀善待弟子。不管是在课堂上,还是田野调查的田间地头,先生总以他的博闻强识熏陶感染后学;也不管是给我们讲述与钱锺书先生、杨周翰先生、王元化先生、贾植芳先生等学界泰斗亦师亦友的情谊,还是与艾田伯、雷马克、韦斯坦因等海外前贤的"战友"之情,恩师都尽全力向无缘直接问道的我辈传授他从大师们那里薪火相传而来的学术传统。在此过程中,先生通过自己的言传身教诠释着两个秉持的原则:其一是不要做精神贵族,要做民族精英,做有良知的学人;其二是教师不要追求成为名师,而应努力成为"铭师"——让学生铭记于心的好老师。感恩先生以慈悲之心包容后生的愚钝,感激先生以睿智之光为后学指引学术与人生的方向,感谢先生通过比较文学之"缘"向学生展示在学术的伊甸园里,如何在文化上"东张西望",在学科间"左顾右盼",去发现"南学北学"之间需要"瞻前顾后",才能"上下一心",以期达到"天人合一""与物为春"。这既是先生宏大的学术视野,也是先生阐释比较文学宗旨的独特方式。总之,能遇恩师,学术之行无憾矣。作为恩师某种意义上的"关门弟子"(恩师在本人毕业离沪一周后驾鹤西去),谨以拙著向天国里的孙师景尧先生致敬!同时也感谢师母肖翠菊女士在学生求学期间给予的生活上的关心、教诲,以及对我家人的关怀、理解与帮助。

本课题是在博士学位论文基础上完成,特别感谢上海师范大学郑克鲁教授、朱宪生教授、黄铁池教授、陈红教授等在学习、论文开题、预答辩、答辩及整个求学过程中所给予的指点与帮助。尤其要感谢的是刘耘华教授,作为自己的老师和孙门大师兄,在孙先生生病期间为我们撑起一片蓝天,让我们有归属感,有方向感,带领我们陪先生走完人生最后一程。此后,他依然对同门、对后学不离不弃,多次到四川来关心我辈,并带来比较文学发展的最新动向。亦师亦友的刘耘华教授是一个纯粹的学者,他的学养,他的为人,是我一生的榜样。同时感谢北京大学乐黛云教授,复旦大学朱立元教授、陈思和教授、杨乃乔教授,上海外国语大学谢天振教授、宋炳辉教授、郑体武教授,华东师范大学陈建华教授等,我这编外学生从各位先生的课程、讲座以及中国比较文学学会高峰论坛、中国比较文学年会、上海高校比较文学博士研究生论坛、论文答辩等诸多场合中,都领略到了大家风范,他们对我的比较文学学习产生了潜移默化的影响。

同时也感谢国家社科基金匿名评审专家的评审意见,这些都是学界前辈的真知灼见,他们在本著作的完成过程中起到了学术灯塔的作用。

记得 2009 年 3 月参加上海师范大学博士研究生入学考试前一刻,一位朋友发来短信:"你不是一个人在战斗。"话语虽短,却充满力量,也极佳地概括了自己的学术与人生之路。在拙著写作过程中,如果没有身后默默为我付出的师长、朋友,一切将是不可能的。在此,虽然我记下的只是一个个名字,却正是他们为我扫清前进路上的诸多障碍,他们是:贵州大学刘振宁教授、美国俄亥俄州立大学简小兵教授、法国高等社会科学院张宁教授、香港岭南大学丁尔苏教授、台湾"中华大学"周英雄教授,尤其要感谢雷马克生前好友、同事欧阳桢教授的鼎力相助,让我能跟雷马克夫人联系上,并通过她的推荐认识了印第安纳大学图书馆工作的 James Liu,是他通过努力为我复印过来很多珍贵的资料。还有印第安纳大学图书馆的 Dina Kellams 老师及她的学生 Shannon 女士,她们在整理雷马克留下的 108 箱资料过程中为我筛选了很多一手材料。此外通过各种渠道帮我搜集相关资料的还有,俄亥俄州立大学贾君卿博士(现为美国汉密尔顿大学助理教授)、James Morin 先生、荷兰莱顿大学潘文博士(现为四川大学外国语学院副教授)等,在此一并感谢。

同时要感谢的是西华师范大学的各级领导、外国语学院的党政领导为我的学习创造了良好的条件,让我可以静心脱产学习三年,以及单位同事对我长期以来的关心和帮助。感谢电子科技大学外国语的各位领导、同事在完成本课题过程中给予本人的各种关心和帮助!此外,还要感谢伴我一路前行的朋友们,我会把你们的恩情默默记在心间,你们给我的深厚情谊将会是我前行的巨大动力。还要感谢同门师兄师弟、师姐师妹,及其他同学们在我求学过程中给予我学习和生活上的关心、照顾,你们睿智的思想和真诚的态度是我人生一笔巨大的财富。

　　最后,要把我的感激献给我的家人。作为家里唯一的孩子,自己是不称职的。但我由衷地感激父母将我抚养成人,感谢他们用赢弱的双肩担起家庭的重担,克服重重阻力完成了几乎不可能完成的任务——让我成为那个小山村自新中国成立以来的第一个大学生,其间的辛酸甘苦,只有他们自己才知道! 现在,二老都因常年劳作,身患疾病,可还是在竭力替我看护家园;虽然老人家们不善言辞,可是从偶尔与家人视频聊天时那个默默站在门外望着我的模糊影子里,我读出了母爱的无言与凝重……我拿什么奉献给您呢? 我的亲人……此外,拙著的写作历时近十年,其间,女儿姚思琪也从一名小学生成长为一名高中生,我也以此书一道见证我和她的“成长”,并希望她能不因我在她成长过程中经常的“不在场”而受到影响。期待她能成长为一个身心健康、对社会有用之人,以慰藉本人心中的愧歉。

　　本著作的写作即将暂告一段落,我希望在各位师长、朋友、家人一如既往的关心下,我可以踏上新的征程,以“滴水”之功去回报“涌泉”之恩……

　　当然,我也深知因自己才疏学浅,本课题离初期的预想是有一定距离的,不过,我愿意带着各位老师的指正、期待和嘱托,倾毕生之力去书写自己的学术人生,因为我相信:下一次作业肯定比这一次完成得更好……

　　最后,特别鸣谢将我引入学术殿堂的本人硕士生导师、电子科技大学外国语学院冯文坤教授,感谢他拨冗为拙著作序,同时感谢在拙著出版过程中付出了辛勤劳动的中华书局周毅泽先生。

姚连兵

2016 年 12 月 9 日于四川省成都市第二人民医院

2018 年 4 月 22 日修改于成都市成华区财富又一城